Ana Ángel ist gestorben, auf La Oculta, der Finca der Familie in den kolumbianischen Bergen, nicht weit von Medellín. Und so machen sich Pilar, Eva und Antonio auf den Weg, um Abschied zu nehmen. Für sie ist La Oculta, »Die Verborgene«, ein besonderer Ort, wo sie glücklich waren, aber auch Gewalt und Terror erlebten. Nun wird er verkauft. Was daraus wird, weiß niemand. Mit den Stimmen der Geschwister, die sich erinnern, an den Ort, die Geister der Vergangenheit, die politischen Wirren, erzählt dieser Roman voller Wärme, aber auch Bitterkeit, von einer einst großen, nun aber verschwindenden Familie, deren Schicksal eng mit Kolumbiens Geschichte verwoben ist.

HÉCTOR ABAD FACIOLINCE geboren 1958 in Medellín, Kolumbien, ist Schriftsteller und Journalist. Nach der Ermordung seines Vaters, eines sozial engagierten Arztes, lebte er mehrere Jahre in Italien, wo er zuvor bereits studiert hatte. Héctor Abad ist in seiner Heimat Kolumbien Bestsellerautor und zählt zu den wichtigsten zeitgenössischen Stimmen Lateinamerikas.

Héctor Abad

La Oculta

Roman

*Aus dem Spanischen
von Peter Kultzen*

btb

*Für Mauricio, Mario und Gonzalo,
die Brüder, die ich nicht hatte.*

Aber das Feld vor ihren Städten soll man nicht verkaufen;
denn das ist ihr Eigentum ewiglich.
>   **3. Mose 25,34**

I could live here forever, he thought, or till I die. Nothing would happen, every day would be the same as the day before, there would be nothing to say. [...] He could understand that people should have retreated here and fenced themselves in with miles and miles of silence; he could understand that they should have wanted to bequeath the privilege of so much silence to their children and grandchildren in perpetuity (though by what right he was not sure).
>   **J. M. Coetzee**

Und zuletzt ward ich verkauft,
so wertvoll war ihren Rechnungen ich geworden,
dass ihrer Liebe ich nichts mehr galt ...
>   **Dulce María Loynaz**

Antonio

Früh an einem düsteren Wintermorgen klingelte bei mir in New York das Telefon. So früh rufen bloß Betrunkene an, die sich verwählt haben, oder jemand aus der Familie, mit einer schlechten Nachricht. Ersteres wäre mir lieber gewesen, aber am anderen Ende der Leitung meldete sich meine Schwester Eva:

»Ich würde dich gerne aus einem anderen Grund anrufen, Toño, aber heute Nacht ist Mama gestorben, auf La Oculta. Pilar hat erzählt, gestern nach dem Abendessen hat sie gesagt, dass sie sich nicht gut fühlt. In der letzten Zeit hat sie sich ja jedes Mal nach dem Essen schlecht gefühlt, das weißt du selbst. Nichts ist ihr bekommen. Auf jeden Fall ist sie schlafen gegangen. Und als Pilar heute Morgen ganz früh nach ihr gesehen hat, lag sie tot im Bett.«

»Ich fahre sofort zum Flughafen und nehme die erste Maschine, die ich kriegen kann«, erwiderte ich.

Tiefe Trauer erfasste mich, wie eine dicke graue Wolke breitete sie sich in mir aus. Ein Stechen in Brust und Hals, dann traten mir Tränen in die Augen, unweigerlich. Wie alt war meine Mutter? Achtundachtzig, hatte sie zuletzt gesagt, aber sie machte sich immer um ein Jahr jünger, in Wirklichkeit war sie neunundachtzig. Dass sie sich mit fünfundzwanzig, als man sie zu Hause drängte, endlich zu heiraten, ein Jahr jünger machte, hatte einen gewissen Sinn. Später nicht mehr, später immer weniger, und mit neunundachtzig musste sie selbst über ihre Angewohnheit lachen. Ich hatte ein schlechtes Gewissen, weil ich sie in dieser Woche nicht angerufen hatte. Normalerweise skypten wir jeden Donnerstag. Alle wussten, dass sie am Donnerstagmorgen ihren Rechner einschaltete, weil sie meinen Anruf erwartete. Jon kam aus dem Bad, und als er mein Gesicht sah, fragte er, was los sei. Aber nicht mit Worten, seine Augen und Hände formulierten die Frage.

»Anita ist gestorben«, sagte ich auf Englisch, denn Jon und ich sprechen Englisch miteinander.

»Ich komme mit, wenn du willst«, sagte er. Er setzte sich neben mich und legte mir seine große weiche Hand auf den Rücken. Eine Zeitlang saßen wir schweigend nebeneinander. Schließlich sagte ich:

»Nein, keine Sorge, diesmal fahre ich allein.« Ich hatte einen Kloß im Hals und schluckte. »Besser, du konzentrierst dich auf deine Ausstellung. Meine Schwestern werden verstehen, dass du nicht mitkommst.«

Wir blieben noch eine Weile auf dem Bett sitzen und hielten uns schweigend an der Hand. Irgendwann stand ich auf, um mir die letzten E-Mails meiner Mutter noch einmal anzusehen. Die allerletzte war liebevoll und klar, wie immer. *Rechnungsabgleich* stand in der Betreffzeile.

»Mein Liebling, ich habe versucht, dich zu erreichen, aber das grüne Lämpchen war aus. Ich wollte dir bloß sagen, dass ich gestern mit einem deiner Schecks deinen Teil der Grundsteuer für La Oculta bezahlt habe. Außerdem habe ich 816 000 Pesos, also das, was du für Próspero und die Betriebskosten der Finca zu zahlen hast, auf Pilars Konto überwiesen. Drei von dir unterschriebene Schecks habe ich jetzt noch, du weißt schon wo. In jedem Fall habe ich weiterhin ein Guthaben in Höhe von 2 413 818 Pesos bei dir, das ich aber erst im April einlösen möchte, wenn ich meine Kreditkarte erneuern muss. Heute war ich bei Doktor Correa, und er hat gesagt, alles ist soweit in Ordnung. Im Augenblick habe ich auch nicht die geringste Lust zu sterben, obwohl ich wegen Evas Zustand manchmal traurig und mutlos bin. Letzte Woche hat sie gesagt, dass sie sich nun doch von ihrem Witwer trennen wird. Fast vier Jahre sind die beiden mittlerweile zusammen. Einerseits habe ich mich gefreut, schließlich ist der Altersunterschied einfach zu groß, fast zwanzig Jahre, da hätte sie im Alter niemanden an der Seite. Andererseits tut es mir leid, weil sie, seit sie mit ihm zusammen ist, einen zufriedenen Eindruck machte. Du hast auch gesagt, dass Eva glücklich wirkte, als die beiden letztes Jahr in New York waren, trotz des Altersunterschieds und des Rollstuhls. Und Weihnachten auch, du hast sie ja selbst erlebt, darum war es für mich auch eine Überraschung. Immer wenn Eva sich von jemandem trennt, ist es, als würde sie auf einen Schlag alles hinter sich lassen, sie ist dann jedesmal sehr deprimiert, und alle fragen sich, was wohl als Nächstes kommt. Herrn Caicedo fand ich durchaus nett und liebenswürdig, allerdings haben manche Leute gesagt, wenn man ihn so sehe, würde man eher denken, er sei mein Mann und nicht Evas Lebensgefährte. Oh je. Pilar hat das gesagt, letztes Weihnachten, und Eva hat gehört, wie sie es zu mir gesagt hat. Das hat sie sehr getroffen. Pilar ist zugegebenermaßen manchmal ziemlich unbedacht mit dem, was sie sagt. Na ja, am meisten beunruhigt mich jedoch, dass für Eva offenbar niemand gut genug ist. Andererseits ist sie ungern allein. Aber lassen wir das, dieses Thema macht mich sehr traurig. Am meisten freue ich mich darauf, dass du Ostern kommst. Dann ist der ganze Kummer bestimmt wie weggeblasen. Grüße bitte Jon von mir. Ich küsse dich, deine dich liebende

Ana.«

Alle Briefe meiner Mutter waren so, zärtlich und praktisch zugleich: Erst wurden die Zahlen geklärt, und dann folgten Dinge aus ihrem Leben und dem ihrer Töchter und Enkelkinder. Sie kümmerte sich um meine kolumbianischen Geldangelegenheiten, die fast alle mit der Finca zu tun hatten. Sie war beinahe neunzig, aber klarer im Kopf als meine Schwestern und ich. Und dass sie sich um meine Konten kümmerte, hielt sie erst recht wach. In anderen Mails sprach sie davon, dass möglicherweise ein Teil von La Oculta verkauft werden müsse, um die Schäden zu bezahlen, die entstanden waren, als bei einem Sturm ein Baum auf die Trinkwassertanks gestürzt war. Sie war dagegen, noch mehr von dem dazugehörigen Land zu verkaufen; wenn wir so weitermachten wie bisher, stünden wir am Ende bloß noch mit dem Haus da und wären von lauter Fremden umgeben. Andererseits war sie nicht bereit, die Kosten zu übernehmen, schließlich musste sie in ihren letzten Lebensjahren auf Erspartes zurückgreifen können. Das Problem war, dass Eva, die nur noch an Weihnachten auf die Finca kam, keinen einzigen Centavo mehr für Reparaturen ausgeben wollte. Gerade mal ihren Anteil an den Steuern, Betriebskosten und Gehältern übernahm sie noch. Sie war dafür, das Ganze zu verkaufen. Aber die Finca zu verkaufen hätte für Pilar das Todesurteil bedeutet.

Auch ich wollte die Finca nicht verkaufen, obwohl ich den größten Teil des Jahres in den USA verbrachte. Kolumbien, das war für mich: meine Mutter, meine Schwestern und La Oculta. Durch Anitas Tod hatte ich einen wichtigen Teil meines Lebens verloren. Zu meiner Überraschung war sie auf der Finca und nicht in Medellín gestorben, wo sie wohnte. Andererseits, wenn ich es recht bedachte, war es nur folgerichtig. Ohne sie, das wurde mir jetzt klar, hätten wir die Finca – die uns als väterliches Erbe zugefallen war – nicht halten können. Als wir uns kurz nach dem Tod Cobos, also meines Vaters, schon fast von ihr hätten trennen müssen, bewahrte meine Mutter, der eigentlich nicht das Geringste an diesem Stück Land lag, uns davor, indem sie ihre eigene Wohnung verkaufte. Und sie steuerte einen Teil der Einkünfte aus der Bäckerei für Umbauten und Reparaturarbeiten bei. Wie sie auch diejenige war, die uns jedes Jahr im Dezember mit der ihr eigenen Mischung aus Sanftheit und Entschiedenheit auf La Oculta versammelte. Sie lud uns alle ein, besorgte alles Nötige, kochte für alle und war während der gemeinsam dort zugebrachten Wochen die Sonne, deren Anziehungskraft sich die um sie kreisenden Planeten in Gestalt ihrer Kinder und Enkelkinder nicht entziehen konnten. Entsprechend schwierig war es, ja fast unmöglich, sich diesen Ort auf einmal ohne sie vorzustellen. Ohne meine Mutter, ohne ihre Fröhlichkeit, ihre Rezepte, ihre Einkäufe, würde es auf der Finca nie mehr sein wie zuvor. Es sei denn, jemand, Eva oder Pilar, übernahm ihre Rolle, aber ich war mir nicht sicher, ob sie dazu bereit wären. Ich würde jedenfalls niemals die nötige Energie und Liebe aufbringen, um so wie sie die gesamte Familie an diesem Ort zusammenzuführen und zu vereinen.

Jon begleitete mich zum Flughafen und half mir bei der Buchung. Die Maschine, die direkt nach Medellín flog, war schon gestartet, also würde ich in Panama zwischenlanden müssen. Da meine Hände zitterten und ich nahezu unfähig war, Englisch zu sprechen, übernahm Jon alles für mich und bezahlte mit seiner Kreditkarte. Wir umarmten uns lange, dann ging ich allein durch die Sicherheitskontrolle und zu meinem Gate. Ich musste warten, und so ging ich auf meinem Laptop die alten Fotos meiner Mutter durch, Jugendfotos, auf denen sie den Betrachter in ihrer ganzen Schönheit anlächelte, voller Energie und mit so viel Leben vor sich. Auf einem hielt sie mich als einjähriges Baby in den Armen, und wir sahen einander glücklich und verliebt in die Augen. Ich lud es auf meiner Facebook-Seite hoch, wo man heute ja die wichtigen Dinge bekanntgibt, Traueranzeigen und Beileidsbekundungen, und während ich ein paar Zeilen dazuschrieb, kamen mir die Tränen und fielen auf die Tastatur. Ob die Leute um mich herum mir zusahen, weiß ich nicht, es war mir egal. Bald trafen die ersten Kommentare meiner Freunde ein, manche sehr schön, und viele enthielten alte Erinnerungen an Anita, wie wir, ich an erster Stelle, meine Mutter immer genannt hatten: Ana, Anita.

Es war Nacht, als ich in Medellín ankam. Am Ausgang erwartete mich Benjamín, Evas Sohn. Der jüngste meiner Neffen war schön und traurig. Wir umarmten uns. Vor uns lagen noch fast vier Stunden Fahrt bis nach La Oculta. Die Totenwache auf der Finca hatte schon begonnen, und Pilar hatte bereits dafür gesorgt, dass am nächsten Tag in dem nahegelegenen Ort Jericó eine Trauermesse abgehalten werden würde. Benjamín erzählte, seine Mutter sei gleich, nachdem sie mich angerufen hatte, hingefahren. Tante Pilar habe die Großmutter gewaschen und hergerichtet, ein Arzt die Sterbeurkunde ausgestellt, und der Priester aus Palermo sei da gewesen, um die Tote zu segnen.

Vor zwei oder drei Jahren war, ebenfalls in La Oculta, Tante Ester gestorben, die Schwester meines Vaters – die Finca schien sich in den Ort zu verwandeln, den unsereins aufsucht, wenn das Ende naht. Tante Ester litt unter einer schweren Nierenschwäche, eine Transplantation kam in ihrem hohen Alter aber nicht mehr infrage, weshalb sie fast vier Jahre lang regelmäßig zur Dialyse musste. Trotzdem verschlimmerte ihr Zustand sich zusehends, so dass sie irgendwann erklärte, sie habe genug von der Dialyse und allen sonstigen Therapien und wolle bloß noch nach La Oculta, um dort zu sterben. Pilar nahm sie in Empfang, sie freute sich, sie bei sich zu haben und sich um sie zu kümmern, denn Ester war ihre Lieblingstante. Man stellte ein Krankenbett in ihr ehemaliges Mädchenzimmer und bezahlte eine Pflegerin dafür, dass sie die Nächte an ihrer Seite verbrachte. Esters Kinder kamen hin und wieder aus Medellín, um ihre Mutter zu besuchen und sich bei Pilar zu bedanken. Allmählich ging es mit Tante Ester zu Ende – sie wurde immer schwächer und bleicher und dünner und zerbrechlich wie ein Vögelchen. Zuletzt begann man, ihr Morphium zu verabreichen. Als offensichtlich wurde, dass sie große Schmerzen hatte und sie schließlich das Bewusstsein verlor, schickte Pilar die Pflegerin mit den Worten, sie solle in die Küche gehen und die Suppe warm machen, hinaus, nahm eine Spritze und verpasste ihrer Tante eine viel größere Dosis Morphium als sonst, fünf Ampullen hintereinander, wie sie mir später heimlich sagte, woraufhin Tante Ester sanft verschied, so entspannt, dass ihr Körper zu atmen vergaß. Anschließend rief Pilar Tante Esters Kinder an, teilte ihnen mit, dass ihre Mutter ganz ruhig gestorben sei, und machte sich daran, sie herzurichten, damit sie Tante Ester in angemessenem Zustand vorfanden, wenn sie kamen, um sie abzuholen.

Unser Vater, der Arzt war, hatte Pilar gezeigt, worauf es beim Zurechtmachen der Toten ankommt. Pilar ist die älteste von uns Geschwistern, und die Älteste zu sein hat Vor- und Nachteile. Es bringt bestimmte Verantwortlichkeiten mit sich, die keines der jüngeren Geschwister übernehmen kann. Pilar lässt sich durch nichts einschüchtern, mag die Aufgabe noch so unüberwindlich erscheinen. Sie ist sich für nichts zu fein, sie kennt keine Furcht. Wenn etwas nahezu unlösbar scheint, sagen wir uns: Wenn Pilar das nicht schafft, schafft es niemand.

Die Toten sprechen nicht, die Toten fühlen nicht, den Toten macht es nichts aus, wenn man sie nackt, bleich, hohlwangig – sozusagen im schlimmsten Augenblick ihres Lebens – zu sehen bekommt. Pilar hat eine sehr vertraute und liebevolle Art, mit den Toten umzugehen. Sie benimmt sich, als ob es ihnen tatsächlich etwas ausmachen, ja, als ob es ihnen wehtun würde, dass sie sich in so einem abstoßenden Zustand präsentieren müssen. Der erste und der letzte Blick sind sehr wichtig, sagt Pilar immer, so wie die Mutter ihr Kind beim ersten Mal sehen möchte, will später auch das Kind seine Mutter beim letzten Mal sehen, in gutem Zustand, und deshalb mache sie das alles. Und sie macht das so gut (man könnte glauben, die Toten seien lebendig), dass Arturo, ein Sohn Tante Esters und erfolgreicher Unternehmer, beim Anblick seiner toten Mutter – es war geradezu eine Freude, sie zu betrachten – Pilar vorschlug, gemeinsam ein Geschäft aufzumachen (er würde das Geld beisteuern und meine Schwester ihre geschickten Hände). Meine Schwester lehnte ab und erklärte, dass sie sich nur um die Toten der Familie kümmere, Geld wolle sie damit nicht verdienen. Sollte ich auf La Oculta sterben – was sich alle aus unserer Familie wünschen –, möchte ich, dass Pilar mich zurechtmacht.

Pilar hat unsere toten Großeltern hergerichtet, mehrere Tanten und Onkel, ihre Schwiegermutter, meinen Vater, nachdem sein Herz über all dem Leid wegen seines ältesten Enkels Lucas explodiert war, und auch die Kinder ihrer engsten Freundinnen. Und jetzt Anita. Was genau sie dabei jedes Mal macht, wissen wir anderen nicht, nur, dass sie Watte, Kerzen und Mullbinden benutzt, um verschiedene Körperöffnungen zu verschließen. Mit den Gesichtern hat der Tod Mitleid, sagt sie, denn dadurch, dass man ein wenig anschwillt, wenn man gestorben ist, verschwinden viele Falten. Weil die Toten andererseits aber so bleich sind, muss man ihnen zuallererst ein wenig Farbe verpassen. Je nach Hautton braucht es die richtige Creme, Rouge, Lippenstift, Puder, Wimperntusche und sogar Injektionen, um der Haut eine gewisse Vitalität zurückzugeben. Pilar hat mit dem Schminken und Frisieren viel Erfahrung, schon als kleines Kind war sie es, die meiner Mutter vor großen Festen die Haare machte. Bei den Verstorbenen nimmt sie Fotos zu Hilfe, und zwar möglichst ältere, als der Betreffende noch etwas jünger war. Aus New York bringe ich ihr immer Kosmetikartikel, feine Nagelscheren und besondere Pinzetten mit. Darüber freut sie sich am meisten, diesmal aber hatte ich keine Zeit, um egal was zu besorgen, ich steckte bloß zwei Lippenstifte ein, die ich in der Woche zuvor billig bekommen hatte, der eine scharlachrot, der andere grellpink, jedenfalls stand es so auf der Packung. Mit im Gepäck hatte ich dafür die Neuigkeit, dass nach dem Tod unserer Mutter als Nächste wir mit dem Sterben an der Reihe seien. Was sich Pilar aber längst klargemacht hatte, denn als Benjamín und ich eintrafen, sagte sie zur Begrüßung, an diesem Morgen sei ihr schlagartig bewusst geworden, dass sie sich ab sofort unter die Alten zu zählen habe.

In La Oculta ging ich zuerst in Anitas Zimmer. Ihr Gesichtsausdruck war sanft wie immer, mit dieser seltsamen Mischung aus Schönheit und Entschlossenheit. Pilar hatte ihr ein sehr hübsches besticktes rotes Kleid angezogen, das ich ihr einmal aus Mexiko mitgebracht hatte. Rot war die Farbe, die ihr am besten stand, und selbst jetzt sah sie fröhlich darin aus. Pilar erzählte, früh am Morgen sei sie durch einen Regenguss geweckt worden und aufgestanden, um bei Anita nach dem Rechten zu sehen. Dass es dort so still und ruhig gewesen sei, habe sie misstrauisch gemacht. Da habe sie das Licht eingeschaltet und festgestellt, dass Mama tot war. Bei dieser Vorstellung wurde ich noch trauriger, doch ich behalf mir, indem ich meine Schwestern umarmte.

Die ganze Nacht saßen wir neben meiner toten Mutter, tranken Kaffee und beteten Avemarias und Vaterunser, die, wenn man sie oft genug wiederholt, durch ihren gleichmäßigen Rhythmus eine beruhigende Wirkung erzeugen. Nach und nach trafen alle meine Neffen und Nichten ein, die Enkel meiner Mutter, mit ihren Kindern und Ehepartnern. Irgendwann war es auf La Oculta so voll, als wäre Dezember, aber es war ein trauriger Dezember im März.

Meine Mutter lag auf dem Bett, in dem sie immer geschlafen und das sie mit meinem Vater geteilt hatte. Davor war es das Bett von Großvater Josué und Großmutter Miriam gewesen. Im Zimmer war alles so, wie es meine Mutter eingerichtet hatte. Seit Cobos Tod hatte sie keinerlei Veränderungen zugelassen. Im Schrank hing immer noch rechts ihre Kleidung und links seine – die weißen Hemden, der typische Antioquia-Hut aus Palmfaser, die Reitstiefel, die Badeschuhe, mit denen er zum Wasserfall in der Schlucht ging, die Bermuda-Shorts, Schlafanzüge und Strümpfe. Lauter alte Sachen, wie man sie auf dem Land trägt, und so abgenutzt, dass man sie nicht an die Bauern hätte weitergeben können. Ein altes Bild von den Eltern meines Vaters im Alter von etwa vierzig Jahren. Und Familienfotos: die Erstkommunion der Kinder, die Hochzeit sowie Schnappschüsse aus der Zeit, als sie in Bogotá gewohnt hatten. Außerdem, in einem Rahmen über dem Bett, das nicht ganz formvollendete Sonett, das mein Vater über La Oculta gedichtet und mit dem Namen der Finca überschrieben hat:

Hart das Bett, schlecht die Matratzen,
gleichwohl liegen, wenn es dunkel,
stocksteif ohne jegliches Gemunkel
unsere Gäste da und ratzen.

Morgens tun die Hüften weh,
doch der Schmerz ist bald vorbei:
Doña Bertas Frühstücks-Ei
Übertrifft selbst Priesters Glorie.

Alsdann heißt die süße Pflicht,
Lesend in der Hängematte ruhen,
mittags Yuca gibt's dafür, mit Huhn.

Drauf um drei ein Bad im Felsenbache,
und zum Abend leckre Bohnen. Aus das Licht –
Auftakt für der Nachbarin Geschnarche.

Cobo und Anita schnarchten zu Lebzeiten wie in einem schlecht gesetzten Kontrapunkt, was ich jedoch nie wieder zu hören bekommen würde. Ein Schnarchkonzert ist eine laute und unangenehme Angelegenheit, und alle Schnarcher – ich gehöre zu ihnen – müssen den Spott ihrer Mitmenschen ertragen, auch weil Schnarchen eins der Dinge ist, an denen man erkennt, dass ein Mensch alt wird. Andererseits zeigt es wenigstens, dass man noch atmet, und ich empfand in diesem Augenblick nicht nur Trauer darüber, dass mein Vater schon seit Jahren nicht mehr schnarchte, sondern auch darüber, dass der Schlaf meiner Mutter, obwohl sie, Pilars geschickten Händen sei Dank, nicht ganz so tot wirkte, ein Schlaf ohne Atem und folglich ohne Schnarchen war. Ich sehnte mich nach ihrem Schnarchen, wie ich mich nach ihrem Atem sehnte. Eva sagte zu Pilar, ab sofort wolle *sie* über das Zimmer unserer Eltern bestimmen, weshalb Pilar dort bitte nichts anrühren und nichts verändern solle. Sie solle weder die alte Kleidung wegwerfen, noch die Fotos austauschen, noch die Bücher forträumen, noch die Decken oder die Matratze erneuern, noch eine andere Lampe und ein anderes Nachttischchen anschaffen, noch im Bad neue Fliesen verlegen, noch die Schränke entleeren und auch nicht Papas Gedicht abhängen. Pilar sah sie mit weit aufgerissenen Augen an, kaum etwas verachtet sie nämlich so sehr wie sentimentales Festhalten an altem Plunder und ausgedientem Zeug. Wenn sie, was selten vorkam, mit meiner Mutter über etwas stritt, dann hierüber: »Wann gibst du Próspero endlich Papas Hemden, Mami?«, sagte sie jedes Mal, wenn meine Mutter auf die Finca kam. Worauf Anita mit ihrer sanften, aber festen Stimme erwiderte: »Lass gut sein, Pilar, ich möchte es nun einmal so. Wenn ich irgendwann nicht mehr da bin, kannst du damit machen, was du willst.« Pilar durfte über alles bestimmen, was die Finca betraf, nur was Cobos und Anitas Zimmer anging, hatte sie nichts zu sagen. Eben deshalb wollte Eva, dass dieses Zimmer ihr zufiel und ihr privates Königreich wurde, der einzige Ort in La Oculta, an dem jemand anders als Pilar die Entscheidungen traf.

Eva

Nachdem ich mehrere Jahre nicht auf La Oculta gewesen war, bin ich schließlich, nur um meiner Mutter eine Freude zu machen, doch wieder hingefahren, das aber auch nur, weil sie beschlossen hatte, eine Familientradition wieder aufleben zu lassen, und zwar, gemeinsam auf der Finca Weihnachten zu feiern. In Wirklichkeit hatten wir alle mehrere Jahre lang nicht auf die Finca fahren können – zuerst wegen der Guerrilla, die dort regelmäßig Leute ausraubte, entführte und umbrachte, dann wegen der Paramilitärs, die dort regelmäßig Leute erpressten, ausraubten und umbrachten. Als wieder halbwegs normale Verhältnisse einzogen – als der Staat wieder mehr oder weniger der Einzige war, der Menschen töten durfte –, kehrte als Erste Pilar auf die Finca zurück, und schon bald begann sie fieberhaft, das Haus instand zu setzen, das, was niedergebrannt war, neu zu errichten, und alles wieder in seinen früheren, ja sogar in einen besseren Zustand zu bringen. Bis sie sich zuletzt entschloss, ganz dorthin zu ziehen, natürlich mit Alberto, der gerade pensioniert worden war, woraufhin meine Mutter uns hartnäckig damit in den Ohren lag, dass wir alle zusammen die Weihnachtsferien auf La Oculta verbringen sollten. Am liebsten auch noch die Osterferien, wie sie nicht müde wurde zu betonen, aber wenn das nicht möglich war, dann wenigstens die Weihnachtsferien. Mama hatte eine Theorie, an die sie sich zeitlebens hielt: Die Alten müssen sich ihre Gesellschaft erkaufen. Einmal hörte ich, wie sie das Tante Mona, ihrer Schwester, am Telefon erklärte:

»Sieh mal, Mona, ich weiß, dass wir Alten dafür bezahlen müssen, wenn wir nicht allein sein wollen, und trotzdem, besser können wir unser Geld gar nicht ausgeben. Eben deshalb können wir unseren Kindern ihr Erbe aber nicht auf einen Schlag auszahlen, solange wir noch am Leben sind, das geht bloß in kleinen Partien, sonst riskieren wir, einsam und verlassen im Armenhaus zu enden.«

Meine Mutter lud also immer alle ein, und deshalb kam im Dezember auch jedes Mal Toño aus New York, mit oder ohne Jon, und außerdem fast immer zu Ostern, und manchmal, wenn er genug von seinem Leben in Harlem hatte und Mama überraschen wollte, sogar ganz ohne Vorankündigung mitten im Jahr. Wenn wir nicht mindestens zwei oder drei Mal im Jahr zusammenkommen, sagte meine Mutter, verlieren wir den Zusammenhalt und hören auf uns zu lieben und sind irgendwann keine Familie mehr. Damit wir gar nicht erst mit irgendwelchen Ausreden anfingen, erledigte sie selbst alle nötigen Einkäufe und übernahm die anfallenden Kosten für ihre Kinder und Enkelkinder – für das Essen, den Wein und die Dienstmädchen. Schon im Juni begann sie mit den Vorbereitungen für die von ihr so genannte »Saison« und ließ kein Sonderangebot ungenutzt, um an Weihnachten alles beisammen zu haben – Palmherzen, Artischocken oder Erbsen in der Dose und was es sonst noch an gut haltbaren Lebensmitteln gibt, dazu Seife und Toilettenpapier. »Aber keinen Alkohol«, sagte sie, »wer Rum, Bier, Whisky oder Schnaps trinken möchte, muss sich das selbst besorgen.« Die einzige Ausnahme war Wein, wenn er irgendwo günstig angeboten wurde. Anfang Dezember kaufte sie dann auch die nicht ganz so gut haltbaren Sachen, und Mitte des Monats brachte sie schließlich einen kleinen Lastwagen auf den Weg, auf dem zusätzlich, bereits fertig verpackt, die Weihnachtsgeschenke für die Kinder, Enkel, Arbeiter und Hausmädchen verstaut wurden.

Mit ihrem Tod fiel der beständigste Teil meines Lebens weg, das spürte ich deutlich. Und alles, was weniger Bestand hatte, auch La Oculta, verlor für mich jeden Sinn. In den Weihnachtsferien wäre ich immer schon viel lieber anderswohin verreist, gerne weit weg, nach Patagonien, zum Beispiel, oder nach Mexiko oder Guatemala, aber zuletzt verzichtete ich jedes Mal darauf, um meiner Mutter nicht die Freude zu nehmen, die gesamte Familie um sich herum zu versammeln. Aber jetzt, wo sie nicht mehr da ist, habe ich nicht vor, noch einmal auf die Finca zurückzukehren, zumindest nicht an Weihnachten.

Ich habe immer mit meiner Mutter in der Bäckerei gearbeitet, noch näher hätte ich ihr also unmöglich sein können – wir verbrachten den ganzen Tag zusammen. Sich ihrem Willen zu widersetzen, und dazu dem von Pilar, und die Ferien einmal nicht mit der Familie zu verbringen, war jedoch ebenso ein Ding der Unmöglichkeit. Andererseits, so schlimm empfand ich diese Verpflichtung gar nicht, schließlich habe ich selbst die Finca sehr geliebt. Damit vorbei war es erst, als ich dort einmal fast umgebracht worden wäre. Als ich danach zum ersten Mal wieder auf die Finca kam – zum ersten gemeinsamen Weihnachtsfest –, zitterte ich vor Angst, als ich das Haus betrat und die Dielen unter meinen Füßen knarrten. Aber Benjamín war dabei und legte mir zur Beruhigung den Arm um die Schulter, und Pilar und Alberto waren auch da – sie lebten inzwischen auf der Finca –, und mein Bruder auch – er war aus New York gekommen –, und natürlich meine Mutter, die wie immer quicklebendig und völlig klar im Kopf war, und dazu ein Haufen Kinder, Pilars Enkel, die sich ins dunkle Wasser des

Sees stürzten und ebenso selbstverständlich die umliegenden Wälder und Schluchten erkundeten, so dass ich allmählich wieder Mut fasste. Als ich nach so langer Zeit schließlich Próspero gegenüberstand, dem Verwalter, der zwar älter, aber so gut wie unverändert war – einen oder zwei Zähne hatte er verloren, davon abgesehen war er so herzlich und gleichzeitig zurückhaltend wie immer –, konnte ich die Tränen nicht mehr unterdrücken und schloss ihn lange in die Arme. Ein bisschen war es, als würde ich einem Gespenst begegnen, einem Menschen, der vor Jahren gestorben und auf einmal wieder auferstanden war.

Wieder im See schwimmen konnte ich erst, nachdem ich mehrere Tage lang misstrauisch seine Oberfläche beäugt und mich gefragt hatte, ob ich tatsächlich erneut in dieses düster-unheilvolle Wasser steigen wolle. Nichts kostete mich auch nur annähernd so viel Überwindung, und als ich mich schließlich dazu durchrang, hatte ich das Gefühl, eine schwere Phobie zu überwinden, es war, als müsste ich mit bloßen Fingern einen großen schwarzen Schmetterling aus meinem Zimmer tragen oder eine Giftschlange packen und fortschleudern. Irgendwann habe ich auch wieder ein Pferd bestiegen. Aber beide Male zitterte ich am ganzen Leib und musste gegen die Erinnerungen ankämpfen, die über mich hereinbrachen. Als ich auf dem Pferd saß, spürte ich ein heftiges Stechen im Po, so schmerzhaft war der Gedanke an das, was geschehen war. Völlig abgestreift habe ich diese Erlebnisse bis heute nicht, ich muss immer noch Tabletten nehmen, Schmerz- und Schlaftabletten, und daran wird sich wohl kaum etwas ändern. Früher bin ich regelmäßig mit meinem Freund Caicedo um die Wette geschwommen – er hatte 1956 an der Olympiade in Melbourne teilgenommen –, fünf- oder sechsmal von einem Ufer zum anderen, ich war richtig gut, auch wenn ich mit Toño wandern gegangen oder mit meinem Sohn ausgeritten bin, und ich habe es genossen, mit meiner Mutter und Pilar zusammen zu sitzen und zu nähen und alte Geschichten zu erzählen. Dabei haben wir jedes Mal viel gelacht und großen Spaß gehabt, und das gab uns das Gefühl, dass sich all das Leid trotzdem gelohnt hatte. Etwas erzählen ist eben einfach, aber es durchmachen müssen ... ist ganz was anderes.

Ich erinnere mich daran, als wäre es heute passiert, dabei ist es schon über fünfzehn Jahre her. Pilar lebte damals noch nicht auf der Finca, sie hatte aber gesagt, ich könne unbesorgt dorthin fahren; seit die Paramilitärs die Guerrilla vertrieben hätten, gebe es keine Raubüberfälle und Entführungen mehr, alles sei wieder in Ordnung. Also habe ich mich, ganz allein, auf den Weg gemacht, ich wollte eine Woche bleiben und mich einfach nur ausruhen und an nichts denken. Es war Ende Mai, das Wetter war wunderbar. Ich war Anfang vierzig und immer noch eine schöne Frau, zumindest haben alle anderen das gesagt. Ich hatte mich gerade von meinem Freund getrennt, er war einer von den Idioten, mit denen ich mir manchmal die Zeit vertreibe. Später tut es mir jedes Mal leid, und ich ärgere mich, dass ich schon wieder so viel Zeit für eine sinnlose Hoffnung vergeudet habe.

Zwei oder drei Tage nach meiner Ankunft bekam ich einen seltsamen Brief. Próspero, der sich schon seit Ewigkeiten als Verwalter um La Oculta kümmert, brachte ihn mir und sagte dazu, ein Kind aus dem Dorf habe ihn abgegeben. Auf dem einmal gefalteten Stück Papier, ohne Umschlag, stand einfach nur »Eva Angel« – sonst nichts, weder eine Anrede noch Adresse –, und als ich den Zettel auseinanderfaltete – genau genommen handelte es sich um eine Seite, die jemand aus einem Rechenheft gerissen hatte –, hatte ich folgenden in Druckbuchstaben geschriebenen Text vor mir:

DOÑA PILAR HAM WIRS SCHON GESAKT
ENTWEDER SIE VERKAUFEN DIE FINCA
ODER SIE VERKAUFEN SIE. DIESE GEGENT IS NIX
FÜR ALTE DRECKSWEIBER WO ALLEIN LEBM. ENTWEDER
SIE VERKAUFEN ODER IHRE WAISENKINDER TUNS.
HEUT NACHMITTAG UM DREI WARTEN WIR AUF SIE
IM PARCK IN PALERMO. PÜNKTLICH.
BRINGEN SIE DIE PAPIERE MIT
DANN FANGEN WIR GLEICH MIT DEN FERHANDLUNGEN
   AN.
DRITTE UND LETZTE WARNUNG.
EL MUSICO
WENN SIE NICH KOMMEN SIND SIE
FÜR DIE FOLGEN SELPS FERANTWORTLICH.

Próspero erklärte, einmal hätten sie ihn am Eingang der Kirche von Palermo abgepasst, um ihm zu sagen, er solle Pilar mitteilen, sie würden in Dollar bezahlen, und das in zwölf Monatsraten. Obwohl der von ihnen festgelegte Preis viel höher war als der Verkehrswert von La Oculta, wussten wir, dass diese Leute jedes Mal nur die erste Rate bezahlten, um anschließend, kaum war der Kaufvertrag unterschrieben, die gesamte Finca in Besitz zu nehmen, überall auf der Suche nach Gold mit Baggern die Erde zu durchwühlen und Koka- oder Mohnplantagen anzulegen. Und falls jemand wagte, auf Einhaltung des Vertrages zu bestehen, ließen sie ihn einfach verschwinden und brachten ihn um. El Músico oder einen seiner Leute hatte ich bislang nicht persönlich kennengelernt, aber sie waren in der ganzen Gegend berüchtigt.

Damals gab es zwar schon Mobiltelefone – riesige, tonnenschwere Apparate –, aber man konnte sie nur in der Stadt benutzen. Auf der Finca hatte man keinen Empfang, und ein Festnetzanschluss war dort nie eingerichtet worden. Also benutzte ich ein Funksprechgerät, um mich mit Pilar in Verbindung zu setzen, dabei konnte ich allerdings nicht völlig frei und offen sprechen, denn Anrufe per Funk konnten auf allen benachbarten Fincas und auch in dem nahegelegenen Ort Palermo mitgehört werden. Es gab einen Privatkanal, bei dem nicht ganz so viele Leute mithörten, aber wirklich sicher konnte man sich auch dort nicht sein. Ich teilte Pilar also einigermaßen verklausuliert mit, was los war, und sie verstand, zumindest halbwegs, worum es ging. Sie antwortete, ich solle mir deswegen keinen Kopf machen, diese Typen seien Spinner, aber auch Feiglinge, sie werde den Metzger in Palermo anrufen, der die Kontaktperson sei, und die Sache klären, in jedem Fall habe sie die Kerle aber bereits wissen lassen, dass wir nicht im Traum daran dächten, La Oculta zu verkaufen, und wenn sie uns in diesem Augenblick hören könnten, dann sollten sie das ruhig, umso besser. So ist eben Pilar, immer kampflustig, nicht so ängstlich wie ich. Wirklich beruhigt war ich danach allerdings nicht, ich blieb jedoch auf der Finca, statt sofort abzureisen, was ich eigentlich hätte tun sollen. Ich war so gerne dort, in La Oculta konnte ich nach Herzenslust lesen und Yoga machen und Salat und Gemüse essen, die Blumen im Garten bestimmen, der unter Pilars Pflege schöner gediehen war denn je, im See schwimmen, zu Pferd die Umgebung erkunden, entweder bergauf, ins Hochland, Richtung La Mama, wo es kalt war, oder bergab, runter zum Río Cartama, ins warme Tiefland. Außerdem hatte ich damals in La Oculta noch das Gefühl, an einem Ort zu sein, wo mir nichts passieren kann – ringsherum lauerte die Wildnis mit ihren Bedrohungen und Gefahren, aber auf der Finca selbst fühlte ich mich sicher und geschützt wie im Inneren einer uneinnehmbaren Festung, wie auf einem Schloss mit Zugbrücke, wobei der See, wie in einem Märchen, die Rolle des Festungsgrabens übernahm, in dem sich Krokodile tummelten, obgleich es sich in Wahrheit bloß um Leguane, Karpfen und Schildkröten handelte.

Auch wenn ich La Oculta später nie wieder so geliebt habe wie zuvor und obwohl ich jetzt tatsächlich entschlossen bin, die Finca zu verkaufen, muss ich zugeben, dass von allen Landschaften der Welt, die ich bislang kennengelernt habe, keine mich so berührt hat wie die rings um die Finca. Wo auch immer ich unterwegs bin, ich trage sie stets in mir. Vielleicht gibt es schönere Landschaften, anmutigere, weniger dramatische, aber das ist nun mal diejenige, die sich mir eingeprägt hat. Die Landschaft, bei deren Anblick sich, sobald wir auf der Finca eintrafen, das Gesicht meines Vaters unweigerlich aufhellte. Als ich hier einmal neben ihm in der Hängematte saß und den See und die Berge betrachtete, stellte ich fest, dass dieser Platz an diesem Nachmittag und bei diesem Licht und in dieser Gesellschaft tatsächlich der schönste Ort auf der ganzen Welt war. Und so ist es mir dort später noch öfters ergangen, in leuchtenden Augenblicken, die nur der Begeisterung zu vergleichen sind, die man beim Betrachten mancher Bilder oder beim Hören einer bestimmten Musik erleben kann, zum Beispiel wenn Antonio, begleitet von einer Orchesteraufnahme, uns Teile eines Violinkonzerts vorträgt oder wenn ich mit meinem Freund Santiago Opernarien anhörte, mit Santiago, dem Witwer, wie sie ihn bei uns zu Hause nannten, also mit dem Lebensgefährten, von dem ich mich kurz vor Mamas Tod getrennt habe.

Auch als ich bereits mehrere Jahre nicht mehr auf der Finca gewesen war, brauchte ich nur die Augen zu schließen, um sie, eingebettet in die sie umgebende Landschaft, vor mir zu sehen. Heute noch träume ich mehrmals im Jahr von ihr. Es ist die Landschaft meiner Kindheit, als ich zu meinen Großeltern, die damals noch lebten, in die Sommerfrische fuhr, der Ort meiner Jugend und der glücklichsten wie auch der schrecklichsten Momente meines Lebens, nirgendwo habe ich das Dasein mehr genossen und durchlitten, mein verlorenes und wiedergewonnenes Zuhause. In regelmäßigen Abständen träume ich, dass etwas passiert, woraufhin ich erschrecke und vor meinen Verfolgern die Flucht ergreife, und dabei kann ich auf dem Wasser des Sees von La Oculta laufen! Ich laufe lachend auf dem See, glücklich wie eine Göttin oder wie eine Eidechse, immer weiter laufe ich und lasse die Gefahr hinter mir zurück.

Ich hatte meinen damaligen Hund mitgenommen, Gaspar, einen Golden Retriever. Gaspar war ein sanftes Tier, passte jedoch vorbildlich auf mich auf, auch wenn er niemals jemanden gebissen hätte. Das Äußerste war, dass er anfing zu knurren und dann zu bellen, wenn er merkte, dass sich Unbekannte näherten. Wie es gute Hunde eben machen, zumindest Hunde, die mir gefallen, also solche, die bellen, aber nicht beißen.

Gaspar kümmerte sich um mich und ich mich um ihn, einer war des anderen Begleiter. Stets lag er mir zu Füßen oder an meiner Seite, niemals hätte er mich allein gelassen. Sobald ich aufstand, stand auch er auf. Wenn ich in den See sprang, sprang er ebenfalls ins Wasser und schwamm hinter mir her. Wenn ich zu Fuß oder zu Pferd auf dem Gelände der Finca unterwegs war, folgte er mir und lief im Zickzack durch Wald und Wiesen, für uns Menschen nicht wahrnehmbaren Fährten auf der Spur, überall herumschnüffelnd und ein Terrain markierend, dessen imaginäre Grenzen ihm so selbstverständlich vertraut waren wie mir die der Finca, das heißt des Landes meiner Urgroßeltern, das mein Vater uns vermacht hatte und das eines Tages meinem Sohn Benjamín gehören würde.

Normalerweise gehe ich früh zu Bett, noch vor zehn, weil ich auch sehr früh aufstehe, aber an dem Tag las ich bis tief in die Nacht in der Hängematte, ich kam von dem Roman nicht los, den ich in einem Zimmer der Finca entdeckt hatte, ein altes Buch mit vergilbten Seiten, das Cobo gehört haben musste, denn sein Name stand darin – Jacobo Ángel, 17. April 1967, war auf der Titelseite zu lesen, und 20. April 1967 auf der letzten: Cobo hatte die Angewohnheit, festzuhalten, an welchem Tag er eine Lektüre begonnen und wann er sie beendet hatte. Abgesehen davon enthielt das Buch Unterstreichungen und Anmerkungen in seiner Handschrift. Der Tod meines Vaters lag bereits mehrere Jahre zurück, bei dem Gedanken an ihn brannte es aber immer noch in meinem Hals. Ich hatte das Buch gleich am ersten Tag gefunden und seither immer die ruhigen Abendstunden genutzt, um mich in die Lektüre zu versenken. Auf der letzten Seite befand sich außer dem Datum ein längerer Kommentar, ebenfalls von der Hand Cobos. Es war schön, den Spuren der Lektüre meines Vaters zu folgen, im Wissen, dass womöglich bestimmte Stellen die gleichen Gedanken in ihm hervorgerufen hatten wie in mir und dass er an denselben Stellen gelacht hatte oder erschrocken war. Bei uns zu Hause hieß es immer, niemand sei sich so ähnlich wie wir beide. Seit meiner frühesten Kindheit war es regelmäßig vorgekommen, dass wir bei Tisch genau im selben Moment genau das Gleiche sagten, und ich weiß noch, dass wir dann jedes Mal lachten und riefen: »Wir haben einen Teufel erlegt!« Gleichzeitig das Gleiche zu sagen bedeutete, dass man einen Teufel erlegt, besser gesagt, dass man die Welt von einem Übel befreit. Solche Sachen glaubt man, auch wenn sie nicht stimmen, aber weniger aus Aberglauben, sondern weil sie etwas Tröstliches haben. Zu Hause führten wir zum Beispiel, völlig unbeeindruckt von ihrem tatsächlichen

Wahrheitsgehalt, eine Weisheit von Großvater Josué im Mund. Immer wenn auf der Finca ein Tier gestorben war, wenn eine Kuh einer Krankheit erlegen oder ein Kälbchen in eine Schlucht gestürzt war und sich den Hals gebrochen hatte oder eine Stute einer schweren Kolik zum Opfer gefallen war, in all diesen Fällen also verkündete der Großvater: »Der Himmel hat sein Urteil noch mal aufgehoben.« Damit wollte er sagen, dass eigentlich jemand aus der Familie mit dem Sterben an der Reihe gewesen wäre, Gott in seiner Großmut hatte uns jedoch durch ein weniger einschneidendes Opfer von diesem Schrecken befreit. Wenn ich hierbei an Gaspar denke, läuft es mir noch heute eiskalt den Rücken hinunter.

Einen Roman zu lesen, den auch mein Vater gelesen und mit Unterstreichungen versehen hatte, war, als würde ich mich mit ihm über die darin erzählte Geschichte unterhalten, als wären wir in diesem Augenblick beide auf der Finca und läsen und diskutierten gemeinsam, so wie wir es früher oft getan hatten, nachmittags nebeneinander in Hängematten liegend, oder im Zimmer meiner Eltern, das zuvor das der Großeltern gewesen war, oder an dem großen Tisch, beim Abendessen. Manchmal unterbrach ich die Lektüre und dachte über das Gelesene nach oder versuchte, mir die geschilderten Situationen genauer vorzustellen. Dabei streckte ich seitlich den Arm aus und strich Gaspar über den Rücken, den Blick gedankenverloren in die Dunkelheit gerichtet, wie es einem beim Lesen guter Bücher eben so geht – mitgerissen von den im Text verborgenen Ideen treiben die Gedanken dahin, bis sich beides irgendwann ineinanderschiebt und vermischt wie zwei große Wolken, die dann manchmal ganz schwarz werden und womöglich einen Blitz aufleuchten lassen, dessen Donner an der Stirn widerhallt, während der Regen einsetzt und wir zu weinen beginnen, an einer Saite tief in unserem Inneren berührt, von der wir gar nicht wussten, wie angespannt sie war.

Im Haus war alles dunkel, bis auf eine Stehlampe neben der Hängematte. »Nirgendwo liest es sich besser als in der Hängematte«, sagt eine Freundin von mir immer. Insekten schwirrten um die Lampe, aber sie stachen nicht – die Mücken auf La Oculta stechen nicht, uns zumindest nicht. Im See quakten ein paar Frösche, und ab und zu glitt ein Leguan oder eine Schildkröte ins Wasser, was sich anhört wie eine reife Frucht, die sich mit leisem Knacken vom Ast löst, hinabfällt und unter der Oberfläche verschwindet. Ich genoss die Gesellschaft meiner Hängematte, des Hundes, ja selbst der Insekten und Frösche, und fühlte mich sicher und geborgen.

Damals hielt ich La Oculta noch für mein eigentliches Zuhause. Alle aus unserer Familie wurden dort von einem sehr tiefen, sehr besonderen Gefühl erfüllt. Ich mag das Wort ›Energie‹ nicht, aber wenn ich es mögen würde, würde ich es jetzt verwenden – die Finca vermittelte uns etwas Ungreifbares und dennoch ganz und gar Wirkliches. »Einen Vorgeschmack des Himmels«, wie mein Schwager Alberto immer sagte.

Erst ein Motorengeräusch schreckte mich auf, irgendwelche Fahrzeuge schienen die Straße zur Finca hinaufzukommen, sie waren vielleicht einhalb Kilometer entfernt, in der Nähe des Gasthauses. Was seltsam war, schließlich hatte ich selbst, als ich am Nachmittag dort entlanggeritten war, das eiserne Tor mit dem Vorhängeschloss gesichert, und außer mir hatte niemand einen Schlüssel. Bis auf Próspero natürlich, aber der war früh schlafen gegangen, buchstäblich mit den Hühnern, wie immer, und lag um diese Uhrzeit sicherlich schnarchend an der Seite seiner Frau Berta im Bett, in dem Haus neben dem Stall. Auch Gaspar stellte bei dem Geräusch die Ohren auf und knurrte leise, blieb aber liegen. Danach kehrte wieder völlige Stille ein. Und ich sagte mir, das Ganze sei wohl doch nur Einbildung gewesen.

Pilar

Was auf der Finca nicht schon alles passiert ist und immer noch passiert! Zuallererst sind da die im See Ertrunkenen – fünf, soweit ich weiß. Vor dem dunklen, geheimnisvollen Wasser habe ich größten Respekt. Dann die Entführung von Lucas. Für mich war das das Schlimmste, nicht bloß, weil man mir fast ein Jahr lang meinen Sohn genommen hat, man hat uns dadurch vor allem meinen Vater geraubt, er hat die Situation nicht ausgehalten. Und die Ankunft der Retter war noch schlimmer als die Gefahr, aus der sie uns retten sollten – die Medizin war schlimmer als die Krankheit –, schließlich ist hier daraufhin möglicherweise mehr Blut geflossen als je zuvor. Irgendwann nahmen sie auch Eva ins Visier und wollten sie umbringen. Und all die anderen Geschichten von unseren Vorfahren, bis zurück in ich weiß nicht welches Jahrhundert – Toño kennt sich da aus. Aber diese alten Geschichten interessieren mich nicht im Geringsten, auch nicht irgendwelche Stammbäume, oder wie genau damals das Dorf gegründet worden ist, oder wer alles vor hundert Jahren bei der Verteidigung der Finca sein Leben gelassen hat. Das geht mich nichts an. Mir tun nur die Toten weh oder die schlimmen Sachen, die mich unmittelbar betroffen haben, hier, vor Ort, mich, meine Familie, aber nicht die Vergangenheit. Ich persönlich hatte zum Beispiel in den letzten Jahren auf La Oculta gleich mit zwei Todesfällen zu tun. Zuerst Tante Ester, dann meine Mutter. Das mit Tante Ester war für mich nicht so traurig, aber dafür viel härter, nicht nur, weil es Monate gedauert hat, bis sie schließlich gestorben ist, und in der ganzen Zeit habe ich sie gepflegt. Nein, aber irgendwann musste ich gewissermaßen entscheiden, ab wann es nicht mehr die Mühe wert ist, dass sie weiterlebt. Bei meiner Mutter nicht, meiner Mutter ging es bestens, bis zum letzten Tag. Sie war im Kopf vollkommen klar und brauchte von niemandem Hilfe und hat wie immer allen gesagt, was sie zu tun haben, mit Próspero hat sie überlegt, wie viele Kälber verkauft werden sollen, und sie hat sich genau erklären lassen, wie die Kaffeeernte ausgefallen ist und um wie viel der Durchmesser der Teakbäume im Jahr zugenommen hat. Sie ist völlig ruhig gestorben, im Schlaf, wir haben es überhaupt nicht mitbekommen. Sie hat nicht geklingelt und sie hat auch nicht nach mir gerufen. Als ich sie gefunden habe, lag sie auf der Seite, so wie immer, auf der rechten Seite, genauer gesagt, als hätte sie sich selbst umarmen wollen. Ich hätte ihre Arme fast nicht auseinander bekommen, als ich ihr die Kleider anziehen und sie herrichten wollte. Das Glas Wasser hatte sie ganz ausgetrunken, sie war bestimmt durstig. Angst war ihrem Gesicht nicht anzusehen, es wirkte bloß wie ganz weit weg und gelassen und entspannt. Ich würde auch gern so sterben – der Tod der Gerechten, wie man so sagt.

Während der Totenwache haben wir eine Weile darüber gestritten, ob wir meine Mutter beerdigen oder verbrennen lassen sollen. Ich war dafür, sie verbrennen zu lassen und die Asche auf die Finca zu bringen. Antonio, der immer mit diesem Quatsch daherkommt, die Toten aus unserer Familie dürften nicht verbrannt werden – schließlich sind wir keine Hindus, sondern konvertierte Juden, wie er sagt –, war jedoch dafür, sie im Familiengrab der Ángels in Jericó zu bestatten, und später sollten wir ihre Reste dann hierher überführen, und bei der Gelegenheit auch die von Cobo, auf die Weise könnten wir sie zusammen an der Stelle begraben, die mein Vater sich immer gewünscht hatte. Eva hat gesagt, ihr ist es egal, nach dem Tod sei sowieso alles gleich. Benji, Lucas und meine anderen Kinder waren für Verbrennen, also hatte Toño niemanden, der seinen Vorschlag unterstützt hat, und er musste sich der Mehrheit fügen.

Die Reste meiner Mutter liegen jetzt unter der Zeder, die man von der Rückseite des Hauses aus sehen kann, in Richtung Río Cartama, auf der kleinen Freifläche mit der Bank. Dort ist es ganz besonders grün, weil ringsum alles mit Erdnussgras bewachsen ist. Próspero hat es nicht gefallen, dass wir die Stelle als »Grab« bezeichnen, er hat ihr, taktvoll, wie er ist, den Namen »Ruhestätte« gegeben, und seitdem heißt sie auch für uns so. Von hier aus hat man für meinen Geschmack die schönste Aussicht der ganzen Finca, man sieht nicht nach Westen, zum See, in dem schon so viele Menschen ertrunken sind, sondern in Richtung Sonnenaufgang, in die weite offene Landschaft und in das fruchtbare Cauca-Tal hinab, das jetzt anderen Leuten gehört, alteingesessenen Großgrundbesitzern oder Mafiosi vom alten Schlag, auch wenn es mal uns gehört hat, den früheren Ángels, vor vielen, vielen Jahren.

Antonio

Nach dem Tod meiner Mutter wollte ich ein paar Tage auf der Finca bleiben, in den Bergen versteckt, und meine alten Aufzeichnungen über die Gründung von Jericó, meine Familie, La Oculta und die Gegend hier, im Südwesten der Provinz Antioquia, durchsehen. Ihr Tod brachte mich dazu, mich endgültig an die Ausarbeitung der Geschichte des Ortes und der Finca zu machen. Sich erinnern bedeutet ja gewissermaßen, die Gespenster in die Arme zu schließen, die unser jetziges Leben möglich gemacht haben. Es ist so viel passiert in dieser Gegend, diesem großen weißroten Haus inmitten von Wasser und sattem Grün. Einem Grün in allen möglichen Tönungen, verteilt über riesige grüne Berge, und dazu das dunkle Wasser des Sees, in dem sich nicht der blau-weiße Himmel darüber widerspiegelt, sondern die schwarz-grünen Felsspitzen, die höher als der Himmel scheinen und in Richtung Jericó ansteigen, also in Richtung des Dorfs, wo mein Vater und meine Großeltern und Urgroßeltern geboren sind, die Besitzer dieser Finca, die sie urbar gemacht haben, in dem sie Bäume gefällt, Steine bewegt und den Wald niedergebrannt haben, das Einzige, was es seit dem Anfang der Welt hier gegeben hatte.

Morgens laufe ich immer gleich nach dem Aufstehen barfuß über die Wiese vor dem Haus und spüre den Tau an den Zehen. Ich atme tief durch und würde am liebsten beten, wie als junger Mann und als Kind, aber ich weiß nicht mehr, zu wem ich beten soll. Im

Stillen sage ich irgendetwas, was einem Gebet an die Vorfahren gleichkommt, obwohl ich auch nicht mehr so wie früher daran glaube, dass der Geist den Tod überlebt. Ein Gebet an die Natur und das Schicksal, das uns diese Finca gegeben hat. Um diese Uhrzeit steigt der Nebel vom Fluss auf, und ich warte, bis er hier ankommt. Langsam nähert er sich in dicken Schwaden und legt sich auf das Haus. Próspero spricht immer von »Frau Schnitterin«, warum weiß ich auch nicht, vielleicht weil der Nebel wie eine Machete übers Gras streicht, als wollte er es mähen. Der Nebel hüllt mich ein, liebkost mich, für einen Augenblick ist die Welt verschwunden, so wie der See und die Berge, ich komme mir vor wie im Inneren eines Glases voll Wasser und Anisschnaps, weiß wie Milch, bis der Nebel schließlich weiterzieht, höher steigt, den waldigen Abhang kitzelt. Dann färbt die Welt sich im Osten rosa oder orangefarben, und der Fluss ist wieder zu sehen, im Winter breit und gelb, im Sommer schmaler und dunkel, tief unten im Tal fließt er dahin, unterwegs zum Río Cauca, und auch die beiden Bergkegel werden wieder sichtbar, »die Brüste von Doña Quiteria«, wie Großvater Josué sie nannte. Mit dem Sonnenlicht kehren die Farben der Vögel und Blumen zurück: die weißen und dunkelvioletten Orchideen, die von den Bäumen hängen, die Orangetöne der Königsstrelitzien, die violetten oder rosa Balsaminen, die rot-schwarzen Flamingoblumen, all die Wunder, die Pilar angepflanzt hat. Manchmal bleibt ein Blättchen an meiner Fußsohle kleben oder ich zerdrücke mit der Ferse einen Erdklumpen, und dann weiß ich, dass der Tau und das kleine Blatt und das Stück schwarze Erde, dass all das ich bin. Ich kenne hier jeden Schmetterling, jede Vogelstimme, alle siebenundneunzig Teakbäume am Zufahrtsweg zum Haus, sämtliche Geräusche – das Rauschen des Bachs, die Zikaden, die Rotschwanzguane, Spottdrosseln und Sperber, die Spechte, die an vertrockneten Trompetenbäumen picken, die Aras, die in toten Königspalmen ihr Nest bauen –, Geräusche, die ich in ihrer Gesamtheit als vollkommene Stille erlebe.

Ich spüre, dass ich ein Teil dieser Finca bin, dieser alten Finca meiner Vorfahren, derjenigen, die ich gekannt habe, wie auch derjenigen, die ich nicht gekannt habe. Ich kann als Einziger aus der Familie die lange Liste ihrer Namen aufsagen, weil mich die mottenzerfressenen Bücher, Taufurkunden und Sterberegister interessieren. Anders als meine Schwestern, die mehr meiner Mutter gleichen und praktischer und zupackender sind als ich, realistischer, stärker in der Gegenwart verankert. In meiner Kommode auf der Finca ist eine Schublade voller Papiere, die ich seit Jahren zusammengetragen oder selbst beschrieben habe. Immer wenn ich dort bin, hole ich die Blätter hervor und verbessere etwas oder ergänze Dinge, die ich gelesen oder im Dorf erzählt bekommen habe. Geschichten, Gerüchte, Halbwahrheiten, Vermutungen, Tatsachen, Gedankenspiele und Träumereien. Es gefällt mir, mich mit diesen Aufzeichnungen zu beschäftigen, sie immer wieder durchzugehen wie jemand, der Münzen oder Karten oder Briefmarken sammelt. Ich streiche liebevoll mit der Hand über die Seiten, schreibe sie ins Reine, überarbeite sie, denke darüber nach. Schon seit Jahren habe ich vor, etwas über die Finca zu verfassen, damit meine Nichten und Neffen und ihre Kinder später Bescheid wissen und sich daran erinnern, wie das alles zustande gekommen ist. Das Folgende zum Beispiel bezieht sich auf die ältesten Tatsachen, die mir über unsere Familie bekannt sind, und eben hiermit möchte ich irgendwann meine Geschichte der Finca beginnen lassen:

Ich weiß nicht, ob wir Juden waren, allzu rein war unser Blut aber offenbar nicht, hatten wir doch nicht bloß jüdische Vornamen, sondern dazu typische Nachnamen von Konvertiten, weshalb es bei uns zu Hause auch immer hieß – worüber man weder Scham noch Stolz empfand –, wir seien möglicherweise Marranen, also Leute, die bloß äußerlich ein christliches Leben führen, insgeheim jedoch anderen Überzeugungen anhängen. Der Erste aus unserer Familie, der nach Kolumbien kam – das damals noch Neugranada hieß –, war ein junger Spanier aus Toledo, Amtsschreiber von Beruf. Sein Name lautete Abraham Santángel. Wir wissen nur wenig über ihn, unter anderem, dass er bei der Ankunft in Cartagena de las Indias gerade einmal vierundzwanzig Jahre alt war und von dort auf dem Río Magdalena wie auch auf Königswegen, die in Richtung Río Cauca strebten, nach Antioquia gelangte, wo er gegen 1786 eintraf, als die Kolonie bereits im Sterben lag. Irgendwann in der Zeit der Unabhängigkeitskriege diktierte er dann in Santa Fe de Antioquia sein Testament.

Warum es Abraham in diesen abgelegenen Landstrich zog, wo es vielfach so steil und schroff bergauf oder bergab geht, dass selbst die Katzen Mühe haben, sich auf ihren vier Pfoten zu halten, weiß kein Mensch. Sicher scheint bloß, dass ihm die Zukunft in Spanien wenig Gutes verheißen hat. Er muss gehofft haben, hier, auf dieser Seite des Atlantiks, werde das Schicksal ihm womöglich die eine oder andere freudige Überraschung bescheren, fruchtbare, wasserreiche Böden etwa und die jungen Schenkel einer großmütigen Mulattin, zwischen denen er für allezeit seinen Samen würde säen können. Fast alle kennen wir die lustvolle Vorstellung, der lähmenden Traurigkeit ein Schnippchen zu schlagen und unter neuen Himmeln sein Glück zu versuchen, Abraham Santángel besaß darüber hinaus jedoch den Mut, diesen Traum in die Tat umzusetzen, und nahm dafür eine gefährliche Reise ins Ungewisse auf sich.

Allzu freigebig scheint sich das Schicksal ihm gegenüber jedoch nicht erwiesen zu haben, zumindest dem Erbe nach zu urteilen, über das er in seinem Testament verfügte. Darin heißt es, dass das Wenige, was es zu verteilen gebe – die Liste ist kurz und übersichtlich und besteht aus einer Stute, einem Pferdegeschirr, etwas Kleidung und einigen Möbeln: einer Truhe, einem Kerzenleuchter, einem Bett aus Lorbeerholz und einem Tisch samt neun Hockern –, seinen Kindern zufalle, die er bitte, es aufzuteilen, so gut sie könnten und ohne in Streit zu geraten, woraufhin er sie dem Alter nach aufzählt: Susana, Eva, Esteban, Jaime, Ismael, Esther und Benjamín, allesamt hervorgegangen aus seiner rechtmäßigen Verbindung mit Betsabé Correa, geboren in Yolombó. Wer Betsabés Eltern waren, erwähnt er nicht, sie könnte folglich eine Schwarze, Indiofrau, Mestizin oder auch Kreolin gewesen sein, abgesehen davon, dass sie, aufgrund ihres Vornamens, durchaus einer Familie von Konvertiten hätte entstammen können, wenngleich es am wahrscheinlichsten ist, dass sie ursprünglich der einheimischen Bevölkerung angehörte oder eine Mulattin war. Wie dem auch sei, seinen Kindern legt Abraham nachdrücklich ans Herz, bis ans Ende von Betsabés Tagen für diese zu sorgen und sie zu achten, falls sie nicht wollten, dass sie sein Fluch aus dem Jenseits treffe. Am Ende fügt er wie beiläufig hinzu, er schreibe dieses Testament, weil seine Gesundheit ihm Sorgen bereite, und nachdem er keine Mittel besitze, um seine Familie zu unterhalten, und ihnen außer den erwähnten Kleinigkeiten nichts zu vererben habe, weise er seine Söhne hiermit an, falls sie nicht als Taugenichtse enden wollten, hart zu arbeiten und sich der eigenen Hände zu bedienen. Den Frauen wiederum erteilt er den Rat, sich früh und gut zu verheiraten, und das mit friedliebenden und rechtschaffenen Männern. Söhne wie Töchter wiederum fordert er auf, Sorge zu tragen, dass sie ein ehrenhaftes Leben führen, ohne den Nachnamen Ángel zu beschmutzen – Ángel, wie er hier am Ende schreibt, und nicht Santángel –, dessen Ursprung, wie sie sehr wohl wüssten – und das ist der rätselhafteste Teil des Dokuments –, dessen Ursprung also »niemals Anlass zu Scham oder Schande geben darf«. Abschließend gibt er ihnen noch einen Ratschlag, der zu einer Art Wahlspruch der Familie werden sollte: »Vergesst nie, dass ihr nicht mehr, aber auch nicht weniger als die anderen seid. Versucht als Gleiche unter Gleichen zu leben, arbeitet und befehlt niemandem, aber lasst euch auch von niemandem befehlen.«

Dass wir dieser Empfehlung bis heute folgen, ist der Grund dafür, dass man uns liebt oder hasst. Statt zu befehlen, erklären wir lieber oder bitten um etwas, und statt zu gehorchen, überlegen wir, ob das, was man von uns fordert, vernünftig und durchführbar ist und zu Recht gefordert wird. Lieber erledigen wir die Dinge mit eigenen Händen, und falls wir doch einmal Hilfe benötigen, sind wir trotzdem die Ersten, die sich an die Arbeit machen. Und für andere setzen wir uns immer dann ein, wenn diese sich ebenfalls an der Arbeit beteiligen und nicht bloß danebenstehen und Befehle erteilen, als wären sie etwas Besseres. So etwas ertragen wir nicht.

Wir, die Ángels aus Jericó, stammen vom fünften Sprössling Abrahams ab, also von Ismael, der sich Anfang des 19. Jahrhunderts in El Retiro niederließ. Womit genau er sich dort beschäftigte, wissen wir nicht, ganz schlecht kann es ihm jedoch nicht ergangen sein, denn er hinterließ Esteban, seinem Ältesten, eine Saline. Isaías wiederum, Ismaels Zweitgeborener, wanderte 1861 in den Südwesten aus, als Jericó noch nicht Jericó hieß, sondern in einigen Dokumenten Aldea de Piedras und in anderen Felicina, und dort nahm all dies seinen Anfang, denn mit Isaías beginnt auch die Geschichte von La Oculta.

La Oculta war einst ein Stück Urwald, dann eine Kaffeeplantage und ein Gut, auf dem Viehwirtschaft betrieben wurde, heute ist es ein Haus mit ein wenig eigenem Land drum herum. Die Grenzen waren durch Bäume und Bäche, Zäune und Gräben markiert, deren genauen Verlauf heute niemand mehr kennt. Ich, Antonio, vielleicht der Letzte der Familie, der den Nachnamen Ángel trägt, möchte für meine Schwestern Pilar und Eva und, da ich keine eigenen Kinder habe, für meine Neffen und Nichten die Geschichte dieser Finca erzählen, an die wir uns klammern, als wäre sie das letzte Brett, das uns Schiffbrüchigen beim Untergang der Welt bleibt.

Dies also ist der erste Entwurf für den Anfang meines kleinen Buches. Manchmal kommt er mir jedoch zu ausführlich vor, weshalb ich eine kürzere, knappere Variante verfasst habe – in jedem Fall war ich mir nicht ganz sicher, wie ich den Beginn dieser Geschichte gestalten soll, die für mich mit dem Beginn der Geschichte des Dorfes zusammenfällt, welche sich ohne Rückgriff auf die Geschichte meiner Familie zumindest seit dem Eintreffen Abrahams in der Neuen Welt aber nicht erzählen lässt:

Der Erste aus unserer Familie verließ eines Tages Toledo und fuhr übers Meer, um in ein Land zu gelangen, wo das Leben weniger hart und weniger karg wäre, ein Land, in dem sein Name, Abraham Santángel, ihm nicht zum Nachteil gereichen sollte, und dort kam mehrere Jahre nach seiner Ankunft in Antioquia aus dem Bauch seiner Frau Betsabé Ismael zur Welt, sein fünftes Kind. Ismael zeugte mit Sara Isaías, der mit seiner Ehefrau Raquel Elías zeugte, welcher mit seiner Ehefrau Isabel einen Sohn mit Namen José Antonio bekam, der mit Mercedes Josué zeugte, welcher Miriam heiratete, die meinen Vater Jacobo zur Welt brachte, der mit meiner Mutter Ana meine beiden Schwestern Pilar und Eva und mich zeugte.

So weit die Abstammungslinie unseres Familiennamens Ángel, der zuvor Santángel lautete und zweifellos mit mir, der ich Antonio heiße, aussterben wird. Wem Gott keine Kinder schenkt, dem schenkt der Teufel Neffen und Nichten, heißt es. Und das stimmt, denn ich habe zwei Neffen mit Namen Gil und Bernal, doch den Namen Ángel tragen sie nur an zweiter Stelle. Was mir egal sein sollte, aber es ist mir nicht egal, auch wenn es fast das Einzige ist, was mir an meinen Neffen nicht gefällt. Es wird andere Ángels geben, aber von anderen Zweigen der Familie, weshalb es für mich so ist, als verschwände unser Name mit mir von dieser Welt. Dass ich so viel über meine Vorfahren spreche und mich ständig mit meinen Ursprüngen beschäftige, und das im Wissen, dass ich niemandes Vorfahr oder Ursprung sein werde, ist traurig. Und doch ist es so. Zum einen, weil ich keine Kinder habe, zum anderen, weil es für mich schwierig wäre, welche zu bekommen, da mir Männer gefallen und keine Frauen, und darüber hinaus, weil Jon von der Möglichkeit, Kinder zu adoptieren, nicht viel hält, und ich selbst, glaube ich, auch nicht. Die Namen meiner Vorfahren habe ich aus den Geburts-, Tauf- und Sterberegistern von Jericó zusammengetragen, unserem Dorf in Antioquia, und mithilfe anderer notarieller Aufzeichnungen konnte ich nachweisen, dass der erwähnte Isaías, unser erster Vorfahr in Jericó, der in El Retiro als Sohn von Ismael Ángel und Sara Cano und als Enkel von Abraham Santángel und Betsabé Correa, beide nicht unbedingt seit Urzeiten Christen, zur Welt gekommen war, dass dieser Isaías Ángel also am 2. Dezember 1886 die Urkunden unterzeichnete und registrieren ließ, in denen die Finca La Oculta zum Eigentum unserer Familie erklärt wird.

Pilar

Toño interessiert sich für die alten Geschichten, die Herkunft der Familie, die Vorfahren, die Nachnamen. Mir liegt nicht das Geringste daran. Was mich betrifft, Pilar Ángel de Gil, reichen meine Erinnerungen gerade mal bis zu Großvater Josué und Großmutter Miriam. Josué Ángel und Miriam Mesa, und das war's auch schon. Na gut, meinetwegen bis zu meiner Urgroßmutter, Merceditas, mit Nachnamen Mejía, oder Ditas – Mamá Ditas haben wir immer gesagt, oder vielmehr Mamaditas. An Mamaditas erinnere ich mich aber nur von ein paar Besuchen in dem großen Haus in Jericó, und weil ich ein gutes Gedächtnis habe, nicht so wie Toño, der sich an nichts erinnern kann und deshalb alles erfindet. Was er hört, glaubt er, und was er glaubt, schreibt er auf, und was er aufschreibt, darüber fängt er an nachzudenken, und dann erfindet er alles, was er nicht weiß, und glaubt es gleichzeitig – so ist Toño. Er ist so naiv und leichtgläubig wie die dümmsten Dorftrottel, und nirgendwo gibt es so viele Dorftrottel wie in Jericó, denn am Anfang waren alle, die dort gewohnt haben, Vettern oder Kusinen, und sie haben untereinander geheiratet. Das Einzige, was noch nicht vorgekommen ist, ist jemand mit einem Schweineschwanz, aber von allem Übrigen haben wir mehr als genug – Asthma, Epilepsie, Schizophrenie, Kurzsichtigkeit, Arthritis, Bluterkrankheit, was Sie wollen.

Wirklich, von den Großeltern aufwärts interessieren mich meine Vorfahren kein bisschen. Großvater Josué und Großmutter Miriam dagegen spielen eine große Rolle. Meine jüngere Tochter zum Beispiel, also Florencia, ähnelt Großmutter Miriam sehr, nicht nur weil sie auch so klein ist – meine Großmutter war gerade einmal eins fünfzig –, sondern vor allem im Charakter. Großvater Josué war mehr als dreißig Zentimeter größer als Großmutter Miriam, auf Fotos sieht das fast ein bisschen lächerlich aus, er, der Riese, neben einer solchen Zwergin. Aber diese Zwergin war nicht nur ein fröhlicher Mensch, sondern jemand, der sich immer im Griff hatte. Wenn es mit dem Großvater zum Streit kam, sagte sie bloß, ein wenig lauter als sonst, mit ruhiger Stimme einen einzigen Satz, der bei uns zu Hause zur festen Redewendung geworden ist, wenn man jemanden warnen oder ihm drohen will: »Wismut, Sulfonamid und Quecksilberiodid!« Worauf der Großvater sich jedes Mal sofort beruhigte und klein beigab. Im äußersten Fall erwiderte er: »Sie haben das Arsen vergessen, Doña Miriam, das Arsen.« Sie siezten sich. Auf unsere Frage, was der Satz bedeuten soll, haben sie immer gesagt, das sei ein Gift gewesen, das man in Jericó benutzt habe, um Blattschneiderameisen zu töten, und der Großvater habe einmal zur Großmutter gesagt, wenn sie weiter so herumjammere, werde er ihr eine ordentliche Prise davon in die Suppe tun. Vielleicht war es tatsächlich so. Jedenfalls brauchte Großmutter Miriam nur leise ihr Sprüchlein aufzusagen und schon senkte der Großvater den Blick und verstummte. Hinter seinem Rücken schnitt die Großmutter dafür Grimassen, streckte ihm die Zunge raus und machte ihm eine lange Nase, als wäre sie plötzlich wieder ein Schulmädchen. Und genau wie diese Großmutter ist auch Florencia, meine jüngere Tochter, ihr hat sich das vererbt, das merkt man ihr bis heute an.

Aber was die Mutter meiner Großmutter oder den Vater meines Großvaters angeht, die habe ich nie kennengelernt, und ich weiß nicht mal, wie sie ausgesehen haben, und auch nicht, wie sie geheißen haben, und so interessieren die mich auch kein bisschen. Und die, die noch früher gelebt haben, erst recht nicht, die sind längst mausetot und komplett vergessen. Vielleicht lebt von dem einen oder anderen ja noch was in mir fort, aber nachdem ich nicht weiß, was das sein könnte, ist es mir egal. Vielleicht ist es was Vererbtes, aber jetzt gehört es jedenfalls zu mir, und das reicht.

Antonio sagt zum Beispiel, im Innersten sind wir eigentlich Juden, und deshalb hieß eine der ersten Fincas von unserem ersten Vorfahren, der nach Jericó gekommen ist – Elías oder Isaías oder Matías oder Zacarías hieß der, irgendwas mit ías jedenfalls –, deshalb hieß diese Finca also La Judía. Das Haus gibt es angeblich noch, irgendwo oben am Río Frío, und die Wände sollen aus Edelholz sein. Und er sagt, wir sollen möglichst bald mal dorthin gehen und es uns ansehen, bevor es ganz verfällt. Aber ich glaube ihm nicht. Ich bin Katholikin, und zwar römisch-katholisch, wie meine Mutter und meine beiden Großmütter, und wenn wir früher mal Juden waren, spielt das keine Rolle mehr, weil wir schon vor Jahrhunderten zur wahren Religion übergetreten sind, und vor Gott sind sowieso alle gleich. Gott ist barmherzig, und wir kommen alle in den Himmel, auch die Bösen, das hat der Papst gesagt, und der versteht was davon, er hat erklärt, dass es die Hölle zwar gibt, aber sie ist leer, und deshalb kommen die Bösen auch nicht in die Hölle, sondern sie müssen bloß für ein paar Jahrhunderte ins Fegefeuer, das schon, damit sie für ihre Missetaten büßen und bereuen und den Schmerz, den sie anderen zugefügt haben, am eigenen Leib erfahren. Und das glaube ich, das habe ich immer schon geglaubt, und wenn die anderen es nicht glauben wollen, Pech für sie, denn umso länger müssen sie ins Fegefeuer.

Toño nimmt alles, was mit der Religion zu tun hat, nicht besonders ernst. Früher schon, da war er sehr fromm, und ich glaube, als er vor fast dreißig Jahren nach New York gezogen ist, ist er am Anfang auch regelmäßig in die Kirche gegangen. Zu meiner Mutter hat er gesagt – damit sie sich keine Sorgen macht –, dass er in die Allerheiligen-Kirche geht, in Harlem, und dass die sehr schön ist, eine gotische Kirche, angeblich. Dann hat er sich mit Jon zusammengetan, und das war, was den Glauben angeht, wohl kein besonders guter Einfluss, Jon ist schließlich nicht mal katholisch, er stammt aus einer evangelischen Familie, wo sie beim Gottesdienst immer so viel singen und schreien und weinen und herumfuchteln. Davon, dass er sonntags in die Kirche geht, war bei Toño jedenfalls immer seltener die Rede, und meine Mutter hat auch nicht mehr danach gefragt. Obwohl ich glaube, dass er im Grunde immer noch gläubig ist, sagt Toño, dass ihm überhaupt nichts mehr sicher scheint und dass die Religionen kommen und gehen wie die Moden und dass es mehr tote als lebendige Religionen gibt und mehr tote als lebendige Götter, und dass später bestimmt noch mehr neue Religionen und Götter kommen und wieder verschwinden werden. Unglaublich! Die Religion ist doch keine Mode, und auch keine Spielerei, wie Horoskope oder Spiritismus. Die Religion ist etwas Ernstes und Wichtiges, ohne Religion haben wir keinen festen Boden unter den Füßen. Und Gott ist sowieso immer Derselbe, egal, welchen Namen sie ihm hier oder anderswo geben. Wenn es keine Religion und kein Leben nach dem Tod geben würde, wer würde dann die Guten belohnen und die Schlechten bestrafen? Nachdem die Belohnungen und Strafen auf der Erde nicht gerecht verteilt werden, *muss* es einfach ein anderes Leben geben, wo es nicht so verkehrt zugeht. Wenn es kein anderes Leben geben würde, wäre Gott verrückt, und ich glaube nicht, dass Gott verrückt ist. Aber selbst wenn er verrückt wäre, wäre mir das lieber, als wenn es gar keinen Gott gibt.

Alberto ist ein besserer Mensch als ich und sein Glaube ist stärker als meiner, und immer, wenn ich irgendwelche Zweifel habe, erklärt er mir alles und überzeugt mich. Er erinnert mich an all das Gute, was wir haben, und er zeigt mir, was für ein Glück es ist, dass wir hier wohnen dürfen, in La Oculta – für ihn ist das ein Stück vom Paradies. Seit fast zehn Jahren lebe ich jetzt hier schon mit ihm, meinem Ehemann, meiner einzigen Liebe, meinem ersten und einzigen Freund, meinem einzigen Mann. Er kann auf seine Art auch sehr still und schweigsam sein. Und ich küsse und beiße und probiere ihn immer noch, aber obwohl ich längst weiß, wie er schmeckt, verstehe ich immer noch nicht ganz, warum ich ihn so sehr liebe.

Einmal hab ich mit Rosa gestritten, der Köchin, das ist schon ziemlich lange her. Wir haben gestritten und ich hab irgendwann gefragt: »Wenn es Ihnen hier so schlecht gefällt, Rosa, warum gehen Sie dann nicht? Sie können jederzeit gehen.« Und sie hat gesagt: »Ach, Doña Pilar, wozu soll ich gehen, ein Grab ist so gut wie jedes andere.« Da habe ich lachen müssen, und später habe ich zu mir gesagt, dass es mit der Ehe genauso ist. Ob ein Mann nun gut ist oder schlecht, man muss mit dem zusammenbleiben, mit dem man zusammen ist, erst recht, wenn es ein guter Mann ist wie Alberto. Aber bei anderen ist das ganz anders, Eva zum Beispiel, meine jüngere Schwester, war schon dreimal verheiratet, und sie hat so viele verschiedene Freunde gehabt, da hab ich längst den Überblick verloren. Ihr letzter Freund war der Witwer Caicedo, der war zwar viel zu alt für sie – er ist achtzehn Jahre älter, man könnte meinen, er ist ihr Vater –, aber er war wenigstens anständig und großzügig. Und trotzdem, den hat sie auch verlassen, wie die anderen davor. Und wozu das Ganze? Damit sie mit dem nächsten auch nicht zufrieden ist und sich von dem auch wieder trennt. Ich weiß nicht, manchmal komme ich mir lächerlich vor und altmodisch, weil ich ganz anders als Eva bin. Mehrere Jahre war ihr die Finca vollkommen verleidet und sie wollte nicht mehr herkommen, sie hat gesagt, das würde sie nie wieder machen. »Nach La Oculta fahr ich nie mehr«, hat sie gesagt. Nie mehr, so ein Unsinn, sag niemals nie. Später ist sie doch wieder hergekommen, als wir alle wieder gekommen sind und Mama alles vorbereitet hat, damit wir hier wie früher zusammen Weihnachten feiern können, wie in der Zeit vor dem ganzen Elend. So ist das Leben, nach dem Sturm scheint die Sonne, wie es im Lied heißt, und die sonnigen Zeiten dauern länger als die Stürme, sage ich immer dazu. Wir sind also alle zurückgekehrt, und meine Mutter hat wieder ihre Tamales gemacht und Cremespeisen, Blätterteigecken und Schmalzbällchen, wie jedes Jahr. Und es gab auch wieder Bohneneintopf und Paella und Kartoffelsuppe und Chili-Hühnchen und Garnelensuppe und kalte Tomatencreme und Rinderbraten auf Cartageneser Art und Milchkaramell und Apfelkuchen und Guavenpaste mit Frischkäse und Milchmais mit Melassewürfeln. So geht es bei uns zu im Dezember: Wir singen und spielen und sitzen stundenlang beim Essen. Es gibt jede Menge Auseinandersetzungen, Streit, Tränen, Versöhnungen, denkwürdige Besäufnisse, mit richtigen Musikern, einem Trio aus dem Ort oder einer Gruppe aus Medellín. Novenen, Weihnachtslieder und Geschenke. Den Baum und die Krippe. Jetzt herrscht in der Gegend Frieden. Entführungen oder Raubüberfälle kommen kaum noch vor, gemordet wird nur noch aus Eifersucht und erpresst aus bloßer Geldgier. Jetzt können wir hier ruhig leben. Jetzt stirbt man hier nicht mehr durch Schüsse oder aus Trauer, sondern an Altersschwäche, und das ist die beste Art zu sterben, beziehungsweise die am wenigsten schlechte, die am ehesten hinnehmbare. Jetzt werden Eva und ich den Platz meiner Mutter einnehmen und alles für Weihnachten vorbereiten und dafür sorgen müssen, dass auch wirklich alle kommen, unsere Geschwister, Kinder, Enkel und Freunde. Hoffentlich bleibt es so ruhig, bis wir selbst sterben.

Eva war viel hübscher als ich und besser in der Schule und eine viel bessere Tänzerin. Sie hat deshalb auch immer gesagt, sie will Tänzerin und Psychologin werden. Vom vielen Tanzen hatte sie einen wunderschönen Körper, um von ihrem Gesicht gar nicht zu reden, ihr Gesicht war einfach perfekt, und so lächeln wie sie, das würde so manche Schönheitskönigin auch gern können. Sie hatte langes schwarzes Haar, wunderbar feine Gesichtszüge und die weißesten Zähne, die ich jemals gesehen habe. Außerdem war sie immer heiter und ausgelassen – über alles konnte sie lachen. Vielleicht lag es daran, dass sie so schön war, jedenfalls konnte sie von nichts genug bekommen, von allem wollte sie mehr und mehr. Und immer noch besser sollte es sein. Wir sind zusammen auf eine Klosterschule gegangen, ins Colegio de la Presentación, und sie hat ständig irgendwelche Auszeichnungen bekommen. Sie war immer die Klassenbeste, ohne Ausnahme. Ich gehörte bestenfalls zum Durchschnitt, abgesehen davon, dass ich in ihre Klasse ging, weil ich einmal durchgefallen war. Wenn Eva von der Schule nach Hause kam, war ihre dunkelblaue Uniform immer voller Medaillen – sie hatte die rote Medaille für Mathematik, die gelbe für Religion, die blaue für gutes Benehmen, die weiße für Spanisch, die grüne für Erdkunde, die gestreifte für Musik, die pinkfarbene für Geometrie, die orangefarbene für Fleiß, und mehr gab es nicht. Sie sah aus wie ein General. Ich dagegen hatte keine einzige Medaille, nicht mal eine klitzekleine. Ich weiß noch, dass ich sie einmal, als wir gerade aus dem Schulbus ausgestiegen waren, gezwungen habe, mir eine von ihren Medaillen abzugeben. Eine Freundin von mir hat mir geholfen und sie von hinten festgehalten, und ich hab ihr die schönste von allen Medaillen abgenommen, die dreifarbige, wie unsere Landesfahne. Die hab ich mir an die Brust geheftet und war total stolz auf mich, und als ich nach Hause kam, hat mein Vater ganz beglückt gefragt, wofür ich die Medaille bekommen habe, und weil ich selbst nicht wusste, wofür sie war, habe ich gesagt, die ist für die Liebe zur Schule. Eva hat mich im Rücken meines Vaters hasserfüllt angestarrt, aber sie hätte es nicht über sich gebracht, mich zu verraten, und mein Vater hat mir für meine geklaute Medaille einen so dicken Kuss gegeben, wie Eva ihn für alle ihre Medaillen zusammen noch nie bekommen hatte, und dabei hatte sie sich durchaus dafür angestrengt. Heute tut mir das wirklich wahnsinnig leid. Natürlich hat mein Vater sich auch über Evas Medaillen gefreut, aber bei ihr war das ganz normal – dass ich für etwas ausgezeichnet werde, war dagegen etwas Besonderes.

Eva ging auf die Universität, ich dagegen brach im letzten Jahr der Oberstufe die Schule ab und heiratete Alberto. Ich weiß, dass Eva sich damals gefragt hat: Ob es sich wirklich lohnt, ständig so viel zu lernen und niemals auch nur ein klein bisschen nachlässig zu sein? Geht es Pilar nicht viel besser, die schon alt zur Welt gekommen ist und inzwischen wie die reinste Oma aussieht? Seit wir zusammen auf der Schule waren, ist mehr als ein halbes Jahrhundert vergangen, und eigentlich müssten wir jetzt sagen können, wem es besser ergangen ist. Eigentlich – aber unsere Leben sind völlig verschieden, und ich finde keins von beiden ganz schlecht. Ich glaube, wir unterscheiden uns vor allem in zwei oder drei Dingen: Eva hat keinen Ehemann, ich schon. Ich gehe regelmäßig zur Kirche, sie nicht. Sie hätte im Grunde nichts dagegen, La Oculta zu verkaufen, ich dagegen möchte hier weiterleben und auch sterben. Dieses Stück Land, das Gefühl, einen Ort zu haben, an dem ich mich irgendwann zur letzten Ruhe betten kann, einen Ort, an dem die anderen mich beerdigen können, wo ich ein Teil meiner eigenen Erde werden kann. Ich weiß nicht, ob die Leute in anderen Weltgegenden genauso sind, wir aus Antioquia sind jedenfalls zeitlebens besessen von der Vorstellung, ein eigenes Stück Land zu besitzen. Selbst die Ärmsten haben hier eine Finca oder träumen davon, eine zu haben, und sei sie bloß fünfzig Quadratmeter groß, ein Gärtchen mit drei Reihen Gemüse und vielleicht noch einem Blumenbeet. Kein Land zu besitzen ist so, als hätte man keine Kleidung und nichts zu essen. Und so wie man zum Leben Wasser und Luft und ein eigenes Heim braucht, braucht man unserer Auffassung nach auch ein eigenes Stück Land, und sei es bloß, um darauf zu sterben.

Worin Eva und ich uns vielleicht am stärksten unterscheiden, ist unsere Einstellung zur Ehe und zur Liebe. Ich glaube, früher war es besser: einmal und für immer. Eva dagegen, vielleicht weil ihr Liebesleben von Anfang an ganz anders war, findet es besser, wenn es niemals für immer ist, sondern immer bloß vorläufig, in der Schwebe, ja geradezu mit Verfallsdatum, wie Joghurt oder Marmelade. Manche Leute entscheiden sich auch für etwas dazwischen: In der Nähe von La Oculta, auf der Hazienda La Ley, wohnt ein gewisser Iván Restrepo, und der hat zwei Ehefrauen. Prósperos Bruder arbeitet dort, und von ihm wissen wir, dass Don Iván ihn immer anruft, bevor er auf die Finca fährt, und entweder sagt: »Aquileo, morgen komme ich mit Consuelo.« Und dann weiß Aquileo, dass er die Möbel, Bilder, Fotos und den sonstigen Schmuck von Doña Consuelo hervorholen muss. Oder aber Don Iván ruft an und sagt: »Aquileo, morgen komme ich mit Amparo.« Und dann räumt Aquileo schleunigst Doña Consuelos Sachen weg und holt dafür die von Doña Amparo hervor – das betrifft auch das Geschirr, das Besteck und die Töpfe. Aquileo darf dabei kein Fehler unterlaufen, auf den Fotos zum Beispiel sind unter anderem jeweils die Kinder zu sehen, die Iván mit der einen oder anderen der beiden Frauen hat. Es gibt es einen Kellerraum auf der Finca, wo, je nachdem, welche Frau gerade zu Besuch ist, die Sachen der anderen aufbewahrt werden. Den einzigen Schlüssel dazu besitzt Aquileo. Amparo weiß allerdings sehr wohl, dass es Consuelo gibt, und Consuelo weiß ebenso gut von Amparos Existenz – dumm sind sie beide nicht, sie wollen bloß nichts voneinander wissen. Einmal ließ Aquileo vor einem Besuch Doña Amparos aus Versehen ein Foto stehen, auf dem Doña Consuelo neben den Kindern zu sehen ist, die sie von Don Iván hat. Als Doña Amparo eintraf, tat sie, als würde sie das Foto nicht sehen. Don Iván machte Aquileo mit Blicken auf die Verwechslung aufmerksam, woraufhin Aquileo in den Keller eilte, um das richtige Foto zu holen und gegen das andere auszutauschen. Wir amüsieren uns köstlich über Don Ivàns Jonglierkünste, er ist wirklich ein sehr netter Mensch, und von Aquileo lassen wir uns nach seinen Besuchen immer genau erzählen, wie es wieder gelaufen ist. Von Aquileo wissen wir auch, dass Doña Amparo für ihr Leben gern zum Einkaufen nach Miami fährt, weshalb Iván regelmäßig mit ihr dorthin reist. Doña Consuelo wiederum ist versessen auf Europa, weshalb Iván immer wieder mit ihr nach Europa fährt, wo sie angeblich vor allem in Konzerte und Museen gehen. »Er verwöhnt sie beide«, sagt Aquileo, »so verschieden sie sind – die eine mag klassische Musik und die andere Rancheras, die eine liest und die andere trinkt gern. Sie haben sogar verschiedene Freundeskreise.«

In Wirklichkeit weiß doch kein Mensch, was genau das richtige Leben ist. So lebt jeder eben, so gut er kann. Toño lebt mit einem Mann zusammen, Eva ist ständig auf der Suche, Iván Restrepo ist Bigamist, und Muslime können bis zu vier Ehefrauen haben, was ich vollkommen in Ordnung fände, wenn auch die Frauen vier Männer haben dürften. Was mich betrifft, ich bin eines Tages Alberto begegnet, und seitdem gibt es für mich nur noch ein mögliches Leben.

Eva

Ganz wieder zur Ruhe gekommen war ich nicht mehr, seit ich den Zettel mit der Aufforderung, die Finca zu verkaufen, erhalten hatte, das muss ich zugeben. Oder sagen wir: Alle meine Sinne waren von da an hellwach. Alles an dem Zettel war abstoßend, die linkische Handschrift, die vielen Schreibfehler, der hochtrabende Spitzname El Músico. Von wegen Musiker. Wenn jemand nichts mit Musik zu tun hatte, dann diese Leute. Die einzige Musik, von der sie etwas verstanden, war die von Gewehrkugeln, knatternden Maschinenpistolen und Drohungen. Die Urheber derartiger Botschaften waren, soweit man wusste, teils Drogenhändler, teils gewöhnliche Räuber, teils illegale Goldsucher oder Paramilitärs. Sie trieben in der Gegend um Támesis, Salgar und Jericó ihr Unwesen und rissen sich Finca um Finca unter den Nagel. Und dabei konnten sie weder Nachbarn noch Zeugen brauchen.

Trotzdem versuchte ich, mich auf den Roman zu konzentrieren. Ich weiß noch, dass auf der letzten Seite eine Anmerkung meines Vaters stand, ein Zitat wahrscheinlich, er hatte sie nämlich in Anführungszeichen gesetzt: »So sollte Literatur sein: randvoll mit Handlung, so dass kein Platz für Klischees oder sentimentale Abschweifungen bleibt. Immer wieder hatte man vor ihm von Joyce, Kafka und Proust geschwärmt, aber er hatte beschlossen, nicht die Richtung der so genannten psychologischen Schule oder des Bewusstseinsstroms einzuschlagen. Die Literatur sollte wieder so sein wie die Bibel oder Homer – Handlung, Spannung, Bilder und dazu nur eine Prise Gedankenspielereien.«

Plötzlich richtete Gaspar die Ohren auf, erhob sich – wobei die Krallen kratzend über den Holzboden fuhren – und stürzte sich mit wütendem Gebell durch den Flur in Richtung Hinterhof. Ich sprang mit einem Satz aus der Hängematte, löschte mit wild pochendem Herzen das Licht und starrte in die Dunkelheit, dorthin, wo das Bellen und Knurren des Hundes zu hören waren. Die Strahlen von zwei oder drei Taschenlampen durchbohrten die Finsternis, dann blitzte es auf und im selben Augenblick waren ein Schuss und gleich danach Gaspar zu hören, der vor Schmerz aufjaulte. Noch ein Blitz und noch ein Schuss. Dann wurde es still und das Licht der Taschenlampen erlosch.

Fast wäre ich losgerannt, um dem Hund beizustehen. Doch ich überlegte es mir gerade noch rechtzeitig und schlug eine andere Richtung ein. Mir war klar, dass ich nur über den See würde entkommen können. Ich durchquerte den Flur, stieg in völliger Finsternis die kleine Holztreppe hinunter, die zum Anleger führt, streifte im Laufen die Sandalen ab und holte tief Luft, als ich schließlich auf dem Steg stand. Hätte ich heute doch bloß kurze Hosen angezogen, sagte ich mir noch, bevor ich mich ins eiskalte Wasser stürzte. Obwohl ich die Augen weit offen hielt, sah ich rings um mich nur noch völlige Schwärze. Ich hielt die Luft an und entfernte mich unter Wasser so schnell ich konnte vom Ufer und damit vom Haus. Ich tauchte kurz auf, sog gierig so viel Luft wie irgend möglich in meine Lungen und ließ mich wieder unter die Wasseroberfläche sinken.

Dann fing ich an zu zählen. *Eins zwei drei* ... Ich wusste, dass ich normalerweise fast eine volle Minute unter Wasser bleiben konnte, in dem Schwimmbad in Medellín, wo ich beinahe täglich trainierte, war das eine meiner Lieblingsübungen. Bevor ich bei sechzig angekommen war, würde ich den Kopf nicht aus dem Wasser strecken. *Vier fünf sechs sieben.* Aber langsam zählen, ermahnte ich mich innerlich, jede Zahl muss wirklich einer Sekunde entsprechen. *Acht neun zehn elf.* Auf einmal glaubte ich die Stimme meines Vaters in meinem Kopf zu hören. *Zwölf dreizehn vierzehn fünfzehn sechzehn.* Schwimm niemals bei Nacht im See. *Achtzehn neunzehn zwanzig einundzwanzig.* Nur wenn jemand reinfällt, der nicht schwimmen kann. *Zweiundzwanzig dreiundzwanzig vierundzwanzig fünfundzwanzig.* Oder wenn es um dein eigenes Leben geht. *Sechsundzwanzig siebenundzwanzig achtundzwanzig neunundzwanzig.* Ich schaffe es nicht, sagte ich mir. *Dreißig einunddreißig zweiunddreißig dreiunddreißig.* Gleich bekomme ich einen Herzinfarkt. *Vierunddreißig fünfunddreißig sechsunddreißig.* Die bringen mich um, wenn sie mich sehen. *Siebenunddreißig achtunddreißig neununddreißig.* Ich musste ein bisschen Luft ausatmen. *Vierzig einundvierzig zweiundvierzig.* Danach fühlte ich mich etwas besser. Und dann spürte ich, wie mir mein langes Haar übers Gesicht strich. *Dreiundvierzig vierundvierzig fünfundvierzig sechsundvierzig siebenundvierzig.* Gleich platzen meine Lungen, mir ist schon ganz schwindlig. *Achtundvierzig neunundvierzig.* Ich muss ganz langsam auftauchen, man darf nichts hören. *Fünfzig einundfünfzig zweiundfünfzig.* Ein bisschen noch. *Dreiundfünfzig vierundfünfzig.* Mein Kopf tut weh, und überall kribbelt es, langsamer jetzt. *Fünfundfünfzig sechsundfünfzig.* Nur einmal Luft holen und dann sofort wieder abtauchen. *Siebenundfünfzig achtundfünfzig neunundfünfzig.* Ein klein bisschen noch, noch zwei Armzüge. *Sechzig einundsechzig zweiundsechzig dreiundsechzig.* Ich tauchte auf.

Pilar

In den Schulferien arbeitete Eva immer in der Bäckerei meiner Mutter. Sie half ihr bei der Buchführung. Dafür benutzte sie eine Rechenmaschine mit Kurbel. Mit Bleistift erstellte sie sehr sorgfältig Listen aller Ausgaben auf grünen Blättern, die groß wie Kissenbezüge waren. Meine Mutter hatte irgendwann bei uns im Stadtteil Laureles ein kleines Geschäft aufgemacht, die »Panadería Anita«, aber die Sache mit den Ein- und Ausgaben bekam sie nur schwer in den Griff, also alles, was Zucker, Mehlsorten, Öl, Butter, Hefe, den Stromverbrauch der Backöfen und das Gehalt des zunächst bloß einen angestellten Bäckers anging. Zum Bleistiftspitzen benutzte Eva ebenfalls ein Gerät mit Kurbel, und sie sorgte dafür, dass ihr Stift immer schön spitz war, damit alle Zahlen sauber und gut lesbar gerieten. Wenn sie mit der Buchführung fertig war, ging sie in die Backstube und half beim Zubereiten von Blätterteig und Pastetenfüllungen.

Toño war damals noch ganz klein und lebte in einer anderen Welt. Er war als Nachzügler geboren worden, wir Schwestern hatten jedenfalls nicht gedacht, dass wir noch einmal ein Geschwisterchen bekommen würden. Als Baby behandelten Eva und ich ihn wie eine Puppe. Er war ein wunderschönes Kind mit langen schwarzen Locken und feinen Gesichtszügen wie ein Mädchen. Auf der Straße fragten die Leute oft: »Wie heißt denn die Kleine?« Und er antwortete dann manchmal halb wütend, halb amüsiert: »Antonia.« Sein Gesicht war und blieb sehr weiblich, und nachdem er bis heute wenig Bartwuchs hat, hat seine Erscheinung etwas Uneindeutiges, als wäre er Mann und Frau zugleich. Seine Stimme ist sanft und melodiös, wie bei einem Italiener. Er ist groß und schlank und hat lange, schmale und gepflegte Hände, mit denen er elegante Bewegungen ausführt, wie ein Balletttänzer. Als meine Mutter die Bäckerei eröffnete, war er sieben oder höchstens acht und verbrachte den ganzen Tag mit seiner Geige. Er übte von früh bis spät, und die Geige war »klein, aber fein«, wie mein Vater sagte, der sie extra für ihn in den USA bestellt hatte. Manche Leute, vor allem andere Kinder oder auch seine Vettern und Kusinen, sagten damals schon, Toño sei irgendwie seltsam. Wenn er Angst vor einem Insekt hatte oder stundenlang vor dem Spiegel stand und sein pechschwarzes Haar kämmte, sagte mein Vater immer: »Jetzt sei mal ein Mann, mein Sohn, ein richtiger kleiner Mann!« Auch seine Augen waren pechschwarz, und wenn er einen eine Weile ansah, hatte man den Eindruck, sein harter, bohrender Blick würde einen im Innersten ausforschen. Außer seinem Blick hatte er aber nichts Hartes an sich. Wenn er auf La Oculta war, traute er sich nicht, ein Pferd zu besteigen, eine Kuh zu melken oder auch nur eine Grille in die Hand zu nehmen. Obwohl wir ihm das Schwimmen beigebracht hatten, weigerte er sich, im See zu baden – er behauptete, die Ertrunkenen würden ihm vom Grund aus zurufen, er solle ihnen Gesellschaft leisten: »Komm, uns ist so kalt hier unten.« Und im Dezember war es angeblich noch schlimmer, dann stimmten sie nämlich Weihnachtslieder für ihn an: »Komm, o mein Heiland Jesu Christ ...« Die Spiele der anderen Kinder reizten ihn nicht, er hatte weder Lust auf Fußball noch darauf, mit Steinen nach Vögeln zu werfen, er hatte Angst, ein hart getretener Ball könnte ihn an den Händen treffen, und das, wo er seine Finger behütete, als wären sie aus Glas. Wenn Martica kam, die Maniküre, um meiner Mutter die Nägel zu lackieren, wollte er sich auch jedes Mal die Hände machen lassen. Großvater Josué sagte, weil wir vielen Frauen Toño ständig verwöhnten, würde er am Ende selbst ein kleines Fräulein werden, und mein Vater und meine Mutter sahen dem Treiben bekümmert zu, wussten aber nicht, was sie dagegen unternehmen sollten. Eva und mir gefiel er jedenfalls so, wie er war.

Ich war für jede Art von Rechnereien völlig unbegabt, und noch schlimmer war es, wenn es ums Teigkneten und Kuchenbacken ging, deshalb habe ich Eva und meiner Mutter auch nie in der Bäckerei geholfen. Lieber ging ich mit meinen Freundinnen aus, oder mit Alberto, der mich ins Kino, auf Partys oder zu Familienfeiern mitnahm. Die Panadería Anita heißt heute noch so, obwohl wir sie in der schlimmen Zeit nach Cobos Tod verkaufen mussten, als das ganze Land zum Teufel zu gehen schien und Eva irgendwann keine Lust mehr hatte, ein dermaßen schwieriges Geschäft am Laufen zu halten. Meine Mutter steckte das Geld, das sie für die Bäckerei bekam, in Aktien, und von den Dividenden lebte sie bis ans Ende ihrer Tage. Anfangs, als wir Kinder waren, hatte meine Mutter, die nie auf eine Universität gegangen war, die Buchhaltung der Bäckerei noch einigermaßen im Griff, doch als nicht nur wir wuchsen, sondern auch das Geschäft, und Eva schließlich das Alter erreichte, in dem sie zu studieren hätte anfangen können, wurde es meiner Mutter, gerade weil die Bäckerei so erfolgreich war, allmählich zu viel.

Wenn ich genauer darüber nachdenke, war es allerdings doch so, dass jemand in Evas Fall Schicksal spielte und sie anwies, meiner Mutter zu helfen. Eigentlich hätte Eva nämlich etwas Geisteswissenschaftliches studieren wollen – sie hatte immer davon geträumt, Psychologin oder Tänzerin zu werden –, aber mein Vater sagte, sie solle sich in Betriebswirtschaft einschreiben, dann könne sie sich in unserem Familienbetrieb nützlich machen. Eva war damals alles andere als aufrührerisch, im Gegenteil, gutwillig, wie sie war, fand sie nichts dabei, ihre Pläne zu ändern, ja sie freute sich fast darüber. Weil die Anordnung von Cobo kam, es zugleich der Wunsch meiner Mutter war und sie selbst es durchaus vernünftig fand, die Familie zu unterstützen, willigte sie ohne zu zögern ein. Sie besaß seit jeher ein ausgeprägtes Verantwortungsgefühl. Und obwohl ihr Gefühl ihr sagte, dass sie nicht die geborene Geschäftsfrau war, stimmte sie zu und lernte alles, was dafür nötig war, und das keineswegs schlecht. Eva schien die Entscheidung nie bereut zu haben, zumindest ließ sie meinem Vater gegenüber nie etwas Derartiges durchblicken. Meiner Mutter gegenüber schon, immer wenn sie wieder eine dieser Krisen durchlebte, die ihr zeitlebens zu schaffen gemacht haben, was vielleicht daran liegt, dass sie ihrer eigentlichen Berufung nicht gefolgt ist.

An der *Eafit*, einer damals gerade neu gegründeten privaten Wirtschaftsuniversität, gefiel es ihr jedenfalls sehr gut, da bin ich mir sicher. Ständig war sie umringt von irgendwelchen Freunden, die ihr Komplimente machten. Alle Professoren, Mitstudenten, auch die aus anderen Fächern, ja selbst die Busfahrer und Hausmeister verliebten sich in sie. Es gab einen sehr bekannten Professor aus Frankreich, der sich niemals auf die für Antioquia so typische Abirrung einlassen wollte, schon im Morgengrauen mit dem Unterricht zu beginnen. Und doch ließ er sich irgendwann tatsächlich breitschlagen, einen Kurs abzuhalten, der um sechs Uhr morgens anfing, »weil ich mir den Anblick von Eva Ángel, die frisch geduscht über den Campus spaziert, nicht entgehen lassen will«, wie er zur Erklärung verkündete. Jedes Wochenende ließen zwei, drei Verehrer bezahlte Musikanten vor Evas Haus aufspielen, und unter ihren Freunden kursierte der Spruch: »Lass Eva Eva sein, die lädt dich eh nie ein.« Ich dagegen hatte bloß einen Verehrer, der Musikanten zu mir schickte: Alberto. Das mit der Schönheit ist eine zweischneidige Sache: Sie öffnet dir ebenso viele Türen, wie sie dir verschließt. Was mich angeht, ich war nicht hässlich, und ich hätte durchaus mehr Verehrer haben können, wenn ich gewollt hätte. Ich war also nicht hässlich, aber vor allem war ich treu. Treu wie ein Hund, ein Leben lang. Ich wäre nie auf den Gedanken gekommen, dass ich einen besseren Mann finden könnte, im Gegenteil, seit ich Alberto zum ersten Mal gesehen hatte, wusste ich, dass ich ihn heiraten würde. Und als wir dann heirateten, war ich achtzehn und er einundzwanzig.

Antonio

Meinen Schwestern ist das alles egal, aber mir war es wichtig zu wissen, wie La Oculta einst entstanden ist. Jahrelang habe ich Bücher und alte Unterlagen aus dem Besitz der Familie durchforstet und Katasterämter, Notariate und Gemeindearchive aufgesucht, mich mit Historikern und Pfarrern unterhalten, meine ältesten Verwandten befragt, die Schwestern meines Vaters, meine Vettern und Kusinen, Onkel und Tanten, und natürlich meinen Vater und meinen Großvater, als sie noch am Leben waren.

Es ist ganz einfach. Fast das gesamte Land hier am Westufer des Río Cauca, sagen wir zwischen der Mündung des Río San Juan in der Nähe von Bolombolo und des Río Cartama gleich unterhalb von La Pintada bis hinauf in das baumlose Citará-Hochland, gehörte früher zwei Familien: den Echeverris und den Santamarías. Sie hatten diese bergigen Länder von den Republikanern erhalten, weil sie Verbündete und Unterstützer der Truppen gewesen waren, die Kolumbien von der Herrschaft des spanischen Königs befreiten.

Ich glaube, meinen Schwestern ist auch das egal, aber mir bedeutet es sehr wohl etwas, dass das Land um La Oculta niemals von irgendwelchen spanischen Monarchen an irgendwelche zweit- oder drittrangigen Adligen verschenkt worden ist, die man nicht zuletzt deshalb in die Neue Welt entsandt hatte, um sich wenigstens eines Teils der Unmenge bittstellerischer und streitsüchtiger Tagediebe zu entledigen, die sich bei Hofe tummelten. Ebenso wenig ist La Oculta aber aus einer Mission, einem Kloster oder einem Priesterseminar hervorgegangen wie so viele andere Siedlungen in Amerika. Die ersten Bewohner von Jericó waren einfache Leute, die sich einer wenn auch nicht völlig gleichen, so doch sehr ähnlichen Sprache wie auch Kleidung bedienten. Einer von ihnen, Don Gabriel Echeverri, stammte aus dem Baskenland, der andere, Don Alejo Santamaría, war jüdischer Herkunft. Sie beide verbanden familiäre und geschäftliche Beziehungen. Sie waren Kaufleute wie schon ihre Väter und hatten es als solche zu eigenen Läden an der Plaza Mayor von Medellín gebracht. Unter anderem handelten sie mit Goldstaub, den sie den Goldsuchern in sorgfältig abgewogenen Mengen abkauften. Es hieß, sie seien konvertierte Juden. Vor allem Santamaría wurde dies nachgesagt, der ohne Zweifel von Marranen abstammte. Nicht auszuschließen ist, dass sie sich, vor allem zu Beginn, auch als Schmuggler betätigten und hinter dem Rücken der Steuerbehörden eingeschmolzenes Gold nach Curação transportierten, von wo sie mit Waren zurückkehrten, die sie hierzulande verkauften, wobei sie wiederum nur die Hälfte der Importe angaben, die sie auf dem Rücken einer ersten Herde Maultiere ins Land brachten, um den zweiten Teil anschließend mit den Papieren der ersten Lieferung, aber auf anderem Weg und mit einer zweiten Maultierherde, über die Grenze zu schaffen. Was ihren Landerwerb im Südwesten von Antioquia angeht, so spielte ihre Geschäftstüchtigkeit auch hier wahrscheinlich eine wichtige Rolle, und dennoch ging es dabei nicht um Betrügereien, sondern vor allem um Weitsicht und geschickten Umgang mit Zahlen.

Echeverri und Santamaría hatten nämlich allen Unwägbarkeiten des Schicksals zum Trotz – hätten die Spanier den Krieg gewonnen, hätten die beiden Kaufleute alles verloren – auf die Aufständischen und gegen die verfluchten Unterdrücker von der Iberischen

Halbinsel gesetzt und Erstere im Tausch für die von ihnen unterzeichneten Quittungen mit Reis, Rohrzucker, Mais, Tabak, Hüten, Munition, Zaumzeug, Hufeisen, Nägeln, kräftigem Leinen und mit Kautschuk wasserfest gemachtem Segeltuch, Stiefeln, Seilen und Stricken versorgt. Diese Quittungen waren mit der Zeit zu einem veritablen Papierberg scheinbar ohne jeden Gegenwert angewachsen, den die beiden Kaufleute jedoch sorgfältig in einem englischen Geldschrank verwahrten, der im Hinterzimmer eines ihrer Läden stand. In Medellín spottete damals alle Welt über »die Schuldscheine der Herren Echeverri & Santamaría«, die nach allseits geteilter Ansicht nicht mehr wert waren als ein Stapel vergilbter Zeitungen, mit denen man bestenfalls unreife Avocados einwickeln oder das Herdfeuer entzünden kann.

Die beiden Alten jedoch hüteten ungerührt ihren Papierschatz und sagten sich: »Wer zuletzt lacht, lacht am besten.« Die Zeit schien ihnen recht zu geben, als sich die endgültig besiegten Spanier mit eingezogenem Schwanz davonmachten und in Bogotá die Republik ausgerufen wurde. Wie immer nach einer Revolution lag die Wirtschaft des Landes jedoch zunächst am Boden und die Verhältnisse waren schlecht und unübersichtlich. Der neuen Regierung fehlten die Mittel, um der frisch geborenen Nation ein festes Gebäude zu verschaffen. Nach langem Antichambrieren, Vorsprechen und Drängen der beiden bei den Gouverneuren der Provinz Antioquia und mehreren aufeinander folgenden Finanzministern beschloss die Zentralregierung irgendwann, sich die zwei alten Kaufleute vom Hals zu schaffen, indem man ihnen für die Schuldscheine ein weitab im tiefsten Urwald gelegenes, unwirtliches und scheinbar völlig wertloses Land am linken Ufer des Río Cauca anbot. Zwischen den steilen Bergen hausten gerade einmal zwei winzige Gruppen von Eingeborenen, Chamíes und Katíos – die meisten von ihnen waren längst von den Krankheiten, die die weißen Eroberer eingeschleppt hatten, oder durch deren gewalttätige Exzesse hinweggerafft worden. Nicht einmal Eremiten, flüchtige Sklaven, Räuber oder Verrückte hatten sich diese Gegend zum Rückzugsort erkoren.

Nach langem Hin und Her ließen Don Alejo und Don Gabriel, deren Kinder inzwischen untereinander geheiratet hatten, sich schließlich auf den ungleichen Tausch ein. »Besser ein Spatz in der Hand als eine Taube auf dem Dach«, sagten sie sich, als endgültig klar schien, dass die Regierung niemals imstande oder willens sein würde, die Schulden in barem Geld zurückzubezahlen. Alles, was sie nun bekamen, war ein Stück Urwald voll riesiger Bäume, reißender Bäche, wilder Raubtiere, bunter Vögel, Schlangen, Schmetterlinge und Moskitos. Das Klima dort wies alle nur denkbaren Extreme auf – hoch oben in den Bergen brachte es die erstaunlichen Espeletia-Sträucher hervor, die sich mit ihrer wolligen Behaarung gegen die Kälte schützen, und ganz unten, im Tiefland, Kakao, aus dem sich das köstlichste Getränk der Welt herstellen lässt, dessen geheime Rezeptur, einst den Göttern vorbehalten, eines Tages zum Wohl der Menschheit von einem einheimischen Prometheus geraubt wurde.

Eva

Vorsichtig, so leise wie möglich, hob ich den Kopf aus dem Wasser. Hastig atmete ich in tiefen Zügen ein. Zwei, drei, fünf, sieben Mal. Mein Herz pochte unterdessen in der Brust wie die große Basstrommel einer Dorfkapelle. Vom Haus her hörte ich Schreie und Flüche. Mehrfach glitt ein Lichtstrahl über den See. Ich tauchte wieder unter. Das mit dem Zählen ließ ich sein. Am wichtigsten war, dass ich weiter das dem Haus gegenüberliegende Ufer ansteuerte. Dort würde ich mich durch den Bambuswald schlagen müssen. Schon nach wenigen Sekunden hatte ich das Gefühl, mir gehe die Luft aus, aber ich zwang mich, mich noch ein Stück weiterzukämpfen. Seit ich denken kann, habe ich Sport gemacht, und Schwimmen hatte ich hier, in diesem See, und im Río Cartama gelernt. Cobo brachte es mir bei, kaum dass ich fünf Jahre alt war. Ich rief mir in Erinnerung, wie wichtig es ist, möglichst gleichmäßige Bewegungen auszuführen, und von da arbeitete ich mich mit Armen und Beinen voran wie ein Frosch, als hätte ich nie etwas anderes getan.

Da die Unbekannten durch den Hinterhof eingedrungen waren, mussten sie zuvor den Zufahrtsweg hinaufgekommen sein. Die Autos hatten sie offenbar unten stehen lassen, um keinen Lärm zu machen. Sie wollten mich überraschen, hatten aber nicht mit Gaspars feinem Gehör gerechnet. Wie viele Leute mochten es sein? Und wer waren sie? Bestimmt handelte es sich um diese »Musiker«, denen wir La Oculta »verkaufen oder verkaufen« sollten. Als ich irgendwann fürchtete, beim nächsten Schwimmzug ohnmächtig zu werden, tauchte ich erneut auf. Mit einem Geräusch, das an das Röcheln eines Sterbenden erinnerte, drang die Luft in meinen Körper ein. Ein Lichtstrahl glitt über meine Schulter, woraufhin ich sofort wieder untertauchte. Im selben Augenblick war ein Schuss zu hören. Um meine Verfolger zu verwirren, wandte ich mich nach links. Ich musste mich beeilen, durfte keine Sekunde verlieren. Die über die Wasseroberfläche gleitenden Strahlenbündel zeigten mir immerhin an, welche Richtung ich einzuschlagen hatte – je weiter ich mich von ihrer Quelle entfernte, desto besser.

Wieder tauchte ich auf, um Luft zu holen. Bei der Gelegenheit sah ich zum Haus zurück. Dort waren sämtliche Lichter eingeschaltet. Am Steg standen zwei Männer, die mithilfe ihrer Taschenlampen hektisch den See absuchten. »Alte Dreckschlampe! Hoffentlich säuftse ab!«, schrie der eine. Ich tauchte wieder unter. Der See war eiskalt, manchmal stieß ich aber auf tröstliche Stellen, an denen das Wasser sich den Tag über aufgewärmt hatte. Mein Blut zirkulierte inzwischen dermaßen heftig, dass ich den Eindruck hatte, mein ganzer Körper sei bloß noch ein einziges riesiges Herz. Vor Angst, aber auch vor Anspannung war ich ganz steif. Und doch sagte mir das wild pochende Organ in meinem Inneren: »Sorg dich nicht, noch bist du am Leben.«

Ich musste an meinen toten Hund denken. Vier Jahre hatte er bei mir gelebt, und ich liebte ihn fast wie ein Kind. Er schien mir sehr intelligent, oft hatte ich den Eindruck, er könne meine Gedanken lesen. Außerdem passte er sich jederzeit meiner Stimmung an: Er war fröhlich, wenn ich es war, und melancholisch, wenn mich die Trauer befiel. Und erschrocken – aber auch angriffslustig –, wenn ich über etwas erschrocken war. Genau so hatte er sich zuletzt verhalten und mir mit seinem Einsatz das Leben gerettet. Hätten sie ihn nicht umgebracht, wäre er mir wie immer auch ins Wasser gefolgt, und an seinem gelblichen Kopf hätten sie mühelos erkennen können, wo ich mich befand. Erneut tauchte ich auf. Inzwischen war ich weit genug vom Haus entfernt, wo meine Verfolger jetzt lautstark stritten. Von etwas weiter weg, aus der Richtung des Verwalterhauses, waren drei Schüsse zu hören. Bei dem Gedanken an Próspero kniff ich entsetzt die Augen zusammen. Dann setzte ich mich wieder in Bewegung, schwamm langsam, aber entschlossen und ohne das geringste Geräusch zu verursachen, ja nahezu ohne das Wasser aufzuwirbeln weiter – wie eine Schildkröte –, den Kopf nur ein winziges Stück über der Oberfläche. Ab und zu drehte ich ihn zur Seite, um Luft zu holen. Die hektisch kreiselnden Strahlen der Taschenlampen reichten kaum noch bis zu mir. Dafür wurde es um mich herum dunkler und dunkler. Am Ufer vor mir konnte ich trotzdem die ersten Schilfhalme ausmachen. Dann hörte ich auf einmal Flügelschlagen über meinem Kopf. Offensichtlich hatte ich eine Gruppe in einem nicht weit entfernten Kapokbaum schlafender Kormorane oder Reiher aufgestört. Vorläufig noch vergeblich tastete ich mit den Zehenspitzen nach dem schlammigen Grund, den ich normalerweise als abstoßende glibberige Masse wahrnahm. Jetzt hingegen hätte ich wer weiß was dafür gegeben, mit den Füßen darin zu versinken.

Aber ich durfte kein Risiko eingehen, also tauchte ich wieder ganz unter. Erschöpft wie ich war, würde ich nicht einmal eine halbe Minute durchhalten, sagte ich mir und versuchte, bis dreißig zu zählen. Schon bei sechzehn musste ich wieder Luft holen. Diesmal stellte ich fest, dass meine Verfolger inzwischen am Ufer entlanggingen und weiterhin mit ihren Taschenlampen die Wasseroberfläche absuchten, allerdings bewegten sie sich genau auf der falschen

Seite – und so lang, wie der See war, würden sie eine ziemliche Zeit brauchen, um ihn zu umrunden. Abgesehen davon, dass ihnen an einem bestimmten Punkt die Uferböschung den Weg versperren würde. Von dort ab kam man nur mit dem entschlossenen Einsatz einer Machete weiter.

Endlich spürte ich den schlammigen Grund unter den Füßen, jetzt fehlte wirklich nicht mehr viel. Ganz in der Nähe musste auch der große Stein am Ufer sein, auf dem ich mich manchmal sonnte. Von dort führte ein Pfad durch den Bambuswald bis zu der Schotterpiste, auf der man bergaufwärts zur Finca Casablanca gelangt, die meinen Vettern gehört. Sie waren nicht da, schon seit Monaten wagten sie sich nicht mehr her, aber Rubiel, der Verwalter, müsste zu Hause sein. Ihn konnte ich bitten, mich zu verstecken, oder was auch immer. Als ich den Stein ausgemacht hatte, kletterte ich hinauf und gelangte von dort auf festen Boden. Ich zitterte vor Kälte und Angst, und mein Atem ging heftig. Die Schreie und Flüche drangen jetzt nur noch aus weiter Ferne zu mir. Zum Glück kannte offenbar keiner meiner Verfolger sich hier auch nur annähernd so gut aus wie ich. Immer wieder trat ich auf Halmsprossen und hätte vor Schmerz fast aufgeschrien, wenn sich mir die Spitzen in die Fußsohle bohrten, riss mich aber im letzten Augenblick zusammen. Die dornigen Zweige und scharfen Blattkanten zerfetzten mein nasses Oberteil und schnitten mir in Arme und Beine. Irgendwann erreichte ich den Stacheldrahtzaun. Als ich darunter hindurchkroch, blieb ich mit der Bluse an einem der Stachel hängen, der sie am Rücken aufschlitzte, was ich aber erst viel später bemerkte. Als ich bei dem Fahrweg ankam, lief ich so schnell ich konnte bergauf.

Antonio

Die neuen Besitzer dieser Bergregion im Südwesten Antioquias wussten nicht recht, was sie damit anfangen sollten. Ihre Suche nach Bodenschätzen oder Salinen blieb erfolglos, weder Gold noch Silber noch Salz noch Kohle schien in nennenswerten Mengen vorhanden zu sein. Auch wertvollere Indioschätze waren nirgendwo zu finden, alles, was in den von ihnen aufgespürten Gräbern zu entdecken war, waren Schalen und Töpfe aus gebranntem Lehm, aber keinerlei Gegenstände aus Metall, bis auf die eine oder andere kleine verrostete Götterfigur. Vereinzelte Grabräuber, die schon früher hier unterwegs gewesen waren, hatten offenbar noch hier und da ein Stück Tumbago gefunden, dieses aber zweifellos umgehend eingeschmolzen, um an den eher geringen Goldanteil dieser Kupferlegierung zu gelangen. Die Keramikgegenstände und Götterfiguren aus Ton wiederum hatten nichts von der geheimnisvollen Schönheit vergleichbarer Objekte anderer einheimischer Kulturen, davon abgesehen, dass zu jener Zeit kaum jemand den Wert dieser Dinge zu schätzen wusste, im Gegenteil, niemand fand etwas dabei, die Grabstätten der Urbevölkerung rücksichtslos auszuplündern. Ja, oft genug wurde alles, was es dort gab, bewusst zerstört, als handelte es sich um Hinterlassenschaften des Teufels, deren Fluch gerade diejenigen, die sich an ihnen vergingen, keinesfalls auf sich ziehen wollten. Besonders gefürchtet waren die Götterfiguren, deren eigentliche Aufgabe es war, über die ewige Ruhe der neben ihren bescheidenen Schätzen Bestatteten zu wachen. Manchmal stieß man auch auf geheimnisvolle Inschriften an Felswänden, die Zeugnis von einer Intelligenz ablegten, die von den Weißen ausgelöscht worden war, bevor Sonne, Regen und Wind sich daranmachten, auch diese letzten Spuren zu tilgen.

Auch das Holz dieser Berge war vorläufig wertlos, gab es doch keinerlei Wege, um gefällte Bäume abzutransportieren, und Wege anzulegen war in dem abschüssigen und dicht bewachsenen Gelände äußerst schwierig. Dazu kam, dass es regelmäßig heftige Regengüsse gab, die die wilden Flüsse voller Felsen anschwellen ließen und erst recht unschiffbar machten. Von alldem abgesehen waren die neuen Herren dieser Bergwälder jedoch vor allem Kaufleute und besaßen wenig bis keine Erfahrung in Land- oder Forstwirtschaft, was nicht besser dadurch wurde, dass in dieser menschenleeren Einsamkeit nirgendwo Knechte oder Baumfäller aufzutreiben waren, die sie hätten in Dienst nehmen können.

Die Leute aus Medellín, die sich zuvor über die Kriegsanleihen und wertlosen Papiere der Herren Echeverri und Santamaría lustig gemacht hatten, amüsierten sich nun nicht weniger über die zu nichts zu gebrauchenden Ländereien der beiden. Ohne Leute, die bereit waren, ordentlich zuzupacken, war es unmöglich, hier irgendetwas anzufangen, und in Medellín – dessen Bewohner sich damals bereits für richtige Großstädter hielten, auch wenn ihre Stadt ein elendes Kaff war – jemanden zu finden, der bereit war, in einem unwirtlichen Urwald sein Glück zu versuchen, war nicht einfach. Statt zu Hacke und Machete, Schaufel und Spaten zu greifen, zogen die Bürger der selbsternannten Metropole es vor, dazusitzen und zuzusehen, wie die Zeit verstreicht.

Als die beiden alten Kaufleute starben, ohne auch nur den geringsten Nutzen aus dem empfangenen Land gezogen zu haben, hatten ihre Nachfolger jedoch bereits einen Plan erdacht, der allerdings in mancher Hinsicht an einen Traum erinnerte. Schon oft hatten sie zu Pferde oder auf dem Rücken eines Maultiers Teile ihrer Besitztümer erkundet. An mehreren Stellen hatten sie Pferdekoppeln und dazu eine Art Weg den Berg hinauf angelegt. Der grenzenlosen Schönheit dieses Landstrichs waren sie sich sehr wohl bewusst, wie sie auch imstande waren, die Möglichkeiten zu erkennen, die in ihm steckten. Wenn das leere Land bevölkert werden sollte, galt es zuallererst, junge Siedler anzulocken. Die Bevölkerung von Antioquia vermehrte sich tüchtig, nicht selten anzutreffen waren Familien mit zwölf, fünfzehn, achtzehn Kindern, die wenig mehr als Bohnen, Reis, Maisfladen, Zuckerwasser, Eier und ab und zu ein Stück Speck zu essen hatten. Als diese jungen Leute geboren wurden, war Kolumbien jedoch bereits eine Republik, weshalb sie weder Untertanen noch Knechte sein wollten. Wenn sie ihr Leben in einer der kleinen Städte aufgaben, dann weil sie es zu einem eigenen Stück Land bringen wollten. Die Sklaven waren noch nicht freigelassen worden, aber ihre Kinder würde man nicht mehr versklaven dürfen. Zudem war bereits die Rede davon, dass man die Sklaverei vielleicht schon bald ganz aufheben werde.

Pilar

Alberto lebte im selben Viertel wie wir, in Laureles, drei Querstraßen entfernt, und wir lernten uns an einem Nachmittag in der Osterwoche kennen, als bei der Gründonnerstagsprozession ein Platzregen losbrach. Immer wenn etwas Wichtiges in meinem Leben passiert, fängt es plötzlich an zu regnen. Ich war damals zwölf, und er fünfzehn. Ich war mit einer großen Gruppe von Freundinnen unterwegs, und während wir hinter den Heiligenfiguren her liefen, piksten sie die Jungs mit langen Nadeln, die in ihren Spitzentüchern steckten. Ich nicht, ich sah bloß zu und lachte. Damals und in dem Alter gingen wir vor allem deswegen zur Kirche und zu Prozessionen, weil wir andere Jugendliche kennenlernen und uns einen Verehrer zulegen wollten.

Als der Regen losbrach, stellten meine Freundinnen und ich uns schnell unter einem Vordach unter, schließlich wollten wir nicht nass werden. Ein paar Jungs gesellten sich zu uns, und so stand auf einmal Alberto neben mir. Ich wusste damals nicht, wie er heißt, aber ich sah ihn die ganze Zeit an. Obwohl wir fast Nachbarn waren, hatte ich ihn noch nie gesehen. Er war wunderschön, groß und stark, wie alle Jungs, die viel Fußball spielen, Fahrrad fahren und Sport machen. Er trug Jackett und Krawatte, wie es damals üblich war. Ich sehe ihn noch genau vor mir: Das Jackett war grau, und man merkte, dass er sehr kräftig war – an Armen und Schultern traten die Muskeln unter dem Stoff deutlich hervor.

Und er hatte eine göttliche, dunkelblonde Haartolle, richtig hoch und auffällig, wie Elvis Presley. In der Osterwoche trugen normalerweise alle neue Kleidung, ich hatte diesmal aber kein neues Kleid an, und noch dazu war meins vom Regen ganz durchnässt. Da meine Mutter nicht mitgekommen war, hatte ich ein kurzes weißes Kleid mit roten Säumen angezogen, also nicht unbedingt das, was man bei einer Prozession erwartet hätte, schließlich war es nicht gerade unauffällig, im Gegenteil, und erst recht nicht in nassem Zustand. Aber der Junge neben mir schien mich nicht mal wahrzunehmen, er starrte bloß geistesabwesend vor sich hin. Ich dagegen konnte mich an ihm nicht sattsehen, es war, als stünde ich im Museum vor einer wunderschönen Statue. Leise sagte ich einer Freundin von mir ins Ohr – sie hieß Libia Henao:

»Wer ist das denn? Wer ist das denn? Ich glaub, ich sterb gleich.«

Und sie antwortete:

»Nichts da, Schätzchen, das ist Alberto Gil, aber vergiss es, nicht mal Mona Díaz hat ihn rumkriegen können.«

Mona Díaz war das größte und attraktivste und schönste Mädchen aus unserem Viertel. Libia setzte noch einen drauf:

»Keine Chance, gib es auf.«

»Keine Chance?«, sagte ich und zog die Brauen hoch. »Von wegen – den heirate ich mal!«

Als die Prozession und der Regenguss vorbei waren, sah ich schrecklich aus. Ohne meinen Vater und meine Mutter zu fragen, hatte ich mich geschminkt, und jetzt war die ganze Wimperntusche verlaufen. Ich hatte schwarze Streifen im Gesicht, von den Augen bis zum Kragen meines weißen Kleids, ich sah aus wie eine Muttergottes, die unterm Kreuz steht und weint. Der Junge war längst verschwunden, und ich wusste nicht wohin. Bestimmt ist er zur *Múltiple*, sagte ich mir. Die *Múltiple* war die einzige Eisdiele bei uns in der Gegend, hier trafen sich alle Jugendlichen aus dem Viertel. Ich überredete meine Freundinnen, dorthin zu gehen, wir hatten zwar kaum Geld, aber wir legten zusammen und konnten so ein Eis kaufen, an dem alle lecken durften. Als ich die Eisdiele betrat, entdeckte ich ihn, er saß an einem Tisch und seine Haare waren bloß ein bisschen feucht, seine Kleidung dagegen überhaupt nicht. Ich sah ihn herausfordernd an, und dann *sprach* ich ihn auch an – das machte man damals eigentlich nicht, Unbekannte ansprechen, aber ich nahm all meinen Mut zusammen und sagte:

»Das war wirklich nett von dir – schau mal, ich bin pitschnass, und du hast mir nicht mal dein Jackett gegeben, damit ich mir was überziehen kann.«

Alberto sagte natürlich kein Wort. Er sah mich bloß schüchtern an und lächelte. Am nächsten Tag sah ich ihn wieder – beim Kirchenbesuch: Das machte man damals am Karfreitagmorgen, alle möglichen Kirchen besuchen. Er war schon in vielen gewesen, ich hatte ihn aber bloß in zweien gesehen, in Santa Teresa und in der Kirche der Bethlehemitinnenschule. Ich bin immer hinter ihm her und hab versucht, zu erraten, in welche Kirche er als Nächstes gehen würde. Jetzt sah er mich wenigstens an, und ich sah ihn natürlich auch an, aber von weitem. Sprechen konnten wir nicht miteinander, weil man uns noch nicht vorgestellt hatte.

Vier Tage nach Ostern stellte Pompi, ein Freund von Alberto, ihn mir dann vor. Noch heute bedanke ich mich jedes Mal bei Pompi, wenn ich ihm begegne: »Lieber Pompi, dass du mir damals diesen Engel vorgestellt hast...« Und kurz danach erklärte Alberto sich mir, es war der siebte Mai. Vor Glück wäre ich fast tot umgefallen, aber ich ließ mir nichts anmerken. Das machte man damals so, darum hab ich auch nicht gleich ja gesagt, obwohl ich das am liebsten getan hätte, nein, ich hab gesagt, ich muss erst darüber nachdenken, er soll mir bis morgen Zeit geben. In der Nacht habe ich fast nicht geschlafen, weil ich solche Angst hatte, er würde seinen Antrag wieder vergessen und nicht noch mal fragen. Aber am nächsten Tag ist er gekommen, um mich zur Kirche zu begleiten. Und wir sind zusammen zur Siebenuhrmesse gegangen. Beim Rausgehen hat er schließlich gefragt: »Und, was sagst du?« Und ich hab ja gesagt.

Alberto hatte eine Lambretta, und jedes Mal wenn er an unserem Haus vorbeigefahren ist, hat er gehupt. Ich habe dann immer zum Fenster rausgesehen, und mein Herz hat wie verrückt geklopft, ich war so glücklich, wenn er vorbeigefahren ist und zum Gruß die Hand gehoben hat. Ein bisschen später, am Muttertag, also am zweiten Sonntag im Mai, hat er dann Musikanten unter meinem Fenster aufspielen lassen. Bei uns zu Hause sind von der Musik alle aufgewacht, und Cobo hat mich leise gefragt: »Meine Liebe, bist du nicht noch ein bisschen jung für so was?« Und ich hab gesagt: »Ich weiß nicht, Papi, aber ich bin glücklich.« Und da hat er gesagt: »Das ist das Wichtigste.« Beim dritten Lied hab ich das Licht angemacht, damit er merkt, dass ich wach bin und die Musik höre. Gleich danach hab ich das Licht wieder ausgemacht und dafür das Rollo ein Stück hochgezogen, um ihn sehen zu können. Ich erinnere mich noch genau an die kleine Karte, die er mir unter der Tür durchgeschoben hat. Die hatte er aber nicht selbst geschrieben, das hatte sein älterer Bruder Rodrigo gemacht, der konnte nicht nur schöner schreiben, sondern auch gut dichten: »Alles dreht sich für mich nur um dich, / meine Leidenschaft dauert ewiglich. / Quält dich der Schmerz, / tut's mir doppelt weh. / Nichts fühle ich, / wenn ich dich nicht seh. / Und mein Herz schuf Gott nur für dich.« Unterschrieben hatte er nicht mal mit seinem ganzen Namen, sondern bloß so: Albto.

Antonio

Einem Ingenieur mit Namen Pedro Pablo Echeverri, genannt der Hinkefuß und ein Sohn von Gabriel Echeverri, der damals dabei war, im Südosten mehrere Dörfer zu gründen, gelang es schließlich, den Urgroßvater meines Großvaters zu überreden, sich am anderen Ufer des Río Cauca niederzulassen. Dieser Vorfahre von uns hieß Isaías Ángel, war 1840 in El Retiro geboren und stand im Verdacht, seine Religion je nach Bedarf zu wechseln, also bald dem Judaismus und bald dem Christentum zu huldigen.

Als Hinkefuß Echeverri auf der Suche nach Leuten, die bereit waren, sich in den menschenleeren Ländereien seiner Familie anzusiedeln, durch El Retiro kam, war Isaías gerade einmal einundzwanzig Jahre alt und frisch verheiratet mit Raquel Abadi, Tochter des örtlichen Schusters. Als Raquel nach der Geburt von Elías Ángel Abad als dessen Mutter ins älteste Geburten- und Taufregister von Jericó eingetragen wurde, verlor ihr Nachname, vermutlich durch ein Versehen des Schreibers – vielleicht war es auch geheime Absicht des Priesters –, das I am Ende. Als sie Elías zur Welt brachte, war sie siebzehn Jahre alt.

Echeverris Angebot war unerhört, im Grunde genommen jedoch ganz einfach: Die beiden Gründerfamilien überließen den Neuansiedlern einen Teil ihres riesigen Landbesitzes als Eigentum, und im Gegenzug mussten diese sich dort niederlassen und an mehreren Tagen im Monat dabei helfen, den Wald zu roden und

Wege anzulegen. An den teils recht steilen Hängen gab es reichlich gutes Wasser und fruchtbare Erde vulkanischen Ursprungs, so dass, wer auch immer sich hier die Mühe machte, das Unterholz zu lichten und die Äcker von Steinen zu befreien, mit guten Ernten und einem reichen Viehbestand rechnen konnte.

Hinkefuß Echeverri hielt in den Dörfern Antioquias vor allem nach tatkräftigen jungen Familien ohne viel Besitz Ausschau, die im Leben weiterkommen wollten und sich deshalb an einem Unternehmen wie diesem beteiligen würden, das weniger begeisterungsfähigen Menschen als kollektiver Wahn, wenn nicht als groß angelegter Betrug erschien. »So viel Gutes auf einmal wird einem auf Erden kaum je zuteil«, lautete einer der Kommentare der Leute, die der Sache nicht trauten. Hinkefuß Echeverri war ein großer, magerer und ein wenig ungelenker Mann und dazu nicht besonders ansehnlich. Außerdem schielte er leicht und hatte ungleich lange Beine, das Ergebnis einer schlecht verheilten Bruchverletzung, die er sich einst beim Sturz von einem Pferd zugezogen hatte. Wie zum Ausgleich war er jedoch ein begnadeter Redner.

»Sie sicherlich nicht, Isaías, aber wer sagt denn, dass die Kinder Ihrer Kinder, oder die Kinder der Kinder Ihrer Kinder dank dieser Anstrengung nicht eines Tages die Universität werden besuchen können?«, verkündete Hinkefuß dem jungen Isaías Ángel, der ein Mann mit klaren Gesichtszügen, breiter Stirn und freundlichem Lächeln war.

»Wenn jede Familie«, fuhr Echeverri fort, »und das ist keineswegs eine völlig verstiegene Vorstellung, solange alle sich ordentlich von den Bohnen, Eiern, der Milch und dem Mais ernähren, den ihr Stück Land hervorbringt, wenn jede Familie also im Durchschnitt zehn Kinder hat, wird diese Gegend in zwanzig Jahren ausreichend bevölkert sein, um ein kleines Paradies auf Erden zu errichten. Und wenn ich ans Ende unseres Jahrhunderts denke, sehe ich bereits einen Geografen vor mir, der über die Siedler im Südwesten schreibt, dass sie das Schauspiel einer freien Gesellschaft zufriedener und glücklicher Landbesitzer bieten.«

Isaías Ángel wusste, dass Raquel – die von ihrem Onkel als Mitgift eine ansehnliche Summe Geld erhalten hatte – mehr vorschwebte, als für andere Menschen Töpfe zu scheuern, den Hof zu fegen und Wäsche zu waschen, und auch er war begeistert von der Aussicht, sein eigener Herr zu sein. Deshalb hörte er Echeverri mit leuchtenden Augen zu und konnte es kaum erwarten, zu Raquel zu eilen und ihr zu sagen, sie solle von ihren Eltern Abschied nehmen, sich von ihnen segnen lassen und mit ihm so viel zusammenpacken, wie drei ausgewachsene Pferde tragen können.

Eva

Meine Augen hatten sich inzwischen an die Dunkelheit gewöhnt, so dass ich mich einigermaßen zurechtfand. Ich war bereits auf dem steilen Fahrweg hinauf zur Finca Casablanca. Der Weg bestand genau genommen aus zwei Zementstreifen, zwischen denen Gras und Kräuter wuchsen. Manchmal ging ich auf dem Zement, der rau an den Fußsohlen, aber frei von Dornen war, dann wieder kehrte ich in die bewachsene Mitte zurück. Sobald ich mich kräftig genug fühlte, rannte ich eine Weile. Dann verlangsamte ich das Tempo, um Luft zu holen, und immer wieder blickte ich hinter mich.

Als ich in die Schotterpiste einbog, die zur Finca meiner Vettern führt, fingen die Hunde an zu bellen und kamen angelaufen. Als sie mich erkannten, hörten sie auf zu bellen, wedelten mit den Schwänzen, schnupperten an meinen Händen und leckten an meinen feuchten Beinen. Mit Hunden habe ich mich schon immer gut verstanden. Irgendwann erreichte ich das Haus von Rubiel, dem Verwalter, und hämmerte an die Tür.

»Machen Sie auf, Rubiel, schnell, machen Sie auf! Ich bin's, Eva, von La Oculta. Aufmachen, Rubiel, machen Sie auf! Man will mich umbringen, Rubiel, machen Sie die Tür auf!«

Rubiels Frau Sor machte schließlich auf. Sie sah mich erschrocken an. Wach war sie schon seit einer Weile – sie hatten die Schüsse gehört. Ich ging schnell hinein und schloss sofort die Tür hinter mir, als wollte ich ein Ungeheuer abschütteln, das mich verfolgte, ein Gespenst. Drinnen ließ ich mich, unfähig zu sprechen, auf dem Boden nieder. Sor brachte mir ein Handtuch, damit ich mich abtrocknen konnte, und trockene Kleidung von Martis, einer meiner Kusinen. Dann machte sie mir eine Tasse Zuckerwasser warm und gab mir auch noch ein Paar Strumpfhosen für meine schmerzenden, blutverkrusteten Beine. Als ich endlich sprechen konnte, erzählte ich überstürzt, was passiert war, woraufhin Rubiel leise sagte, ich solle besser wieder gehen. Die Leute könnten jeden Moment auftauchen und nach mir fragen, und sie würden uns alle umbringen, wenn sie merkten, dass sie mich versteckten. Ich nickte und zog mir ein Paar Turnschuhe von meiner Kusine an, die Sor ebenfalls gebracht hatte. Dann bat ich Rubiel, mir ein Pferd zu leihen. Ich würde es irgendwo in einem Dorf zurücklassen, in Jericó, Támesis oder Palermo.

Rubiel griff nach einer Taschenlampe, und wir gingen zum Stall, wo wir zusammen eine schwarze Stute sattelten. Sie hieß Noche. Rubiel sagte flüsternd, wenn die Typen kämen, würde er ihnen natürlich nicht sagen, dass ich hier gewesen war. Während wir in nahezu völliger Dunkelheit und so leise wie möglich die letzten Handgriffe ausführten, glaubten wir mehrmals, in der Ferne Motorengeräusche zu hören.

»Keine Sorge, ich lass Noche bei jemandem, dem Sie vertrauen können, Rubiel«, sagte ich, als ich schließlich aufs Pferd stieg. »Auf Wiedersehen, und vielen Dank!«

»Nehmen Sie die Taschenlampe mit, Doña Eva«, erwiderte Rubiel, »aber machen Sie sie nur an, wenn es unbedingt nötig ist.« Ich steckte die Lampe ein und trabte zum Fahrweg hinunter.

Antonio

Immer wenn ich aus Kolumbien nach New York zurückkehre, habe ich ein paar Tage lang beim Aufwachen das seltsame Gefühl, noch in La Oculta zu sein. Irgendwann wird mir dann klar, dass ich woanders sein muss, denn ich höre keine Vögel, aber dafür Sirenen – von der Feuerwehr, Krankenwagen, Polizeiautos. Beim Frühstück wiederum vermisse ich den Lärm der Kinder und Enkel von Pilar, die uns immer mit ihrem Geschrei und ihren Spielen wecken. Hier esse ich Haferflocken mit Joghurt, Pfannkuchen, Bagels mit Philadelphia-Käse, Zimtröllchen, Räucherlachs und solche Sachen. Und nicht Arepas mit Frischkäse, Chorizo, Blutwurst, Rührei mit Tomaten, Brötchen aus Yucamehl und dazu schaumige Schokolade. Wenn ich tiefgefrorene Arepas mitnehme, schmecken sie hier nie so wie dort, und in New York kann man zwar phantastischen Käse aus aller Welt bekommen, aber nirgendwo echt kolumbianischen Frischkäse. Wenn es Zeit für einen Mittagsschlaf wäre – in New York halte ich niemals Siesta –, fehlt mir die Berührung der Hängematte, die Mittagshitze, das Geräusch der Zikaden, das blendend helle Licht, das so stark ist, dass es selbst bei geschlossenen Augen fast wehtut, völlig anders als das eigenartige Licht um vier oder fünf, wenn man wieder aufwacht. Das intensive Licht der Tropen geht mir nie aus dem Kopf, mag es in New York im Winter noch so kalt und dunkel sein, oder vielleicht gerade wegen der Kälte und Dunkelheit.

»Gib mir drei Tage«, sage ich zu Jon, der spürt, was mit mir los ist, »und ich bin wieder ein perfekter New Yorker, hab Geduld mit mir, die Tropen bleiben an einem kleben wie Froschmilch, die kriegst du weder mit Seife noch mit Bimsstein ab.«

Bevor ich morgens die Geige aus dem Koffer nehme und anfange zu üben, sehe ich nach, ob ich E-Mails bekommen habe. Der Gedanke, dass nie mehr eine Nachricht von Anita darunter sein wird, versetzt mir einen Stich, aber da erscheint auf dem Bildschirm schon meine Finca, La Oculta, und die Berge drum herum. Und ich sehe alles vor mir: den See, die weißen Mauern mit dem roten Sockel, den Holzboden in den Zimmern, dessen Dielen an bestimmten Stellen – die ich genau kenne – ein wenig nachgeben und knarzen, das Gitterwerk aus schwarzem Wettiniaholz der offenen Umgänge rund ums Haus, die moosbedeckten Ziegel, die Hängematten mit Blick zum See oder zum Fluss, die riesigen, von Kletterpflanzen, Moos, Flechten, Bromelien und Orchideen überwucherten Bäume – die Schirmakazien, Regenbäume, Eichen, Nussbäume, Chinarindenbäume, Kapokbäume, Honigbeerbäume, Erdbeerbäume, Lorbeerbäume, Kordien, Antioquiabäume – und die fast senkrecht in Richtung Jericó aufsteigenden Felsen, in denen ich als Junge so oft mit meinen Freunden und Vettern herumgeklettert bin, so wie ich es heute mit meinen Neffen mache.

Draußen schneit es, geräuschlos fallen traurige Flocken vom Himmel, die auf den Bürgersteigen sofort schmelzen. Schwarzgekleidete Menschen gehen kältestarr vor dem Fenster vorbei. Auf der Finca schneit es nie, und es ist auch weder kalt noch heiß – wie im Paradies. Wenn ich es kalt haben will, steige ich den Berg hinauf. Und wenn ich es schön warm haben möchte, gehe ich hinunter zum Río Cartama. Aber hier in der Mitte ist es stets angenehm mild, und um einen herum bleibt immer alles gleich, grün und voller Blüten, ewig. Und vor den Augen dehnt sich unermesslich weit die Landschaft aus, hohe Berge und tiefe Täler, die sich im Horizont auflösen, dort, wo ihr Grün, wie am Meer, in Blau übergeht. Ich betrachte das Foto, und es ist, als verkündete es: Das ist mein wirkliches Zuhause, meine Kaffeefinca in den Tropen, in den Bergen von Antioquia.

Die Leute glauben, dass ich vor fast dreißig Jahren nach New York gezogen bin, lag an dem Stipendium, das ich damals bekommen hatte, um mein Geigenstudium fortzusetzen. Dabei wollte ich nicht mehr in Medellín, nicht mehr in Antioquia leben. Antioquia hat seine Reize, aber mich erstickte es, so streng religiös, unduldsam, rassistisch, schwulenfeindlich und stockkonservativ, wie es dort war. Heute ist es etwas besser, selbst nach Antioquia ist die Nachricht vorgedrungen, dass die Welt sich ändert. Doch die Menschen in diesen abgelegenen Bergen sind verschlossen, zurückhaltend und misstrauisch, hier hätte ich niemals so frei leben können, wie ich es wollte. Mein Großvater hätte einen Herzinfarkt bekommen, wenn er erfahren hätte, dass ich schwul bin, meine Mutter redete am liebsten nicht über die Sache, während für meinen Vater meine »Neigungen« wie eine Krankheit oder ein Unglück waren, als wäre ich, sein Sohn, mit einer Behinderung zur Welt gekommen, blind, taub oder nur mit einem Arm. Einmal hatte er gesagt – er war betrunken und glaubte, ich würde ihn nicht hören –, das Problem sei nicht, dass ich schwul sei, das sei nicht so schlimm, das Problem sei vielmehr, dass ich deswegen viel zu leiden haben würde und dass ich deshalb versuchen müsste, nicht schwul zu sein, ich müsste mich behandeln lassen, und wenn das nichts half, müsste ich versuchen, mich selbst zu disziplinieren, ich müsste enthaltsam leben, damit keiner merkte, was los war. Das hatte man Schwulen seit jeher in Antioquia empfohlen, auch die Priester versuchten mir das nahezulegen, und in gewisser Hinsicht bin ich bis heute ein typischer Antiochier geblieben.

Vielleicht wäre ich deshalb manchmal gern anders, nur für ein paar Tage, ein richtiger Macho mit groben, klobigen, schwieligen Händen, einer, der keine Angst hat, ein ungezähmtes Pferd zu besteigen, so wie man sich bei uns eben einen richtigen Mann vorstellt, ein Kerl mit Schnurrbart und Hut, Sporen und Peitsche, der wenig spricht, und wenn, dann mit harter Stimme, die keine Widerrede duldet. Ganz Antioquia würde ich dann befehlen, sich zu ändern, ab sofort aufzuhören mit diesem Männlichkeitsgehabe, diesem hinterwäldlerischen, groben und rüpelhaften Benehmen, das so gar nicht in unsere Zeit passt. Danach wäre ich ebenso gerne wieder ich selbst, ein sanfter Mensch, der niemandem etwas aufzwingen möchte, ein Mensch, der einfach nur so sein möchte, wie er ist, und nicht, wie die anderen es gerne hätten. Das in dieser Weise gelassen annehmen zu können und mich in meinem tiefsten Wesen zu erkennen und anzuerkennen, habe ich einer jüdische Psychologin aus New York zu verdanken, Doktor Umansky. Und Jon, schließlich hat er die Behandlung bezahlt, drei sündhaft teure Sitzungen pro Woche, und das über mehr als vier Jahre. Doktor Umansky ist weise, aber gnadenlos, wenn es darum geht, das Honorar für die vierzigminütigen Sitzungen einzustreichen. Entweder man bezahlt sie pünktlich jeden Monat, oder sie empfängt einen nicht, selbst wenn man kurz davor ist, sich vor die U-Bahn zu werfen.

Allmählich, und dabei fast unbewusst, reifte der Beschluss in mir, ganz in New York zu bleiben. Zunächst, weil ich eine feste Stelle in einem Orchester bekam, als letzter Geiger, aber in einem bedeutenden Orchester. Und später, weil ich mich mit Leib und Seele in Jon verliebte. Dann kam die Therapie, dann das Meditieren – das tue ich bis heute –, unter der Anleitung eines Inders, der einmal im Jahr für einen Monat nach New York kommt. Und viele Jahre später, als hier die Homo-Ehe endlich zugelassen wurde, während sie in Kolumbien weiterhin verboten ist, heirateten Jon und ich schließlich.

Jon hatte sich immer schon für die Rechte Homosexueller engagiert, wie er sich auch an vorderster Front für die Opfer von AIDS einsetzte, und ebenso entschlossen kämpfte er für die Homo-Ehe. Ihm bedeutete es viel, die Zeremonie, die Unterschriften, Papiere, und obwohl mir nichts daran lag, tat ich es ihm zuliebe. »Außerdem kannst du dann später mal alles von mir erben«, sagte Jon, »und nicht meine Geschwister, diese *bastards*« – so nennt er sie immer –, »das sind doch lauter Arschlöcher, die haben mich immer gehasst, weil ich schwul bin.«

Jon hat, glaube ich, im Lauf der Jahre gelernt, La Oculta zu lieben. Anfangs war ihm in den Tropen alles immer ein bisschen zu viel – zu viel Hitze, zu viel Familie, zu viel Regen. Vielleicht lässt er sich auch seit einigen Jahren nur nicht mehr anmerken, was ihm dort nicht gefällt. Manches dort ist für ihn tatsächlich nicht leicht, er ist zum Beispiel der Einzige, den die Mücken stechen, und darüber beklagt er sich natürlich. Pilar tröstet ihn immer mit einer ihrer Theorien: Wenn man nie gestochen wird, ist das ein Zeichen dafür, dass man Krebs hat, die Mücken erkennen den Krebs nämlich am Geruch der Haut. Jon muss sich jedenfalls ständig mit Mückenschutzmittel einreiben, und wenn es dort manchmal sehr regnet, klagt er auch über die Feuchtigkeit und sagt, er bekommt keine Luft, es sei wie bei dem Asthma, das er als Kind gehabt hat. Und er schläft schlecht, wacht ständig auf. Wenn die Hunde bellen – wegen eines Pferds oder eines Opossums –, glaubt er, draußen seien Räuber unterwegs, um uns zu überfallen oder zu entführen. Wenn das Wetter dagegen trocken ist, hört er auf zu jammern und sagt sogar, er finde die Landschaft schön. Gut so – ich habe schließlich meinerseits gelernt, New York fast so sehr zu lieben wie er, weshalb wir ja auch hier leben, ohne dass ich mich über die Kälte oder die Preise oder die Touristen beklagen würde.

Wir fahren – oder fuhren wenigstens bis jetzt – jedes Jahr auf die Finca, und manchmal ist es Jon gelungen, zu fühlen oder zu begreifen, was die Finca eigentlich ausmacht, glaube ich zumindest, und wenn nicht, dann gelingt es ihm jedenfalls sehr gut, so zu tun, als ob. Manchmal stellt er dort seine Staffelei auf und malt das Haus oder den See oder die Landschaft, und das auf ganz und gar altmodische Weise, in Öl und vollkommen realistisch und gegenständlich – für ein an moderne Kunst gewöhntes Auge wirkt es ziemlich lächerlich. Aber Pilar gefallen die Bilder, und sie hängt sie später in ihrem Zimmer oder auf den überdachten Umgängen rund ums Haus auf. Vom Sonnenlicht bleichen sie mit der Zeit aus, weshalb Jon sie beim nächsten Besuch ein bisschen nachbessert. Manchmal fügt er bei dieser Gelegenheit eine Kleinigkeit hinzu, fast immer etwas Unpassendes, ein Ungeheuer oder ein Skelett oder ein Gewehr oder eine Motorsäge. Auf jeden Fall wirkt es beunruhigend, und Pilar klagt dann immer: »Was soll das, Jon? Mit der Motorsäge machst du alles kaputt.« Und er lacht dann bloß und sagt, in La Oculta könne schließlich jeden Augenblick etwas Schreckliches passieren, und es sei gut, wenn wir beim Betrachten der Bilder daran erinnert würden.

Als die Guerrilla Lucas entführt hatte und meine Schwestern später Morddrohungen erhielten, kamen wir irgendwann ins Zweifeln, und beinahe hätten wir damals aufgegeben und uns kleinkriegen lassen. Jon schimpfte über Kolumbien und sagte, das Land sei am Ende und habe keinerlei Zukunft, der Staat sei vollkommen unfähig und korrupt. Und er sagte, ich solle meinen Anteil an der Finca verkaufen, und wir würden zusammen ein Ferienhaus in Vermont kaufen, irgendwo in der Nähe eines Sees. »Wenn du willst, nennen wir es La Oculta«, sagte er mit einem Lächeln. »Nicht zu fassen, aber das Land dort ist billiger als in Antioquia, also los, verkauf deinen Teil dort und wir besorgen uns hier was Ähnliches oder noch Schöneres.«

Etwas Schöneres? »Im Sommer ist Vermont schöner und am Herbstanfang auch, aber danach ist es dort nicht auszuhalten«, sagte ich mit leiser Verachtung. Jon lächelte wieder, fing daraufhin aber wenigstens nicht an, mir von der Schönheit eines weißen Winters vorzuschwärmen, vom Schlittenfahren im Januar oder davon, wie der Morgenreif in allen Farben glitzert. Ich dachte trotzdem darüber nach, oder ich sagte zumindest zu Jon, ich würde darüber nachdenken, nur um irgendwann klarzustellen, dass die tropische Kaffeeregion, so schön Vermont sei, etwas vollkommen anderes und ich mit allen Fasern mit ihr verbunden sei – ich drückte mich tatsächlich so aus, und sprach zudem völlig übertrieben und melodramatisch von meinem »Blut«, *my blood*. Außerdem gebe es in den Tropen keine Jahreszeiten, auch im Januar sei alles grün und im Dezember mild, und dann all die Orchideen überall ... Jon war nachsichtig und sagte, einverstanden, er verspüre allerdings kein bisschen Sehnsucht nach Afrika und sei noch nie auf die Idee gekommen, nach Liberia zu gehen, um ein Stück Land zu besiedeln. Zuletzt ließen wir es dabei bewenden und warteten einfach ab.

Mehrere Jahre existierte die Finca bloß in meiner Vorstellung, dorthin zurückzukehren war unmöglich. Dafür kamen meine Schwestern und meine Mutter einmal im Dezember zu Besuch nach New York, aber es war sehr seltsam, bei der hiesigen Kälte gemeinsam Weihnachten zu feiern. Vor der Kulisse des New Yorker Winters machten Pilar, Alberto und meine Mutter einen geradezu unwirklichen Eindruck, als hätte ich es mit Hologrammen zu tun. Vor allem meine Mutter wirkte müde und schlaff, und wirklich Spaß machte es wohl keinem. Trotzdem überspielten wir unser Unbehagen und tranken jede Menge Whisky, um so tun zu können, als wären wir bester Laune. Doch auch so führten alle Gespräche über kurz oder lang zu La Oculta. Bloß Eva war rundum zufrieden und erklärte, falls sie ihren Anteil an der Finca verkaufte, würde sie jedes Jahr drei Monate in New York verbringen, in Konzerte und Ausstellungen gehen und alle neuen Restaurants, Galerien und wissenschaftlichen Sammlungen besuchen. Eva hat schon immer einen schier unersättlichen Wissensdurst verspürt, und mit der Kultur geht es ihr genauso – durch die Arbeit für die Bäckerei ist sie in dieser Hinsicht eindeutig zu kurz gekommen.

Um mich Jon verständlich zu machen, wenn er wieder mit der Idee von dem Landhaus in Vermont ankam, erzählte ich ihm nachts von der Finca, von den Gerüchen aus der Küche zum Beispiel, am Morgen oder am Mittag. Oder dem Geruch im Stall, wenn eine Kuh gekalbt hatte und wir – mein Großvater, meine Vettern und ich – sie frühmorgens melkten, begleitet vom zarten Muhen des frisch geborenen Jungtieres in seinem Verschlag. Ein schaumigerer Cappuccino als der, den man erhält, wenn man einen Schuss lauwarmer Milch direkt aus dem Euter in eine Tasse mit schwarzem Kaffe spritzen lässt, ist nicht vorstellbar. »Von der Kuh in den Mund«, wie Großvater Josué zu sagen pflegte, wobei er kräftig die Luft durch die Nase einsog, um den krautigen Geruch der frischen Milch zu riechen. Oder von den Fledermäusen, die in der Abenddämmerung herauskamen und sich auf die Jagd nach Insekten machten, worüber mein Vater sich jedes Mal sehr lobend äußerte, denn auch wenn wir sie hässlich fänden, sorgten sie schließlich dafür, dass die Sache mit den Mücken und anderem Ungeziefer im Gleichgewicht bleibe. Oder die Frösche, die nachts ins Haus kamen – wir mussten sie immer mit einem Besen wieder hinausbefördern, denn meine Mutter hatte panische Angst vor ihnen und bekam fast einen Herzinfarkt, wenn sie irgendwo auf einen stieß. Sehr viel schlimmer erging es einem Frosch allerdings, wenn er sich bei Tag über die Schwelle wagte: Dann schnappte Cobo ihn sich und kreuzigte ihn mit Stecknadeln an einem Brett. Anschließend schlitzte er ihm mit einer Rasierklinge der Länge nach den Bauch auf und erklärte uns die Anatomie des armen Tierchens, das sich nicht aus seiner schrecklichen Lage befreien konnte. So bekamen wir zu sehen, wie sein kleines Herz klopfte und sich seine rosafarbenen Lungen blähten, während mein Vater auf die Stellen deutete, wo sich seine Leber und der Darm befanden. Es gab auch giftige Frösche, deren Haut von einer widerlichen Milch überzogen war. Cobo sagte immer, man solle die chemische Zusammensetzung dieser Substanz genau untersuchen, denn aus derartigen Naturprodukten ließen sich Betäubungs- und Schmerzmittel oder auch Klebstoffe herstellen.

Und so erzählte ich immer weiter. Von dem Sternenhimmel auf Erden, den die Glühwürmchen mit ihren Lichtern hervorzauberten. Oder von Alberto und seiner ewigen Musik – er kam nicht eine Minute ohne sie aus, nichts war ihm so verhasst wie die Stille. Wenn wir anderen irgendwann genug von all den Bambucos, Porros und Pasillos, Boleros und kitschigen Balladen hatten und uns beschwerten, setzte er sich lächelnd Kopfhörer auf und machte weiter, selbst nachts im Bett. Oder von dem süßen Geruch, wenn die Pferde an die Krippe traten und Próspero eine Mischung aus Wasser, Kleie und Melasse für sie anfertigte, von der er ihnen zu trinken gab, bis ihre Bäuche dick und rund wurden. Dabei umschwirrten sie Bienen und Wespen, die ebenfalls von der wunderbar süßen Melasse kosten wollten. Von der Mittagssonne, in der wir uns am Anleger auf Handtüchern ausstreckten, wenn wir dafür nicht einen der riesigen flachen schwarzen Steine am Seeufer vorzogen. Die Farbe unserer Haut wurde dabei von Tag zu Tag schöner und dunkler und den Steinen immer ähnlicher. Oder von den Gesprächen über wissenschaftliche Fragen mit meinen so gebildeten wie intelligenten Neffen, vor allem mit Simón. Sie hatten in Physik, Biologie und Geologie promoviert und konnten genau erklären, wie alt all die Berge um uns herum waren, was für Fossilien und geologische Formationen es dort zu finden gab und wie die Gletscher aussahen, die diesen Bergen und den engen Tälern dazwischen ihre Gestalt verliehen hatten. Oder von dem eiskalten Bier am Mittag. Vom Rum mit Coca-Cola am späten Nachmittag. Vom Brandy oder Gin Tonic manchmal am Freitagabend, um die Hochstimmung noch ein wenig zu beflügeln. Vom köstlichen Pisco Sour, den Anita mittags in Gläsern servierte, deren Rand mit einer Zuckerkruste überzogen war.

Immer wieder schilderte ich Jon eins unserer Lieblingsspiele, Scharade. Pilars Kinder hatten einen Riesenspaß daran, die Frauen aus ihrer Gruppe anzügliche Worte darstellen zu lassen, Orgasmus zum Beispiel oder Selbstbefriedigung. Kichernd sahen sie zu, wie ihre Opfer sie vor Anita darstellen mussten, die trotz ihres hohen Alters am meisten lachte und den Anblick ihrer Enkel genoss, die sich schämten und gleichzeitig glücklich darüber waren, ihre Großmutter provozieren zu können.

Ich erzählte ihm auch von den Nachbarn der umliegenden Fincas, die abends bei uns vorbeisahen, um ein Glas zu trinken und sich zu unterhalten, worüber auch immer, Ländereien, Vieh, Musik, Träume, allerdings so wenig wie möglich über Politik oder

Religion, damit wir nicht in Streit gerieten – Don Marcelino von der Finca La Querencia, Mario und Amalia von El Soñatorio, Camila von La Botero, Mariluz und Fernando von La Inés, Jaime und Ástrid von El Balcón, José von Casablanca, die Sierras von La Arcadia, Bocha und Martis von Punta de Anca, Ismael von Las Nubes, Miriam und Doña Elvia von La Palma, Álvaro, Diego und Darío von Potrerito ... und so weiter.

Wenn Jon genug hatte und nicht zum x-ten Mal die endlose Liste der Namen von Leuten über sich ergehen lassen wollte, die er weder kannte noch kennenlernen wollte, fing er an, über meinen Rücken zu streichen wie bei einem Pferd, das man beruhigen will, um mich dann im Genick zu küssen und zu sagen, er verstehe mich ja, wir würden weiter abwarten und kein Haus in Vermont kaufen und auch nicht in Upstate New York.

Wenn es hier in New York schneit und der Winter kein Ende nimmt, sehe ich mir meine Fotos von der Finca an und träume davon, dass ich eines Tages wieder dort sein werde, mit oder ohne Jon. Ich habe keine Sehnsucht nach Kolumbien und erst recht nicht nach Medellín, diesem stinkenden Kessel, der jeden Augenblick zu explodieren droht, diesem Schlachthof, wo es von Vertriebenen, Bettlern und Obdachlosen wimmelt. Ich träume nicht von meinem »Vaterland«, wie Patrioten sagen, denn mein Vaterland ist schrecklich. Jeder, der mich kennt, sagt, was könnte es Besseres geben, als in New York zu leben, und trotzdem träume ich von La Oculta, mindestens einmal oder zweimal im Monat. Ich träume, dass ich im See oder im Fluss schwimme, dass ich mit nacktem Oberkörper durch die Berge reite, dass ich auf einen Mangobaum klettere und eine Mango nach der anderen esse – es ist, als würde ich in lauter gelbe Herzen beißen, und der süße gelbe Saft rinnt mir über Kinn und Hals und Brust –, ich träume, ich melke die Kühe, klettere geschickt, fast schwerelos in den Felsen umher, ja, ich fliege über La Oculta dahin und sehe die Finca durch die Augen eines Sperbers. Meine Schwestern träumen angeblich ähnliche Dinge. Zweifellos werde ich der Letzte aus der Familie der Ángels sein, und das Grab des Letzten der Familie Ángel kann nur dort oben sein, in La Oculta, in der Erde, die uns alles gegeben hat, der mein Vater es zu verdanken hat, dass er Arzt werden konnte und meine Onkel Ingenieure und Anwälte, und ich, dass ich schon als Kind eine Geige besitzen und später hierher, nach New York, kommen konnte, wo ich manchmal fast umkomme vor Kälte und Sehnsucht nach La Oculta.

Pilar

Ich kann tatsächlich sagen, dass Alberto und ich seit dem Tag, an dem er sich mir erklärte, immer zusammen gewesen sind. Seit mehr als einem halben Jahrhundert sind wir nie länger als einen Monat getrennt gewesen. Dabei hat uns alles, was passiert ist, nur noch mehr verbunden, angefangen bei den traurigen Dingen. In dem Jahr, in dem wir ein Paar wurden, starb Albertos Vater. Alberto war damals gerade einmal sechzehn, sein ältester Bruder Rodrigo sechsundzwanzig. Der Vater hinterließ ein großes Erbe, mehrere Fabriken und Immobilien, das zunächst von einem Verwandten verwaltet wurde, Don Salomón Pérez. Ich weiß noch, dass meine Mutter damals sagte: »Arme Doña Helena, jetzt ist sie nicht nur verwitwet, sondern muss auch noch allein diese verrückten Kinder großziehen. Lass uns für sie beten, sie wird viel Leid zu ertragen haben, vor allem weil sie so viele Söhne hat – die Männer sind nun einmal so, achtzig von hundert taugen zu nichts.«

Da ich Albertos Freundin war, war ich auch auf der Beerdigung seines Vaters. Doña Helena, meine künftige Schwiegermutter, tat mir wirklich leid, als ich sie in ihrer Trauerkleidung sah. Von da an sollte sie nur noch komplett schwarz tragen, bis zu ihrem Tod mit über achtzig Jahren. Sie war kühl und distanziert, sehr fromm, ging täglich zur Messe, betete täglich einen Rosenkranz, war sehr mildtätig, aber bei allem immer sehr distanziert, staubtrocken, selbst wenn sie mit ihren Kindern oder Enkeln zusammen war. Ich habe nie erlebt, dass sie eines ihrer Kinder – oder meiner Kinder, also ihrer Enkel – geküsst oder gestreichelt hätte. Das ging so weit, dass meine Kinder sie nicht Großmutter nannten, sondern nur Doña Helena. Sie hatte eine seltsame Magenkrankheit, immer wieder befielen sie schlagartig so schreckliche Durchfallattacken, dass sie kaum das Haus verließ, eigentlich nur, um in die Kirche zu gehen oder Freundinnen oder Verwandte zu besuchen, und sie hatte immer einen furchtbar traurigen Gesichtsausdruck, einen Blick voller Sehnsucht und Verzweiflung. Trotzdem gab es Dinge, die ihr Freude bereiteten. Zu unserem Hochzeitstag schickte sie mir jedes Mal eine Karte, in der sie sich dafür bedankte, dass ich ihren Sohn so glücklich machte. Ich habe sie sehr geliebt.

Auf Drängen ihrer Söhne setzte Doña Helena sich ab einem bestimmten Zeitpunkt nicht mehr selbst ans Steuer eines Autos, sondern ließ sich fahren. Zu diesem Zweck kauften ihre Söhne zwei Taxis, ein schwarzes und ein weißes. Von den Chauffeuren wiederum war der eine ein Schwarzer – er fuhr das weiße Taxi –, der andere ein Weißer – er fuhr das schwarze Taxi. Der Chauffeur des weißen Taxis hieß Cucuma, das heißt, wir nannten ihn Cucuma, und alle hatten ihn wahnsinnig gern, er war stets bester Laune. Der Chauffeur des schwarzen Taxis hieß Gustavo. In der Zeit, in der Doña Helena nirgendwohin zu fahren brauchte, konnten sich die Fahrer mit ihren Taxis noch etwas dazuverdienen, einer von beiden musste allerdings stets zur Verfügung stehen. Da Doña Helena ja die meiste Zeit zu Hause blieb, war das für die zwei Taxifahrer recht lukrativ.

Ihre Kinder dagegen fuhren niemals Taxi, sondern immer nur eigene Autos. Als ihr Vater gestorben war, kaufte jeder von ihnen sich mit einem winzigen Bruchteil seines Erbes ein Auto. Luxusschlitten, besser gesagt. Noch mehr Autos von diesem Kaliber sah man in Medellín erst, als die Zeit der Mafiosi begann. Rodrigo, der Älteste, kaufte sich einen Ford Mustang, das neueste Modell. Santiago, der Zweitälteste, ließ sich aus Deutschland einen roten Porsche kommen. Lucía besorgte sich wenige Jahre später einen Camaro Cabriolet und gewann als erste Frau aus Medellín bei einem Autorennen. Juvenal, der Jüngste, besaß einen riesigen englischen Jeep, weil er am liebsten auf unbefestigten Pisten über Land fuhr. Alberto dagegen, der genau so viel Geld hatte wie seine Geschwister, begnügte sich mit einem einfachen kleinen Gebrauchtwagen, einem schwarzen VW-Käfer. Aber Alberto war schon immer so gewesen, bescheiden und anspruchslos. Er steht nicht gern im Mittelpunkt. Was er mit dem Rest seines Geldes gemacht hat, weiß ich nicht, entweder er hat es gespart oder der Kirche geschenkt. Ich glaube, wenn es nach ihm gegangen wäre, wäre er am liebsten Bus gefahren.

Abends besuchte Alberto mich an dem kleinen Mäuerchen vor dem Haus. Ins Haus reinlassen konnte ich ihn damals noch nicht. Wir unterhielten uns über alles Mögliche, Anfassen kam aber nicht infrage. Manchmal stellte er mir Fragen, fast wie in einer Prüfung. Wenn die Fragen besonders schwierig waren, zum Beispiel: »Pilar, was ist besser: Fast gewinnen oder fast verlieren?«, lief ich schnell rauf in Evas Zimmer und fragte sie – »Los sag, was ist besser? Schnell!« –, und dann lief ich wieder zurück zu Alberto und sagte: »So ein Blödsinn, natürlich fast verlieren. Fast verlieren ist besser.« Eva habe ich viel zu verdanken. Einmal gab Alberto mir die Biografie von Madame Curie zu lesen, aber wenn ich das Buch aufschlug, fielen mir sofort die Augen zu. Also bat ich Eva, es schnell durchzulesen und mir zu erzählen, was drin stand. Ihr gefiel das Buch sehr, sie war richtig begeistert, und Madame Curie war von da an eine Art Idol für Eva, bis heute ist das so, sie sagt immer noch, sie wäre gern wie Madame Curie. Ich weiß gerade einmal, dass sie Französin war, oder Polin, ganz sicher bin ich mir nicht. In der Schule half Eva mir oft bei Prüfungen. Manchmal nahm ich einfach ihr Aufgabenblatt, wenn sie fast fertig war, und gab ihr meins, auf dem noch nichts stand, und sie füllte es dann aus. Ich radierte einfach den Namen Eva weg, der oben auf dem Blatt stand, und schrieb dafür Pilar hin. Der Nachname war ja gleich. Einmal wollte sie mir aber nicht helfen, warum weiß ich nicht mehr, da habe ich mit meinem Tintenfässchen nach ihr geworfen und sie war über und über mit Tinte bespritzt.

Ihr Barett vergaß Eva nie, immer erschien sie in der kompletten Schuluniform, anders als ich. Wenn sie im Schulbus wieder einmal feststellen musste, dass meine Uniform zerknittert war und ich mein Barett zu Hause gelassen hatte, litt sie, Eva, die ihre Uniform immer sorgfältig unter die Matratze legte, damit sie über Nacht und ohne zu bügeln schön glatt blieb, schließlich wurde der Stoff speckig, wenn man zu oft mit dem Bügeleisen darüber ging. Das hatte wenigstens meine Mutter gesagt. Morgens stand Eva auf, wusch sich und zog sich ihre makellose Uniform an, bei der sämtliche Falten perfekt saßen. Dann machte sie langsam und sorgfältig und mit ein wenig Pomade ihr Haar zurecht. Zuletzt setzte sie das Barett auf. Und später im Bus achtete sie beim Hinsetzen genau darauf, dass ihr Rock nicht zerknitterte. Als ich einmal wie so oft mein Barett vergessen hatte, nahm ich Eva beim Betreten der Schulkapelle von hinten vorsichtig ihres ab und setzte es mir selbst auf, ohne dass sie es merkte. Anschließend setzte ich mich in die erste Bankreihe, ganz nach vorne. Als ich auf dem Weg dorthin an Eva vorbeiging, sagte sie sich erstaunt und erfreut zugleich: »Gott sei Dank! Wo hat sie bloß auf einmal das Barett her?« Als kurz darauf die Nonne erschien und uns mit scharfem Blick von einer Art

Kanzel herab musterte, bemerkte sie, dass Eva nichts auf dem Kopf hatte. Wütend forderte sie sie auf, nach vorn zu kommen: »Eva Ángel, vortreten!« Als sie sie daraufhin nach ihrem Barett fragte, griff Eva sich an den Kopf und konnte schier nicht fassen, dass das Barett nicht da war, wie war das möglich? Ich senkte währenddessen zerknirscht den Kopf und wäre trotzdem vor Lachen fast gestorben. Was für ein schlimmes Mädchen ich damals war! Eva so etwas anzutun, die den anderen immer als Beispiel vorgehalten wurde. Einmal führten sie sie durch sämtliche Klassen, damit die anderen Mädchen sehen konnten, wie die Falten an unseren Röcken zu sitzen hatten und wie man die kleine Krawatte so zuknotete, dass beide Enden exakt gleich lang waren, und auch, wie man das blaue Käppchen unserer Turnkleidung aufzusetzen hatte, das an einen Bischof erinnerte. Trotzdem bekam Eva diesmal eine Strafe, sie verriet mich jedoch nicht. Innerlich kochte sie, aber hochanständig, wie sie nun einmal ist, erzählte sie niemandem von meinen Streichen. Manchmal musste sie allerdings nachts darüber lachen – es war ein nervöses Kichern, eine Mischung aus Mitleid und Wut. Da wir zusammen in einem Zimmer schliefen, sagte sie manchmal vor dem Einschlafen in der Dunkelheit zu mir:

»Ich glaube, das mit dem Lügen wirst du wohl nie lassen können, Pili. Jedes Mal, wenn du ein Problem hast, denkst du dir schnell eine Lüge aus, darin bist du schon richtig geübt. Das ist sehr hässlich, Pilar.«

Ich tat, als würde ich schlafen. Meiner Meinung nach kann man nicht leben, ohne ab und zu zu lügen oder sich zumindest ein bisschen zu verstellen. Mit ihrer ewigen Aufrichtigkeit hat Eva sich nichts als Schwierigkeiten eingehandelt. Wenn sie nur einmal den Mund gehalten hätte oder einfach nur aus Mitleid ein klein bisschen gelogen, hätte sie sich all das ersparen können.

Als Alberto zum ersten Mal meine Hand ergriff, sah ich ihn erbost an – auch wenn ich innerlich vor Glück strahlte – und sagte, er solle bitte ein bisschen Respekt zeigen und nicht so dreist sein, ob er etwa glaube, ich sei bloß ein loses Flittchen, oder was? Und doch hielt ich mir abends beim Einschlafen die Hand an die Nase und roch daran – wie köstlich, ein Duft nach Bergtanne! –, und am nächsten Tag achtete ich beim Waschen sorgfältig darauf, dass meine Hand nicht nass wurde, damit ich später im Schulbus weiter daran schnuppern und meinen Freundinnen erzählen konnte, dass Alberto meine Hand ergriffen hatte – wenn sie mir nicht glaubten, könnten sie ja gerne einmal daran riechen.

Als wir ungefähr drei Jahre verlobt waren, küsste er mich schließlich zum ersten Mal, allerdings musste ich ihn fast dazu zwingen:

»Wetten, du traust dich nicht, mich zu küssen?«, sagte ich eines Tages, kurz bevor ich mit meiner Familie in die Ferien nach Cartagena aufbrechen sollte.

»Von wegen«, erwiderte er und küsste mich auf den Mund. Da ging ich noch am selben Tag zur Beichte, damit ich, falls unser Flugzeug abstürzte, nicht auf direktem Weg in der Hölle landete. In jedem Fall ging die Initiative stets von mir aus: Als er im Kino meine Hand ergriff, beim ersten Kuss und auch, als er mich bat, ihn zu heiraten. Auch das tat er eigentlich erst, als ich ihn dazu drängte. Eines Abends sagte ich zu ihm:

»Meinst du nicht, wir sollten heiraten, Alberto?«

Und er: »Ach so, ja, gut. Wann denn?«

»Wann kannst du denn?«

Er holte seinen Taschenkalender hervor und sagte:

»Am 21. Dezember ginge es, am 20. habe ich die letzte Prüfung an der Universität.«

Ich war damals siebzehn und antwortete wie aus der Pistole geschossen:

»Einverstanden. Warte bitte einen Augenblick!«

Ich lief schnell zu meinem Vater ins Haus und sagte: »Papi, Papi, Alberto hat gesagt, er will mich heiraten. Ich muss sofort mit der Schule aufhören, damit ich meine Aussteuer vorbereiten kann.« Meine Eltern sahen mich mit aufgerissenen Augen leicht erschrocken an, sagten dann aber, gut, einverstanden. Und ich raste in aller Eile zurück zu Alberto, damit er bloß nicht entwischte, und verkündete:

»In Ordnung, mein Vater und meine Mutter haben gesagt, ich darf heiraten. Dann also am 21. Dezember. Vorher muss aber noch die Verlobungsfeier stattfinden.«

Am nächsten Tag ging ich zu Schwester Fernando, der Direktorin meiner Schule, die ich sehr gern hatte, und sagte:

»Schwester Fernando, ich mache kein Abitur, ich höre mit der Schule auf.«

»Warum das denn? Es sind doch bloß noch sieben Monate bis zu den Prüfungen.«

»Ach, Schwester, ich heirate!«

Da traten ihr vor Freude Tränen in die Augen. Wenn man mich fragt – sie hatte selbst ihr ganzes Leben davon geträumt, zu heiraten.

An Schwester Fernando erinnere ich mich noch gut, ich mochte sie wirklich sehr. Sie hatte Parkinson, und wenn sie uns im Religionsunterricht fromme Bücher vorlas, zitterten ihre Hände. In der Schule brachten sie uns bei, dass es für eine Frau nichts Besseres gibt, als einen guten Mann zu heiraten, und ich hätte keinen besseren Mann finden können als Alberto. Er war einfach die beste Partie von Laureles. Ich hörte also mit der Schule auf und beschäftigte mich ab sofort nur noch mit der Vorbereitung meiner Aussteuer, mit der Verlobungsfeier, der Hochzeit, der Hochzeitsreise und so weiter.

Im Juni wurde mein Vater im Krankenhaus entlassen, angeblich hing er radikalen Überzeugungen an und trat für die Gewerkschaften und die Kommunisten ein. Im strengen Sinn Kommunist war er nicht, aber weder Fidel Castro noch die Gewerkschaften fand er besonders schlimm. Außerdem sagte er, die von der Guerrilla hätten in manchen Dingen durchaus recht, zum Beispiel was die Agrarreform anging, und dass man den Bauern Land zuteilen sollte. Ich kann dazu nichts sagen, ich habe keine Ahnung, aber an der Universität regten sie sich furchtbar darüber auf, weil die Leute dort sehr konservativ waren, sie hatten schrecklich altmodische Ansichten. Am meisten ärgerte sie, dass mein Großvater Josué, also Cobos Vater, Viehzüchter war und eine große Hacienda besaß – auf La Oculta zogen sie damals nämlich noch an die dreihundert Kälber im Jahr auf und produzierten ich weiß nicht wie viele Säcke Kaffee. Mein Vater würde also seine eigenen Leute beleidigen, sagten sie. Als ich eines Tages nach Hause kam, stapelten sich in der Garage die Kisten mit den Büchern aus seinem Büro. Und mein Vater sah schrecklich mitgenommen aus. Ich hatte schon Angst, aus meiner Hochzeit könnte nichts werden. Beunruhigt war ich aber nicht wegen der Tatsache, dass mein Vater entlassen worden war, ich fragte mich vielmehr insgeheim: »Und wie sollen wir jetzt das Fest bezahlen?« Meine Mutter sagte jedoch, ich solle mir keine Sorgen machen, das Fest würde auf jeden Fall stattfinden, in der Bäckerei habe sie schon seit längerem Geld für die Hochzeit zurückgelegt. Außerdem hatte sie vor, nach Cartagena zu fahren, um dort geschmuggelten Whisky und Champagner zu kaufen, genauer gesagt nach Maicao in La Guajira, wo die Türken ihre Lager hatten, da war alles viel billiger. Nur auf die Musikkapelle würden wir vielleicht verzichten müssen. Für die Musik in der Kirche dagegen war Toño zuständig, er sollte an den wichtigsten Stellen Geigenstücke vortragen, also während der Segnung und der Kommunion und so weiter. Es war göttlich, Toñito trug zum ersten Mal im Leben einen schwarzen Smoking und eine weiße Fliege und er trat zum ersten Mal als Solist auf, hinreißend. Die Engel hätten nicht schöner spielen können – seine Musik hat uns großes Glück gebracht.

Seit unserer Hochzeit haben Alberto und ich uns nie mehr getrennt, wir waren manchmal reich und manchmal arm, manchmal glücklich und manchmal vom Pech verfolgt, aber immer haben wir zusammengehalten. Was ich damals in der Kirche bei der Trauung zu Alberto gesagt habe, vergesse ich nie. Eigentlich sagen das zwar alle in diesem Moment, aber ich habe es aus tiefstem Herzen gesagt, nicht, weil man es eben so sagt, sondern weil ich es wirklich so gemeint habe, und ich würde es heute jederzeit wieder sagen: »Ich, Pilar, nehme dich, Alberto, an als meinen Mann in guten und in schweren Tagen, in Gesundheit und in Krankheit. Ich will dich lieben, achten und ehren, solange ich lebe.« Dabei habe ich geweint, ich habe während der Trauung die ganze Zeit geweint, ich war traurig, dass ich meinen Vater und meine Mutter und meine Geschwister verlassen musste. Aber Alberto habe ich in Gesundheit und Krankheit immer gleich geliebt.

Als wir geheiratet haben, waren wir beide noch unberührt, natürlich, wir hatten von nichts eine Ahnung. Über diese Dinge sprach man bei uns zu Hause nicht, oder wenn, dann nur in Andeutungen, mit meinem Vater. Eva war dagegen schon keine Jungfrau mehr, als sie geheiratet hat, und Toño auch nicht. Er hatte zwei Freundinnen, ich erinnere mich noch genau an sie, Rosa und Patricia, aber später ging er nur noch mit Jungs aus, denen man schon von weitem angesehen hat, was bei ihnen los ist. Meine Mutter hat sehr darunter gelitten, wenigstens am Anfang, später hat sie es akzeptiert, und mein Vater hat noch mehr gelitten, auch wenn er versucht hat, die Sache möglichst nicht anzusprechen, aber angemerkt hat man es ihm trotzdem, er kam nicht dagegen an, beim Essen sprach er zum Beispiel immer wieder lobend über Fidel Castro, auf Kuba war Homosexualität nämlich verboten, Schwule wurden dort in Umerziehungslager gesteckt, und wenn sie sich nicht umerziehen ließen, drohte ihnen sogar die Todesstrafe, und mein Vater ging bei solchen Gelegenheiten so weit, mit lauter Stimme zu verkünden – dabei klopfte er wie zur Bestätigung auf den Tisch –, dass man das überall so machen sollte, die Männer würden nämlich immer weibischer, und am Ende würde die Menschheit noch aussterben, weil so ja gar keine Kinder auf die Welt kommen könnten, auch mit den Familiennamen wäre es dann vorbei, mit dem Namen Ángel genauso, Ángel hätten schon die Leute geheißen, die einst von El Retiro nach Jericó gekommen waren und La Oculta gegründet hatten, aber was unseren Zweig der Familie anging, würde dieser Name einzig und allein von Antonio abhängen, und dann sagte er jedes Mal den kompletten Namen – Antonio Ángel – und sah Antonio dabei direkt ins Gesicht. Manchmal glaube ich, dass Toño sich nur deshalb so sehr mit der Geschichte unserer Vorfahren beschäftigt, weil er damit sozusagen etwas gutmachen will: Da er nicht dafür sorgt, dass es auch künftig noch Ángels gibt, kümmert er sich darum, dass wir alles über die Ángels wissen, die es gegeben hat.

Am Ende hat dann also auch Toño geheiratet – wie er sagt, den Mann, der ihm am besten von allen gefallen hat: Jon, einen Gringo, aber das ist noch gar nicht lange her, er war eigentlich schon fast alt, als sie geheiratet haben, in New York war das, und mein Vater war da schon tot, Toño hat uns allerdings nicht zu der Hochzeit eingeladen, weder Mama noch mich noch Eva, und von der Familie von Jon war auch niemand da, die sind aber auch alle sehr religiös, sehr traditionell, und sie gehören dieser evangelischen Sekte an, die so etwas noch schlimmer findet als die Leute aus Antioquia, und das will was heißen. Alberto und ich sind, glaube ich, so was wie ein Verbindungsglied zwischen zwei Welten. Manchmal sage ich mir, dass ich die Letzte aus der Familie bin, die noch so wie meine Großmutter Miriam lebt, und Eva ist die Erste, die wie meine Töchter lebt, während Toño sozusagen zur Welt meiner Enkel gehört.

Welches Leben ist besser? Kein Mensch weiß das, jeder tut, was er kann und wie sein Gefühl es ihm sagt. Meine Mutter, die viel moderner war als ich und mit neunzig noch so lebenslustig und vital war wie am Anfang ihres Lebens, hat immer gesagt, dass alles gut ist und dass das, was passiert, auch in Ordnung ist. Ich hätte von ihr lernen sollen, ich hätte versuchen sollen, so offen und freizügig zu sein wie sie – sie hat ihr ganzes Leben nicht aufgehört, neue Dinge auszuprobieren. Manchmal versuche ich das auch, und dann vergesse ich es wieder. Wahrscheinlich bin ich sehr gewöhnlich, aber so bin ich eben, unverstellt und echt wie die Finca, auf der ich lebe. Ob das allerdings das Beste ist, was ich aus meinem Leben hätte machen können? Eva würde bestimmt sagen, nein, sie ist der Meinung, dass sie noch viel mehr aus ihrem Leben machen kann. Manchmal finde ich es ungerecht, dass wir sie nicht ganz freigeben, dass wir ihr nicht ihren Anteil auszahlen, der in dieser Finca steckt, damit sie ihren Drachen von der Leine lassen kann.

Eva

Beim Fahrweg angekommen, ritt ich weiter im Trab, bergauf. Ich kenne diese Gegend sehr gut, alle Wege, Bäume, Schluchten und Berge. Ich finde mich fast im Schlaf zurecht, so wie die hiesigen Bauern, viel besser als Pilar. Sie hat zwar viel mehr Zeit als wir alle in La Oculta zugebracht, aber sie ist nicht so unternehmungslustig wie ich. Wenn ich an sie denke, sehe ich sie immer in einem Zimmer oder im Gang der Finca vor mir, sie sitzt auf einem Stuhl und näht, genau wie meine Mutter und meine Tanten und Großmütter. Sie sitzt da und näht und erzählt immer wieder die Geschichte ihrer Verlobung, Hochzeit und Ehe mit Alberto, wir anderen kennen sie längst auswendig. Ich dagegen habe die gesamte Umgebung erkundet – zu Fuß, joggend, im Jeep, auf dem Fahrrad, einem Pferd. Wie ein Mann, genau, manchmal habe ich den Eindruck, mir fällt hier die Rolle des Mannes im Haus zu, ich steuere das Geld bei und kümmere mich um die Rechnungen, ich führe das Regiment und suche regelmäßig noch die entlegensten Ecken unseres Territoriums auf.

Ich stieß dem Pferd die Fersen in die Seiten, und es fiel in Galopp. Die Wärme des Tierkörpers übertrug sich auf mich. Ich hatte schon als Kind reiten gelernt, kaum dass ich halbwegs laufen konnte. »Wer ein richtiger Reiter sein will, muss sich in einen Kentauren verwandeln«, hatte mein Vater immer gesagt, der das angeblich so schon von Großvater Josué gehört hatte, und es stimmt, wer nie das Gefühl hatte, sein Körper und der des Pferdes würden miteinander verschmelzen, der hat nie richtig reiten gelernt. Die Ruhe, die einen dabei erfüllt, ist schwer zu beschreiben. Noche spürte, dass sie von sicherer Hand geführt wurde, und ich hatte die Gewissheit, dass die Stute in der Dunkelheit viel besser sehen konnte als ich. »Wer ein guter Reiter sein will, muss das Denken dem Tier überlassen«, war auch so ein Spruch von Cobo.

Ich fing an, leise auf Noche einzureden. Ob ich das Pferd oder mich selbst dadurch beruhigen wollte, weiß ich nicht. Vielleicht wollte ich mich nur weniger allein fühlen.

»Ruhig, Noche, da hinauf müssen wir, schnell, ich werde verfolgt und du musst mir helfen, damit wir ihnen nicht in die Hände fallen, Noche, die bringen sonst auch dich um. Schnell, da rauf, ich muss mich im Wald verstecken, aber pass auf, dass du nicht stolperst; wenn du einen Drahtzaun entdeckst, musst du anhalten, aber langsam, nicht dass ich runterfalle, Noche.«

Mit Pferden spreche ich immer wie mit guten Freunden. Und mein erstes Pferd hieß sogar Freund – Amigo.

In der linken Hand hielt ich die Taschenlampe, ich schaltete sie aber nicht ein. Alle meine Sinne waren aufs Äußerste angespannt. Vielleicht kamen sie auf die Idee, mir auf diesem Weg zu folgen, zu hören war allerdings nichts. Nur ab und zu eine Kreischeule oder ein Käuzchen. Dann aber kam auf einmal, aus der Richtung von La Oculta, ein seltsames Geräusch, vielleicht eine Motorsäge. Ja, es war eine Motorsäge, und sie sägten damit etwas durch. So plötzlich, wie das Geräusch zu hören gewesen war, hörte es jedoch wieder auf.

Ich ritt weiter bergauf, ich musste unbedingt das Gatter finden, hinter dem der Pfad zum Wassertank anfing. Von dort würde ich den Weg über die Pferdewiesen fortsetzen, bis ich den Wald erreichte. Irgendwo bei den Felsen würde ich bis zum Morgen warten können. Soweit ich wusste, arbeiteten Leute wie die Músicos nur ungern bei Tageslicht. »Für die Gauner beginnt der Tag, wenn es dunkel wird«, hatte mein Vater immer gesagt.

Als wir uns meiner Berechnung nach fast vor dem Gatter befinden mussten, schaltete ich kurz die Lampe ein und erblickte auch gleich, in einiger Entfernung und hinter Stacheldraht und einer nicht weniger stachligen Gliricidia-Hecke, den großen Tank. Ich stieg vom Pferd, öffnete das Gatter, führte Noche hindurch, schloss es wieder und ritt weiter. Den Wassertank ließ ich links liegen und galoppierte auf einem Trampelpfad über die Pferdewiesen. Bevor der dichte Wald begann, würde ich noch zwei Gatter durchqueren müssen, das wusste ich. Niemand kannte sich hier so gut aus wie ich, kein Mensch. Und die Músicos erst recht nicht. Próspero vielleicht, oder Egidio, der Verwalter von La Inés, aber nicht die Músicos.

Ich atmete ruhiger und presste weiter die Schenkel an den warmen Körper der Stute. Aus Angst, gegen einen der Drahtzäune zu stoßen, ließ ich das Pferd in den Trab zurückfallen. Bei den Felsen angekommen, ließ ich Noche anhalten. Ich durchsuchte die Satteltaschen. Alles, was ich fand, waren eine leere Wasserflasche und ein kleiner Poncho. Ich zog ihn mir über, um mich gegen die Feuchtigkeit des Waldes zu schützen. Der Poncho war weiß, aber hier im Dickicht würde mich trotzdem niemand entdecken, sagte ich mir. Es musste inzwischen gegen ein Uhr in der Nacht sein. Ich beschloss, auf dem Pferd sitzen zu bleiben, seine Wärme beruhigte mich nicht nur, sie sorgte auch dafür, dass ich nicht frieren musste.

Ich hatte Durst, versuchte aber, nicht daran zu denken. Die Idee, das Pferd anzubinden und mich auf die Suche nach einem Bach zu machen, verwarf ich – wenn mir etwas das Gefühl von Sicherheit vermittelte, dann die Gesellschaft dieses Tieres. Außerdem könnte ich notfalls einfach losgaloppieren, sollte sich tatsächlich jemand meinem Versteck nähern. Bis zum Tagesanbruch waren es noch mindestens vier Stunden. Ich schloss die Augen und konzentrierte mich auf die Geräusche und Gerüche der Nacht. Dann musste ich, wahrscheinlich wollte ich mich beruhigen und wach halten, an all die Geschichten denken, die Pilar immer wieder erzählt, wenn wir in La Oculta sind. Wir alle hören sie gerne und sie bringen uns regelmäßig zum Lachen und zum Weinen. Die vielen Streiche, die sie mir in der Schule gespielt hat, wo ich immer so brav war und sie so ungezogen. Die Geschichte von der kleinen Schildkröte im Flugzeug nach Cartagena. Oder wie sie einmal gegen alle Widerstände ganz allein für sämtliche Mitglieder der Handballmannschaft Visa für die USA besorgte. Oder die Geschichte mit Don Marcelino: Als er gestorben war, musste sie den Toten, nachdem sie ihn geschminkt und mit einem Hut auf dem Kopf auf dem Beifahrersitz platziert hatte, an sämtlichen Polizei- und Militärkontrollen vorbei nach Medellín schmuggeln.

Als ich gerade überlegte, wie das nochmal mit der Schildkröte im Flugzeug gewesen war, stieg mir plötzlich ein seltsamer Geruch in die Nase. Ich öffnete die Augen und entdeckte weiter unten am Berg einen hellen Lichtschein. Dort, wo sich La Oculta befinden musste, stiegen Flammen zum Himmel empor. Dann gab es einen dumpfen Knall. Gleich darauf leuchtete es für eine Weile noch heller in der Dunkelheit, es war wie ein feuriger Pilz. Später erfuhr ich, dass der Tank meines Jeeps explodiert war. Ich fing an zu schluchzen. Von Weinkrämpfen geschüttelt betete ich, dass sie wenigstens Próspero und Berta erlaubt hatten, das Haus zu verlassen.

Da hörte ich plötzlich Geräusche von Fahrzeugen, die offensichtlich den Weg zur Finca Casablanca hinauffuhren. Die Lichter von zwei Scheinwerferpaaren bewegten sich langsam bergauf, auf das Haus meiner Vettern zu. Dort angekommen, schalteten sie weder die Lichter noch die Motoren aus. In dem nahegelegenen Haus von Sor und Rubiel ging jetzt ebenfalls das Licht an. Ich glaubte, eine Stimme zu hören, dann einen Wutschrei, aber genau bestimmen ließ sich das Ganze nicht, dafür war es zu weit weg. Ich bat innerlich – das Schicksal, wen auch immer –, es möge zu keiner Schießerei kommen. Bald darauf kehrten die Lichter zum Hauptweg zurück und bewegten sich weiter in der Richtung, in der ich selbst einige Zeit zuvor geritten war. Ich blickte abwechselnd zu den sich nähernden Lichtern und dem Feuer weiter unten am Berg. Mein Herz klopfte wie wild. Immer wieder sagte ich mir, dass ja niemand wusste, wo ich in diesem Augenblick war, nicht einmal Rubiel, und sehen konnte mich hier im Wald auch niemand. Ich streichelte Noche, damit sie bloß nicht auf die Idee kam, zu wiehern. Aber selbst wenn – wie hätten sie wissen sollen, dass auf dem Pferd, das da in der Dunkelheit wieherte, jemand saß, geschweige denn, dass ich dort saß? Trotzdem zog ich für alle Fälle den Poncho aus und verstaute ihn in einer der Satteltaschen. Jenseits des Wassertanks fuhren sehr langsam, jedoch ohne anzuhalten, zwei große Transporter vorbei. Zehn Minuten später war von den Lichtern nichts mehr zu sehen, sie waren jenseits der Stelle, wo es nach La Mariela hinunter geht, verschwunden. Ich holte tief Luft, und mein Herzschlag beruhigte sich. Wenigstens in dieser Nacht würden sie mich nicht umbringen.

Antonio

Manchmal wühle ich nachts in meinen Papieren. Hier in New York habe ich Kopien der Dokumente, die ich in der Kommode in La Oculta aufbewahre und mit denen ich versuche, die Geschichte der Finca zu rekonstruieren. Bei meinen Recherchen gehe ich allerdings nicht wie ein seriöser und vertrauenswürdiger Historiker vor, sondern mehr wie jemand, der seine Nase am liebsten bald in dieses, bald in jenes Buch steckt und sich ansonsten auf das verlässt, was weisere und gebildetere Menschen ihm erzählt haben.

So weiß ich, dass Pedro Pablo Echeverri eines Tages in El Retiro im Café El Silencio saß und genüsslich eine Tasse schwarzen Kaffee mit geraspeltem Rohrzucker trank. Es war gegen neun oder zehn Uhr, und das stechende Licht der Morgensonne erhellte die frische Gebirgsluft. Das Café trug seinen Namen völlig zu Recht – außer den ruhigen Stimmen des Ingenieurs und einer kleinen Gruppe weiterer Gäste war nichts zu hören. Vier, vielleicht fünf junge Männer zwischen zwanzig und dreißig Jahren – es ist, als sähe ich sie vor mir, sie sind barfuß und schlecht gekleidet – hörten ihm aufmerksam, ja geradezu ehrfürchtig zu.

Hinkefuß Echeverri hatte seinen Zuhörern gerade berichtet, dass sein Vater Don Gabriel und einer seiner Gevattern, nämlich Santiago Santamaría, der Sohn von Don Juan Santamaría, vor noch nicht allzu langer Zeit am linken Ufer des Cauca ein Dorf gegründet hatten, das inzwischen bereits einmal umbenannt worden war, von Aldea de Piedras – Steinweiler – in Felicina, wie der Ort hieß, seit er die Erlaubnis erhalten hatte, über einen eigenen Priester zu verfügen.

Die Besitzer dieser Gegend wollten nun, dass dort ausreichend Nahrung für die neu angesiedelte Bevölkerung produziert würde, abgesehen davon, dass man, wenn ein Überschuss erwirtschaftet und gute Wege angelegt würden, auch anfangen könnte, Handel zu treiben. So förderte man beispielsweise in den weiter südlich gelegenen Minen zwar reichlich Gold zutage, doch für Essbares war dort nicht im Geringsten gesorgt, es gab weder Fleisch noch Milch noch Yuca noch Bohnen noch Bananen noch Kartoffeln. All das wiederum ließe sich auf ihrem Land in genügender Menge hervorbringen, wenn man nur ausreichend Wald rodete und beherzt den Boden bearbeitete. Voraussetzung wäre allerdings, dass man einen Weg bis nach Marmato anlegte, so dass die Viehtreiber die englischen oder deutschen Bergwerksbesitzer mit Schweinen, Kälbern und Lebensmitteln aller Art beliefern konnten, schließlich wussten diese nicht, womit sie ihre indianischen, schwarzen oder halb indianischen, halb schwarzen Arbeiter, die wohl eher als Sklaven zu bezeichnen waren, ernähren sollten, so dass viele von ihnen vom Hunger und den schrecklichen Arbeitsbedingungen in den Schächten hinweggerafft wurden.

Um all diese Pläne zu verwirklichen, war es in jedem Fall nötig, weitere Dörfer zu gründen und dort junge vermehrungsfreudige Familien anzusiedeln. In Marinilla, Rionegro, Fredonia, Titiribí, Medellín und La Ceja hatten sich bereits interessierte Leute gefunden. In Sonsón und Abejorral dagegen war es aussichtslos, wer dort lebte, richtete den Blick eher in die Gebiete am Río Arma und weiter südlich um Aguadas, Salamina und Manizales, wo sich einst die Ländereien der Villegas und Aranzazus ausgedehnt hatten. El

Retiro wiederum war die letzte Station des Hinkefuß vor seiner Rückkehr nach Felicina, wohin er alle mitnehmen würde, die den Mut hatten, sich ihm anzuschließen. Jeder, der ein Handwerk beherrsche, könne mitmachen, ob Schmied, Bäcker, Sattler, Schreiner, was auch immer, ja, selbst wer keine besondere Ausbildung habe, sei willkommen – dafür genügten zwei kräftige Arme und Lust, nicht untätig in der Gegend herumzustehen und Maulaffen feilzuhalten.

»Morgen früh breche ich nach Fredonia auf«, sagte Echeverri, »dort werden wir uns eine knappe Woche aufhalten, um mit den neuen Siedlungswilligen Gespräche zu führen und ansonsten alles für den Marsch in die neue Heimat vorzubereiten. In zwei, vielleicht drei Tagen werden wir den Cauca erreichen und am Paso de los Pobres übersetzen. Und am anderen Ufer beginnt schon das Land, das derzeit noch meinem Vater und Don Santiago Santamaría gehört. Es ist genug für alle da. Und ich verspreche euch, dass wir spätestens nach einem Jahr jedem seine Parzelle zugewiesen haben werden, nicht als Geschenk, aber zu einem günstigen Preis, der zudem in Raten abbezahlt werden kann. Dabei werden wir uns gerecht und großzügig erweisen, vor allem denen gegenüber, die sich uns als Erste anschließen, wie auch denen, die am tüchtigsten den Wald roden und Wege anlegen helfen. Wer später kommt, von den guten Neuigkeiten angelockt, wird das Land dagegen nicht mehr ganz so billig bekommen.«

»Darf man auch eigene Knechte mitbringen?«, fragte ein stattlicher, gut gekleideter junger Mann mit Namen Peláez, der so dichte und buschige Augenbrauen hatte, dass man hätte meinen können, das Kopfhaar wachse ihm bis tief in die Stirn hinab.

»Sie können mitbringen, wen immer Sie wollen, egal ob Schwarze, Weiße, Mulatten oder Mestizen. Am besten mit Frauen und

Kindern, denn daran mangelt es am meisten. Die wenigen Indios, die in der Gegend gelebt haben, sind Richtung Chocó geflohen, als vor fünfzehn Jahren die ersten von uns bei ihnen auftauchten. Nur einige wenige Frauen sind geblieben, und die sind längst mit ledigen Neusiedlern verheiratet, die wir dorthin gebracht haben. Auch mehrere Schwarze, die der Gouverneur Faciolince freigelassen hat, arbeiten dort, ihnen haben wir ebenfalls kleine Landstücke gegeben, so wie den armen Weißen. Darauf wächst dichter Wald, doch mit gutem Holz, und es gibt reichlich sauberes Wasser. Knechte, die tüchtig arbeiten, werden ebenfalls ihr eigenes Land bekommen – dies wird keine Welt von Herren und Knechten, sondern von Landbesitzern sein. Sie können also gerne Knechte mitbringen, aber nicht, damit diese arbeiten und Sie ihnen beim Arbeiten zusehen und sie mit Gebrüll herumkommandieren, das nicht.«

»Verstehe«, sagte Peláez, »Sie gehören also zu den Leuten, die der modernen Auffassung sind, wir seien alle gleich, egal ob schwarz oder weiß, arm oder reich, dumm oder intelligent.«

»Nein«, erwiderte Echeverri, der wie immer so ruhig sprach, dass es den Eindruck machte, er würde gleichzeitig lächeln, »meine Auffassung ist, dass zu Beginn einer Unternehmung immer alle das Gleiche bekommen sollten, wie bei einer Partie Tute oder Domino, jeder Mitspieler dieselbe Anzahl Karten oder Steine, finden Sie nicht auch?«

»Doch, das ist richtig«, räumte Peláez ein.

»Gut, und genau so werden wir es in Felicina halten – alle beginnen mit dem Gleichen. Ungleichheiten treten später ohnehin auf, je nachdem wie sehr die Einzelnen sich anstrengen oder wie klug, ja durchtrieben sie sind. Auch Laster, Faulheit oder schlicht Pech spielen eine Rolle. Der eine fällt vom Pferd, trägt unheilbaren Schaden davon und verarmt, den anderen wirft sein Maultier ab, und just dort, wo er zu Boden stürzt, stößt er auf eine Goldmine. Denn sehen Sie, es gibt nicht nur Ungerechtigkeiten, die die Menschen zu verantworten haben, es gibt auch solche, die das Schicksal selbst bewirkt, wie ein Dichter einmal gesagt hat. Weiß man es denn? Vorläufig fangen jedenfalls alle wenn schon nicht mit demselben, so doch mit etwas an, was sich sehr ähnlich ist, nämlich mit der Erde.«

»Und wie können wir sicher sein, dass man uns tatsächlich Land überlassen wird? Vielleicht legt man uns am Ende ja doch rein.«

»Als Sicherheit kann ich nur mein Wort anbieten. Ich lüge nicht. An Ihnen liegt es, mir zu glauben und mitzukommen. Oder mir nicht zu glauben und weiterhin müßig und bar jeder Aussicht hier zu bleiben und sich im Glanz der eigenen Faulheit zu suhlen«, beschloss Hinkefuß Echeverri seine Ausführungen mit fester Stimme.

Isaías Ángel und Raquel Abadi gehörten zu den Letzten, die sich in die Liste des Hinkefuß eintrugen. Wie es in seinem Dorf üblich war, hatte Isaías' älterer Bruder Esteban die Salinen ihres Vaters Ismael geerbt und das Land und das große Haus dazu. In El Retiro hätte Isaías' Zukunft also darin bestanden, sich auf den Feldern der anderen als Knecht zu verdingen oder zu versuchen, seinen Lebensunterhalt als Minenarbeiter oder Handwerker zu verdienen. Ismael war gestorben, bevor er ihn zum Studieren nach Medellín hätte schicken können, wie er eigentlich versprochen hatte, weil Isaías sein scharfsinnigster und aufgeweckter Sohn war. So hatte er bloß Lesen und Schreiben und die Grundrechenarten gelernt. Von der jüdischen Vergangenheit seiner Familie wusste er nur sehr wenig, das eine oder andere im Geheimen geflüsterte Wort, wenn sein Vater manchmal samstags mehr als sonst zum Reden aufgelegt war und dann davon erzählte, wie Abraham einst, aus Spanien kommend, in Santa Fe de Antioquia eingetroffen war. Inzwischen war es ihm jedoch lieber, vor den anderen wie auch im Privaten nichts zu sein, auch wenn er auf Nachfrage angab, er sei Katholik, und sogar jeden Sonntag in die Kirche ging, sich bekreuzigte und zu Gott betete, ob dieser nun existierte oder nicht. So bekam er mit niemandem Schwierigkeiten und brauchte nicht ständig irgendwelche Fragen zu beantworten, weder den anderen noch sich selbst.

Die übrigen jungen Leute im Café El Silencio – allesamt weniger bedürftig und noch ohne eigene Familie – erbaten sich Bedenkzeit und zogen sich zurück. Zuletzt saß Isaías ganz allein mit Hinkefuß Echeverri da, der schließlich den letzten Schluck aus seiner Tasse trank und entmutigt sagte:

»So geht es überall. Viele kommen neugierig angelaufen, stellen misstrauische Fragen, und am Ende tragen sich nur sehr wenige ein. Vielleicht glauben sie mir einfach nicht oder sie sind der Ansicht, irgendwo muss doch ein Haken an der Sache sein. Und trotzdem, es haben sich bereits mehr als neunzig Familien bereit erklärt, mitzukommen. In zwei Tagen gibt es ein großes Treffen in Fredonia. Darum heißt es jetzt auch rasch aufbrechen, schon morgen geht es los. Es bleibt gerade noch Zeit, um sich von der Familie zu verabschieden.«

»Dann spreche ich jetzt mit Raquel. Sie ist schwanger, im vierten Monat, aber das macht nichts, besser, sie kommt gleich mit. Sie wird glücklich sein, dass es endlich losgeht. Schade ist nur, dass sie ihre Familie wird zurücklassen müssen, eine ihrer Schwestern wird sich uns jedoch vielleicht anschließen, ich werde es ihr jedenfalls anbieten. Mehr als drei Maultiere brauche ich für meine paar Sachen nicht. Den Rest soll mein Bruder Esteban für mich verkaufen, viel ist es ohnehin nicht. Raquel hat noch ein paar Goldmünzen, damit will sie Land kaufen, das weiß ich, vorausgesetzt, es ist billig. Wann sollen wir also aufbrechen?«

»Sagen wir morgen früh um sechs hier vor dem Café«, antwortete der Hinkefuß. »Es schließen sich uns noch weitere sieben Familien an. In Fredonia werden wir ein paar Tage warten müssen, vielleicht auch ein paar Wochen, dort stoßen nämlich noch andere Leute zu uns, aber trotzdem: Je früher wir aufbrechen, desto besser.«

Er machte eine Pause, sah Ángel mit seinen schielenden Augen an und wechselte unversehens das Thema:

»Keine Sorge, mein Genosse, dieser Santamaría gehört auch zu Ihren Leuten, den Ángels und Abadis, oder er hat wenigstens dazugehört. Aber dort, wo wir hingehen, wird kein Mensch etwas sagen, wenn Sie am Freitagabend eine Kerze anzünden. Solange Sie Schweinefleisch essen, auch wenn das eigentlich nicht geht, wird Ihnen niemand Schwierigkeiten machen. Wissen Sie, was mein Vater und Don Santiago immer sagen? Ob es stimmt, weiß ich nicht, jedenfalls sagen sie, mit Ihren Leuten kommt man am besten zurecht, weil niemand so gerne wie Sie den Wohnort wechselt, schließlich sind Sie schon seit Jahrtausenden daran gewöhnt, auf Erden umherzuirren, dazu hat Sie ja die Bibel verflucht, im Buch der Psalmen. Deshalb dürstet auch niemand so danach, eigenes Land zu besitzen, von dem ihn keiner vertreiben kann, und aus demselben Grund bearbeitet auch keiner die Erde so hingebungsvoll wie Sie.«

Isaías sah den schielenden Pedro Pablo an und hatte den, vielleicht täuschenden, Eindruck, dieser würde ihm zuzwinkern. Da lächelte er in geheimem Einverständnis zurück, gab ihm die Hand, und dabei blieb es.

Eva

Als ich einmal im See von La Oculta schwamm, war es plötzlich, als würde die Stimme einer Frau, die einst darin ertrunken war, aus der düsteren Tiefe an mein Ohr dringen. Ihre Worte waren klar und deutlich zu vernehmen:

»In Jericó standen die Haustüren stets offen, als sollte es einem jeden – käme er nun von weither angereist oder wäre gerade erst wiedererweckt und in die Welt der Lebenden zurückversetzt worden – möglich sein, einzutreten, ohne anzuklopfen. Mittags stellte man außerdem immer ein vollständiges Gedeck samt Glas und Serviette vor einem leeren Stuhl auf den Tisch, für den Fall, dass auf einmal der verlorene Sohn der Familie heimkehrte. Denn alle Familien in Jericó hatten ihren verlorenen Sohn, von dem sie seit dem letzten Krieg nichts mehr gehört hatten, wenn er nicht nach einem unsinnigen Streit mit dem Vater oder Großvater, der mit unbedachten Worten und Beleidigungen geendet hatte, die sich nicht mehr zurücknehmen ließen, für immer fortgegangen war. Woraufhin jedoch die Frauen, vor allem die Frauen, die geheime Hoffnung niemals aufgaben, eines Tages werde der Verschwundene – groß und stark wie ein Rossebändiger, breit lächelnd und mit tiefer Bassstimme – zurückkehren, um unter donnerndem Gelächter zu versichern, dass ihnen ab sofort nichts Übles mehr zustoßen könne.

Erwähnte jemand aus Versehen bei der Suppe seinen Namen, wagte keiner, den Blick vom Teller zu heben, wäre er andernfalls doch Gefahr gelaufen, den Mann am Kopfende des Tisches in die peinliche Lage zu bringen, sich für seine geweiteten Nasenlöcher, seine zitternde Unterlippe und seine feuchten Augen schämen zu müssen. Der Betreffende wiederum wischte sich, sobald der Gang beendet war, mit der Serviette nicht über den Mund, sondern verstohlen über die Augen, was eine der Frauen als Zeichen nahm, um aufzustehen, die Suppenteller einzusammeln, in die Küche zu gehen und die nächste Speise aufzutragen. Manchmal goss jemand auch unwillkürlich ein wenig Guanabanasaft in das leere Glas des Abwesenden, das dann bis zum Ende des Essens unberührt stehen blieb.«

Auch mit den Söhnen der Ángels, Londoños, Santamarías und Abads war dergleichen immer wieder vorgekommen – es schien geradezu zum Dorf zu gehören, dass einer aus der Familie beleidigt von dannen ging, oder seine Spur sich in den Wirren des Krieges verlor, oder er auf der Suche nach dem Glück auf Nimmerwiedersehen gen Norden oder Osten zog, woraufhin das Leben seiner Eltern sich in einen ewigen Wartezustand verwandelte, stets begleitet von dem seltsamen Gefühl, es fehle einer in der Runde der Esser am Tisch.

Antonio

Vielleicht liebe und vermisse ich La Oculta auch deshalb so sehr, weil hier mein erstes Mal stattfand. Ich werde es nie vergessen. Ich hatte einen Freund aus unserem Viertel in Medellín mitgebracht, Sergio Ialadaki, und eines Tages fragten wir meine Eltern, ob wir unten am See ein Zelt aufschlagen und darin übernachten dürften. Meine Eltern sagten ja. Wir waren fünfzehn, und vor allem wollten wir einfach einmal nicht zu Hause übernachten, das stimmt schon, warum genau wussten wir allerdings, wie mir scheint, selbst nicht so recht. Damit meine ich, dass das nichts Geplantes war, es hatte eher mit einem unbestimmten Gefühl zu tun, mit der Ahnung, es erwarteten uns neue, ganz unbekannte Erfahrungen. Wir sagten, wir wollten im Wald Holz sammeln und ein Lagerfeuer machen, so wie früher die Entdecker. Und schlafen würden wir später, wenn wir genug hätten, im Zelt, auf Luftmatratzen. Zuvor waren wir an diesem Tag bereits durch den See geschwommen, wobei mein Vater uns im Kanu begleitet hatte – er wollte es so, zu unserer Sicherheit, schließlich war erst vor kurzem ein junger Seminarist im See ertrunken, und dessen Geist schien buchstäblich noch über dem Wasser zu schweben. Anschließend waren wir in Badehosen ein Stück die Schlucht hinaufgeklettert und hatten uns ganz nah nebeneinander auf einem großen Stein in die Sonne gelegt. Bevor wir uns auf unseren Handtüchern ausstreckten, holte ich Sonnencreme aus meinem Rucksack und fing an, mich auf der Brust und an den Schultern einzureiben. Dabei stellte ich mir vor, nicht meine, sondern Sergios Hand würde sanft über meine Haut streichen. Ich arbeitete mich ganz langsam voran und sah unterdessen Sergio an, in der Hoffnung, er werde bemerken, was mir durch den Kopf ging. Auch Sergio cremte sich ein und sah dabei mich an, langsam und zärtlich, genau wie ich, strich er sich erst über die Brustwarzen, dann die Arme, dann den flachen, festen Bauch. Ich hätte wer weiß was darum gegeben, in diesem Augenblick seine Hand sein zu dürfen, hatte aber Angst, dass ihm das womöglich nicht gefallen würde. Sergio wiederum wusste nicht genau, was er eigentlich wollte, nur was ich wollte, war ihm klar.

Die Nacht ist in solchen Dingen ein besserer Ratgeber. Wir hatten vor, am Feuer auch zu kochen. Meine Mutter hatte uns Reis, Eier, Würstchen und den Rest vom Sud eines Eintopfs mitgegeben, der vom Mittagessen übrig geblieben war. Das alles zusammen wärmten wir in einem alten schwarzen Topf auf, den wir mithilfe einer Eisenstange und zweier daran befestigter Haken direkt übers Feuer hängten. Sergio hatte außerdem eine Gitarre mitgebracht und sang Lieder von den Beatles, Elton John, Serrat und Taylor. Auch ein Stück von Georges Moustaki war darunter, der wie Sergio zum Teil griechischer Herkunft war. Sergios sanfte Stimme begeisterte mich, und manchmal stimmte ich in den Refrain der Lieder ein. Heimlich hatten wir eine fast leere Flasche Rum mitgebracht und tranken ihren Inhalt jetzt mit Orangensaft; uns kam die Mischung sehr stark vor. Irgendwann zogen wir uns ins Zelt zurück, wo wir uns mit einer Taschenlampe Licht machten. Wir schoben die Matratzen nebeneinander, legten, uns den Rücken zukehrend, die Kleider ab und schalteten die Lampe aus. Eine Weile lagen wir wortlos nebeneinander. Ich lauschte auf Sergios Atemzüge, und er tat vermutlich das Gleiche. Wir waren nur wenige Millimeter voneinander entfernt, wagten aber nicht, uns zu berühren. Plötzlich sagte Sergio, er habe sich offenbar einen Sonnenbrand zugezogen, seine Haut brenne ein bisschen, und ich fragte, ob ich ihn eincremen solle. Er fand die Idee gut, und so fing ich an, ihm über die Brust und den Bauch und, nach kurzem Zögern, über die Schenkel zu streichen. Dann drehte er sich um, und ich rieb ihm auch die Unterseite der Schenkel ein. Anschließend gab ich Sergio die Tube mit der Creme, und er rieb mich ein. Im Zelt war es vollkommen dunkel, und alles, was man hörte, waren Grillen, Frösche, das Glucksen in dem Zufluss, der den See mit Wasser versorgte, und das Geräusch von Sergios Hand, die über meine Haut strich. Ich ließ mir erneut von ihm die Creme geben und bewegte die Hand zuerst über die obere Hälfte seines Bauchs und dann vom Nabel abwärts bis an den Rand der Unterhose. Wie aus Versehen überquerten zwei meiner Finger die elastische Grenze und trafen jenseits davon auf Sergios Schamhaar. Gleich darauf waren es vier Finger, die weiterhin so taten, als wollten sie bloß der brennenden Haut des Freundes Linderung verschaffen. Noch ein Stückchen tiefer ... Es war nur eine ganz kurze, sachte Berührung, doch aus Sergios Mund drang ein leises Stöhnen. Da pressten wir die Gesichter aneinander, küssten uns aber nicht, sondern atmeten nur gegenseitig die Luft des anderen ein und streichelten einander. So erregt, wie wir waren, dauerte es keine zwei Minuten, bis wir in völliger Stille, aber heftig zusammenzuckend kamen. Für mich war es, als durchführe mich ein gewaltiger Stromstoß. Für Sergio, glaube ich, auch. Zum ersten Mal hatte ich mich mit jemandem geliebt, wenn auch noch nicht vollständig, zum ersten Mal hatte die Hand eines anderen mir dazu verholfen, zu kommen, und die meine ihm. Anschließend versanken wir in tiefen Schlaf, lagen, ohne uns noch einmal zu berühren, eng nebeneinander.

Am nächsten Tag wiederholten wir das Ritual. Wieder von meinem Vater bewacht, der uns im Kanu begleitete, schwammen wir im See, in Gedanken bei dem ertrunkenen Seminaristen, der uns aus der Tiefe zurief: »Genießt das Leben, ihr jungen Leute, lasst die schönsten Jahre nicht ungenutzt verstreichen!« Dann kletterten wir erneut ein Stück die Schlucht hinauf und sonnten uns, diesmal auf einem anderen Stein, bäuchlings und uns heftig atmend an der Hand haltend. Doch es hieß, auf die Nacht warten – auf die Nacht, die, wie mir scheint, eine der großartigsten Nächte meines Lebens werden sollte, zumindest die Nacht, in der ich so oft kam wie nie wieder in meinem Leben, und das, indem ich Sergio berührte, gleichzeitig seine Berührung spürte, erneut seinen Atem einsog, ihn aber nicht küsste. Bei ihm war nach dem dritten Mal Schluss, bei mir dagegen schien es kein Ende zu geben, ein Begehren, wie ich es später nie wieder verspürt habe, etwas, was aus meinen tiefsten Tiefen aufstieg, unaufhaltsam, und wenn es nicht irgendwann hell geworden wäre, hätte ich, glaube ich, immer so weitergemacht.

Nach unserer Rückkehr nach Medellín sprach Sergio monatelang nicht mehr mit mir, ja, er sah mich nicht einmal an, wenn wir uns doch einmal begegneten. In jedem Fall wirkte er noch viel melancholischer als zuvor, und die Ringe unter den Augen, die ihn für mich ganz besonders anziehend gemacht hatten, waren jetzt tief dunkel, fast violett. Ich glaube, er flüchtete sich in Religion und Selbstkasteiung. Auch ich empfand eine gewisse Scham über das, was passiert war, und suchte so wie er die Priester auf. Auf ein bloßes Zeichen von ihm hätte ich jedoch sofort wieder mit ihm geschlafen, auch wenn ich das nachher in der Beichte hätte gestehen müssen. Ich hatte heimlich eine seiner Unterhosen eingesteckt, das erinnere ich noch, sie war schwarz-blau kariert. Nachts holte ich sie aus ihrem Versteck, roch daran und fing an, mich zu berühren. Damals hatte ich zum ersten und einzigen Mal im Leben einen Fetisch.

Als mehrere Monate vergangen waren, rief Sergio mich an einem Sonntagmittag zu meiner Überraschung an und lud mich ins Kino ein. Unglaublich aufgeregt erschien ich zu dem Treffen am Eingang eines Kinos im Stadtzentrum, doch Sergio kam in Begleitung von zwei Mädchen. Die eine stellte er mir als seine Freundin vor, die andere wollte er offensichtlich mit mir verkuppeln. Ich war unsäglich enttäuscht. Während des Films wurde mir schlecht. Sergio und seine Freundin hielten Händchen, und die Freundin seiner Freundin versuchte das Gleiche mit mir, aber ich wollte nicht. Am Ende des Films, von dem ich so gut wie nichts mitbekam, verabschiedete ich mich einsilbig und bestieg allein den Bus zurück nach Laureles, während die anderen noch ein Eis essen gingen. Über Sergios wortlose Nachricht war ich am Boden zerstört. Bei meinem Anblick sagten zwei Frauen neben mir im Bus: »So jung, und schon so betrunken...«

Erst mehrere Jahre später ging ich wieder mit einem Mann ins Bett. Davor tat ich es mehrfach mit Frauen, was mich einige Überwindung kostete, aber ich wollte mir trotzdem beweisen, dass ich nicht schwul war, sondern so wie alle anderen, oder fast alle anderen, oder wenigstens wie Sergio, der sich im Griff hatte. Damals ging ich auch zu geistigen Übungswochen für junge Leute, und nachdem ich dort mein sündiges Verhalten mit Sergio und danach noch zahllose Male mit mir selbst gebeichtet hatte, redete der Priester mir zu, ich solle doch unbedingt versuchen, eine Freundin zu finden. Aber so wie in der Nacht mit Sergio war es nie wieder, dieses vollständige, wenn auch unersättliche Glücksgefühl sollte sich nie mehr einstellen, nicht einmal mit Jon.

Viele Jahre später traf ich Sergio Ialadaki zufällig auf dem Flughafen von Chicago. Zur Begrüßung gaben wir uns die Hand. Er war dick und hässlich, hatte schlaffe Tränensäcke unter den Augen und einen Bauch, als wäre er mindestens im sechsten Monat schwanger. Er erzählte, er sei mit einer Griechin verheiratet, wie sein Vater, und habe drei Töchter. Dann fragte er, ob ich auch Kinder hätte. Ich antwortete, nein, ich sei schwul, würde den Gedanken aber nicht ausschließen, womöglich ein Kind zu adoptieren. Da sah er mir wortlos in die Augen, und ich hätte nicht sagen können, ob das bedeuten sollte, dass er nicht an unsere Vergangenheit erinnert werden wollte oder sich tatsächlich an nichts mehr erinnerte.

Eva

Immer noch war in der Richtung, wo sich La Oculta befand, ein helles Leuchten zu sehen, Flammen, die zum Himmel aufstiegen, und dazu der Geruch nach Rauch. Ich schloss die Augen und sah das brennende Haus vor mir, die verkohlten Säulen, die schwarzen Reste der Hängematte, der Bücher und des armen Gaspar. Und inmitten des Infernos Próspero. Das Ergebnis von so vielen Jahren der Arbeit und Mühe war in einer halbstündigen Orgie des Hasses ausgelöscht worden. Das Haus, an dem mehr als ein Jahrhundert gebaut worden war. Das Bett mit dem Moskitonetz, in dem ich meine erste Hochzeitsnacht verbracht hatte. Der große Esstisch aus dem Holz eines riesigen Katzenkrallenbaums aus dem Chocó, den wir für unzerstörbar gehalten hatten – unserer Vorstellung nach hätten wir uns noch in tausend Jahren darum versammeln können. Die Hocker aus Teakholz, die Pilar von dem Schreiner in Palermo hatte anfertigen lassen, nach einem Entwurf, den Toño in New York in einer Zeitschrift entdeckt hatte. Die dunklen, schweren Schränke und – kein bisschen praktischen – Kommoden unserer Großeltern. Die alten Betten aus Lorbeerholz, die vielen Familienfotos, die schlechten, aber hübschen Blumen-, Landschafts- und Pferdebilder an den Wänden. All das, was wir, mein Vater, meine Mutter, die Großeltern, die Urgroßeltern und Pilar, vor allem Pilar, selbst hergestellt, mitgebracht, gekauft, getauscht, geerbt oder geschenkt bekommen hatten. Was für ein

Fluch, dass all die Dinge, deren Herstellung so viel Zeit und Anstrengung erfordert hatte, so schnell und einfach vernichtet werden konnten – ein Kanister Benzin und ein Streichholz waren alles, was man dafür brauchte.

Um nicht selbst am Ende auch noch den Flammen zum Opfer zu fallen, musste ich entscheiden, auf welchem Weg ich am besten ungesehen zur Straße und womöglich bis zu Juans Gasthaus gelangte. Es gab drei Möglichkeiten: über die Pferdekoppeln, wobei ich zahllose Gatter zu überwinden hätte; über La Mariela, also den Ort, den auch die Transporter der Músicos angesteuert hatten; oder aber auf dem Weg, auf dem ich hierher gelangt war, also wieder an der Finca Casablanca und am hinteren Ende des Sees von La Oculta vorbei.

Mir war kalt und ich zog mir wieder den Poncho über. Dann dachte ich voller Zärtlichkeit an Benji, der in Medellín auf die deutsche Schule ging und gerade für ein Semester in Berlin war. Dann dachte ich an meinen Bruder in New York, der bestimmt gerade schlafend neben seinem geliebten Gringo lag. Und an meine Schwester und meine Neffen und Nichten. Und an Mama und die Bäckerei, deren Verkauf wir mittlerweile ins Auge gefasst hatten, schließlich wollte ich nicht mehr dort arbeiten, und meine Mutter war inzwischen zu alt und zu erschöpft dafür. An Patri dachte ich auch, meine Haushaltshilfe, die, wenn ich auf Reisen ging, alle zwei Tage bei mir vorbeisah, um die Blumen zu gießen und Gaspar frisches Wasser und zu fressen zu geben und eine Runde mit ihm spazieren zu gehen. Nie mehr würde sie meinen Hund mit den Worten begrüßen können: »Hallo, Don Gaspar, dann wollen wir mal wieder.« Über diese Gedanken döste ich allmählich ein. Das Letzte, was mir durch den Kopf ging, war etwas, was meine Nichte Flor einmal gesagt hatte: Ihrer Ansicht nach waren alle Frauen, die sich eine Katze halten, traurig, sehr traurig sogar. Vielleicht hatte sie recht – ich würde mir jedenfalls so schnell keinen Hund mehr zulegen, dafür aber, wer weiß, vielleicht eine Katze. Prrr würde ich sie nennen, das wusste ich jetzt schon, und dann wäre also auch ich so eine einsame und traurige Katzenfrau ... Ich weiß nicht, wie lange ich schlief, vielleicht bloß zehn Minuten, vielleicht eine halbe Stunde, vielleicht auch eineinhalb. Vor mich hin dämmernd, sah ich irgendwann Noche vor mir, die Stute, auf der ich saß. Sie verwandelte sich in Gaspar und dann in eine Katze und zuletzt ging sie in Rauch auf. Ab und zu schreckte ich aus meinem Halbschlaf auf, vor allem wenn Noche plötzlich die Stellung wechselte oder schnaubte, was Überdruss oder Schicksalsergebenheit bedeuten konnte.

Kurz vor Tagesanbruch ließ eine eisige Brise mich erschauern. Meine Haut war von Feuchtigkeit überzogen, ob es Schweiß oder Tau war, wusste ich nicht. Nach und nach erwachten die Vögel und die Hähne auf den umliegenden Höfen, und über den Bergen jenseits des Río Cauca erhellte sich der Himmel. Ich rieb mir die Augen. Mein Mund war trocken und die Zunge fühlte sich sandig an. In der Nähe des Sees stieg eine dünne weiße Rauchsäule empor. Ich stieß Noche sanft die Fersen in die Seiten, und das Pferd setzte sich in Bewegung. Ich hatte beschlossen, denselben Weg zu nehmen wie die Músicos, allerdings würde ich nicht die ganze Zeit auf der Straße reiten, sondern immer wieder Abkürzungen oder auch Umwege über verschiedene Pferdekoppeln machen. Ich musste an einen oft wiederholten Satz meines Vaters denken: »Wo ist eine Fliege am sichersten? In der Fliegenfalle.« Hinter dem Wassertank wollte Noche den gewohnten Weg zur Finca Casablanca einschlagen, ich zwang sie jedoch, in die entgegengesetzte Richtung zu reiten, dorthin, wo die Gefahr wartete. Nach einer Weile verließ ich die Straße wieder und setzte den Weg durch eine Kaffeeplantage fort. So würde ich ungesehen ans Ziel gelangen können. Außerdem war nicht auszuschließen, dass sie mir weiter unten an der Straße auflauerten. Sehr wahrscheinlich schien mir das zwar nicht, aber auch nicht völlig undenkbar. Ich hoffte, noch vor sieben Uhr bei dem Gasthaus einzutreffen und dort den Bus nach Medellín besteigen zu können.

Auf dem ganzen Weg begegnete ich niemandem, und kurz vor sechs, viel früher, als ich gedacht hatte, war ich bei dem Gasthaus. Es hatte noch geschlossen, alles war totenstill. Da gab ich mir einen Ruck und ritt bis zum Abzweig nach La Oculta. Das Gatter stand offen. Die Kette war mit einem Seitenschneider oder etwas Ähnlichem durchtrennt worden. Ob sie mittlerweile tatsächlich verschwunden waren? Oder waren sie noch einmal auf die Finca gefahren? Ich wollte wissen, was aus Próspero und seiner Frau geworden war und wie es um das Haus stand, und ich sehnte mich danach, Abschied von meinem Hund zu nehmen, aber ich wagte mich nicht weiter. Immer noch lag Brandgeruch in der Luft, und auch die weiße Rauchsäule stieg in den Himmel.

Wieder befiel mich Panik, ich durfte mich hier nicht noch länger aufhalten. Ich gab dem Pferd ein Zeichen und ritt im Galopp davon, vorbei an dem Abzweig zur Finca der Restrepos und weiter bis zur Finca La Pava, wo die Trujillos wohnten. Pedro, der Verwalter, kannte mich, seit ich ein Kind war. Als ich vor dem Haus ankam, sah ich, dass er im Hof war und melkte. Ich stieg vom Pferd, ging zu ihm und wäre fast in Tränen ausgebrochen. Schließlich fragte ich, ob ich das Pferd dort lassen und ob er ihm den Sattel abnehmen und ihm zu essen und zu trinken geben könne. Ich sprach hastig und überstürzt, und Pedro war so klug und rücksichtsvoll, keine Fragen zu stellen. Stattdessen bot er mir ein Glas Milch an, das ich in einem Zug hinunterstürzte. Dann entdeckte ich einen Wasserschlauch und trank wie besessen daraus, als hätte ich gerade eine Wüste durchquert. Da hielt Pedro mir bereits eine Tasse Kaffee entgegen, in den er einen ordentlichen Schuss Milch direkt aus dem Euter gegeben hatte. Ich hatte das Gefühl, noch nie etwas so Köstliches getrunken zu haben.

Meinem verängstigten und müden Gesicht konnte Pedro zweifellos alles Wesentliche entnehmen. Seinerseits sagte er bloß, er habe mitten in der Nacht eine Motorsäge gehört, weiter oben in den Bergen, aber nachts komme ja wohl niemand auf die Idee, Bäume zu fällen. Später habe er eine Explosion wahrgenommen, und Rauch, als würde es irgendwo brennen. Ich nickte wortlos, und ich nehme an, er begriff auch so. Schließlich fragte ich, wann der Bus nach Palermo vorbeikomme, und er antwortete, so gegen zehn nach sieben oder Viertel nach. Ob ich etwas nach Medellín schicken wolle? Ich erwiderte nichts. Dafür fingen meine Hände an zu zittern. Dann fragte ich Pedro, ob er mir Geld leihen könne, vielleicht zwanzigtausend Pesos, und er ging sofort ins Haus und kam mit einem Geldschein in der Hand zurück. Ohne weitere Fragen zu stellen, gab er ihn mir.

»Hier, bitte, Doña Eva.«

Dann fragte ich, ob es auf der Finca ein Funksprechgerät gebe. Er sagte nein, es sei kaputt. Und Don Horacio wolle es auch nicht reparieren lassen, seiner Ansicht nach tauge es ohnehin bloß dazu, dass im Dorf alle Bescheid wüssten, wenn jemand auf der Finca sei. Die Trujillos wurden ebenfalls seit einiger Zeit bedrängt, ihr Anwesen zu verkaufen. Ich begriff, dass es ein Fehler gewesen war, Pilar gestern Abend anzurufen. Und genauso verkehrt wäre es gewesen, jetzt über Sprechfunk zu telefonieren. Wen hätte ich außerdem anrufen sollen? Wer – außer Pilar – hätte den Mut aufgebracht, mich unter diesen Umständen hier abzuholen? Ich musste allein hier rauskommen. Und die Polizei? Nein, noch schlimmer. Auf die konnte ich mich erst recht nicht verlassen. Ängstlich sah ich Pedro an.

»Pedro, Sie kennen diese Leute, oder?«, sagte ich schließlich.

Pedro nickte wortlos. Schon diese Frage machte ihn nervös. Erst vor ein paar Monaten hatten dieselben Kerle seinen Bruder beinahe umgebracht: Sie hatten mehrere Schüsse auf ihn abgegeben und ihn dann, im Glauben, er sei tot, am Wegrand liegen lassen. Eine Kugel hatte einen Wirbel durchschlagen, und in diesem Augenblick saß er gelähmt in einem Zimmer hinten im Verwalterhaus.

»Das sind ganz schlimme Leute, Doña Eva, seien Sie vorsichtig«, sagte er leise.

»Ich weiß. Könnten Sie mir einen Gefallen tun und einen Blick in den Bus werfen, bevor ich einsteige? Nicht dass einer von denen da drin sitzt, man weiß nie. Ich verstecke mich so lange dort drüben«, sagte ich und deutete auf eine Bank an der einen Hofseite, die durch eine Mauer halb verdeckt war.

»Gut«, sagte Pedro.

Um zwanzig nach sieben kam der Bus. Er fuhr regelmäßig die Strecke Jericó – Palermo – Puente Iglesias – Fredonia – Medellín. An diesem Morgen war er nur halb voll. Der Fahrer hielt an und begrüßte Pedro, und Pedro erklärte, es gebe einen Fahrgast hier auf der Finca. Dann kam er zu mir auf den Hof und sagte, im Bus sei keiner der Leute. Wir gaben uns zum Abschied die Hand. Ich bat ihn, später nach La Oculta hinaufzugehen, um nachzusehen, was aus Próspero geworden war. Außerdem solle er bitte Rubiel Bescheid geben, dass sein Pferd hier war. Statt ja zu sagen, nickte Pedro bloß mit geschlossenen Augen.

Ich stieg vorne ein und gab dem Beifahrer, der die Fahrkarten verkaufte – »Enterich« nannten wir diese Leute damals –, meinen Peso-Schein. Er hatte kein Wechselgeld, sagte aber, er werde mir den Rest später geben, wenn die nächsten Fahrgäste bezahlt hätten. Ich setzte mich ganz nach hinten, gleich neben den Ausgang. Eineinhalb Stunden bis Fredonia, und dann nochmal zwei Stunden bis Medellín. Ich würde genug Zeit zum Nachdenken haben. Und auch, um zu weinen.

Antonio

Dass Menschen sich verlieben, ist nichts Besonderes. Etwas Besonderes ist es, wenn sie für immer verliebt bleiben. So wie im Fall von Pilar. Wären alle Liebesbeziehungen so wie die von Pilar und Alberto, käme die Sünde des Ehebruchs nicht mehr vor, und Priestern wie Romanciers ginge die Arbeit aus. Dass wir alle so sehr an La Oculta hängen, ist in gewisser Weise Pilars und Albertos Liebe vergleichbar. Auf der Finca haben wir als Kinder und Jugendliche lieben gelernt, wir erlebten dort echtes, unverfälschtes Glück, blaue Tage, beschienen von der Sonne der Kindheit. Und obwohl diese Liebe manchmal durch den einen oder anderen Vorfall eingetrübt wurde, hätten wir, sollten wir uns eines Tages tatsächlich von der Finca trennen, das Gefühl, uns selbst zu verraten, unsere schönsten Hoffnungen und Träume aufzugeben. Aber was war oder ist diese Finca? Die Erfüllung – zumindest in Miniaturformat – eines Versprechens, das lange Zeit den Namen Amerika trug und sich fast immer als Lüge erwiesen hat: ein Ort, an dem man, vorausgesetzt man arbeitet hart, irgendwann ein Stück Land sein Eigen nennen kann. Und was war in diesem Fall die Liebe? Etwas, was man dort jederzeit bekam, vorausgesetzt man gab im gleichen Maße. Die Finca – ein Ort, um zu säen, zu ernten und zu sterben.

Ich lebte einen anderen Traum von Amerika, weiter nördlich, ohne dass dessen Wunder mich jemals ganz überzeugt hätten. Aber ich hatte Jon und die Hoffnung, mich eines Tages nach La Oculta zurückziehen zu können, oder wenigstens nach Jericó. Evas Haltung dagegen änderte sich ständig, wie alles in ihrem Leben. Allein in den letzten zehn Jahren war sie mindestens vier Mal umgezogen. Sie war die Freieste von uns und ließ sich von ihren Impulsen leiten. Vielleicht lag es an dem, was ihre Erfahrungen sie gelehrt hatten, jedenfalls bewahrte sie sich stets einen Rest Misstrauen und Skepsis und ließ sich weitertreiben, sobald der Wind aus einer neuen Richtung blies. So gesehen verkörperte sie vielleicht am stärksten von uns allen das Erbe, den Charakter der Familie Ángel.

Mit Santiago Caicedo hatte sie es zuletzt ziemlich lange ausgehalten und es wunderte mich, dass sie sich von ihm getrennt hatte, denn auf mich machte sie an Caicedos Seite einen sehr zufriedenen Eindruck. Sie hatten sich in Medellín kennengelernt, im Schwimmbad von Pablo Restrepo. Eva schwamm normalerweise mittags, Caicedo dagegen immer nur am Abend. Einmal hatte meine Schwester am Mittag keine Zeit gehabt und erschien deshalb ausnahmsweise erst um sieben im Schwimmbad, wo sie sich an diesem Tag mit Caicedo eine Bahn teilen musste. Er war damals schon über siebzig, hielt aber beim Brustschwimmen mühelos mit Eva mit, und im Freistil hängte er sie zuletzt sogar ab. Die überraschende Kraft und Ausdauer des unbekannten alten Manns gefielen Eva gut. Sie fragte ihn, ob er künftig nicht so wie sie mittags zum Schwimmen kommen wolle, dann könne sie ihn vielleicht eines Tages doch noch schlagen, aber er erwiderte, seine Hautärztin habe ihm streng verboten, sich in der Sonne aufzuhalten. Er hatte die typische bleiche und fleckige Haut des weißen Tropenbewohners, der in seinem Leben zu viel Sonne getankt hat. Nach dem Schwimmen hatte er Eva zum Essen eingeladen. Trotz des Altersunterschieds fühlten sich beide zueinander hingezogen. Außerdem erinnerte Caicedo Eva sehr an unseren Vater, wie sie selbst irgendwann sagte. Er interessierte sich für ähnliche Dinge – klassische Musik, Filme, Bücher zu historischen Themen, Literatur. Außerdem behandelte er sie mit großem Respekt und machte sich niemals über ihre Fragen und Interessen lustig, was ihn für Eva deutlich vor unserem Vater auszeichnete, der immer darauf bestanden hatte, sie solle aufhören zu träumen und sich um die Bäckerei kümmern.

Sie trafen sich noch öfter und schließlich wurden sie ein Paar. Caicedo war im Jahr davor verwitwet und immer noch sehr traurig über den Tod seiner Frau. Er aß wenig und war stark abgemagert. Wie er selbst zu Eva sagte, war sie wie ein heilsamer Balsam in seinem Leben aufgetaucht, als er geglaubt hatte, alles sei verloren und das Ende stehe unmittelbar bevor. Caicedo war ein sehr gläubiger Mensch. Einmal erzählte er Eva, am Tag, bevor er sie kennengelernt habe, habe er mit seinem Beichtvater gesprochen und auf dessen Frage, was er nun, nach dem Tod seiner Frau Cristina, vorhabe, geantwortet: »Ich werde die Fenster weit aufmachen, damit der Heilige Geist hereinkommen kann.« Und genau das sei auch passiert, fuhr er fort: »Ich habe die Fenster aufgemacht, und hereingekommen bist du. Du bist mein Geschenk vom Heiligen Geist.« Eva hatte den Eindruck, ihm helfen zu können, und fühlte sich von ihm geliebt und geschätzt. Eva kochte für ihn, stellte Blumensträuße auf, half ihm, die Möbel umzustellen und neue schöne Bilder aufzuhängen und sich so allmählich von der Trauer über den Verlust seiner Frau zu lösen. Caicedo nahm sie auch in eine Hütte in den Bergen bei La Ceja mit, die ihm gehörte und die Eva ebenfalls verschönerte. Außerdem lasen sie sich dort gegenseitig vor, hörten Musik und sahen sich Filme an. Eva erzählte, Caicedo würde Musik genießen, wie sie es noch nie erlebt habe, nicht einmal bei mir oder meinem Vater. Als sie zusammen in New York waren, konnte ich mich davon überzeugen, sie gingen in ein Konzert, bei dem ich mitspielte, und dazu in mehrere Opern. Jedes Mal bereiteten sie sich gründlich vor, Caicedo erklärte Eva mit Engelsgeduld, was sie zu hören bekommen würden, damit sie anschließend umso größere Freude an dem Konzert hatte. Er war ein sehr sensibler Mensch, und es machte Eva nichts aus, dass sie ihn manchmal im Rollstuhl schieben musste, weil er Probleme mit einem Knie hatte und nicht lange laufen konnte – schwimmen dafür umso länger. Denn an seiner Seite reifte sie, lernte, füllte Lücken, die im Lauf der Zeit immer größer geworden waren, weil sie die besten Jahre ihres Lebens für die Arbeit im Geschäft der Familie aufgewandt hatte. Ich nahm an, diese Beziehung Evas werde endlich einmal von Dauer sein, schließlich beteuerte sie immer wieder, noch nie habe sie jemanden so geliebt wie ihn. Nach Mamas Beerdigung fragte ich Eva, auch um das Thema zu wechseln, was denn mit ihr und Caicedo gewesen sei, und da brach sie erst recht in Tränen aus – offensichtlich weinte sie um beide gleichermaßen, sozusagen mit dem einen Auge um Anita und mit dem anderen um Caicedo.

Sie erzählte, wegen einer Sache hätten sie allerdings von Anfang an Probleme gehabt, und zwar wegen Caicedos politischer Einstellung. So gebildet und sensibel er war, war er im Grunde doch auch sehr konservativ. Dass eine Frau sich eigene Gedanken machte, ihm widersprach und eine eindeutige politische Meinung hatte, hatte er bis dahin nicht erlebt. Er war ein Anhänger der Rechten und ertrug es nur schwer, wenn sie über die Paramilitärs und ihre Umtriebe sprach, über die Motorsägen, mit denen sie in der Umgebung von La Oculta unterwegs waren, also all die Dinge, von denen er – wie so viele seiner gesellschaftlichen Schicht in Kolumbien – nichts hören wollte. Seine Freunde waren fast durchwegs Besitzer großer Fincas und Fabriken, und als die beiden einmal zusammen auf einem Fest in Llanogrande waren, erschien dort mit großem Trara ein General der Vierten Brigade, und eben der hatte, als er noch Oberst war, einmal mit den Paramilitärs La Oculta einen Besuch abgestattet. Darüber war es zu einem heftigen Streit zwischen ihr und Caicedo gekommen. Und trotzdem war all das, wie Eva zugab, nicht das Schlimmste gewesen. In Wirklichkeit hatte es ihr bei der Trennung wohl vor allem als Ausrede gedient. Denn was sie tatsächlich nicht ertragen hatte, war offenbar etwas viel Dümmeres und Persönlicheres: Sie hatte dem gesellschaftlichen Druck nicht standgehalten. Obgleich sie sich an Caicedos Seite sehr wohlfühlte und so viel von ihm lernte, musste sie sich von den Leuten, auch von Anita, immer wieder sagen lassen, sie solle sich doch einen jüngeren Partner suchen. Darüber war Eva ins Grübeln geraten und zuletzt, wie sie sich selbst voller Trauer und Wut eingestehen musste, schwach geworden, so dass sie tatsächlich dem Druck ihrer Umgebung nachgegeben hatte.

Vielleicht verdankte Eva ihr Pech in Liebesdingen auch gerade ihrem Glück – weil sie so wunderschön war, hatte sie immer unter sehr viel mehr Möglichkeiten auswählen können als andere, und trotzdem »hätte die Schöne gern das Glück der Hässlichen«, wie Anita es formulierte. Eva war jedoch weder eine frivole noch eine unbedachte Schönheit, im Gegenteil: Von uns drei Geschwistern war sie die Ernsthafteste und Bemühteste, die Zuverlässigste und Genaueste, aber auch, wenn sie guter Dinge war, die Fröhlichste und, wenn ihr der Sinn danach stand, was fast immer der Fall war, die Unternehmungslustigste und Fleißigste. Doch mit den Männern hatte sie, wie gesagt, kein Glück. Und auch nicht mit La Oculta. Allerdings war es einfacher, einen Mann zu verlassen, als sich von einem Erbe zu trennen, das zudem mehr als alles andere eine Idee, einen Traum, eine Hoffnung verkörperte. Eva jedoch war inzwischen entschlossen, sich künftig an nichts mehr zu binden, an keinen Mann, kein Heimatland und kein noch so schönes Stück Erde.

Jon lernte ich bei einer Ausstellung kennen. Ich lief eine Weile zwischen den Werken hin und her, lächelte in mich hinein, weil ich sie so schlecht fand, und trank eine Menge von dem Wein, der bei solchen Gelegenheiten umsonst ausgeschenkt wird. Irgendwann trat ein großer, stattlicher und eleganter Mann auf mich zu und fragte mich sehr freundlich und mit sanfter Stimme, ob mir die Ausstellung gefalle. Meine Antwort sprudelte aus tiefster Tiefe und so offenherzig wie unbedacht hervor: »Ich finde die Sachen total beschissen, aber ich nehme an, sowas darf man eigentlich nicht sagen.« Der Mann lachte laut und schloss sich ohne weiteren Kommentar einer anderen Gruppe an. Eine Weile später wurde mir klar, dass er der ausstellende Künstler war.

Ich begriff es, als ich mich mit einer Freundin über den Namen des Künstlers unterhielt. Er hieß Jon. Ich erklärte, in Antioquia gebe es diesen Namen oft, vor allem in der Kombination Jhon Jairo, wobei dem J ein H hinzugefügt werde. Im Englischen wiederum würde ich bloß die Variante John kennen, aber nicht Jon, also ohne H. Da deutete sie mit dem Kinn auf ihn und sagte: »Das ist der da drüben, vielleicht schreiben die Schwarzen John ja ohne H.« Ich sah in die angegebene Richtung und erblickte den Mann, dem ich vorher ins Gesicht gesagt hatte, was ich von seinen Werken hielte. Vor Scham wäre ich am liebsten in der Erde versunken, umso mehr, weil ich den Mann – der einen bunten afrikanischen Umhang trug – schön und in seiner sanften Art sehr anziehend fand. Bald darauf trat ich zu ihm, um mich zu verabschieden, und sagte: »Ich bin ein ziemlich altmodischer Mensch und von Kunst habe ich nicht viel Ahnung. Ich bin in Südamerika zur Welt gekommen, in einer abgelegenen Gebirgsgegend, dass Kunst heute so aussieht, ist bis dorthin noch nicht vorgedrungen.« Er bat mich um meine Telefonnummer, und ich war glücklich und freute mich, dass er offenbar nicht beleidigt war.

Schon am nächsten Tag rief er an, und wir verstanden uns bestens. Auch er fand seine Werke total beschissen, »die reinste Farce«, wie er sich ausdrückte. Aber genau solche Sachen verlangten zu der Zeit offenbar die Kuratoren und Galeristen – möglichst schlau und gebildet daherkommende Installationen, philosophisch-soziologische Elaborate, irgendwelches auf der Straße aufgesammeltes Zeug, Hauptsache, alles war hinreichend theoretisch verbrämt. Große Worte für jämmerlich kleine Ideen, und was man tatsächlich zu sehen bekam, war mehr als bescheiden. Wir waren ganz einer Meinung.

Er lud mich für den Abend in seine Wohnung ein – dort gab es Werke von ihm, die mir sehr gut gefielen, Skulpturen in Gestalt von Penissen oder Bäumen, alles sehr erotisch und phallisch –, und dort geschah dann auch, was geschehen musste, und es war sehr beglückend.

Lange hatten wir eine offene Beziehung, wie das damals üblich war, wir machten da keine Ausnahme. Als wir uns kennenlernten, waren wir beide noch sehr jung und voller Leben und begeistert darüber, dass wir als Schwule zum ersten Mal in der Geschichte völlig frei waren. Dass keiner von uns Aids bekam – sage ich mir heute –, kommt einem Wunder gleich, denn viele unserer Freunde wurden krank, einer nach dem anderen. Vielleicht aus Furcht, uns zuletzt doch noch anzustecken, vielleicht auch weil wir das Gefühl hatten, einfach so in den Tag hinein zu leben sei in gewisser Weise genauso unernst und oberflächlich wie die zeitgenössische Kunst, zogen wir uns aus der nicht enden wollenden Orgie zurück und beschlossen, uns treu zu sein und uns mehr um unsere Arbeit und unsere Beziehung zu kümmern und zu versuchen, das Glück nicht wie bisher in der Zügellosigkeit, sondern im Maßhalten zu finden.

Im Sommer 1993, als die Verhältnisse in Medellín so gewalttätig geworden waren, dass ich kaum noch dorthin fuhr, zogen wir schließlich zusammen und fingen an, ein richtiges New Yorker Familien- und Arbeitsleben zu führen, ein Leben, das sicherlich bürgerlicher, dafür aber ruhiger und produktiver war. Nach all den verrückten Jahren hemmungsloser Freiheit waren wir beide ein wenig erschöpft und irgendwie auch bestürzt. Dass ich mich jetzt ganz auf Jon beschränkte, geschah jedenfalls nicht aus Bequemlichkeit oder Vorsicht oder plötzlicher Keuschheit. Man kann sich vielmehr an einen Körper gewöhnen wie an eine Landschaft oder eine Finca. Es hat etwas Erholsames und Beruhigendes, ja Reizvolles, jeden Tag das Gleiche zu sehen und zu erleben, es ist ein bisschen, wie wenn man ein Musikstück immer wieder übt, und jedes Mal entdeckt man etwas Neues. So wie La Oculta für immer mein Zuhause sein wird – der einzige Ort, dem ich mich zugehörig fühle, ja, der mir wie eine Erweiterung meines Körpers vorkommt –, genau so ist Jon mein Partner – oder ich seine Rippe – im täglich neu geschriebenen biblischen Text unserer gemeinsamen Tage, der Mann, mit dem ich für immer zusammenleben möchte. Warum das so ist, kann ich nicht sagen, es ist, als hätten mein Körper und mein Kopf das irgendwann beschlossen, ohne groß darüber nachzudenken. Es ist einfach so.

Völlig treu waren wir uns auch jetzt nicht – zumindest was mich angeht, habe ich es leider nie ganz so weit gebracht, vor allem wenn ich trotz allem wieder einmal in Medellín war und alte Freunde traf. Oder, anders formuliert: Im Unterschied zu früher sagte ich nicht mehr bei jeder sich bietenden Gelegenheit automatisch ja, auch wenn ich manchmal, allerdings nur noch selten, nicht imstande war, nein zu sagen – was mir hinterher schrecklich leid tat. So sehe ich es zumindest, allerdings spreche ich nicht offen darüber, denn soweit ich weiß, hat Jon sein Versprechen gehalten, und ich glaube, es ist besser, wenn er glaubt, in meinem Fall sei das auch so.

Jons Appartement liegt an der Ecke 115. Straße und Lenox Avenue, nicht weit vom Central Park. Es befindet sich im dritten Stock und hat früher seinen Eltern gehört. Er und seine Geschwister sind dort aufgewachsen. Jon konnte den alten Mietvertrag übernehmen, der so günstig war, dass es, so wie die Dinge in New York sind, Wahnsinn gewesen wäre, die Wohnung aufzugeben. Er baute die große helle Wohnung um, riss mehrere Wände raus und machte eine Art Loft daraus.

Jon arbeitet weiterhin als Künstler, aber nicht mehr in unserer Wohnung. Er hat in der Nähe, in der 122. Straße, ein Atelier. Dort macht er aus Müll, den er in den Straßen von Harlem aufsammelt, Kunstwerke, die er für dreißigtausend Dollar pro Stück verkauft. *Behutsam recycelter Müll* hieß seine letzte Ausstellung, und sie setzte ein wenig die Linie der Ausstellung fort, bei der wir uns Jahre zuvor kennengelernt haben. Als er dabei war, sie aufzubauen, starb Anita. »Alles von vorn bis hinten gelogen«, sagt er, wenn wir nachts bei ausgeschaltetem Licht im Bett liegen, und obwohl ich in der Dunkelheit sein Gesicht nicht sehen kann, weiß ich, dass bei diesen Worten ein schiefes ironisches Lächeln seinen Mund mit den perfekten Zähnen verzieht. Er lebt von dieser Farce – in der manchmal dennoch Sehnsucht nach der Kunst früherer Zeiten aufscheint – und ist darüber reich und zynisch geworden. Jon wurde 1997 zur documenta nach Kassel eingeladen, und ich half ihm beim Aufbau einer Installation aus zersägten Baumstämmen und Lumpenpuppen, wie man sie im Dezember in Antioquia am Straßenrand verkauft – sie werden aus alten Kleidern hergestellt, bekommen einen Hut aufgesetzt, sind voller Staub und sollen helfen, das alte Jahr zu verabschieden. Die Puppen lagen zerstückelt im Raum, und an den Wänden hatten wir mehrere alte und neue Motorsägen aufgehängt. Das Ganze war ein Riesenerfolg, und es erschienen viele Artikel, in denen über die Erfahrungen eines afroamerikanischen Künstlers in der gewalttätigen tropischen Andenregion spekuliert wurde. Bei der Eröffnung schalteten fünfzehn als Paramilitärs verkleidete Schauspieler im selben Augenblick Motorsägen an und machten sich über die Puppen her, die mit feuchter, rot gefärbter Baumwolle gefüllt waren, buchstäblich ein Höllenspektakel. Seit dieser beeindruckenden Show wird Jon zu allen wichtigen zeitgenössischen Kunstveranstaltungen eingeladen und verdient noch besser. Es gibt Leute, die bereit sind, mehrere tausend Dollar für eine alte Motorsäge mit dem Namenszug Jon Vacuo darauf zu bezahlen, wahrscheinlich, um sie sich ins Wohnzimmer zu hängen. Ich kann darüber bestenfalls lachen. Jon dagegen sagt, ihm gehe es nur darum, zwei Millionen Dollar zusammenzubekommen, um sich endlich zurückziehen und tun und lassen zu können, wozu er Lust hat.

Wie viel ihm zu dieser Summe noch fehlt, weiß ich nicht. Ich weiß aber, dass er viel Geld für seine Familie ausgibt, er ist sehr großzügig und hat viel mehr Neffen und Nichten als ich. Außerdem weiß ich nur zu gut, dass ich jahrelang bloß zu sagen brauchte: »*Jon, I'm a little homesick, I want to see my mother, my sisters and La Oculta.*« Und sofort setzte er sich an seinen Computer und besorgte mir ein Business-Class-Ticket für einen Direktflug nach Medellín. Das ist, oder vielmehr das war der einzige Luxus, den ich mir erlaubte, drei oder vier Mal im Jahr.

Nachdem ich keine feste Anstellung habe – vormittags gebe ich private Geigenstunden und beim Orchester habe ich nur sporadisch Verpflichtungen, immer dann, wenn Werke aufgeführt werden, für die man viele Geiger braucht –, kann ich es mir zu jeder Jahreszeit erlauben, meinem Heimweh nachzugeben und nach Kolumbien zu fahren. Ich unterrichte auch Musiktheorie und Harmonielehre, das jedoch per Skype. Dadurch kann ich, fast wann immer ich will, New York verlassen und unterwegs wie auch von der Finca aus meinen Unterricht fortsetzen. Meine New Yorker Geigenschüler können sich so lange von mir erholen, genau wie Jon, der allerdings behauptet, wenn ich nicht da bin, könne er nachts nicht gut schlafen, weshalb er dann tagsüber ständig müde sei.

Jon ist groß, sehnig, attraktiv und strahlt viel Würde aus, auch durch den schönen Kontrast zwischen seiner schwarzen Haut und dem weißen Haar und dazu dem, falls das überhaupt möglich ist, noch weißeren Kinnbart. Ja, dieser Ziegenbart verleiht ihm wirklich eine unglaubliche Würde, er macht ihn zu einem richtigen afrikanischen Patriarchen. Was durch die bunten Umhänge noch verstärkt wird, die wir extra in Liberia anfertigen lassen. An dem Abend, als ich ihn kennenlernte und so furchtbar ins Fettnäpfchen trat – andererseits ist nicht selten gerade ein Fehltritt der kürzeste Weg zur großen Liebe –, an jenem Abend also war Jons Bart noch schwarz, und dass er seitdem – seit ich an seiner Seite lebe – immer heller und heller und zuletzt so blendend weiß geworden ist, wie er sich heute präsentiert, erfüllt mich mit Glück. Ihm wiederum macht es nichts aus, dass der pechschwarze Haarschopf, der einst meinen am wenigsten unansehnlichen Besitz darstellte, sich nach und nach in eine Glatze verwandelt hat.

Jon spricht sehr wenig, und wenn, dann gibt er kurze, aphoristische Bemerkungen von sich, wie ein Orakel. Wenn ich neben ihm im Bett liege, sagt er, er sei so wenig ein Künstler, wie Forrest Gump – der aus dem Film mit Tom Hanks – ein Intellektueller sei. Er begreift selbst nicht, wie er sich in einen so angesehenen Künstler hat verwandeln können, wobei ihm sein »Ansehen« vollkommen egal ist. Als wir einmal in einem Restaurant unseren Jahrestag feierten und reichlich Champagner intus hatten, ließ Jon sich dazu hinreißen, zu sagen, wenn er irgendwann so viel Geld beisammen habe, wie ihm vorschwebe, könnten wir uns doch ein Häuschen in Jericó kaufen und jedes Jahr drei Monate dort verbringen. Bei unserem letzten Aufenthalt in La Oculta hatte er einen seltsamen Juden kennengelernt, Doktor Ojalvo, Nachkomme eines levantinischen Kaufmanns, der tatsächlich im Ort ein Museum für zeitgenössische Kunst gegründet hatte, mit großzügigen und zweckmäßigen Räumen, das Jon sehr gut gefiel. In seiner Begeisterung sagte er an dem Abend im Restaurant, vielleicht könnten wir dem Museum von Jericó ja seine Sammlung von Bildern und Videos US-amerikanischer Künstler des 20. Jahrhunderts vermachen. Wie ich finde, gehört das, was wir zusammengetragen haben, durchaus zu den am wenigsten schlechten Dingen, die in den letzten zwanzig Jahren hierzulande entstanden sind, zumindest ein Hauch dessen, was wirkliche Kunst ausmacht, ist daran zu verspüren. Jon ist aber nie wieder darauf zu sprechen gekommen, ich warte immer noch darauf, dass er seine Ankündigung in die Tat umsetzt. Hätte ich selbst genügend Geld, würde ich diesen Traum sofort verwirklichen. Schließlich hängt unser aller Leben an einem seidenen Faden, und es fliegen genügend Scheren in der Luft herum, die sich vom Wind bald hierhin, bald dorthin treiben lassen.

Großvater Josué versuchte alles Mögliche und Unmögliche, um einen richtigen Kerl aus mir zu machen. Wenn er mich auf die Finca mitnahm, sollte ich lernen, wie man Jungstiere kastriert, so wie er das machte – dazu riss er sie mithilfe eines Lassos zu Boden und erledigte den Rest ohne jede Betäubung –, und ich sollte auch Rührei mit Stierhoden essen. »Lass dir's schmecken, Kleiner, davon wirst du ein richtiger Mann, dann kannst du ordentlich zustoßen.« Ich tat, als würde ich die ekligen Klümpchen verspeisen, insgeheim gab ich sie aber unter dem Tisch dem Hund zu fressen. Genützt hätte es ohnehin nichts, denn noch bevor mir die ersten Bart- und Schamhaare sprossen, war ich mir über meine Gefühle vollkommen im Klaren.

Andere Dinge dagegen sind meiner Ansicht nach nicht angeboren, man trägt sie nicht im Blut, sondern entscheidet sich irgendwann im Leben dafür. Seine religiösen oder politischen Ansichten zum Beispiel entnimmt man einem ganzen Strauß von Einflüssen, Dingen, die man hört oder liest, Freunden oder Lehrern. Und da wird die Sache für mich kompliziert: Cobo war politisch sehr links, gleichzeitig aber auch sehr gläubig. Er empfahl mir die Patres von Santa Gema und später eine Gruppe von Jesuiten, die Anhänger der Befreiungstheologie waren, sehr engagiert und in politischen Dingen sehr offen, wenn es um Sex ging aber genau so verstockt wie die Legionäre Christi oder die Leute vom Opus Dei. Meine Mutter war ebenfalls ziemlich gläubig, mit Sozialismus hatte sie aber nicht das Geringste am Hut. Sie ging täglich zur Messe und war dabei eine richtige Kapitalistin. So habe ich in politischen Dingen nie recht gewusst, was ich bin und was ich denken oder glauben soll. Oder vielmehr: Von meinem Vater habe ich die Zweifel an der kapitalistischen Welt übernommen und von Anita den Glauben an das Individuum und daran, dass persönlicher Einsatz mit wirtschaftlichem Erfolg belohnt wird. Das scheint mir die helle Seite des Kapitalismus zu sein, neben dem Missbrauch und der Ausbeutung, die ebenfalls dazugehören. Die Befreiungstheologen dagegen, mit denen ich befreundet war, sagten, ich sei unfähig, den egoistischen Bürger in meinem Inneren loszuwerden und mich für das Gemeinwohl und den Nächsten einzusetzen. Das Beste, was ich an Cobo erlebt habe, war allerdings gerade seine Liebe zu den Armen, sein Mitgefühl, und im Fall von Anita die Hingabe und Hartnäckigkeit, mit der sie ihren einsamen Kampf ausfocht, als es darum ging, aus dem Nichts eine Bäckerei aufzubauen – zu Beginn knetete sie selbst den Teig, am Ende war sie die Besitzerin eines großen Betriebes. Geerbt hatte sie nichts und geschenkt wurde ihr auch nichts, sie erledigte alles allein und stand jeden Morgen sehr früh auf und machte sich an die Arbeit. Trotzdem verstehe ich die Leute, die sich für den Sozialismus einsetzen, so wie ich es – obwohl ich weiterhin an Gott glaube, auch wenn die offiziellen Vertreter der Religion mir Abscheu einflößen – nachvollziehen kann, wenn jemand nicht glaubt und sich als Agnostiker oder Atheist bezeichnet. Mein eigener Glaube ist schwach oder »lau«, wie man sagt, ich bin nicht imstande, mit meinem Nächsten übermäßig viel zu teilen – mein Herz ist nicht groß genug, um die ganze Welt zu lieben –, und zugleich bin ich ein Kapitalist mit schlechtem Gewissen, ja, es gibt Tage, da wache ich auf und würde am liebsten die nächstgelegene Bank in Brand setzen. Anders gesagt: Mein großes Problem ist und bleibt die Unentschiedenheit, die fehlende Gewissheit.

Eva

Der Bus fuhr langsam zum Cauca hinunter. Im Inneren roch es nach Benzin und heißem Motoröl. Manchmal hob ein Bauer, der mit einem Sack Kaffee oder einem Bündel Bananen am Wegrand stand, die Hand oder lüftete den Hut, dann hielt der Bus an, um ihn einsteigen zu lassen. Hinter uns eine große Staubwolke, zu den Seiten uralte Kapokbäume, Schirmakazien, Regenbäume, und vor uns, zur Rechten, immer wieder der Cauca. Manchmal konnte ich auch die Orangenplantagen am anderen Ufer sehen, die zur alten Hacienda Túnez gehörten. Die nächste offizielle Haltestelle war Puente Iglesias, wo eine Brücke über den Cauca führt. Anschließend ginge es hinauf nach Marsella, Fredonia und Cerro Bravo.

Bei der Ankunft in Puente Iglesias blickte ich misstrauisch zu dem Laden, vor dem die Busse normalerweise hielten, und plötzlich klopfte mein Herz wieder wie wild: Vor dem kleinen Geschäft, in dem man Erfrischungsgetränke, Bier und Fischtartes bekommen konnte, parkten zwei Toyota-Jeeps mit getönten Scheiben. Zwei Männer – der eine hatte ein hartes, bösartiges Gesicht, der andere wirkte kindlich und hatte Flecken auf der Haut; gesehen hatte ich sie noch nie, aber sie mussten zu den Leuten gehören, die hinter mir her waren –, wahrscheinlich die Besitzer der Autos, saßen mit einem Leutnant und zwei Soldaten an einem Tisch und tranken Bier. In der Nähe stand eine Gruppe bewaffneter junger

Männer mit dunklen Brillen. Die Kerle am Tisch unterhielten sich angeregt, ohne den Bus und die Fahrgäste besonders zu beachten, aber mir war klar, dass sie, falls sie mich erkannten, ohne weiteres imstande wären, mich auf offener Straße zu erschießen. Wenn anschließend jemand Fragen stellen würde, hätte niemand etwas gesehen, die Soldaten nicht und erst recht nicht der Leutnant, ganz zu schweigen vom Fahrer, dem Kartenverkäufer, den anderen Fahrgästen und dem Ladenbesitzer. In jedem Fall war klar, dass sie, wenn sie schon morgens um acht hier saßen und Bier tranken, bis zum Abend dort sitzen bleiben und sich volllaufen lassen würden, weshalb es ausgeschlossen war, zu versuchen, an ihnen vorbeizugehen und die Brücke zu überqueren. Im Bus aber hatte ich auch zu große Angst. Nach kurzem Überlegen beschloss ich, umzukehren und bei einer nicht allzu weit entfernten Finca von Bekannten, den Toros, um Hilfe zu bitten. Vielleicht würden sie mir ein Pferd leihen, mit dem ich mich auf Feldwegen nach Jericó durchschlagen könnte, oder ihr Verwalter brächte mich mit dem Motorrad – falls er eines besaß – dorthin.

Ich stieg, den Poncho halb übers Gesicht gezogen, aus dem Bus und steuerte die hinter dem Laden gelegene Toilette an, die von einer violetten Bougainvillea überwuchert wurde. Doch statt hineinzugehen, wandte ich mich kurz davor zur Seite, überquerte den angrenzenden Weg und schlug mich ins Gebüsch, wo ich zwischen riesigen Bäumen, schwarzen Felsen und Zebu-Kälbern hindurch, die im Schatten lagen und mir gleichmütig wiederkäuend zusahen, den Hügel hinauflief, den wir gerade erst mit dem Bus hinabgefahren waren. Ich wagte nicht, mich umzudrehen, rannte und rannte, bis mir die Luft wegblieb und ich das Tempo verlangsamen musste. Als der Bus zweimal hupte, um die Abfahrt anzukündigen, schrak ich zusammen. Vielleicht galt das Hupen nur mir. Ich sah vor mir, wie sie an der Toilettentür klopften und öffneten. Ich spürte fast den Geruch nach abgestandenem Urin in der Nase. Der Fahrer würde sich wahrscheinlich zuletzt achselzuckend wieder ans Steuer setzen, während der Kartenverkäufer zufrieden lächelte, weil er so mein gesamtes Geld für sich behalten konnte. Schließlich hörte ich, dass der Motor gestartet wurde, erneutes Hupen, und gleich darauf setzte der Bus sich in Bewegung. Hinter einem Felsen kauernd, konnte ich zusehen, wie er langsam die Brücke überquerte. Die Jeeps standen immer noch neben der Gruppe Soldaten. Den Tisch mit den Männern konnte ich von meinem Platz aus nicht sehen. Ich ärgerte mich über mich selbst. Ich hätte im Bus bleiben sollen, sagte ich mir, warum hatte ich mich nicht zusammengerissen, auf meinem Sitz kleingemacht und so getan, als würde ich schlafen? Aber mit geschlossenen Augen den Tod zu erwarten ist nicht so einfach. Wie auch immer, jetzt war ich jedenfalls hier, ganz in der Nähe meiner Feinde, und der Bus entfernte sich auf der kurvigen Straße in Richtung Fredonia und Medellín, wo ich in Sicherheit gewesen wäre.

Es half nur, weiterzumarschieren. Die Finca der Toros musste irgendwo in der Nähe sein. Ich hoffte, der Verwalter – an seinen Namen erinnerte ich mich nicht – würde mich wiedererkennen und mir helfen. In Jericó konnte ich es vielleicht wagen, den Bürgermeister oder die Polizei um Schutz zu bitten, andererseits war es damals ziemlich riskant, sich auf egal welche Behördenvertreter zu verlassen, man wusste nie, auf wessen Seite sie tatsächlich standen. Polizisten, die mit keiner der bewaffneten Gruppen zusammenarbeiteten, wurden ermordet oder versetzt, und den anderen Beamten ging es genauso. Viele Bürgermeister hatten nach Medellín gehen müssen, um ihre Gemeinden von dort aus zu verwalten, andernfalls hätte man auch sie ermordet. Jericó war es dabei noch gut ergangen, schließlich waren dort, im Unterschied zu vielen anderen Orten in Antioquia, bislang keine Bomben hochgegangen, und es waren auch nie mehr als fünf Leute gleichzeitig massakriert worden, ja, weder die Guerrilla noch die Paramilitärs hatten Jericó bislang besetzt, zumindest nicht vollständig.

Wieder zitterten meine Beine und Hände und ich klapperte mit den Zähnen, während mir die Tränen übers Gesicht liefen. Auf der Suche nach der Finca der Toros folgte ich einem Trampelpfad, auf dem wohl normalerweise die Tiere zur Tränke gingen. Hier, in diesem tiefer gelegenen Gebiet in der Nähe des Cauca, kannte ich mich nicht allzu gut aus. Plötzlich ging es steil in eine Schlucht hinunter. Aus der Tiefe hörte man das Rauschen eines Bachs, der sich zwischen riesigen glatten Steinen den Berg hinabwand. Irgendwann endete der Weg zwischen Bambus, in dessen Schatten weiter unten das Wasser dahinströmte. Um dorthin zu gelangen – wieder hatte ich großen Durst –, musste ich die Böschung hinabklettern. Langsam machte ich mich an den Abstieg. Als ich mich, vielleicht noch zwei oder drei Meter oberhalb des Bachbetts, an einem Bambusstamm festhielt, gab er plötzlich nach, und ich stürzte in die Tiefe. Mit einem heftigen Schlag landete ich auf einem Stein am Ufer. Ein jäher Schmerz schoss mir vom Steißbein durch die Wirbelsäule bis ins Hirn und vernebelte mir für einen Moment die Sinne. Es war, als hätte sich mir das Rückgrat von unten in den Schädel gebohrt oder als wäre mein Steißbein bei dem Aufprall in tausend Stücke zersplittert. Mir blieb die Luft weg, und dann kippte ich zur Seite, auf Sand, Kies und kleine Wasserlachen am Rand des Bachs. Ich blieb wie gelähmt liegen und hörte nichts als das Dröhnen meines Herzschlags. Mit geschlossenen Augen wartete ich ab. Seit Benjamíns Geburt hatte ich keinen vergleichbaren Schmerz erlebt, doch dies hier war viel schlimmer, weil es ein sinnloser Schmerz war, ein Schmerz, der zu nichts Gutem führen konnte. Ein Kribbeln wanderte von den Beinen den Rücken hinauf. Irgendwann ließ der Schmerz ein wenig nach, ohne dass ich mich hätte rühren können.

Mehrere Minuten lag ich so da, bis ich schließlich wieder das Wasser rauschen hörte. Irgendwie schaffte ich es, bis ans Wasser zu kriechen, wo ich aber nicht trank, sondern mir kaltes Wasser ins Gesicht spritzte. Das betäubte den Schmerz ein wenig. Dafür nahm das Kribbeln zu, und mir wurde schwindlig. Nach einer Weile gelang es mir trotz allem, mich aufzusetzen und dann sogar wieder aufzustehen. Ich streckte den Rücken durch, strich mir mit einem dornigen Zweig über die Schenkel, um zu sehen, ob ich mir die Wirbelsäule verletzt hatte – das hatte ich einmal gelernt. Ich stellte nicht nur fest, dass ich das Kratzen durchaus wahrnahm – gleich darauf konnte ich auch erfolgreich ein paar Schritte tun, bei denen zudem das Gefühl verschwand, mir stecke ein Spieß im Leib. Da ließ ich mich auf die Knie nieder, beugte mich vor und trank, bis ich nicht mehr konnte.

Mich vorsichtig von einem großen Stein zum nächsten hangelnd, um bloß nicht das Gleichgewicht zu verlieren, durchquerte ich den Bach. Am anderen Ufer angekommen, war ich bis zu den Oberschenkeln nass. Ich erklomm die Böschung, und als ich oben aus dem Bambuswald trat, sah ich in der Ferne – zuerst dachte ich, es sei bloß Einbildung – das Haus der Toros, ein elegantes modernes Gebäude. Langsam wanderte ich darauf zu. Immer wieder musste ich unter Stacheldraht hindurchkriechen. Sobald ich in die Hocke ging, spürte ich ein heftiges Stechen im Po.

Der Verwalter der Toros war ein abweisender, grimmig dreinblickender Mann. Misstrauisch wie er war, hätte er mich offensichtlich am liebsten mit Fußtritten davongejagt. Er behauptete, mich nicht zu kennen, und er dürfe sowieso keine Pferde verleihen, und genug Benzin, um nach Jericó zu fahren, habe er auch nicht, es reiche bestenfalls bis Puente Iglesias. Im Moment habe hier niemand

Kapazitäten, um sich um irgendwelche Fremden zu kümmern. Ich solle zusehen, dass ich weiterkomme, ich könne dankbar sein, dass er nicht die Leute vom Wachdienst rufe. Das Einzige, womit er mir weiterhalf, war der Hinweis auf einen Weg nach Jericó, am Río Piedras entlang. Den Rest des Vormittags und einen Teil des Nachmittags wanderte ich ohne Pause bergauf, auf einen Stock gestützt, den ich irgendwo aufgelesen hatte. Wenn ich nicht weiterwusste, fragte ich in kleinen Bauernhäusern nach dem Weg. Oft wohnte aber niemand mehr darin, viele waren halb verfallen, und meistens hatten die unterschiedlichen bewaffneten Gruppen, die in der Gegend unterwegs waren, ihre Namenskürzel an den Wänden hinterlassen – ELN und FARC, beide schon eine wenig verblasst, oder, noch frischer, EPL und AUC. In den letzten Jahren hatten viele Bauern ihre Höfe aufgeben müssen, die einen waren von der Guerrilla und die anderen von den Paramilitärs vertrieben worden. Beide Seiten beschuldigten die Bauern, ihre jeweiligen Gegner zu unterstützen, auch wenn sie ihnen bloß ein Huhn oder etwas Zuckerwasser gegeben hatten, und so saßen sie stets zwischen allen Stühlen. Ihnen war es noch viel schlimmer ergangen als mir, schließlich würde ich früher oder später – hoffte ich wenigstens – in Medellín und damit in Sicherheit sein. Sie dagegen konnten bestenfalls damit rechnen, bei Verwandten unterzukommen, die genauso arm waren wie sie und wo sie sich in ohnehin schon überfüllten Räumen würden zusammenquetschen müssen, wenn ihnen nicht als einziger Ausweg ein Platz an einer Kreuzung blieb, wo sie ihre Tage bettelnd zubrachten, mit einem Schild um die Brust, auf dem stand: »Bitte helfen Sie uns, wir sind Vertriebene aus San Rafael« – oder wie auch immer ihr Heimatdorf hieß.

Als ich ungefähr den halben Anstieg hinter mir hatte, gab mir eine freundliche, schon sehr alte Frau zwei Becher mit Zuckerwasser zu trinken. Wir unterhielten uns eine Weile. Ein Teil ihrer Familie war vor der Gewalt geflohen, sie und ihr Mann aber harrten noch aus. Sie versuchten, allen Schwierigkeiten aus dem Weg zu gehen, erklärte sie, ohne zu fragen, wer ich war, woher ich kam oder wohin ich wollte. Für sie war ich einfach ein Mensch, der Hilfe brauchte. Ich trank im Stehen und hatte genau wie bei dem Kaffee, den Pedro mir am Morgen gegeben hatte, das Gefühl, noch nie etwas so Köstliches getrunken zu haben. Anschließend konnte ich noch einmal eine ganze Stunde weitermarschieren, bis mir zuletzt vor Hunger und Erschöpfung schwindlig wurde und ich mich für eine Weile hinsetzen musste.

Als ich mich irgendwann, auf den Stock gestützt, weiterschleppte, musste ich daran denken, dass vor etwa hundertfünfzig Jahren meine Vorfahren auf eben diesem Weg den Berg hinaufgestiegen waren, um den Ort Jericó mit zu gründen. So stand es wenigstens in den Papieren von Toño. Als ich, begrüßt von Hundegebell, bei den ersten Häusern von Jericó ankam, sagte ich mir, dass auch die ersten Siedler, die jungen Männer mit ihren Frauen und Kindern, damals schwitzend und verdreckt angekommen waren und mit weit aufgerissenen Augen um sich geblickt hatten, das aber mit großen Erwartungen, während ich bloß davon träumte, eben dieser Gegend, wo ich fast ermordet worden war, lebend zu entkommen. In Jericó traute ich keinem, und die anderen betrachteten mich ihrerseits aus weiter Ferne mit einer Mischung aus Abscheu und Misstrauen. Am liebsten hätte ich geschrien, alle sollten hören, was mir passiert war, der ganze Ort sollte wissen, welches Unrecht man mir angetan hatte, aber ich riss mich zusammen.

Immer noch hatte ich große Schmerzen und ging auf direktem Weg zum Krankenhaus. Eine Schwester hörte mich dort nicht bloß an, sondern erlaubte mir auch, mich ein wenig zu waschen. Ich erzählte von meinem Sturz und zeigte ihr meinen Rücken und den Hintern. Bei dem Anblick sagte sie, ich hätte mir bestimmt etwas gebrochen, mein Po und der Rücken seien tiefschwarz angelaufen. Um Genaueres zu wissen, müsse sie mich aber röntgen. Als sie sagte, was das kosten würde, erklärte ich, dass ich keinen Centavo besäße und dass ich unbedingt noch an diesem Tag nach Medellín müsse und dass ich auf der Flucht vor Leuten sei, die mich umbringen wollten, dass ich aber nicht mit dem Bus über Puente Iglesias fahren könne, denn dort wäre ich diesen Leuten schon einmal nur gerade noch entkommen. Da riet sie mir, eins von den Sammeltaxis zu nehmen, die über Tarso nach Medellín fahren, und gab mir zehntausend Pesos. Das sei genug für die Fahrtkosten, sagte sie dazu, vom Rest könne ich mir einen Kaffee und etwas Süßes kaufen. Manchmal gibt es solche Leute, gute Menschen. Ich weiß nicht mal, wie die Frau hieß, ich habe sie nie wiedergesehen. Zum Abschied küsste ich ihr die Hände, und sie lächelte mich sanft und ein wenig distanziert an, vielleicht hatte sie mir meine Geschichte nicht abgenommen, aber eigentlich glaube ich das nicht.

Ich ging zum Hauptplatz, und da standen die Sammeltaxis. Sobald sie vier Fahrgäste zusammen hatten – drei hinten und einer auf dem Beifahrersitz –, fuhren sie los. Ich ließ mich bei einem auf die Liste setzen und kaufte in einem Laden eine Orangenlimonade, die ich auf einen Zug austrank. Danach trank ich noch einen Kaffee und aß etwas Süßes dazu. All das bezahlte ich mit dem Geld, das mir die Krankenschwester geschenkt hatte. Dann ging ich auf die Toilette und trank Wasser. Ich wusste einfach nicht, wie ich meinen Durst löschen sollte. Immer noch war ich völlig verschwitzt, roch schlecht und sah vollkommen verwirrt aus, wie mir der Toilettenspiegel bestätigte. Als ich mich schließlich im Taxi auf meinem Platz niederließ, durchfuhr mich ein stechender Schmerz. Ich spürte, dass ich am Po eine riesige Schwellung hatte, es war, als säße ich auf einem Kissen voll Blut, einem zweiten Herzen, das in meinen Pobacken schlug. Ich versuchte, mich irgendwie auf die Seite zu drehen, aber von dem Schmerz wurde ich fast ohnmächtig. Unterwegs verlor ich dann wohl tatsächlich mehrmals das Bewusstsein. Die Mitfahrer hielten mich bestimmt für eine Alkoholikerin oder eine Drogensüchtige. Sie öffneten die Seitenfenster, um den Gestank, der von mir ausging, nicht einatmen zu müssen, und versuchten, möglichst nicht mit mir in Berührung zu kommen.

Bei der Ankunft reichte mein Geld doch nicht ganz, und der Fahrer ließ mich nur unter wüsten Beschimpfungen abziehen. Ich bestieg ein anderes Taxi und flehte den Fahrer an, mich zur Adresse meiner Mutter zu bringen. Dort bat ich den Portier, das Taxi zu bezahlen, und fuhr sofort im Aufzug nach oben. Als Anita die Tür aufmachte, warf ich mich schluchzend in ihre Arme. Erst als ich eine halbe Stunde ununterbrochen geweint hatte, war ich imstande, zu erzählen, was passiert war. Anita gab mir eine Tablette, rief Pilar an, Pilar holte uns ab, und wir fuhren ins Krankenhaus. Nachdem man mich dort geröntgt hatte, stand fest, dass mein Steißbein gebrochen war. Der Arzt erklärte, es müsse eingerenkt werden, und zwar jetzt gleich und ohne Betäubung, er könne mir nur ein Beruhigungsmittel geben. Um den kleinen Knochen zu greifen zu bekommen, müsse er mir in jedem Fall Daumen und Zeigefinger in den After stecken. Ich willigte ein und musste eine weitere grauenvolle Demütigung über mich ergehen lassen. Zwei dicke Männerfinger drangen gewaltsam in mich ein und versuchten, den Knochen in seine ursprüngliche Stellung zu bringen. Nach mehreren vergeblichen Anläufen gab der Arzt auf. Ich lag währenddessen schweißüberströmt und vor Schmerz brüllend auf dem Bauch, bis ich irgendwann das Bewusstsein verlor. Da ließen sie es gut sein und pumpten mich mit Schmerzmitteln voll. Während ich in Morphiumnebeln versank, ging es mir endlich etwas besser.

Seitdem kann ich nicht mehr länger als eine Stunde sitzen, und reiten geht nur noch, wenn ich mich mit meinem ganzen Gewicht in die Bügel stemme. Und sobald ich wieder das Stechen im Po verspüre, was mehrmals täglich vorkommt, sage ich mir, dass ich nie wieder auf die Finca zurückkehren will und dass La Oculta buchstäblich *a pain in the ass* ist, wie Jon sagen würde, und dass ich meine Geschwister überreden muss, die Finca so schnell wie möglich zu verkaufen, bevor man uns allen dort das Grab schaufelt.

Pilar

Ich fuhr schon zwei oder drei Tage nach dem Brand auf die Finca. Angst hatte ich nicht, wozu auch, wenn sowieso alles verloren war, war es in jedem Fall besser, hinzufahren und nachzusehen, wie die Dinge standen, und wenn sie mich unbedingt auch umbringen wollten, bitteschön, dann sollten sie doch. Zu Alberto habe ich gesagt: Los, fahren wir hin, sonst reißen sie sich die Finca endgültig unter den Nagel, und Alberto ist mitgekommen, obwohl auch er Angst hatte.

Was sie Eva angetan hatten, war natürlich schrecklich – am schlimmsten war die Vorstellung, dass sie sie fast bei lebendigem Leib verbrannt hätten. Genau das hatte ihnen ja wohl auch vorgeschwebt, eben deshalb haben sie mit einem Gummischlauch Benzin aus dem Tank von ihrem Jeep gesaugt, einen ganzen Eimer voll. »Der verfluchten Hexe haben wir das Haus abgefackelt«, haben sie bei ihrer Rückkehr nach Palermo erzählt, »und wenn sie sich noch mal blicken lässt, verbrennen wir sie auch.« Ich hab da so meine Informanten. Wären Alberto und ich da gewesen, hätten sie uns umgebracht, schon weil ich nicht richtig schwimmen kann, nach zwei, drei Schwimmzügen habe ich keine Kraft mehr. Außerdem wären Alberto und ich wahrscheinlich wie gelähmt stehen geblieben und hätten versucht, die Músicos mit Worten zu beschwichtigen. Wir hätten so getan, als hätten wir von nichts eine Ahnung, aber mit so was braucht man diesen Tieren nicht zu kommen.

Wir sind also auf die Finca gefahren, fest entschlossen, erhobenen Hauptes den Schaden zu begutachten. Próspero und Berta ging es soweit gut, sie hatten Furchtbares durchgemacht, aber jetzt war all das erst mal vorbei. Die Músicos hatten sie beschimpft und angepöbelt und getreten. Próspero hatten sie mit dem Pistolenknauf auf den Kopf geschlagen, er hatte eine Platzwunde davongetragen. Und sie hatten gedroht, sie würden sie umbringen, aber zuletzt hatten sie sie bloß an ein Fenstergitter gefesselt und sich davongemacht. Juan war am nächsten Morgen vom Gasthaus heraufgekommen und hatte sie losgebunden. Als sie von ihren Erlebnissen erzählten, zitterten sie immer noch vor Angst. Próspero hatte Evas Hund Gaspar in der Nähe des Hauses begraben und dann begonnen, so gut es ging die Reste der Katastrophe zu beseitigen. Als wir ankamen, sah er uns ungläubig und fassungslos an.

Die Angst kroch dann doch in uns hoch – die Músicos hätten ja wirklich jeden Augenblick zurückkehren können –, aber wir gaben uns Mühe, sie uns nicht anmerken zu lassen. Und wir blieben auch bloß ein paar Stunden da, wir wollten keinesfalls bei Nacht zurückfahren. Als wir gesehen haben, was für eine Verwüstung sie angerichtet hatten, sind uns Tränen in die Augen gestiegen und ich weinte wie ein verlassenes Kind. Wir haben viele Fotos gemacht, für die Versicherung, die von der Versicherung wollten nämlich nicht selbst herkommen, auch sie hatten Angst – alle hatten damals Angst vor diesen Leuten, die in ganz Kolumbien die Macht an sich reißen wollten, und damit waren sie ja auch ziemlich erfolgreich. Nach und nach haben die Paramilitärs sich das Land unter den Nagel gerissen – die besten Grundstücke, die besten Fincas, die Stadtzentren, die schönsten Häuser, alles.

Aber als ich später über das Feuer nachgedacht habe, habe ich mir gesagt – Gott möge mir verzeihen –, dass es auch sein Gutes hat, wenn man all den alten Kram loswird, all diese von der Familie überkommenen Sachen, die nur auf einem lasten: die Stühle mit den steinharten Sitzflächen aus Kalbsleder von unseren Urgroßeltern – Toño hätte nie zugelassen, dass ich sie verschenke –, die von Termiten zerfressenen Hocker, die wackligen Tische, die alten Deckenbalken, die jeden Augenblick entzweigehen und zu Boden krachen konnten, das Dach voller undichter Stellen, durch die es reintropfte. Dafür konnten wir mit dem Geld von der Versicherung, das ich erst mal ein Jahr lang zurückgelegt habe, ein neues Haus bauen, das fast genau wie das alte war, vor allem aber besser. Ich habe alles ganz genau geplant, in Ruhe und mit Fachleuten, darum war das neue Haus dann auch sicherer, hatte höhere Decken und mehr Luft und Licht und Blick in alle Richtungen. Der H-förmige Grundriss wurde beibehalten, bloß gab es jetzt mehr Bäder und mehr Schlafzimmer und alles war einfach moderner. Aber eben auf den alten Fundamenten, anders geht es nicht, wenn man nicht will, dass das Ganze schon nach kurzer Zeit wieder in sich zusammenfällt. Ich habe damals die Verantwortung übernommen, meine Mutter hat sich allerdings beteiligt, mit Ideen und auch mit ein bisschen Geld von der Bäckerei. Toño war in den USA und hat etwas von seinen Ersparnissen beigesteuert. Nur Eva hat gesagt, sie ist dafür, zu verkaufen, und deshalb wollte sie auch keinen Centavo dazugeben. Ihr ging es damals sehr schlecht, und ganz hat sie sich eigentlich nie von der Sache erholt, nicht mal als Benji aus Europa zurückkam, von seinem Semester an dieser Schule in Berlin.

Lange Zeit ist sie überhaupt nicht mehr aus dem Haus gegangen, einen ganzen Monat erschien sie nicht in der Bäckerei. Sie hat sich vor Angst zitternd in ihrer Wohnung eingeschlossen, und bei jedem Geräusch, ob es ein Motorrad war oder der Aufzug oder was auch immer, hat sie geglaubt, jetzt kommen diese Killer zu ihr.

In ihrer Vorstellung hat sie immer wieder durchlebt, was ihr auf der Finca passiert war, und sie war auf Gott und die Welt böse, vor allem auf unser Land, Scheiß Kolumbien, hat sie dauernd gesagt, und in der Mitte von dem ganzen Scheiß dieses Scheiß Antioquia.

Schließlich mussten wir die Bäckerei verkaufen, die Krise hatte alles erfasst, und Eva wollte nicht mehr dort arbeiten, sie wurde ihre Depression so schnell nicht wieder los und hatte genug von Broten und Rechnungen. »Entweder wir verkaufen die Finca oder die Bäckerei«, hat sie gesagt. Darüber konnten wir uns nicht hinwegsetzen. Meine Mutter hat schließlich nachgegeben, allein wurde sie mit der Bäckerei nicht mehr fertig, dafür war das Geschäft inzwischen zu groß, mittlerweile gab es Zweigstellen in mehreren Stadtteilen von Medellín. Eva bereiste in den nächsten Jahren mehrmals Europa und gab auf diese Weise ihren Anteil an dem Verkaufserlös aus.

Als das neue Haus nach zwei Jahren fertig war, warfen Toño, Eva, Benjamín und sogar einige meiner Kinder, Manuela vor allem, aber auch Mama, mir vor, ich hätte viel zu viel Geld ausgegeben – nur für die Finca hätte ich sie in den Ruin gestürzt, ich hätte nämlich nicht nur das Geld von der Versicherung, sondern auch ihre ganzen Ersparnisse und einen Teil der Erlöse aus dem Verkauf der Bäckerei dafür verwendet.

Die anderen sagen, ich bin die altmodischste von uns Geschwistern, aber wenn man genauer hinsieht, bin ich eigentlich die modernste, ich blicke nicht ständig zurück in die Vergangenheit wie Toño, und auch nicht in die Zukunft, die es schließlich gar nicht gibt – entweder sie tritt nie ein, oder wenn, dann zu spät –, wie Eva. Ich bin die Einzige, die in der Gegenwart lebt, im Hier und Jetzt, in den wenigen paar Augenblicken, die uns zur Verfügung stehen, und die sollte man besser unbeschwert genießen, in einem schönen, hellen, neuen Haus, in einem Haus, das mit Lust so wieder aufgebaut wurde, wie es jetzt ist, mit neuen Toiletten und Duschen und endlich mit warmem Wasser, früher gab es hier nämlich bloß kaltes, zur Abhärtung, wie Großvater Josué immer gesagt hat, die Zeiten sind vorbei, mit bequemen Betten und anständigen Matratzen, mit weißen Handtüchern, mit denen man sich richtig abtrocknen kann, wie in einem guten Hotel, und ohne all das nutzlose Zeug, das hier früher überall rumstand. Und dabei habe ich nie aufgegeben, genau wie die Siedler, die diese Gegend früher mal erschlossen haben – von denen schwärmt Toño immer –, und hab mich nicht einschüchtern lassen, ich hab die Músicos zum Teufel gewünscht, aber ich hab ihnen auch, wenn es sein musste, ihr verfluchtes Schutzgeld zugesteckt, ohne dass meine Geschwister etwas mitbekommen haben. Schwächlinge stellen sich in solchen Augenblicken hin und lassen den Kopf hängen, aber im Leben kommt man bloß weiter, wenn man Mut hat. Dabei bin ich gar nicht besonders mutig, von wegen, meine Geschwister sind viel mutiger als ich, aber im Leben ist mir diese Rolle nun mal zugefallen, vielleicht weil ich die Älteste bin, in Komödien oder Tragödien oder Telenovelas bekommt ja auch jeder Schauspieler seine Rolle zugewiesen, na ja, da habe ich meine Rolle eben angenommen.

Antonio

Lange bevor die Vorhut der ersten Siedlergruppe die einzige gepflasterte Straße des Dorfes betrat, fingen die wenigen Hunde des Ortes an zu bellen. Die Fremden kamen von weit her, aus verschiedenen Dörfern Antioquias – aus den alten Dörfern in die neuen Dörfer –, und sie waren froh, da zu sein.

Das Erste, was man im Dorf hörte, war eine Art Summen, wie von einem Bienenschwarm, und dann, schon deutlicher, ein Durcheinander aus menschlichen Stimmen, Wiehern, Muhen, Stampfen beschlagener und unbeschlagener Hufe und Gebell und Gejaule. Für Letzteres waren die Hunde der Neuankömmlinge verantwortlich, die sich knurrend und um sich schnappend mit den Ortshunden anlegten. Dazu kam später das sanftere Geräusch nackter oder mit Hanfschuhen bekleideter Füße, die gleichmäßig voranschritten. Zum Teil gehörten sie Frauen und Kindern, die zusammen mit den Männern taten, was die Menschen seit Anbeginn der Zeiten getan haben, wie schon die grandiosen Fußspuren von Laetoli belegen: auf der Erde umherziehen, weiter, immer weiter, auf der Flucht vor einem Vulkan oder einem Feind, erfüllt von dem Traum, irgendwann ein besseres Stück Erde zu finden, auch wenn uns das von niemandem versprochen worden ist, es sei denn von unserer eigenen Vorstellung, von der schönen Hoffnung auf eine gute neue Welt.

Im Dorf herrschte große Aufregung, alle Bewohner hatten sich auf dem Platz zusammengefunden, um das Eintreffen der Neuen zu erwarten. Um ihnen die Zeit zu vertreiben, musizierte ein Trio aus einem Gitarristen, einem Tiple-Spieler und einem Sänger mit Maracas, die sich bald traurig und bald fröhlich gaben. Die Mädchen erhofften sich einen Bräutigam, die ledigen Männer eine Ehefrau, die Einzelgänger einen Freund und Pater Naranjito, der Priester, eine Köchin oder vorgebliche Nichte, die ihm die enthaltsame Arbeit des Seelenhirten weniger hart und einsam machen sollte.

Ein Postreiter, der unterwegs nach Caramanta war, hatte am Morgen verkündet, dass die Gruppe, wenn sie in gutem Tempo und ohne Zwischenfälle auf dem Weg, der sich bis Palocabildo den Berg hinaufschlängelte, das letzte Stück des Anstiegs aus dem warmen Tiefland zurücklegte, gegen Mittag eintreffen müsse. Von dem sechshundert Meter über Meereshöhe gelegenen Flussufer bis zu dem Dorf auf zweitausend Metern Höhe war dabei eine steile Strecke zu bewältigen. Bevor der Reiter seinen Weg auf einem frischen Pferd in südlicher Richtung fortgesetzt hatte, hatte er noch erzählt, die Neuankömmlinge hätten ihr Lager am Westufer des Cauca aufgeschlagen. Dort hätten sie ihm einen Kaffee angeboten und mitgeteilt, dass sie vorhatten, schon früh am Morgen aufzubrechen. Die meisten hätten, im Schutz ihres Gepäcks dem kalten Nachtwind trotzend, geschlafen, einige jedoch seien wach gewesen und hätten das Zaumzeug und die Sättel ihrer Pferde geflickt. Ihr größtes Problem dort seien die Moskitos, hätten sie berichtet, die über sie hergefallen seien, kaum dass es dunkel geworden war. Als gegen Mitternacht, kurz vor seiner Ankunft, der Mond hervorgetreten sei, sei es damit aber zum Glück vorbei gewesen. Manche Kinder hätten ganz zerstochene Gesichter und Arme gehabt und offenkundig gefiebert, was sie aber nicht daran gehindert habe, aneinandergedrängt seelenruhig zu schlafen wie kleine Engel. So hatte der Mann sich ausgedrückt, mit Redewendungen, wie sie von einfachen Leuten gerne verwendet werden, vielleicht, weil sie den Tatbestand oft am genauesten wiedergeben.

Wie dem auch sei, das Eintreffen der fast zweihundert Menschen umfassenden Gruppe – ein langer, müder Zug aus Maultieren, Ochsen, Hunden, Pferden, Kühen, Kälbern, Schweinen, Ferkeln und Hühnern, Letztere in den Seitentaschen der Pferde, und vielen, vielen Männern, Frauen und Kindern, die einen zu Pferd, die anderen zu Fuß – war das wichtigste Ereignis seit der Gründung des Dorfes. Man könnte auch von seiner zweiten oder vielleicht von seiner wirklichen Gründung sprechen. In den folgenden Monaten sollten noch weitere Siedler eintreffen, aber nur mehr in kleiner Anzahl, bald zu fünft, bald zu sechst, manchmal auch Paare, die sich offensichtlich einem Verbot ihrer Familien entzogen oder auf der Flucht vor einem elterlichen Fluch waren, der sie ihres Erbes beraubte. Ab und zu erschien auf einen Schlag ein ganzes Dutzend erlebnishungriger Abenteurer oder ein vereinzelter Schlaufuchs, der genug Geld besaß, um schlichteren Gemütern für einen billigen Preis bereits gerodete Landstücke abzukaufen, und gelegentlich Kerle mit finsterem Gesicht, die sich als Holzfäller verdingten, nichts gefragt werden wollten und ebenso ungern redeten, dafür aber imstande waren, in zwei Tagen eine riesige Zeder in vollkommen gleichmäßige Stücke zu zersägen.

Die Zahl der Neuankömmlinge entsprach ungefähr der der bisherigen Dorfbewohner, genauer gesagt: Bei der Messe am Sonntag hatte der Priester einhundertdreiunddreißig Anwesende notiert, zu denen noch die Kinder, Langschläfer, Kranken und die Leute zu rechnen waren, die auf ihren Feldern geblieben waren. In jedem Fall war das Dorf bislang kaum mehr als ein ungeordnetes Lager. Häuser gab es nicht mehr als siebzig, zum Großteil waren es einfache Bretterhütten mit Lehmboden und strohgedecktem Dach, und dort, wo sich dereinst der Hauptplatz befinden sollte, erhoben sich vorläufig gerade einmal vier Gebäude, zwei davon bereits ganz und gar fertiggestellt, die anderen beiden kurz davor.

Ausgerechnet die zwei wichtigsten Gebäude waren noch nicht fertig. Zum einen die Kapelle aus Fachwerk, deren Dach erst zur Hälfte mit Stroh bedeckt war – früher oder später sollte sie sich in eine richtige Kirche verwandeln, vorläufig jedoch diente sie nicht nur dem Abhalten der täglichen Messe, sondern vor allem als Versammlungsort –, zum anderen ein kleines Café an der Ecke, das als Schankraum, Ort für Gespräche wie auch – im Hinterzimmer – als Freudenhaus fungierte. Erfreuen konnte man sich dort allerdings nur an einer einzigen lebenslustigen Alten, einer gewissen Margot, die ein loses Mundwerk und ziemlich lockere Sitten hatte und offiziell als Kellnerin des Cafés angestellt war. Erstaunlicherweise waren der Priester und die Hure nicht nur am selben Tag im Dorf eingetroffen, sie stammten auch aus demselben Dorf. Andererseits, wenn man es genauer bedenkt, ergänzten ihre Aufgaben sich, wenigstens zu jener Zeit, verfolgten sie doch, wie ein Schriftsteller einmal geschrieben hat, dasselbe Ziel: »Die Kirche befreite den Menschen für eine Weile von seiner Verzweiflung, und nichts anderes gelang auch der Prostitution.«

Bei den zwei fertiggestellten Gebäuden an dem künftigen Platz handelte es sich dagegen um zwei beeindruckende Häuser mit Mauern aus Lehm und Ziegeldächern. Sie gehörten den beiden Gründern und Kaziken des Ortes, Don Gabriel Echeverri und Don Santiago Santamaría.

Zum gegenwärtigen Zeitpunkt existierte der Platz also noch vor allem in der bloßen Vorstellung. Ursprünglich war hier eine Wiese gewesen, die Don Santiago Santamaría der Gemeinschaft abgetreten hatte. Ein wenig aufs Geratewohl hatte man dort ein Viereck mit einer Seitenlänge von zweihundertfünfzig Ellen abgemessen und an den Rändern durch einen niedrigen Graben abgegrenzt. Ganz und gar flach und ebenmäßig war der Platz nicht, aber es war das am wenigsten abschüssige Stück Land, das Don Santiago hatte finden können – so steil ging es in dieser Gegend teilweise bergauf, dass eine Redeweise besagte, man dürfe seinen Hahn hier nicht am Bein anbinden, es sei denn, man wolle ihn kopfüber in die Tiefe hängen lassen.

In der Mitte des erträumten Platzes hatten Don Santiago Santamaría und sein Gevatter Don Gabriel Echeverri beim Roden mehrere schöne Bäume stehen lassen – zwei Kapokbäume, eine kolumbianische Kiefer, einen Lorbeerbaum, zwei weiße Guajakbäume. Im Dorf selbst war zehn Jahre später alles noch in so provisorischem Zustand, dass die neuen Siedler auch von mehreren weißen Milchkühen mit schwarzen Ohren empfangen wurden, die mitten auf der Plaza standen und seelenruhig grasten.

Unter den Neuankömmlingen war auch eine bedeutende Persönlichkeit, ein schwedischer Adliger mit Namen Carlos Segismundo von Greiff, der die Aufgabe übernehmen sollte, einen exakten Straßenplan zu entwerfen. Damit kannte er sich aus, hatte er – ein erfahrener Geograf und Landvermesser – doch bereits acht Jahre zuvor, also 1853, im Auftrag von Don Pedro Antonio Restrepo Escovar einen Plan für das Dorf San Juan de los Andes angefertigt. Míster Grey nannten die Leute diesen gutmütigen Fremden, dessen rötlicher Bart damals bereits von vielen weißen Haaren durchzogen wurde. Trotz seines Alters hielt er sich jedoch stets aufrecht und ging steif und würdevoll umher. Er war auf dem Weg zu den weiter südlich gelegenen Bergwerken, wo er seine englischen Freunde besuchen wollte, doch auf Bitten Restrepos, der mit Don Santiago Santamaría gut befreundet war, hatte er sich bereit erklärt, in Felicina Station zu machen und dem Ort seine Kenntnisse zur Verfügung zu stellen. Das Klima und die Lage des Ortes gefielen ihm sehr, und er gratulierte – immer mit seinem auffälligen fremdländischen Akzent – den beiden Dorfgründern zu ihrer guten Wahl. Begleitet wurde er von seinem Sohn Bogislao, dem späteren Großvater des kolumbianischen Dichters León de Greiff, der mehr als fünfzig Jahre später das Lob Bolombolos singen sollte, »oh schöne Gegend, weitab von Karte und Verzeichnis«.

Die beiden großen Häuser am künftigen Platz des Ortes standen nebeneinander und waren bereits vor zwanzig beziehungsweise zwölf Jahren errichtet worden. Das ältere hatte zunächst als Gasthaus und Poststation gedient, führte doch schon damals die Poststrecke eben hier vorbei. Das zweite wiederum hatte man ursprünglich zum Lager und Kornspeicher bestimmt. Später hatte man angefangen, hier auch Pferde zu verleihen und gehäckseltes Heu und Zuckerrohr als Futter für die Tiere sowie Essen und Betten – voller Läuse und Flöhe – für durchziehende Fremde anzubieten. Der alte Postweg, der von Medellín nach Süden führte, war allerdings dermaßen mühsam zu bereisen, dass nicht einmal Alexander von Humboldt sich auf das Abenteuer einlassen wollte. Dafür kamen regelmäßig die Tiertreiber mit ihren Herden hier vorbei. Die beiden Häuser sollten sich schließlich, wenn auch ungeplant, in die Keimzelle des jetzigen Ortes verwandeln, denn die Arbeiter, die sich darum kümmerten, die Straße in halbwegs passierbarem Zustand zu erhalten, errichteten rings herum immer mehr Hütten.

Das später gebaute Haus Don Gabriels war nicht bloß größer, sondern auch besser erhalten. Und eben dort hatte man jetzt gleich neben dem Haupteingang einen großen Holzofen entzündet, auf dem ein Eintopf vor sich hin köchelte, der die Ankömmlinge mit seinem Duft begrüßte und ihnen das Wasser im Mund zusammenlaufen ließ – gegessen werden sollte aber erst später, nach dem Dankgottesdienst. Dieser Eintopf, der hierzulande Sancocho heißt, war die übliche dicke Suppe, wie man sie in allen Teilen der Welt zubereitet, seit man gelernt hat, mit dem Feuer umzugehen und Behältnisse herzustellen, die seiner Hitze widerstehen. Dabei gibt man alles, was die Umgebung hervorbringt, in kochendes Salzwasser – in diesem Fall neben Fleisch auch Weißkohl, Yuca, grüne und reife Bananen, Karotten, Kartoffeln und Arakacha-Wurzeln.

Daneben standen je eine Schüssel mit scharfer Chilisoße und mit Koriander bereit, und über glühender Holzkohle wurden Arepas aus dem Mehl in Asche vorgekochter Maiskörner geröstet. Don Santiago hatte einen Jungstier zu dem Gastmahl beigesteuert, Don Gabriel ein ganzes Schwein, und die übrigen Dorfbewohner hatten sich um das Gemüse gekümmert. Dazu reichte man Kalebassen, gefüllt mit einer Mischung aus Zuckerwasser und saurem Orangensaft. Letztere waren ein Geschenk der Familie Tejada aus Jericó, das zu Recht für sein Zuckerwasser berühmt ist. Die Tejadas besaßen eine eigene Zuckermühle im warmen Tiefland, von der ein betörender Duft ausging, wenn man sich ihr in dem Augenblick näherte, in dem der süße Saft anfing, Blasen zu werfen. Als schließlich sämtliche Gäste restlos zufriedengestellt waren, ergriff Gregorio Máximo Abad, ein junger Mann aus El Retiro, stellvertretend für die Neuankömmlinge das Wort, sah Don Santiago fest in die Augen und sagte – in einfachen Worten, die offensichtlich aus der tiefsten Tiefe seines Menschseins aufstiegen: »Was für ein Festmahl, Don Santamaría! Nächstes Jahr laden wir hier in Jericó ein.«

Pilar

Alberto hat sich hingelegt, er hat Zahnschmerzen. Er hat sehr schlechte Zähne, der Ärmste, aber er beklagt sich nie. Da ist er wie die Pferde, die können noch so starke Schmerzen haben, ihrem Gesicht ist nichts davon anzumerken. Bestenfalls erkennt man es daran, dass ein Pferd ungewöhnlich ruhig oder unruhig ist oder dass es nicht frisst, und so ist es auch bei Alberto, er legt sich ins Bett und isst nichts, aber er sagt kein Wort, verzieht das Gesicht nicht, bleibt ruhig und gelassen, wie ein Heiliger.

Vor ein paar Tagen waren wir in Medellín, bei Jaime Andrés, einem Zahnarzt, der mit meinem Bruder in der Schule war, ein sehr guter Freund von uns. Jaime hat gesagt, Albertos Schneidezähne müssten erneuert werden, eine ziemlich aufwendige Angelegenheit. Und links braucht er eine Krone. Für die Arbeit würde Jaime fast nichts nehmen, aber allein das Material kostet ungefähr acht Millionen Pesos. So viel haben wir im Augenblick nicht, darum habe ich die Kinder angerufen, vielleicht können sie uns helfen. Jedes Kind ist anders. Ich habe sie alle sehr lieb, aber auf welche Art ich jedes einzelne von ihnen liebhabe, was genau meine Liebe jeweils ausmacht, das werde ich jetzt nicht sagen. Am meisten wehgetan hat mir Manuelas Antwort: »Am besten, er lässt sich endlich alle Zähne rausnehmen, dann kann er ein Gebiss benutzen. Ihr könnt doch nicht jedes Jahr so viel Geld für den Zahnarzt ausgeben. Und wofür auch!« Und wofür auch – diese Worte werde ich nie vergessen. Das hat mich in der Seele getroffen, ich fand es wirklich grausam, als ob wir morgen sterben würden – als ob nicht jeder Mensch von einem Tag zum anderen sterben könnte, mit Zähnen oder ohne. Lucas hat gesagt, er werde mit Débora darüber sprechen, also mit seiner Frau, mal sehen, wie viel sie beisteuern können. Hoffentlich vergisst er es nicht. Lorenzo hat kein Geld, es reicht gerade mal bis zum Monatsende. Florencia hat zurzeit keine Arbeit, aber sie hat gesagt, sie legt jede Woche ein bisschen was vom Einkaufsgeld zur Seite, und was dabei zusammenkommt, gibt sie uns dann. Flor hat ein großes Herz, und ihr Mann ist großzügig und redet ihr nicht rein. Simón ist in Barcelona, mit einem Stipendium, ihn frage ich lieber gar nicht erst, wie soll er uns auch von so weit weg unterstützen? Jedes Kind ist, wie es ist, tja. Manuela sagt manchmal schreckliche Sachen, aber dann kommt sie plötzlich mit fünf Millionen Pesos an und legt sie uns, ohne ein Wort zu sagen, auf den Nachttisch.

Als wir geheiratet haben, hatten wir beide keinerlei Erfahrung. Ich war die Letzte, die so geheiratet hat wie meine Großmutter, Anfang des letzten Jahrhunderts, oder wie meine Mutter und meine Tanten – ich hatte von nichts eine Ahnung. Meine Tante Ester hat mir einmal erzählt, dass sie zwar fünf Jahre lang verheiratet war und zwei Kinder bekommen hat, aber einen Mann hat sie nie kennengelernt. Damit meine ich, sie hat nie einen Mann nackt gesehen. Ihren Ehemann haben später die Konservativen umgebracht, in Valle, weil er ein Liberaler war. Natürlich haben sie sich geliebt, aber nur in der Nacht, bei zugezogenen Vorhängen – da war es stockfinster. Als Alberto und ich geheiratet haben, war das schon ein bisschen anders. Jedenfalls musste es nicht mehr stockfinster sein.

Für ein Paar ohne Erfahrung waren die Flitterwochen viel aufregender als für die Paare von heute, glaube ich. Zum Beispiel in der ersten Nacht ist man auf jeden Fall mindestens eine Stunde lang im Bad geblieben und hat sich zurechtgemacht, bevor man rausgekommen ist, ins Schlafzimmer. Bei mir war das so – ich habe geduscht und mich überall einparfümiert, und dann bin ich in einem langen Pyjama und noch mit einem Seidenmantel drüber rausgekommen – ich war noch aufwendiger zurechtgemacht als die Hochzeitstorte. Und Doña Helena hatte zu Alberto als Vorbereitung auf die erste Nacht bloß schüchtern gesagt:

»Also, nimm ein bisschen Vaseline mit, Alberto ...«

Das hat er aber nicht getan, er wusste auch gar nicht, wozu das gut sein soll. Und ich war zwar ganz offen und voller Erwartung, aber gleichzeitig war ich völlig verängstigt. Mir hatte zu Hause niemand etwas erklärt, und gefragt hatte ich von mir aus auch nichts. Aber weil ich sonst immer eine so aufgeweckte Person war, haben die anderen angenommen, ich wüsste über alles Bescheid. Dabei hatte ich keine Ahnung. Ich habe mich auf den Rücken gelegt, stocksteif und mit geschlossenen Beinen. Als ich reinkam, hatte ich Albertos Pyjamahose gesehen, und die war in der Mitte wie ein Zelt, so als ob ein Mast den Stoff anheben würde, mit einem Kreis ringsherum. Er war also bereit, und ich war glücklich darüber, sehr glücklich. Aber wie das genau gehen sollte, wusste ich nicht, und auch nicht, was jetzt passieren würde und ob es mir wehtun würde oder nicht. Da er auch noch keinerlei Erfahrung hatte, wusste er nicht, wo es reinging. Seine Freunde hatten ihn schon oft zu den Huren eingeladen, aber er wollte nicht. Er hatte eine Zeitlang vorgehabt, Priester zu werden, und obwohl ich nie im Traum auf die Idee gekommen wäre, Nonne zu werden, hatte ich von Sex genauso wenig Ahnung wie eine Novizin.

Bekannte, die Familie Saldarriaga, die Besitzer der Farbenfabrik Pintuco, hatten uns ihre Finca in der Nähe von Sabaneta überlassen. Das war damals die eleganteste Finca in der Umgebung von Medellín. Zunächst hatten wir vorgehabt, die Flitterwochen auf La Oculta zu verbringen, aber das hätte eine lange Anreise vorausgesetzt, zuerst mit dem Jeep und dann mit Pferden, denn mit dem Auto kam man zu der Zeit noch nicht bis zum Haus. Also hatten wir es uns anders überlegt. Alberto hatte einen Pyjama von der Marke Plittway, das weiß ich noch, hellgelb, fast durchsichtig, wie aus reiner Seide. Wir beide hatten für jede Nacht unserer Hochzeitsreise einen anderen Pyjama eingepackt. Seine Pyjamas waren sehr elegant und teuer, mit langem Bein und Ärmel. Meine waren schön, aber nicht ganz so ausgefallen, bei uns zu Hause gab es kein Geld für besonderen Luxus.

In der ersten Nacht brachten wir nichts zustande. Wir zogen unsere Pyjamas aus und ich öffnete die Beine, aber nur ein Stückchen. Dabei zitterte ich wie ein Vögelchen, vielleicht vor Aufregung, vielleicht aber auch vor Angst. Er rutschte ein Weilchen auf mir herum und gab irgendwann auf. Wir küssten uns ausgiebig, und dabei blieb es erst einmal. Zum ersten Mal in meinem Leben schlief ich nackt, und so war ich am Morgen natürlich erkältet und hatte Halsschmerzen. Alberto fuhr nach Sabaneta und besorgte für mich dort in der Apotheke Cepacol. Zuvor ging er noch in die Messe. Als er am Morgen aufstand und ins Bad ging, sah ich, dass er am Rücken und an den Pobacken ziemlich behaart war. Bei meinem Vater war das nicht so, und bei Toño schon gar nicht, der hat am ganzen Körper kaum Haare, wie ein Indio. Alberto kam mir dagegen wie ein Bär vor, ich hatte keine Ahnung, dass Männer so sein können, und war erschrocken.

Von Sabaneta ging es weiter auf die Insel San Andrés, mit dem Flugzeug. Unsere Schwierigkeiten verschwanden aber auch dort nicht. In der ganzen Woche, die wir auf der Insel verbrachten, fanden wir kein einziges Mal zusammen. Alberto rackerte sich auf mir ab, wobei ich ihm nicht gerade entgegenkam. Als wir zurückkehrten, war ich in Tränen aufgelöst, weil wir so erfolglos geblieben waren und ich nicht wusste, mit wem ich darüber sprechen sollte. Am vertrautesten war ich seit jeher mit meinem Vater, niemandem fühlte ich mich so nah wie ihm. Er war immer freundlich und zurückhaltend und traf die Dinge auf den Punkt. Außerdem war er Arzt und musste sich schon deshalb mit diesen Dingen besser auskennen als meine Mutter. Also sprach ich mit ihm. Mein Vater lächelte zuerst, dann machte er ein ernstes Gesicht und zog sich mit Alberto in die Bibliothek zurück, wo sie ein langes Gespräch führten. Er erklärte ihm alles Mögliche, was genau, weiß ich nicht. Und er schickte uns zu César Villegas, einem befreundeten Arzt, der seine Praxis im Stadtzentrum hatte, wo er Alberto allein zu sich hereinbat. Alberto erzählte später, Doktor Villegas habe ihm ziemlich aufgebracht und manchmal auch spöttisch erklärt, wie die Sache funktioniert. Und so wurden wir zuletzt dann doch noch beide gleichzeitig unsere Jungfräulichkeit los.

Antonio

Was mir auf der Finca besonders gut gefiel, waren die Pferde. Eine Zeitlang, bevor ich mich endgültig entschied, Musiker zu werden, hatte ich die Idee, ich könnte Tiermedizin studieren. Damit meinte ich eigentlich Pferdemedizin – Hunde, Katzen, Kaninchen, Kühe, Kanarienvögel, Bienen, das alles interessierte mich nicht, aber damit hätte ich mich natürlich auch befassen müssen, also wurde nichts daraus. Als ich vier oder fünf war, hatte ich Angst vor Pferden. Wenn Großvater Josué oder mein Vater mich dazu zwangen, auf einem Pferd zu sitzen, plärrte ich los und heulte Rotz und Wasser. Eva habe ich es zu verdanken, dass ich meine Furcht überwinden lernte. Sie setzte mich vor sich in den Sattel, legte einen Arm um mich und erklärte mir ganz langsam, wie alles funktionierte – den Zügel bewegt man so, hierhin kommen die Fersen, und so weiter. Wenn ich jetzt auf der Finca bin, spiele ich am liebsten Geige, draußen auf dem Umgang, mit Blick auf den See, oder ich reite aus, auf einem der alten Pferde von La Oculta, vorzugsweise einem sanften und lieber auf einem langsamen als einem schnellen.

Die lange Geschichte der Pferde auf unserer Finca gefiel mir, es waren keine besonders edlen Tiere, aber es waren *unsere* Pferde. Sie bildeten eine Art zweiter Familie, deren Angehörige ebenfalls auf der Finca lebten, sich fortpflanzten und starben. Allerdings in schnellerer Abfolge als wir, die menschlichen Bewohner, denn ein Pferd wird normalerweise etwa achtundzwanzig Jahre alt, bestenfalls dreißig, in ganz seltenen Fällen fünfunddreißig, mehr nicht. So dass wir alle irgendwann miterlebt hatten, wie auf der Finca ein Füllen zur Welt kam, geboren von einer Stute, die die Ururenkelin einer der Stuten Großvater Josués war. Und genau so waren wir Zeugen ihres Rückzugs im Alter geworden, denn jedes unserer Pferde ging eines Tages gewissermaßen in Pension, das heißt, dass wir sie freiließen und dass bis zu ihrem Tod niemand mehr auf ihnen ritt. Furia zum Beispiel, das Pferd meines Großvaters und später Vaters, verbrachte die letzten vier Lebensjahre damit, dass sie alt und dick in aller Ruhe auf der Weide stand und graste, bis wir sie eines Morgens tot unter einem Baum liegend vorfanden. Und mit den anderen war es genauso – Toquetoque, Patasblancas, Horizonte, La Silga, Terremoto, Tarde, Día, Misterio ... sie alle wurden eines Tages zu Rentnern.

Nach den Worten von Großvater Josué waren die Pferde von La Oculta von einer guten Rasse – die Stuten waren sanft und gleichzeitig energisch, oft dunkelbraun, gegen Ende dann weiß, und alle zwei, drei Generationen war eine rotbraune darunter. Vor allem aber hatten sie feste Hufe und waren nicht schreckhaft, man konnte sich also auf sie verlassen, wenn man lange Strecken in den Bergen zurücklegen musste, manchmal am Rand steiler Abhänge oder durch stark angestiegene Bäche, Pferde, die nicht scheuten, mit gutem Gebiss, folgsam und widerstandsfähig, auch gegen die typischen Tropenkrankheiten. In den letzten Jahren zähmte sie immer derselbe Mann, ein gewisser Egidio, der Verwalter der Finca La Inés. Er machte seine Arbeit sehr gut. Besonders wichtig war es, dafür zu sorgen, dass die Tiere ihren feinen, schnellen, kaum wahrnehmbaren Schritt beibehielten, bei dem man fast ohne Erschütterung im Sattel saß, ein unschätzbarer Vorteil, wenn man regelmäßig lange Strecken bergauf und bergab zurückzulegen hat.

Wie Großvater Josué sagte, musste die Kreolenrasse von uns Ángels alle sieben Generationen mit einem Araber-, Hispano- oder Lusitano-Hengst gekreuzt werden – keinesfalls jedoch mit einem Englischen Vollblut oder einem französischen Percheron, bloß nicht. Nötig war das angeblich, um ihre gute Statur, Größe, Intelligenz und den zuverlässigen Charakter zu erhalten. Und auch um den Begattungstrieb der Hengste zu zügeln, der sie von frühauf verrückt machte – in jedem Fall wurde das potenteste und am besten gebaute Exemplar einer Generation von der Kastration ausgenommen und als Deckhengst auf einem eigens umfriedeten Wiesenstück gehalten.

Großvater Josué sagte auch, dass er alles, was er über Pferde wisse, von seinen Vorfahren gelernt habe. Seine Zuchtvorstellungen übertrug er jedoch auch auf die Menschen, er behauptete nämlich, eben diese Vorfahren hätten die Theorie vertreten, das Blut der Familie Ángel müsse einmal alle hundert Jahre durch levantinisches oder mediterranes, arabisches, semitisches, portugiesisches, griechisches oder italienisches Blut aufgefrischt werden, damit bei all den großzügigen Beimischungen durch die örtlichen Rassen – der Schwarzen, Indios oder Mestizen – diejenige Rasse, die einst in der Hoffnung auf eine neue, bessere Welt das Meer überquert habe, nicht ganz verlorengehe. Was mich angeht, so glaube ich nicht an diesen Quatsch, doch mein Großvater sagte nun einmal solche Dinge. Natürlich kann man bei Hunden, Pferden und Kühen versuchen, bestimmte Eigenschaften zu fördern und andere auszuscheiden, aber was die Menschen angeht, sind ihre Tugenden und Schwächen doch unglaublich vielfältig und unterschiedlich – und betreffen vor allem weniger den Körper als den Geist –, weshalb die Vorstellung vollkommen abwegig ist, man könne die Methoden der Tierzucht auf den Menschen übertragen. Auf diesem Weg ist sogar ein so intelligentes und genau abwägendes Volk wie das der Hunde und Pferde liebenden Deutschen verrückt geworden, so dass es in seinem Zuchtwahn gerade die Vielfalt und den Reichtum unterdrücken wollte, die anderswo so wunderbare Ergebnisse bewirkt haben, wie man am besten im Norden und im Süden der neuen Welt feststellen kann – wo wir nicht besser, aber auch nicht schlechter als alle anderen sind, wie der Erste unserer Vorfahren bei seiner Ankunft in dieser für ihn so abgelegenen Gegend gesagt hat, und wo wir alle mehr oder weniger bernsteinfarbene Haut haben, eine wunderschöne Farbe, die Farbe der Mischlinge und Bastarde, aber was sind wir Kolumbianer denn auch, wenn nicht Mischlinge – bald von Weißen und Indios, bald von Schwarzen und Indios, bald von Weißen und Schwarzen – und Bastarde?

Eva

Er hatte ein Motorrad, und ich fand irgendwann, in ganz Medellín gebe es keinen besseren Mann für mich als diesen Jungen. Mindestens zwei Jahre lang war ich bis über beide Ohren in ihn verliebt. Er hieß Jacobo, so wie mein Vater, aber wir nannten ihn Jackie. Und er war Jude. Jackie Bernstein. Er erklärte mir, dass Bernstein ein deutsches Wort war und so viel wie Brennstein bedeutete. In jedem Fall war Jackies Haut wunderbar bernsteinfarben, weil er mit seinem Motorrad, einer alten, ein wenig klapprigen und ziemlich reparaturanfälligen Ducati bei Wind und Wetter unterwegs war. Und was mir den Rest gab, war seine Ray-Ban-Brille. Motorradfahren hatte mein Vater uns Kindern jedoch streng verboten. Also musste ich mich jedes Mal ein ziemliches Stück von zu Hause entfernt mit Jackie verabreden. Helme trug man damals nicht, und damit ich mich nach dem Fahren nicht durch mein verstrubbeltes Haar verriet, band ich es jedes Mal mit einem Gummi zusammen.

Die Vibrationen des Motors und die Kraft, mit der die Maschine anfuhr, bremste, sich in die Kurve legte, während ich Jackie von hinten umarmte und meine Brüste an seinen Rücken presste, all das zusammen hatte eine ziemlich beeindruckende erregende Wirkung. Ich war damals noch sehr jung und ich war Jungfrau, allerdings hatte ich nicht vor, bis zur Hochzeit Jungfrau zu bleiben wie Pilar. Jackie sagte, wir könnten zusammen ausgehen, aber bei ihm zu Hause dürfe niemand davon erfahren, sie würden ihn nämlich enterben, wenn sie mitbekämen, dass seine Freundin eine *Goi* sei, wie er sich ausdrückte.

Ich erklärte, wenn er wolle, sei ich bereit Jüdin zu werden, alles, was mit Religion zu tun habe, sei mir völlig egal, ihm zuliebe würde ich sogar Hebräisch lernen und in der Synagoge könnte ich so tun, als würde ich inbrünstig beten, ja seinetwegen würde ich mich sogar kahl scheren lassen und mir eine Perücke und die entsprechenden Kleider anziehen, damit ich aussehe wie eine polnische Bäuerin aus dem 18. Jahrhundert. Aber er entgegnete, das gehe nicht, so funktioniere das nicht. Angeblich hatte er sich sogar mit dem Rabbiner von Medellín darüber unterhalten – der war aus Argentinien –, und der habe ihm gesagt, aus Liebe zum Judentum überzutreten gelte nicht, nur wenn man es aus tiefer Überzeugung tue, sozusagen durch Erleuchtung, werde es anerkannt. Aber selbst in solchen Fällen würden sie es sich genau überlegen, ob sie eine Konversion akzeptierten. Ich sagte darauf, Cobo, mein Vater, habe nicht nur den gleichen Vornamen wie er, sondern er behaupte auch immer, wir seien Juden – der erste Ángel, der nach Kolumbien gekommen sei, habe Abraham geheißen und sei Sepharde gewesen, ganz bestimmt, und außerdem habe er eine Frau mit Namen Betsabé geheiratet. Um Jackie zu überzeugen, ließ ich mir sogar von meinem Vater die Aufzeichnungen zu unserem Stammbaum geben. Ich las ihm die lange Liste jüdischer Vornamen vor, die in unserer Familie vorkommen. Aber Jackie genügte das nicht, er sagte, in Antioquia sei es nichts Besonderes, dass jemand Isaías oder Elías oder David oder Salomón heißt. In jedem Fall seien wir Katholiken – katholischer als meine Mutter Ana gehe gar nicht, und bei den Juden sei die mütterliche Abstammungslinie das Wichtigste, das Einzige, worauf man sich verlassen könne.

Meiner Mutter wiederum gefiel es kein bisschen, dass ich mit einem jüdischen Jungen ausging, und das, wo ihre beste Freundin Clarita Rozental hieß und Jüdin war. Clarita war die erste Frau, die an der Universität von Antioquia ein Medizinstudium abschloss, und sie war zeitlebens in einen Goi verliebt, der Gabriel Bustamante hieß, Katholik war und mit meinem Vater studiert hatte. Ihr hatte man es auch nicht erlaubt, den Mann ihrer Träume zu heiraten. Und obwohl meine Mutter die Verbindung von Gabriel und Clarita gutgeheißen und nach Kräften unterstützt hatte, war und blieb sie dagegen, dass ich mit Jackie zusammen war.

»Clarita wäre zum Katholizismus übergetreten, und nicht umgekehrt«, sagte sie zur Erklärung, »das ist etwas ganz anderes. Wenn Jackie Katholik wird, könnten wir darüber reden.«

Mit Jackies Motorrad brauchte man keine zwei Stunden bis zur Finca, auf der Straße raste es nur so dahin, und man konnte damit auch auf Feldwegen fahren, wo man sonst nur mit dem Pferd weitergekommen wäre. Manchmal sagte ich an einem Samstag- oder Sonntagmorgen zu Jackie: »In La Oculta ist heute niemand, also komm, fahren wir.« Auf der Finca ritten wir, schwammen im See oder gingen wandern. Einmal packte ich etwas zu essen und dazu eine Flasche eiskalten Weißwein und eine Decke ein. Dann machten wir uns auf den Weg in den Wald. Am Tag davor hatte es geregnet, und jetzt hörte man, wie die angeschwollenen Bäche über die Felsen in die Tiefe rauschten. Auf einer Lichtung breiteten wir die Decke aus, tranken den Wein und aßen Sandwiches dazu – sie waren mit Schinken und Käse belegt, und Jackie sagte, das sei nicht koscher, aber hungrig, wie er war, aß er doch davon. Nach dem Wein und dem Essen küssten wir uns, und zwar so wie noch nie.

Es war ein angenehm warmer Nachmittag. Auf einem Zweig in unserer Nähe saß ein Motmotweibchen mit seinem typischen langen blauen Schwanz und betrachtete uns. In diesem Augenblick fiel mir ein, dass Großmutter Miriam immer sagte, Motmots könnten Schwangerschaften vorhersagen. Sonnenstrahlen glitten über unsere Haut, und irgendwann zog Jackie sein Hemd aus, und danach zog er mir die Bluse und den Büstenhalter aus. Er sah mich an und ich sah ihn an. Er sagte, meine Haut würde glänzen wie die Haut von niemandem sonst, und meine Brüste würden noch mehr glänzen, und meine Brustwarzen seien das Schönste, was er je gesehen habe. Dann küsste er sie und leckte daran und biss sanft hinein. Ich sagte, er solle vorsichtig sein, für mich sei es das erste Mal. Hinterher sagte er, es tue ihm leid, dass er das getan habe, denn er werde nie imstande sein, sich dem Willen seiner Eltern zu widersetzen. Und auch wenn er sein Leben dafür geben würde, mich zu heiraten, sei das unmöglich, und jetzt sei er schuld daran, dass ich meine Unschuld verloren hätte. Ich solle mir aber keine Sorgen machen, er werde niemandem erzählen, was wir getan hätten. Da hätte ich am liebsten geweint, aber statt zu weinen, sah ich ihn lächelnd an – ich verstellte mich, so gut ich konnte – und sagte, na gut, schade, aber na gut, ich würde ihn verstehen. Und dann stand ich auf und ging barfuß und nackt ein Stück durch den Wald. Er sah mir dabei zu, und als ich wieder zu ihm kam, war er schon wieder so weit und da vergaß er, wie leid ihm gerade noch alles getan hatte, und wir fingen wieder von vorn an, nur noch langsamer und ohne Angst. Danach warteten wir mehrere Wochen lang ängstlich ab, ob ich meine Tage bekam. Von dem Motmot hatte ich ihm nie erzählt. Und als ich tatsächlich wieder meine Tage bekam, freuten wir uns sehr, schließlich wäre es schrecklich gewesen, uns in diesem Moment unseres Lebens einer solchen Herausforderung stellen zu müssen, einem Streit mit unseren Familien oder einer heimlichen Abtreibung, was damals eine gefährliche und düstere Angelegenheit war.

Wir schliefen noch mehrere Male miteinander, fast immer im Wald bei La Oculta. Manchmal fuhren wir bloß dafür mit dem Motorrad zur Finca. Manchmal hielten wir es auch nicht bis dahin aus und steuerten stattdessen einen Kiefernwald bei El Pinar an. Irgendwann stellte ich fest, dass Jackie stärker in mich verliebt war als ich in ihn und wirklich verzweifelt, weil es mit uns nicht auf Dauer würde weitergehen und wir nicht würden heiraten können. Ich streichelte ihn und sagte mir, was für ein Feigling er doch sei, zu ihm aber sagte ich, er solle sich keine Sorgen machen, er werde schon eine Jüdin finden, die er lieben könne, er solle bloß an die Lerner und die Zimerman und die Mantevich und die Dyner denken und mit denen ausgehen und mich vergessen.

Eines Tages erzählte jemand bei uns zu Hause, ich würde mit einem Jungen auf einer Ducati in der Gegend herumfahren. Mein Vater schloss sich daraufhin nach dem Mittagessen mit mir in seinem Zimmer ein. Er schimpfte nicht, aber mit Tränen in den blauen Augen erklärte er, dass er es sich niemals würde verzeihen können, wenn ich bei einem Motorradunfall ums Leben käme. Ich solle bitte, bei allem, was mir lieb sei, mein Leben nicht mehr in dieser Weise aufs Spiel setzen. Er würde mir sein Auto leihen, wann immer ich wolle, selbst wenn er deshalb mit dem Bus zur Arbeit fahren müsse, aber ich solle bitte um Himmels willen nie mehr Motorrad fahren. Dem konnte ich mich einfach nicht widersetzen, und so war ich von da an nie mehr mit Jackie auf dem Motorrad unterwegs und folglich auch nicht mehr in La Oculta. Wir trafen uns an anderen Orten und falls nötig zu Fuß.

Später schickte seine Familie ihn in einen Kibbuz nach Israel, wo er eine russische Jüdin kennenlernte, die er schließlich auch heiratete. Angeblich leben die beiden heute in den USA, irgendwo in Südkalifornien. Er hat Medizin studiert und sich auf Geburtshilfe spezialisiert und verdient einen Haufen Geld mit der Behandlung reicher Jüdinnen. Zu seinen Leistungen gehören künstliche Befruchtungen, Geburtsbegleitung, aber auch Abtreibungen. Soll er damit glücklich werden – doch wenn ich daran denke, dass ich seinetwegen Jüdin geworden wäre, oder Buddhistin, oder Muslimin, oder Atheistin oder was immer er gewollt hätte ... Die Liebe kann einen ganz schön verrückt machen, und was ich damals empfand, war Liebe, meine erste Liebe. Aber wer weiß, vielleicht bin ich so ja dem Schicksal entgangen, mich ein Leben lang in einem Kaff in Südkalifornien langweilen zu müssen.

Antonio

Sie waren müde, staubig und verschwitzt, aber glücklich, am Ziel zu sein. Sie redeten laut und derb, sangen Lieder, forderten sich mit Spottversen heraus und erzählten immer wieder, was unterwegs alles vorgefallen war – wie sie sich mit der Machete verletzt hatten, wie die Esel gebockt und die Ziegen mit den Hörnern um sich gestoßen hatten, wie einmal die Pferde durchgegangen waren, wie das Kalb vom Floß in den Cauca gefallen und ein Mann hinterher gesprungen war und beim Versuch, es zu retten, in den Stromschnellen fast ertrunken wäre. Und sie zeigten sich gegenseitig die Blasen an den Füßen und klagten über die geschwollenen Beine und die heftig juckenden Stiche der Filzläuse an ihren Schamteilen und die Koliken und Magenkrämpfe, die sie hatten durchstehen müssen, und die Pusteln und das Fieber, die sie gequält hatten. Auf dem zweieinhalbtägigen Marsch von Fredonia bis hierher – sechs oder sieben für die, die in Marinilla, Rionegro oder El Retiro aufgebrochen waren – war kein einziges Kind gestorben, was alle als gutes Zeichen ansahen. Alte hatten sich ihnen nicht angeschlossen. Und viele, eigentlich fast alle, hatten zwei Wochen lang unterhalb von Fredonia in Quarantäne ausharren müssen, zum einen weil man sichergehen wollte, dass keine Kranken dabei waren, zum anderen aber, oder vielmehr vor allem, weil man sichergehen wollte, dass sie Geduld besaßen und sich zu benehmen wussten.

Einige Tote hatte es im Ort bereits gegeben, als dieser noch Aldea de Piedras hieß Pocken, Scharlach und Cholera hatten selbst diesen so abgelegenen Landstrich nicht verschont. Die Gestorbenen hatte man an Ort und Stelle begraben, schließlich gab es im Dorf vorläufig nicht nur weder einen Arzt noch einen Priester, sondern auch keinen geweihten Friedhof. Auf dem von den Ortsgründern dafür bestimmten Grundstück weideten einstweilen noch die frisch entwöhnten Kälbchen von Don Santiago Santamaría, der die Milch, die Butter und den Käse, die seine Herde produzierte, an die Siedler verkaufte. Weil also noch niemand auf dem Friedhof lag, gab es, wenigstens nach Ansicht der Bewohner, auch keine Gespenster und keine irrenden Seelen, wie hier überhaupt vorläufig niemand Angst vor dem Tod oder den Toten zu haben schien. Wer hätte jetzt auch an derlei denken wollen? Zum Altwerden und friedlich Sterben wäre später noch Zeit genug.

Die traurige Wahrheit war, dass just die ersten beiden offiziellen Toten zwei Brüder waren, genauer: die Gebrüder Trejos, aus Envigado. Beide hatten es auf die gleiche Frau abgesehen, ein junges Ding aus Aldea de Piedras. Die Betreffende hatte zunächst dem Älteren der beiden schöne Augen gemacht, dann jedoch beschlossen, dem jüngeren den Vorzug zu geben, weil er ein ruhigeres Gemüt hatte und ihr vertrauenswürdiger schien. Der Ältere hatte sich damit nicht abfinden können, dumpfer Hass und grenzenlose Missgunst wuchsen in ihm heran. An einem Sonntagabend ließ er sich in der einzigen Schenke des Dorfs volllaufen und ging dann zum Haus seiner Familie. Dort angekommen, rief er nach seinem Bruder, beleidigte ihn und sagte, er solle mit seiner Machete vor der Tür erscheinen. Die Eltern schliefen bereits tief und bekamen nichts von alldem mit. Der Jüngere war keineswegs auf ein Duell aus, erst recht nicht mit seinem Bruder, andererseits wollte er sich aber nicht nachsagen lassen, er sei ein Feigling. Beide wickelten sich also den Poncho um den linken Unterarm, um ihn als Schild einsetzen zu können, und stellten sich mit blitzenden Macheten einander gegenüber. Da der ältere betrunken war, empfing er schon bald einen tiefen Schnitt an der linken Schulter. Wütend ging er zum Gegenangriff über und verletzte den jüngeren Bruder am Oberschenkel. Beide bluteten stark, fügten sich aber weiterhin Wunde um Wunde zu, bald am Arm, bald am Hals, bald an der Seite. Tödlich war keine dieser Verletzungen, doch das Blut floss unaufhörlich, und da unglücklicherweise niemand da war, der die Brüder hätte trennen können, setzten sie ihren Kampf so lange wortlos fort, bis sie zuletzt beide ohnmächtig zu Boden sanken.

Seit man sie früh am nächsten Morgen vor ihrem Haus aufgefunden hatte, hießen sie im Dorf bloß noch »die beiden Kaine«. Der Jüngere war da bereits tot, der Ältere dagegen war noch bei Bewusstsein und erzählte, statt um Vergebung zu bitten, wie der Kampf verlaufen war, bevor auch er starb. Die junge Frau wiederum, die mit Nachnamen Arcila hieß, sah seitdem keinen Mann mehr an. Und als Jahre später die Klarissen ins Dorf kamen, ging sie sogleich zu ihnen und bat um Aufnahme in ihre Gemeinschaft. In den folgenden vierundfünfzig Jahren bis zu ihrem Tod sollte niemand aus dem Dorf sie mehr zu Gesicht bekommen. Ihre einstigen Verehrer wurden Seite an Seite und mit einander zugewandten Gesichtern beerdigt. Seine Machete legte man jedem mit in den Sarg, zur Erinnerung und zur Mahnung. Eine traurigere Eröffnung war für den Friedhof kaum vorstellbar.

Die Neuankömmlinge hatten den Weg in Märschen von jeweils acht oder neun Stunden zurückgelegt, mit einer oder zwei Essenspausen, möglichst an einer Quelle mit sauberem Wasser. Manchmal entfernten Isaías und Raquel sich abends von der Gruppe, um sich in einem Bach zu waschen oder im kühlen Wald ein wenig zu erfrischen. Isaías betrachtete verzückt den Bauch seiner Frau, der immer runder und voller wurde, und betastete ihn zärtlich. Sie erträumten sich große Dinge für das Kleine und überlegten nicht nur lange hin und her, welchen Namen sie ihm geben sollten, ebenso beschäftigte sie der Name für das erste Stück Land, das man ihnen übergeben würde. Was das Kind anging, so sollte es Elías oder Israel heißen, wenn es ein Junge, und Eva, wie die Erste aller Frauen, wenn es ein Mädchen war. Und das erste Land sollte La Judía heißen, falls sie einen Sohn bekämen, und Palestina, falls es ein Mädchen war.

Da die Siedler Ochsen, Kühe, Kälber, junge Pferde und ganze Ziegenherden sowie beladene Maulesel mitführten, kamen sie nur sehr langsam voran. Manchmal schlug ein Tier sich seitlich ins Gebüsch, und dann mussten alle anhalten und warten, bis es wieder eingefangen worden war. Wenn es kein Gasthaus gab, hieß es unter Planen aus gewachstem Tuch übernachten, inmitten eines Kreises aus Satteltaschen, Gepäckstücken und Ackergerät, wobei immer einige das Vieh bewachen mussten. Beim Anstieg vom Cauca-Ufer aus waren auf dem steilsten Stück des »Schneckenhauses« – wie dieser Teil der Strecke hieß, der sich wie ein Korkenzieher aufwärtswand – zwei Pferde ausgerutscht und, sehr zur Freude der Geier, in die Tiefe gestürzt, alle anderen jedoch hatten den beschwerlichen Weg heil überstanden.

An der Spitze des langen Pilgerzugs ritten der Hinkefuß auf seinem weißen Maulesel und zu seiner Linken unser Vorfahr Isaías Ángel, der seit jenen Tagen sein bester Freund war, wie ich aus mehreren Briefen weiß, die bis zu der Nacht, in der die Finca verbrannte, in La Oculta aufbewahrt wurden. Pilar, die immer alles wegschmeißt, konnte in den angeschwärzten Papieren nichts Erhaltenswertes erkennen und warf sie mit anderen verkohlten Überresten in ein eigens dafür ausgehobenes Loch. Echeverri wie auch Míster Grey erzählten Isaías unterwegs von lauter ihm unbekannten und seltsamen Dingen. So etwa von dem großen Krieg in Nordamerika, bei dem Lincoln für die Sklavenbefreiung und die Vereinigung des Landes kämpfte, dessen Siedlern man im dortigen Westen unbebaute Acker- und Weideflächen überließ, die teils karg und wüstenhaft, teils zwar fruchtbar, jedoch ohne ausreichendes Wasser waren. Wie sie auch über Europa und die neuen großen, wohlhabenden und freien Nationen sprachen, die dort entstanden, unter der Führung Bismarcks in Deutschland und Garibaldis und Cavours in Italien. Míster Grey sprach voller Sehnsucht von seiner schwedischen Heimat und der Ostsee, die er wohl kaum je wiedersehen würde. Doch hier, in diesem wilden, bergigen Land, in das ihn eine verborgene Stimme gerufen hatte, galt es ähnliche, ja noch größere und bessere Taten zu vollbringen als in Europa, es galt, eine ehrenvolle, einige und freie Nation zu begründen, wo Grund und Boden gerecht verteilt würden und jedermann über sein eigenes Haus und sein eigenes Stück Land mit ausreichend Wasser und guter, frischer Luft verfügte, denn nur die Arbeit des Einzelnen, in Verbindung mit öffentlichen Unternehmungen, konnte den Wohlstand einer Nation bewirken. Und so sollte es nach dem Willen des Hinkefuß auch in Antioquia und insbesondere in Felicina zugehen – ihm gefiel dieser Name für den Ort über alle Maßen, enthielt er doch ein Glücksversprechen, das in einer Art Kommune freier Menschen bestand, wo alle ihr eigenes Land besaßen und niemandem seinen Besitz neideten und davon abgesehen an mehreren Tagen im Monat für die Gemeinschaft arbeiteten. Das müsste doch hervorragend funktionieren. Über derlei Dinge unterhielten sie sich also sehr angeregt, wobei der Hinkefuß sich insbesondere am Temperament und den angenehmen Umgangsformen seines neuen Freundes erfreute, während dieser glücklich war, dass man ihm die Augen für eine größere Welt öffnete. Der Hinkefuß hatte die Werke aufklärerischer Autoren gelesen und verkündete, durch Erziehung und Wohlstand und ohne Machtmissbrauch und Ungerechtigkeiten würden die Menschen gut werden. Der Schwede Grey war da nicht ganz so optimistisch, hatte er doch weniger Vertrauen in die menschliche Natur, und dennoch gefiel es ihm, dass es selbst in diesen rauen Bergen der tropischen Welt, die so weit von dem entfernt war, was für ihn das Herz der Zivilisation darstellte – sein altes Europa –, dass es also auch hier junge Leute gab, die utopische Träume verfolgten.

Als sie drei Tage zuvor am Ausgangspunkt, in Fredonia, angekommen waren, hatte der Hinkefuß Isaías und seiner Frau zudem eine besondere Gunst gewährt. In ihrem Fall hatte er nämlich auf die zweiwöchige Quarantäne – die eigentlich diese Bewährungsprobe war – verzichtet und sie sogleich weiterreisen lassen, wobei er selbst sich dafür verbürgt hatte, dass sie die von Don Santiago gestellten Bedingungen erfüllten.

Womöglich waren die Ángels auch deshalb so guter Dinge. Isaías verkündete jedenfalls bei jeder sich bietenden Gelegenheit begeistert, noch nie habe er solch klares Wasser und so köstliche Alsen und so bunte Vögel, vor allem aber eine so erquickende Luft und einen so tief blauen Himmel gesehen. Nicht einmal im Toledo seiner Vorfahren könne es so hell und grün gewesen sein. Und eben das sollten seine sämtlichen Nachfahren, mich selbst eingeschlossen, bis zum heutigen Tag wie Papageien wiederholen: Dass es nirgendwo auf der Welt, nicht einmal in Griechenland, einen so blauen Himmel wie den über Jericó gibt und dass man dieses Blau sonst nur auf manchen italienischen Renaissancegemälden antrifft – dieses Fra-Angelico-Blau, wie ein Freund zu sagen pflegt – oder bestenfalls an manchen Nachmittagen in Madrid.

In der wunderbar reinen und durchsichtigen Bergluft ritt ein kleines Stück hinter den beiden Männern Isaías' Frau Raquel auf einer rotbraunen Stute mit feinem Schritt dahin, nach Frauenart im Seitsitz. Das Pferd hieß Simpatía, und der Hinkefuß, der es normalerweise im Wechsel mit seinem eigenen Pferd benutzte, hatte es ihr angesichts ihres Zustands überlassen. Einige Jahre später sollte er es ihr sogar samt Sattel und Zaumzeug als Weihnachtsgeschenk zukommen lassen, und seitdem hatten die Ángels unter meinen Vorfahren stets Pferde besessen. Die Stute Simpatía ist, was die Pferde angeht, also gewissermaßen unsere Eva oder Lucy. Doch schon dadurch, dass er seiner Frau damals dieses Pferd geliehen hatte, hatte der Hinkefuß sich Isaías' ewige Freundschaft und Dankbarkeit erworben. Raquel wiederum hatte die Reise auf diese Weise trotz ihrer Schwangerschaft bestens überstanden. Fünf Monate später wurde ihr Kind geboren – es war ein Junge und wurde Elías genannt wie sein Großvater aus der Linie der Abadis, die einst von den Kanarischen Inseln aus in dieses Land gekommen waren.

Der Abschied von den Eltern war so überstürzt und hastig wie traurig gewesen. Raquels Vater Don Abel, der Schuster war, hatte sie viermal gesegnet, und jedes Mal hatte er sich dabei mit dem Taschentuch die Tränen aus den Augen wischen müssen. Ihre Mutter Barbarita dagegen, die gelassener und gleichmütiger war, hatte bloß gesagt: »Lass es dir gutgehen, meine Kleine, und schick uns, sobald du kannst, Nachrichten aus dem neuen Dorf.« Im letzten Augenblick hatten sich ihnen noch zwei von Raquels Geschwistern angeschlossen, ihr jüngerer Bruder Gregorio Máximo und ihre ältere Schwester Teresa. Don Abel hatte auch sie gesegnet, und Doña Barbara hatte erneut gesagt: »Lasst es euch gutgehen, meine Kleinen, und Teresa, schreib uns, sobald du Zeit hast.« An Gregorio hatte sie diese Bitte nicht gerichtet, konnte der doch, so gewandt er im Reden war, weder lesen noch schreiben. Sie schlossen sich ihrer Schwester unter dem Vorwand an, ihr während der Schwangerschaft beistehen zu wollen, und alles, was Don Abel ihnen auf den Weg mitgegeben hatte, war jeweils ein Paar neue Schuhe gewesen – »damit ihr möglichst weit kommt«. Teresa, die damals achtundzwanzig war, war ihrer Schwester von frühauf eng verbunden gewesen, und es sah vorläufig ganz danach aus, dass sie unverheiratet bleiben würde. Gregorio wiederum war gerade einmal fünfzehn, jedoch groß, kräftig und ansehnlich und mit zwei starken Armen ausgestattet, weshalb der Hinkefuß ihn bereitwillig aufgenommen hatte. Gregorio heiratete später ein Mädchen aus der Familie Restrepo und wurde der Vater eines anderen Antonio, genauer: von Antonio Abad, den eines Tages alle nur Don Abad nennen sollten. Dieser Don Abad wiederum wurde ein nahezu legendärer Patriarch Jericós und gründete eine eigene Sippe schüchterner, aber herzlicher Leute, die eher verschwiegen, deshalb aber kein bisschen ungebildet waren und Juristen, Ärzte, Ingenieure, Bierbrauer und sogar den einen oder anderen nicht ganz unbeleckten Gelehrten in ihren Reihen aufzuweisen hatten.

Viele Jahre nach diesem triumphalen Einzug in dem neuen Dorf wollte eine unserer Vorfahrinnen, Urgroßmutter Merceditas Mejía, die Stimmen in Jericó zum Verstummen bringen, die hartnäckig behaupteten, sowohl die Ángels wie auch die Mejías – beziehungsweise die Mexías oder vielmehr Mesías, wie der Name nach Auskunft mancher besonders böswilliger Leute ursprünglich gelautet habe – seien Nachkommen konvertierter Juden. Zu diesem Zweck gab sie ihre letzten Goldmünzen, die sie in einem alten Samtbeutel unter einer Küchenfliese versteckt aufbewahrte, dem Ortspfarrer

Cadavid, auf dass dieser sie an Monseñor Arango Posada weiterleite, der eine Spanienreise plante, um genealogische Forschungen gleich zu mehreren Familien aus Antioquia anzustellen. Wiederum über Pater Cadavid trafen später nach und nach die Ergebnisse dieser Untersuchungen von der Iberischen Halbinsel bei unserer Urgroßmutter ein, die Anfang des letzten Jahrhunderts eine große Wohltäterin der Kirche von Jericó war – die mit Edelsteinen verzierte Krone der Heiligen Jungfrau war ein Geschenk ihrer Familie. Doch weder für die Ángels noch die Mejías und ebenso wenig für die Abads und die Santamarías fiel das Resultat wie gewünscht aus, sosehr ihre Kinder auch die Reihe der Träger all dieser Nachnamen aufsagen konnten, als handelte es sich um eine Heiligendynastie. Die Ángels gingen auf einen Rabbi mit Namen Yehuda Abenxuxán zurück, weshalb man in ihrem Fall wohl kaum von reinblütigen alten Christen sprechen konnte, im Gegenteil, sie hatten ihren Namen eines Tages einfach in Santángel geändert. Die Abads wiederum stammten von einem gewissen Abadi ab, der einst just wegen angeblicher mangelhafter Glaubensfestigkeit auf die Kanarischen Inseln verbannt worden war. Und was die Santamarías und Mejías anging, so waren sie, so unangenehm es war, dies sagen zu müssen, gewissermaßen waschechte Marranen. Angesichts all dessen erteilte Monseñor Arango Posada vom fernen und trockenen Kastilien aus, wo er sich immer noch aufhielt, einen Rat: »Wenn ich so sagen darf, geschätzte Doña Merceditas, ist es besser, diese Angelegenheit nicht unnötig aufzuwühlen, wie man sich hierzulande ausdrückt. Stattdessen rate ich Ihnen und Ihrer Familie, sich mit dem Wissen zufriedenzugeben, dass niemand infrage stellen kann, dass das Verhalten Ihrer und der Vorfahren Ihres Mannes seit deren Ankunft in Jericó allezeit höchst ehrenhaft und anständig und im besten Sinne christlich gewesen ist. Bedenken Sie außerdem, dass letztlich auch Jesus dieser verfluchten Rasse angehört hat, oder doch wenigstens seine Mutter, was uns freilich nicht daran gehindert hat, als Brüder und Schwestern im Glauben zusammenzufinden, und uns auch weiterhin nicht davon abhalten kann, die Heilige Jungfrau Maria und ihren sanftmütigen Gatten, den Heiligen Josef, zu verehren, wie auch ihre Mutter, die Heilige Anna, die ihr das Lesen beibrachte. Was nun aber die gewünschte Bescheinigung angeht, so wäre es überaus schwierig, diese zu erhalten, es sei denn, wir erfänden sie oder bezahlten eine hohe Summe dafür, hier in diesem abergläubischen Spanien, wo man sich zwar tatsächlich bis heute die Reinheit seines Blutes beglaubigen lassen kann, und doch ist dies umso kostspieliger, je weniger glaubhaft die Tatsachen sind, auf die man sich dabei stützen will, und ich weiß nicht, ob Sie, nur um gewissen Gerüchten entgegenzutreten, die man genauso gut überhören kann, die Kinder Don Antonios um ihr Erbe bringen wollen.« Schade um das schöne Geld, pflegte Mamaditas später zu sagen. Unterdessen gab sie weiterhin jeden Freitag ihre Almosen für die Armen und sagte täglich die lange Liste der Heiligen auf und betete dazu den Rosenkranz und flehte zur Heiligen Jungfrau Maria und ihrer Heiligen Mutter Anna und ihrem sanftmütigen Gatten, dem Heiligen Josef, es möge niemals herauskommen, dass der Name Ángel einst Santángel und davor – was noch schlimmer war – Abenxuxán gelautet hatte.

Pilar

Lucas wäre fast nicht lebendig zur Welt gekommen, die Geburt zog sich über vier Tage hin. Die Wehen setzten an einem Sonntagabend ein, und am Montagmorgen riefen wir den Arzt an. Alberto fuhr trotzdem in die Universität, er studierte damals noch. Mein Frauenarzt Doktor Henao Posada sagte, jetzt gehe es los, bei Erstgebärenden dauere es aber sehr lange. Den Montag verbrachte ich zu Hause, mit Wehen, die noch in großen Abständen auftraten. Mein Vater, der bei seinem ersten Enkel sehr aufgeregt war, war an meiner Seite – noch nervöser als ich – und telefonierte ab und zu mit Doktor Henao, um ihm zu berichten, wie die Sache sich entwickelte. Erst am Mittwoch fuhren wir schließlich in die El-Rosario-Klinik, wo Doktor Henao mich untersuchte und erklärte, am nächsten Morgen werde das Kind zur Welt kommen.

Am Abend gab es einen gewaltigen Sturm, wie immer, wenn etwas Ernstes in meinem Leben passiert, und um neun wurde ich in den OP gebracht, weil der Muttermund inzwischen weit geöffnet war. Nachdem ich eine Stunde lang gepresst hatte, tat mir alles so weh, dass ich betäubt werden musste. An das, was danach geschah, erinnere ich mich nicht, aber die anderen haben es mir erzählt. Nachdem sie es lange mit den Händen versucht hatten, beschlossen sie schließlich, das Kind mit einer Geburtszange zu holen. Als das nicht half, probierten sie es mit einer Art Saugglocke, wie man sie auch benutzt, um verstopfte Rohre freizubekommen. Sie setzten sie am Kopf des Babys an und verunstalteten den Schädel des armen Lucas. Mit der Zange hatten sie bereits einen schwarzen Abdruck an der einen Augenbraue hinterlassen und das linke Ohr zerquetscht. Aber es half alles nichts. Doktor Henao ging ins Vorzimmer und fragte – beide, Alberto und meinen Vater –, ob sie einverstanden wären, dass er einen Kaiserschnitt machte. Dann schoben sie das Baby wieder in mich rein und schnitten mich auf, aber nicht wie heute, wo das alles so sauber und diskret gemacht wird, dass hinterher kaum eine Narbe zu sehen ist, sondern wie mit einem Metzgerbeil. Mein Vater sagte immer, für unser großes Gehirn müssten wir teuer bezahlen – mit vielen Schmerzen und Qualen und Todesfällen bei der Geburt, und alles nur, weil unser Kopf so groß ist. Als ich aus der Betäubung erwachte und in mein Zimmer zurückgebracht wurde, lag in der Wiege ein kleines Ungeheuer, mit einem Kopf wie eine Birne, schrecklich, und mit blauen Flecken am ganzen Leib. Vor hundert Jahren wären wir beide bei dieser Geburt gestorben, mein Kind und ich. Ach was, vor hundert Jahren wäre ich davor schon mindestens sieben Mal gestorben. Und trotzdem gibt es immer noch Leute, die sagen, wie schön früher alles war, und wie toll eine Hausgeburt doch ist und dass es am besten ist, man lebt in Übereinstimmung mit der Natur, ohne Technik und Wissenschaft. Idioten.

Irgendwann kam ein Kinderarzt und hat Lucas untersucht. Er hat eine ernste Miene aufgesetzt und ihn sofort auf die Intensivstation verlegt. Er hat gesagt, die Atmung sei unregelmäßig und die Reflexe würden nicht ganz stimmen. Und dass das Kind wahrscheinlich irgendwelche Hirnschäden davongetragen habe, wegen der vielen Kopfverletzungen durch die Geburtszange. Seit dem Tag hatte meine Schwiegermutter diese seltsamen Magenkrämpfe, die sie ganz plötzlich befielen und die sie ihr Leben lang nicht mehr loswurde. Mein Vater sagte völlig verwirrt, es mache nichts, wenn das Kind stirbt, später würde ich ein neues bekommen. Aber in der Nacht kam der Arzt wieder, der die Geburt durchgeführt hatte, Doktor Henao Posada, und er glaubte nicht an den Befund des Kinderarztes. Er ging zur Intensivstation – er ist einfach reingegangen, ohne jemanden um Erlaubnis zu fragen –, und als er sah, dass der Kleine wach und unruhig war und mit Serum versorgt wurde, hat er ihm den Finger in den Mund gesteckt, um zu sehen, ob er saugt. Der Kleine hat sofort kräftig zu saugen angefangen, und da hat Doktor Henao zu einer der Nonnen gesagt, die dort als Schwestern arbeiteten, sie soll ihm ein Fläschchen mit zwei Unzen Milch bringen, und die hat er dem Kleinen dann gegeben. Als er wieder gehen wollte, hat er zu den Leuten auf der Station gesagt, sie sollen dem Kinderarzt nicht sagen, was er gemacht hat, und uns hat er beruhigt und erklärt: »Dem Kleinen geht's bestens, der hatte bloß Hunger.« Als der Kinderarzt ihn später wieder untersucht hat, fand er, dass der Kleine viel besser aussah und lebhafter war. Da hat er ihn zu mir gebracht und gesagt, durch seine Behandlung sei das Kind jetzt wohlauf und hätte viel bessere Werte. Und als er ihn mir dann übergeben hat, hat Doktor Henao mir aus der Zimmerecke zugezwinkert.

Aber Lucas sah in jedem Fall immer noch schrecklich aus, wie ein Boxer, der gerade einen Kampf verloren hat, die Augen waren geschwollen und im Gesicht hatte er überall blaue Flecken und Schrammen und Krusten. Erst nach drei, vier Monaten war er ein schönes Baby. Zum Glück war aber alles, was er machte, ganz normal. Das einzig Komische war, dass er, wenn er hohes Fieber hatte, manchmal Krämpfe bekommen hat. Später ist ihm das wieder passiert, im schlechtesten Augenblick.

Eva war damals im zweiten Studienjahr und schwer verliebt in einen gewissen Jackie, einen jungen Juden, mit dem sie damals ausging. Abends schaute sie nach dem Unterricht bei mir vorbei und sah zu, wie ich Lucas stillte, der damals hübsch und dick und drollig war, und ich weiß, sie hätte in diesem Augenblick auch gern ein Kind gehabt. Aber sie musste warten, bis sie ihr Studium beendet und zum ersten Mal geheiratet und sich wieder von ihrem Mann getrennt hatte – das war ein Egoist und Schürzenjäger, der an nichts außer Macht interessiert war. Und erst als sie danach wieder geheiratet hatte – ich hatte da schon drei Kinder –, wurde sie zum ersten Mal schwanger. Doch dann, und das weiß nur ich, beschloss sie, dass sie das Kind nicht haben wollte, oh je, ein Kind, das ein zweiter Einstein geworden wäre, ein großer Arzt oder Physiker, glaube ich zumindest, denn es wäre das Kind von ihrem zweiten Mann gewesen – und der war Bankier, aber er wollte überhaupt kein Bankier sein, eigentlich hatte er Mathematiker werden wollen – und von ihr natürlich, und sie hatte ja schon in der Schule immer in allen Fächern Medaillen gewonnen. Jedenfalls hat sie eines Tages zu mir gesagt: »Ich hab das Kind verloren.« Und dabei hat sie mich mit einem langen, tiefen, dunklen Blick angesehen. »Ich hab's verloren« – als wäre es im Meer ertrunken, an der tiefsten Stelle des Pazifiks.

Warum sie das getan hat, weiß ich nicht. Aber ich habe immer gewusst, dass sie es nicht verloren hat, sondern es sich hat wegmachen lassen, und zwar, Gott möge ihr vergeben, weil sie Angst vor so viel Verantwortung gehabt und weil sie gefürchtet hat, sie könne dann nicht mehr über alles selbst entscheiden und müsse immer ihr Kind mit berücksichtigen. Hier nur für mich gesagt heißt das – und das braucht niemand sonst zu hören, und Gott möge auch mir vergeben –, das heißt also, dass sie das aus Egoismus getan hat. Zu ihr habe ich das nie so gesagt, aber was Abtreibungen angeht, waren wir sowieso nie einer Meinung. Ich kann akzeptieren, dass man nach einer Vergewaltigung abtreibt oder wenn sicher ist, dass das Baby mit schweren Missbildungen oder einer furchtbaren Krankheit zur Welt kommt, so dass es sein Leben lang leiden wird, und seine Familie auch. Aber einfach so, nein. Ein Fötus ist vielleicht nicht das Gleiche wie ein fertig ausgebildeter Mensch, aber er ist auf jeden Fall kein Mango-Kern, und das wird selbst der entschiedenste Abtreibungsbefürworter nicht bestreiten. Frauen wissen das, auch Frauen, die abgetrieben haben. Und sie würden es wieder tun, falls nötig, ja, aber sie wissen, dass das eine furchtbar harte Entscheidung ist, die man eigentlich kaum treffen kann, nicht weil es ein Mord ist, sondern weil diese Entscheidung etwas sehr Schönes nicht zulässt, das Leben, ein Leben, das gerade erst anfängt, und das Leben ist immer besser als der Tod. Oder, na gut, nicht immer, aber fast immer. Später hat Eva das begriffen, viel später, und dann hat sie endlich ein Kind bekommen, ein himmlisches Kind, Benjamín, Benji, aber sie hat es ohne Vater bekommen. Ohne dass sie mit dem Vater verheiratet war, meine ich, denn sie bekam dieses Kind zwar von einem ihrer Ehemänner, das schon, von dem zweiten, genauer gesagt, aber lange nachdem sie sich von ihm getrennt hatte. In jedem Fall heißt Benji deshalb mit Nachnamen Bernal. Eva hat den Vater gut ausgesucht, da bin ich mir sicher, er leitet ein Orchester und ist sehr gebildet und ein guter Mensch, aber trotzdem hat er einen schwierigen Charakter. Eva hat ihn jedenfalls bloß darum gebeten, sie zu schwängern und dem Kind seinen Nachnamen zu geben, was wirklich ein großes Zugeständnis war, denn er hatte auch noch keine Kinder und wollte welche haben, aber mit ihm zusammenleben wollte sie nicht – letztlich war sie nämlich schon immer jemand, der lieber allein lebt. Manche Eltern sind so, sie haben lieber eine lockere, nicht so intensive Beziehung zu ihren Kindern, nicht wie Alberto, der einem wie eine zweite Mutter unserer Kinder vorkommen kann. Manchmal habe ich das Gefühl, Eva hat noch mehr Kinder verloren, vielleicht absichtlich, vielleicht auch nicht, sagen würde sie das aber sowieso nicht. Das ist eins von diesen Geheimnissen, die nie wirklich aufgeklärt werden und die manche Frauen mit ins Grab nehmen. Ich habe dagegen so gut wie kein Geheimnis, weil ich immer fast alles erzähle.

Abgetrieben habe ich jedenfalls nie, das hätte ich mir auch nie vorstellen können. Nach Lucas habe ich noch vier Kinder bekommen, alle ganz normal, alle mit Kaiserschnitt. Früher war es normal, dass man viele Kinder bekommen hat, eins nach dem anderen, aber jetzt ist das nicht mehr so. Immer öfter stelle ich fest, dass ich inzwischen zu den Anormalen gehöre. »Du hast eben noch ein traditionelles Familienbild«, hat Eva einmal zu mir gesagt. »Ein traditionelles Familienbild« – was für eine lächerliche Ausdrucksweise. Damit wollte sie sagen, dass ich wie Großvater Josué und Großmutter Miriam lebe, die in der Kirche geheiratet haben und für ihr ganzes Leben, nicht im Traum wäre es ihnen eingefallen, sich zu trennen – sie waren sozusagen weniger miteinander als mit der Ehe selbst verheiratet, und sie haben alle Kinder zur Welt gebracht, die Gott für sie bestimmt hatte. Na gut, dann bin ich also seltsam, oder anormal, eine Frau, die fünf Kinder zur Welt gebracht hat, jedes Mal mit Kaiserschnitt, und auch noch mehr, wenn Doktor Henao Posada nicht irgendwann gesagt hätte, dass die Wände meiner Gebärmutter inzwischen so dünn wie Papier sind und dass er nicht die Verantwortung übernimmt, wenn ich noch einmal schwanger werde und dann verblute.

Da entschloss ich mich, eine Tubenligatur durchführen zu lassen, nach dem fünften Kaiserschnitt war das, Simón war da schon auf der Welt. Ich weiß, dass die Kirche das verbietet, aber ich bin zu Pater Gabriel und habe zu ihm gesagt: »Pater Gabriel, wollen Sie, dass ich sterbe?« »Natürlich nicht«, hat er gesagt. »Und will die Kirche, dass ich sterbe?«, habe ich gefragt, und er hat gesagt: »Nein, natürlich nicht.« »Dann brauche ich eine Tubenligatur, denn der Arzt hat gesagt, wenn ich noch mal schwanger werde, wird er meine Schwangerschaft nicht begleiten, weil ich dabei höchstwahrscheinlich verblute.« Pater Gabriel hat jedenfalls gesagt, er wird mit dem Bischof darüber sprechen, und der Bischof hat mir die Tubenligatur dann genehmigt. Natürlich hatte ich das schon vorher erledigen lassen, vor meinem Gespräch mit Pater Gabriel und der Anfrage beim Bischof, ich bin schließlich nicht doof. Ich habe bloß gefragt, weil sie sich gerne wichtig vorkommen und weil es mir leidtut, dass sie das nicht mehr sind und dass wir uns kaum noch um ihre Meinung kümmern. Eigentlich kümmert sich niemand mehr darum, nicht mal ich. Aber wegen der Kirche tut es mir leid. Sie ist noch viel älter und altmodischer als ich. So wie eins von diesen Tieren, die vom Aussterben bedroht sind, wie die Rhinozerosse zum Beispiel. Das sehe ich jedes Mal, wenn ich in Palermo in die Messe gehe: Da sitzen bloß noch alte Leute, und das Ganze kommt mir vor wie eine Theateraufführung, oder bestenfalls wie eine alte Gewohnheit, aber was der Priester sagt, ist den Leuten vollkommen egal, kein Mensch glaubt wirklich, dass der Wein Blut ist und das Brot der Leib Christi, also tatsächlich sein Fleisch, oder dass man durchs Beichten seine Seele rettet, oder dass es eine Todsünde ist, am Sonntag nicht zur Kirche zu gehen. Ich bin eine von den Letzten, die das alles noch glauben, oder ich versuche es wenigstens, denn besonders stark ist mein Glaube auch nicht, es wäre schön, wenn er stärker wäre. Aber wer weiß, die Kirche ist etwas sehr Altes, und sie ist sehr reich und sehr beständig. Und im Leben ändert vieles irgendwann seinen Lauf, vielleicht ist sie ja eines Tages wieder so mächtig wie früher. Oder sie verschwindet ganz, das weiß niemand.

Antonio

Von fast allen Ángels aus unserer Familie, seit dem ersten, der nach Antioquia gekommen ist, habe ich die Geburts- und die Todesurkunde gefunden. Und dazu die Hochzeits- und Taufurkunden aller oder fast aller ihrer Kinder, auch derjenigen, die vor dem zweiten Geburtstag gestorben sind, und das waren mehr als die Hälfte. Oft bekamen sie immer wieder denselben Namen, als könnte ein Kind das andere ersetzen beziehungsweise sich so oft im nächsten wiederverkörpern, bis es endlich ein Kind mit diesem Namen schaffte, im Leben Fuß zu fassen und zuletzt sogar das Greisenalter zu erreichen. In den meisten Fällen kann ich auch angeben, woran diejenigen, die erwachsen wurden, gestorben beziehungsweise wie sie ums Leben gekommen sind. Isaías, der Sohn Ismaels und Enkel Abrahams etwa, starb in den achtziger Jahren des 19. Jahrhunderts irgendwo zwischen La Mama und Jericó an einer Gallenkolik. Er war unterwegs zu Doktor Zoilo Mesa Toro, dem ersten Kurpfuscher, den es vor Ort gab, fiel jedoch tot von seinem Maulesel, bevor er sein Ziel erreichte. Sein Sohn Elías konnte ihn bloß noch auf dem Rücken des Tieres festbinden, halbwegs mit ein paar Säcken bedecken und so ins Dorf bringen, wo man die Totenwache für ihn hielt und ihn beerdigte. Seine Witwe Raquel besaß die Kraft, die gerade erst übernommenen Fincas La Judía, La Mama und La Oculta nicht zu verkaufen, sondern deren Bewirtschaftung ihrem Sohn anzuvertrauen, der erst kurz zuvor volljährig geworden war. Er hieß Elías und war bereits der Vierte unserer Vorfahren, der diesen Namen trug.

Elías' Brüder wurden sämtlich gezwungen, als Soldaten an einem der vielen kolumbianischen Bürgerkriege des 19. Jahrhunderts teilzunehmen, entweder im Dienst des konservativen oder des liberalen Heers. Die frisch ausgehobenen Soldaten wurden angeblich an Händen und Füßen gefesselt bis an die Front getrieben, wo man ihre Fesseln löste und ihnen Gewehre in die Hand drückte, auf dass sie versuchten, mehr Leute auf der gegnerischen Seite zu töten, als in ihren eigenen Reihen fielen. Die meisten waren ganz jung, fast noch Kinder, und in ihrer Todesangst schossen sie bloß, um ihre Haut zu retten. Sie kämpften weder für die Freiheit noch für die Religion noch für Gerechtigkeit oder für ihr Land. Auch nicht für die Farbe einer der beiden großen politischen Parteien, also weder für die Roten noch die Blauen. Mit dem Land ging es dabei immer weiter bergab, es versank in seiner Rückständigkeit und überall fehlte es an tatkräftigen Armen, die zupacken und die Felder bestellen konnten. Elías überlebte, weil es ihm gelang, sich auf La Oculta zu verstecken, der letzten Finca, die sein Vater vor dem Tod erworben hatte. Sie lag so einsam und verborgen in einem Tal zwischen hohen Bergen, dass sie von fast nirgendwo auch nur zu sehen war, weshalb sie einen hervorragenden Rückzugsort darstellte und immer noch darstellt. So viele Menschen wurden in diesen Kriegen getötet, und oft so weit von zu Hause entfernt, dass man sie häufig einfach auf offenem Feld oder in einem Sumpf oder im Wald liegen ließ, wo die Geier sich über sie hermachten. Manche ließen sich aber auch in der Ferne nieder, an der Küste oder im östlichen Tiefland. Sie schämten sich, heimzukehren, weil so viel Blut an ihren Händen klebte, Blut von Leuten, die sie hatten töten müssen, um zu überleben. Oder sie kamen mit ihren vom Krieg verhärteten Herzen gar nicht mehr auf den Gedanken, zurückzukehren. In Antioquia selbst wurde kaum gekämpft, dort waren fast alle auf die eine oder andere Weise miteinander verwandt und niemand hatte Lust, jemanden umzubringen, nur weil er Liberaler oder Konservativer, Befürworter eines Bundes- oder des Zentralstaates war.

Elías übernahm also die Finca und vergrößerte sie sogar noch, indem er umliegende Landstücke hinzukaufte. Als er viele Jahre später, am 15. Mai 1906, seinem Erstgeborenen José Antonio von einem Felsvorsprung bei La Mama aus erklären wollte, wo genau die Grenzlinien ihres Grundbesitzes verliefen, rutschte er aus und stürzte in die Tiefe. Genau genommen ereignete das Unglück sich an der einzigen Stelle, von wo aus man überhaupt einen genaueren Blick auf La Oculta hatte, was Elías nutzen wollte, um seinem Sohn klarzumachen, bis wohin die weißen Flecken, die man in der Ferne erkennen konnte, Kühe ihrer eigenen Herde waren, die man eines Tages, wenn sie ordentlich herangewachsen wären, gut würde verkaufen können, und bis wohin die grünen Reihen ihrer Kaffeestauden und der dazugehörigen Bäume reichten, die für den nötigen Schatten sorgten. Er brach sich beide Beine und mehrere Rippen und schwebte mehrere Wochen zwischen Leben und Tod, erlag jedoch zuletzt seinen Verletzungen. Elías hinterließ zwei Söhne, José Antonio und Antonio Máximo, und viele Töchter, deren Namen ich hier nicht aufführen werde. Sie alle heirateten jedoch Männer aus der Umgebung und bekamen Kinder, oder sie wurden Nonnen und starben im Geruch der Heiligkeit wie alle Nonnen aus Jericó, von denen uns Zeugnisse überliefert sind, von der jungen Frau mit Nachnamen Arcila, die ins Kloster ging, um für den Tod der Gebrüder Trejos zu büßen, bis zur heiligen Mutter Laura, die jeden Abend für den Soldaten aus dem Heer der Liberalen betete, der einst ihren Vater getötet hatte. José Antonio erbte La Oculta und sein jüngerer Bruder Antonio Máximo die Fincas La Mama und La Judía, die im kühlen Hochland lagen, das sich besonders gut für Milchwirtschaft und Kartoffelanbau eignet. José Antonio erwies sich als ausgesprochen geschäftstüchtiger Kaffeebauer und erweiterte La Oculta um mehr Land als alle Ángels vor und nach ihm. Er starb 1920, als noch junger Mann, an Typhus, in seinem Haus in Jericó, wo man ihn bei dem vergeblichen Versuch, sein Fieber zu senken, das auf zweiundvierzig Grad gestiegen war, in eine Wanne mit kaltem Wasser gesetzt hatte. Wegen seines Todes musste unser Großvater Josué sein Medizinstudium in Medellín abbrechen und sich um La Oculta und die sonstigen Geschäfte der Familie kümmern, was ihm bis zu der Krise in den dreißiger Jahren auch gut gelang.

Großvater Josué war ein großer, stattlicher und zugleich schüchterner Mann mit sanften, ja geradezu zärtlichen Umgangsformen. Mit einem ausgesprochenen Sinn für Gerechtigkeit ausgestattet, erklärte er sich als Erster aus der Familie öffentlich als Anhänger der Liberalen und insgeheim auch der Freimaurer, was dazu führte, dass man ihn in Jericó aus der Kirche ausschloss. Daraufhin bestieg er wütend sein Pferd und ritt mitten in die Kirche hinein. »Ich bin also exkommuniziert? Bitteschön, hier habt ihr meine Antwort, die ihr nie vergessen sollt.« Außerdem war Josué ein ausgesprochener Frauenheld, allerdings weniger aus eigenem Antrieb als aufgrund der seltsamen Anziehungskraft, die er auf die Frauen ausübte. Er brauchte gar nicht erst um die Frauen zu werben, sie kamen von selbst zu ihm, und das war womöglich der Grund dafür, dass er, fast ohne sich dessen bewusst zu sein, ein unermüdlicher Charmeur war und mit nahezu allen Frauen intime Beziehungen pflegte. Selbst als er 1982 als alter Mann – er war damals über achtzig – sterbenskrank in eine Klinik in Medellín eingeliefert worden war, rissen sich während der einen Woche, die er bis zu seinem Tod noch dort verbrachte, die Schwestern geradezu darum, den unaufhörlich seinen Charme versprühenden Greis zu betreuen und mit ihm zu schäkern.

Nach zwei Infarkten starb er schließlich an Herzstillstand. Ich war dabei, und meine Schwester Pilar übernahm anschließend, unterstützt von meinem Vater, die Aufgabe, seinen Leichnam herzurichten. Mein Vater Jacobo – der ja ein Sohn Josués war – hatte das Medizinstudium, das dieser einst hatte abbrechen müssen, gewissermaßen an seiner Stelle fortgesetzt und erfolgreich abgeschlossen. Aber weder das noch die Tatsache, dass er der Erstgeborene war, änderte etwas daran, dass ihm gerade einmal ein Achtel von La Oculta als Erbe zufiel, hatte Großvater Josué die Finca doch im Testament exakt unter seinen acht Kindern aufgeteilt. Der einzige Vorteil, der ihm, womöglich aufgrund seiner Erstgeburt, gewährt wurde, war die Tatsache, dass sich auf dem ihm zufallenden Stück Land auch das alte und ziemlich heruntergekommene Haus am See befand, abgesehen von ein paar Hektar Kaffee und noch einmal ein paar Hektar Weidegrund, insgesamt nicht mehr als fünfzig.

Jacobo starb 1994 an einer schweren Entzündung der Bauchspeicheldrüse. Ich lebe noch, ich bin Ende vierzig, fast fünfzig, körperlich und auch in sonstiger Hinsicht einigermaßen gesund, und doch könnte ich, wie alle Menschen, jeden Augenblick sterben. Vielleicht schon morgen, vielleicht erst in zwanzig Jahren, am wahrscheinlichsten ist jedoch, dass ich ein Alter irgendwo zwischen den neunundsechzig Jahren, mit denen mein Vater starb, und den zweiundachtzig meines Großvaters erreichen werde. Sicher ist nur, dass mein Todesjahr mit den Zahlen 2 und 0 beginnen wird, denen eine Zahl unter fünfzig folgen wird. Und bleiben werden von mir bloß meine Aufzeichnungen über Jericó, eine alte Kaffeefinca im Südosten – vorausgesetzt, es gelingt uns, sie bis zu meinem Tod zu erhalten – und meine Knochen, die in La Oculta begraben werden sollen, an der Stelle, die ich als Grab bezeichne, Próspero jedoch lieber als »Ruhestätte«. Próspero verwendet überhaupt immer viel ursprünglichere und passendere Worte für die Dinge als wir. So heißt zum Beispiel bei ihm das, was wir, ganz nach Gringo-Art *deck* nennen, Bretterboden und die Kläranlage Faulgrube. Und er hat recht, in der Ruhestätte werde ich so lange ausruhen, bis ich irgendwann genug habe vom ewigen Daliegen, reg- und bewusstlos wie ein Stein. Genau wie meine Vorfahren, denen ich mit den hier aufgezeichneten Buchstaben eine Stimme geben, sie für einen Augenblick ins Leben zurückrufen möchte. Mit diesen Worten, die nichts als Schall und Rauch sind, bloße Schatten von Gedanken, und doch zumindest ein klein wenig beständiger als das Fleisch und als die Luft, die wir ein- und ausatmen.

Eva

Früher ging eine Finca nach dem Tod ihres Besitzers an dessen Söhne über, und diese übernahmen die Aufgabe, sie aufzuteilen, weil Land damals normalerweise nur die Männer erbten. Die Frauen bekamen das Haus im Dorf und die alten Möbel, das Geschirr, die Betten und das Bettzeug, die Schränke und die silbernen Tabletts, falls es welche gab, aber nicht das Land. Später änderte sich das, zum Guten wie zum Schlechten. Hätten wir Frauen immer schon, so wie heute, auch Land geerbt, wäre für keinen von uns auch nur ein Hektar übrig.

Alle Geschwister meines Vaters, Onkel wie Tanten, verkauften ihre Anteile an der Finca nach und nach. Es war jedes Mal sehr traurig, wenn wieder einer von ihnen seinen Besitz aufgab, wir aber nicht genug Geld hatten, um ihn zu übernehmen. Deshalb ist von dem Land, das einst zu La Oculta gehörte, nur noch wenig übrig, und es macht auch nicht allzu viel her. Eine kleine Viehherde, gerade einmal vierzehn Milchkühe und die dazugehörigen Kälber. Milch bringt heute allerdings so gut wie nichts ein, das Geld reicht gerade einmal, um das Futter, die Impfungen und Besamungen und was sonst noch anfällt zu bezahlen. Ein Dutzend Pferde, weil Alberto so gern reitet. Klar ist aber auch, dass Pferde einem noch so sehr am Herzen liegen können – vor allem liegen sie einem auf der Tasche. Und dann ist da noch die zehn Hektar große Kaffeepflanzung, die pro Jahr zwei Ernten abwirft, mit denen wir aber nicht einmal Próspero bezahlen können, der inzwischen natürlich auch alt geworden ist, genau wie wir, und für jede Ernte Helfer aus dem Dorf einstellen muss. Und ein Dutzend Hektar Teakwald. Die Bäume brauchen jedoch zwanzig Jahre, bis sie groß genug sind, damit man sie fällen kann, was folglich wohl nicht mehr unsere Aufgabe sein wird. Und der Garten rings ums Haus, mit Obstbäumen und Blumen, vielen Blumen, einem kleinen, urtümlichen Wäldchen und einem Weg durch das Wäldchen hindurch.

Für mich ist das Wichtigste an der Finca aber der See, der La-Oculta-See, wie die Leute sagen. Er wirkt vollkommen natürlich, und doch ist er künstlich angelegt worden. Verantwortlich dafür war mein Großvater Josué, der im Jahr 1900 geboren wurde und den See 1939 anlegen ließ. Zuvor befand sich dort ein bloßer Sumpf, der durch mehrere Quellen feucht gehalten wurde und, wie Großmutter Miriam erzählte, vor allem während der Regenzeit voller Frösche und Mücken war. Bis mein Großvater eines Tages auf die Idee kam, eine Staumauer zu errichten und von dem Bach La Virgen einen Kanal als Zufluss für den künftigen See abzuzweigen. La Virgen kommt aus der Richtung von Jericó und durchquerte früher die Finca auf voller Länge, von einem Ende zum anderen, um anschließend in den Río Cartama zu münden. La Virgen war, wie Cobo immer sagte, gewissermaßen das Rückgrat der Finca, ihre Wirbelsäule – zu beiden Seiten breitete sich unser Land aus. Land ohne Wasser ist nichts wert, wie der Großvater ebenfalls sagte, doch La Oculta verfügte sogar über insgesamt drei Bäche – La Virgen, La Guamo und La Doctora. Heute, wo nur noch dieses kleine Stück übrig ist, fließt La Virgen unsichtbar durch den See und versorgt ihn mit frischem und sauberem Wasser, bevor er sich weiter unten wieder in sein Hauptbett ergießt. Die anderen zwei Bäche gehören dagegen längst anderen Grundbesitzern.

Heutzutage dürfte man einen solchen See wahrscheinlich gar nicht mehr anlegen, und das zu Recht. Jedenfalls müsste man vorher beim Umweltministerium, Bergbauministerium und bei den Indigenen-Organisationen eine Erlaubnis beantragen, während man 1939 auf seinem Land tun und lassen konnte, was man wollte. Und so sorgte Großvaters Idee dafür, dass der ungesunde Sumpf sich mit Wasser füllte, das modrige Strauchwerk verschwand, die Frösche in der riesigen Wassermenge kaum mehr zu bemerken waren und die Mücken sich verzogen – übrig blieb der große schwarze See mit seinem wunderbar reinen Wasser. Angst habe ich bloß davor, dass der Damm eines Tages bei starkem Regen dem Druck nachgeben und brechen könnte, was weiter unten eine Tragödie bewirken würde. Immer wenn irgendwelche Ingenieure in der Gegend sind, bitte ich sie, doch mal einen Blick auf den Staudamm zu werfen, aber selbst wenn sie meiner Bitte nachkommen, sagen sie anschließend nichts. Sie wollen sich keine Verantwortung aufladen, also erklären sie, der Damm könne noch hundert Jahre halten, vielleicht auch tausend, er könne aber auch schon morgen brechen – in diesen Bergen gibt es schließlich oft genug Beben, Erdrutsche und Schlammlawinen. Manchmal sage ich mir beim Blick auf den See: So ewig er mir auch vorkommen mag, klar ist trotz allem, dass er sich eines Tages wieder in eine grässliche Schlammpfütze verwandeln wird – und ich bete, dass ich das nicht miterleben muss, weder ich noch meine Geschwister, und auch mein Sohn und meine Enkelkinder nicht.

Viele Menschen sind in dem See ertrunken. Von vielen wissen wir es, aber es gibt sicherlich noch ein paar mehr. Zu denen, von denen ich es weiß, gehören: Emilia, die jüngste Tochter der Hausverwalter zur Zeit meiner Großeltern. Ein Medizinstudent, der ohne um Erlaubnis zu fragen sein Zelt in der Nähe aufschlug – angeblich wollte er sich auf eine Prüfung vorbereiten –, im See schwimmen ging und nie mehr zurückkehrte. Im Schatten eines Baums am Ufer hinterließ er ein aufgeschlagenes Physiologielehrbuch. Ein Seminarist, dessen Leiche niemals gefunden wurde, weshalb er, wie Próspero behauptet, nachts als Gespenst durch den Hausflur wandert und die Dielen knarzen lässt, auch wenn niemand zu Besuch ist. Der nadaistische Dichter Amílcar Osorio, der nicht schwimmen konnte und eines Nachts betrunken in den See ging, um sein Leben zu beenden.

Das heißt, angeblich war er betrunken – mein Vetter Mario behauptet jedoch, er sei an dem Tag mit Amílkar U – wie sein Künstlername lautete – dort gewesen und dieser habe weder Alkohol getrunken noch geraucht, bevor sich die Tragödie ereignete. Wie Mario erzählt, kam der Dichter, ein feinsinniger und intelligenter Mann, am 12. Februar 1985 gegen elf Uhr nachts seltsamerweise auf die Idee, ein Boot zu besteigen und in die mondlose Nacht hinauszurudern. Er hatte sich bis dahin den ganzen Abend mit Mario und einem weiteren Freund mit Namen Fabián unterhalten. Mario hatte sich bereits hingelegt, als der Dichter auf einmal auf die Idee mit der Bootsfahrt kam. Außer den Glühwürmchen war in der Dunkelheit so gut wie nichts zu sehen. Nachdem er eine Weile geräuschlos durch die schwarze Nacht gefahren war, hörte man plötzlich ein Platschen, als wäre jemand ins Wasser gefallen – oder gesprungen. Und dann eine Stimme. Es war der Dichter, der rief: »Fabián! Fabián! Sag Mario, dass ich nicht komme.« Danach Stille. Mario war bei dem Lärm erschrocken aus dem Bett gesprungen, an den See gelaufen und hatte vom Ufer aus Amílcars Kopf gesehen, der aus dem Wasser ragte. Da war er sofort hineingesprungen, um zu ihm zu schwimmen und ihn herauszuholen. Als er sich ihm näherte, sah er, wie der Dichter ihn eine Weile mit melancholischem

Blick anstarrte und sich dann ganz langsam in die Tiefe sinken ließ. Für immer. Am nächsten Tag wurde er im schlammigen Seegrund gefunden. Von Próspero, genau genommen, der mit einer langen Bambusstange den Seegrund absuchte, bis er irgendwann auf die Leiche stieß, von eben dem Boot aus, mit dem Amílcar in der Nacht zuvor hinausgerudert war. In *Vana Stanza*, dem einzigen Buch, das Amílcar U veröffentlicht hat, spricht er unter anderem davon, dass er inmitten von Seerosen ertrinkt, wie eine Art männlicher Ophelia. 1985 waren die Ufer des La-Oculta-Sees voller Seerosen. Wie Mario auch erzählt, war just an dem Morgen, als die Leiche gefunden wurde, im Radio ein in der Woche davor aufgezeichnetes Gespräch zu hören, bei dem sich die Schriftstellerin Aurita López mit Amílcar U über sein erstes und einziges Buch unterhielt. Und während man den Toten aus dem Wasser zog, redete und redete der Dichter und sagte lauter wunderschöne Dinge. Später verkündeten mehrere durchgedrehte Nadaisten, die nur auf einen Skandal aus waren, Amílcar Osorio sei ermordet worden, man habe ihn genüsslich ertrinken lassen. Was nichts als eine Riesenlüge ist, finster wie der Grund des La-Oculta-Sees.

Auch mein Vetter Carlos Fernando, der Sohn meines Onkels Javier, ertrank im See, und zwar als Onkel Javier den Anteil seiner Familie an der Finca verkaufte. Carlos Fernando befiel daraufhin eine Art kalter, unterdrückter Wut. Er war stets der fröhlichste und begabteste von all meinen Vettern und Kusinen gewesen, aber dass die Finca verkauft wurde, ertrug er nicht. Deshalb fing er an, lauter verrückte und waghalsige Sachen zu tun, zum Beispiel kletterte er nur mit einem Kälberstrick gesichert in den Felsen herum, und das an einem der steilsten Berge der Umgebung. Und an dem Tag, als er ertrank, füllte er einen Rucksack mit den großen runden Steinen, von denen es im Río Cartama so viele gibt – normalerweise pflastert man damit die Ställe. Dann trank er in der Nacht eine ganze Flasche Schnaps, bestieg das Kanu, ruderte in die Mitte des Sees, setzte sich den Rucksack auf und sprang ins Wasser. Um ihn herauszuholen, mussten Taucher kommen, so schwer war er. Manchmal nehme ich sein Kanu und fahre über den See, und dabei denke ich an ihn, unseren geliebten Vetter, der ein hervorragender Arzt geworden wäre, wobei mir jedes Mal klar wird, dass ich mich niemals umbringen würde.

In jedem Fall ist in und an diesem See schon so viel passiert, dass mein Herz bei seinem bloßen Anblick anfängt, schneller zu schlagen, während die Erinnerungen über mich hereinbrechen und ich die Anwesenheit der längst Verstorbenen spüre.

Antonio

Das Erste, was sie nach ihrer Ankunft erfuhren, war, dass das Dorf erneut seinen Namen geändert hatte. Künftig würde es weder Piedras noch Felicina heißen, sondern Jericó. Dieser biblische Name hatte lange Diskussionen hervorgerufen. Die Echeverris verteidigten den Namen Felicina. Die Restrepos und die Jaramillos waren für Palestina. Die Santamarías wiederum plädierten für Jericó. Am Ende ergab sich eine deutliche Mehrheit unter den Siedlern, die einige Jahre zuvor die erste Gemeinde gebildet hatten. Geleitet hatte die Abstimmung Joaquín Ignacio Naranjo, der neue Priester des Ortes, ein kleiner, dicker, rothaariger Mann, der erst vor kurzem vom Bischof von Antioquia hierher entsandt worden war. Pater Naranjito – »kleine Orange«, wie er aufgrund seines Aussehens genannt wurde – war der eifrigste Befürworter von Jericó gewesen, weil es ein Name aus der Bibel war. Dreiundachtzig Erwachsene hatten sich an der Abstimmung beteiligt – zweiundachtzig männliche Grundbesitzer und eine reiche Witwe, mehr Stimmberechtigte gab es nicht. Für Piedras stimmten bloß elf von ihnen – die ältesten Dorfbewohner, die am ursprünglichen Namen festhalten wollten. Felicina erhielt siebenundzwanzig Stimmen, Palestina zwölf und Jericó die meisten, nämlich dreiunddreißig, darunter auch die der Witwe, die sich wie die anderen zweiunddreißig durch die Redekünste des Priesters und dessen Unterstützung durch Don Santiago Santamaría auf deren Seite hatte ziehen lassen. Hinkefuß Echeverri war ein wenig enttäuscht, aber da er kein Fanatiker und erst recht nicht nachtragend war, sagte er sich zuletzt, ein utopisches Vorhaben wie das seine könne sich genauso gut an einem Ort namens Jericó – oder Jericho oder wie auch immer – verwirklichen lassen.

Don Santiago hatte schon vor mehr als einem Jahr an den Bischof geschrieben und ihn – unter Zuhilfenahme eines nicht eben originellen Bildes – wissen lassen, dass ein Dorf ohne Priester einer Herde ohne Hirt gleichkomme, weshalb er ihm eiligst jemanden schicken möge, der sich der örtlichen Kapelle annehme – anders gesagt, des Pferchs für die Schäfchen des Ortes –, auch wenn diese noch ihrer Fertigstellung harrte. Vorläufig war diese Kapelle eine Art Scheune mit einigen wenigen Bänken aus Zedern- und Wänden aus Lorbeerholz. Eine Bronzeglocke besaß sie jedoch bereits, eine Stiftung Don Santiagos, die am Eingang des Gotteshauses an einem Gestell befestigt war und nicht nur geläutet wurde, wenn die Gläubigen zur Messe gerufen werden sollten, sondern auch, wenn es galt, die Dorfbewohner aus einem besonderen Grund zusammenkommen zu lassen. Bis jetzt – man schrieb das Jahr 1861 – hatte bloß einmal jährlich ein Priester dem Dorf einen Besuch abgestattet und dabei die im Lauf der letzten zwölf Monate Geborenen getauft, die Paare getraut, die ohnehin schon zusammenlebten oder es nicht mehr abwarten konnten, endlich Dach und Bett zu teilen, und *in absentia* die Verstorbenen gesegnet, die man vorläufig weiterhin dort beerdigte, wo sie ihren letzten Atemzug getan hatten, sei es im Wald, auf einer Weide oder einem mühsam gerodeten Stück Land. Nun, wo das Dorf einen eigenen Priester hatte, hatte man diesem auch ein Stück Land für den Friedhof zugewiesen, wie man ihm außerdem die Schlüssel für die Kapelle übergeben hatte. Was noch fehlte, war jedoch eine ordentliche Friedhofsmauer sowie jemand, der bereit war, das Amt des Totengräbers zu übernehmen. Für das Pfarrhaus stand ebenfalls ein geräumiges Grundstück am Platz bereit. Um dessen Errichtung bezahlen zu können, hatte Pater Naranjo bereits begonnen, einzelne Flächen auf dem künftigen Friedhof zu verkaufen. Damit hatte er den Tod also umgehend in ein Geschäft verwandelt, aber von irgendetwas musste die Kirche schließlich leben, mit den ungewissen und kärglichen Spenden der Gläubigen allein war es nicht getan. Umso mehr, da es sich als überaus schwierig erwies, den Zehnten und ähnliche Abgaben einzutreiben, hatten die Leute aus Antioquia doch noch nie gerne Auskunft über die Höhe ihrer Einkommen erteilt. Was dagegen Ungläubige, Päderasten, Selbstmörder und sonstige Häretiker betraf, so hatte der Priester für sie die Mistgrube gleich neben dem Friedhof vorgesehen.

Pater Naranjito empfing die Neuankömmlinge mit einer Messe noch vor dem Essen, damit sie nüchtern die Kommunion empfangen konnten, und während der Predigt erging er sich in langen Erklärungen zur Bedeutung des Namens Jericó, mit lateinischen Zitaten, die niemand verstand, weshalb sie womöglich umso größeren Eindruck machten. Mit seiner schrillen Stimme erklärte er, bei der Überquerung des Cauca am Paso de los Pobres, also an der sogenannten Armenfurt, hätten sie den gleichen Mut an den Tag gelegt wie das jüdische Volk bei der Überquerung des Jordan. *Mysterium tremendum.* Und die Mauern Jericós seien eingestürzt, um das Volk einzulassen, nachdem es sieben Mal um sie herumgezogen sei – was den sieben Tagesmärschen entspreche, die sie bis zu ihrer Ankunft zurückgelegt hätten –, und nun gehörten alle Reichtümer Jericós ihnen. *Intra tua vulnera absconde me.* Er müsse sie, die neuen Bewohner, jedoch ausdrücklich darauf hinweisen, dass ein Teil der Reichtümer, die sie hier vorfinden würden, insbesondere wenn es sich um Gold aus den Minen oder aus Grabstätten der Indios handele – *Ab hoste maligno defende me* –, abzugeben sei, auf dass der gerade erst begonnene Kirchenbau fertiggestellt werden könne, und zwar mit festen Lehmmauern, einer Kuppel und einem Glockenturm – alles ordentlich mit Ziegeln gedeckt – und im Inneren nicht bloß mit einem Lehm- oder Sandboden, sondern mit Tonfliesen oder sogar, falls möglich, mit Platten aus feinem Travertin. Das dürften sie keinesfalls vergessen, wenn sie nicht wollten, dass sich der biblische Fluch erfülle. *Ne permittas me separari a te.*

Pater Naranjito war in Zaragoza zur Welt gekommen, einer Bergarbeiterstadt, wo es viele Sklaven und grobe und herrische Aufseher gab, und ihm schien nicht recht klar zu sein, dass den Bewohnern dieses neuen Ortes eine völlig andere Art des Umgangs vorschwebte. Aus diesem Grund redete er mit so wenig verhüllter Gier und in demselben Tonfall auf sie ein wie auf die Bergleute seiner Heimatstadt.

Neuankömmlinge wie Alteingesessene sahen sich bei seinen überdrehten Worten gleichermaßen verblüfft an. Erst recht staunten sie aber, als der Priester verkündete, zum Abschluss werde er ein Gebet sprechen, dass der schrecklichen Prophezeiung des Herrn entgegenwirken solle. Um gleich darauf einen Abschnitt aus dem Buch Josua vorzutragen, zunächst in der lateinischen Fassung der Vulgata, die er anschließend wie folgt und ein wenig aus dem Stegreif ins Spanische übersetzte: »Verflucht sei vor dem Herrn der Mann, welcher die Stadt Jericho errichtet und wiedererbauet. Möge sein Erstgeborener sterben, sobald er ihre Fundamente legt, und möge der Letzte seiner Sprösslinge zugrunde gehen, wenn er sich daran machet, ihre Tore einzusetzen.« Die ausgewählte Stelle verhieß wenig Gutes, doch der Priester fügte zur Erklärung hinzu, diese Prophezeiung habe inzwischen keine Gültigkeit mehr, weil doch Christus erschienen sei, um das jüdische Volk und alle übrigen Menschen zu erlösen, weshalb es nun also möglich sei, ein neues Jericho beziehungsweise Jericó zu errichten, ohne fürchten zu müssen, der schreckliche Fluch könne eintreffen, immer unter der Voraussetzung freilich – wie er, mit dem erhobenen Zeigefinger wie mit einem Peitschenschaft drohend, wiederholte –, die Neuankömmlinge beziehungsweise »Jerichoaner des Neuen Bundes«, wie er sich ausdrückte, stifteten gewissenhaft den Zehnten von allem Gold und Silber sowie den ersten Wurf ihrer Tiere und die erste Fuhre der Ernte und sorgten außerdem dafür, dass das neue Gotteshaus so schnell als möglich fertiggestellt werde.

Allzu viel wussten die Siedler mit dieser Predigt nicht anzufangen, keineswegs entgangen war ihnen jedoch die Habgier des Priester, und so sahen sie sich nun mit hochgezogenen Brauen an, kratzten sich am Kopf und zuckten die Achseln. Um es sich auf jeden Fall nicht sogleich mit der Kirche zu verderben, gaben sie von dem Wenigen, was sie besaßen, kleine Spenden für das künftige Gotteshaus. Nachdem er sie fast eine geschlagene Stunde mit seinen düsteren Worten traktiert hatte, entließ der Priester sie zuletzt mit der altbekannten Formel *Ite in pace, missa est*. Die Zuhörer, die während der ganzen Zeit vor allem von dem bevorstehenden Festmahl geträumt hatten, verließen mit knurrendem Magen, erhitztem Gesicht und dem Hut in der Hand fast im Eilschritt den Versammlungsort, um sich sogleich mit großen Augen vor dem dampfenden Kessel anzustellen. Anschließend aßen sie, bis sie fast geplatzt wären, und sanken danach, müde von der langen Reise und dem mehr als reichlichen Essen, zu Boden, wo ihnen von der köstlichen Schläfrigkeit, die sich nach der Befriedigung des Appetits einstellt, schon bald die Augen zufielen.

Eva

Als ich aus dem Krankenhaus kam, versuchte ich als Erstes, mich mit Próspero in Verbindung zu setzen. Ich wollte ihn unbedingt sehen, mit ihm sprechen, und so ließ ich ihm die Nachricht zukommen, er solle doch bitte an einem der nächsten Tage nach Medellín kommen, damit wir zusammen essen und uns unterhalten könnten, natürlich vor allem darüber, was nach meiner Flucht durch den See auf der Finca passiert war. Pilar, die ja bereits dort gewesen war, hatte mir zwar erzählt, wie es Próspero ergangen war, aber ich wollte alles ganz genau wissen. Was die Músicos anging, hatte Pilar sich zum Beispiel nicht besonders klar ausgedrückt, allerdings hatte sie gesagt, verschiedene Nachbarn würden ihr helfen, sie dazu zu bringen, uns künftig in Ruhe zu lassen. Und ein Jahr nach dem Vorfall schafften Pilar und meine Mutter auch tatsächlich ungehindert Baumaterial auf die Finca und stellten mehrere Arbeiter aus Jericó und Palermo ein. Was mich wiederum sehr wunderte, doch sosehr ich auch nachbohrte, ich bekam von Pilar keine befriedigende Erklärung. Es war, als hätten sich die Músicos auf einmal geradezu in unsere Unterstützer verwandelt. Die bloße Vorstellung war mir unerträglich, ich verkniff mir aber jeden Kommentar.

Próspero nahm also den Bus nach Medellín und erschien in seiner besten Sonntagskleidung bei mir zum Mittagessen. Er aß so gut wie nichts, doch dafür erzählte er mir zunächst etwas, was er mir bei unserem letzten Zusammentreffen nicht hatte berichten können – er hatte es nicht über sich gebracht. Die Músicos waren nämlich bereits einige Monate davor ganz in der Nähe von La Oculta gewesen und hatten schreckliche Dinge angestellt, Dinge, die vielleicht auch mir geblüht hätten, wäre es mir nicht gelungen, durch den See zu fliehen. Oder ihm und seiner Frau Berta, wäre nicht ein Wunder geschehen, ein Wunder, das Próspero dem Gespenst des im See Ertrunkenen zuschrieb.

Eines Abends hatte er gesehen, dass ihre schwarzen Transporter den Weg nach Casablanca hinaufkamen und schließlich bei der Freifläche am anderen Ende des Sees, wo genug Platz für mehrere Autos war, hielten. Hinter dem Jungfrau-Felsen versteckt, hatte er sie daraufhin mehrere Stunden lang beobachtet. Zuerst hatten sie drei Jungen aus dem Laderaum eines der Transporter geholt. Sie waren an den Händen mit Drähten gefesselt. Einen von ihnen hatte Próspero erkannt, es war der Sohn des Friseurs von Palermo, die anderen beiden jedoch nicht. Er nahm an, sie waren aus Támesis oder La Pintada oder einem anderen Ort der Umgebung, aber weder aus Palermo noch aus Jericó, sonst hätte er sie gekannt. Die Músicos tranken Schnaps und rauchten Marihuana und schlugen und traten dabei auf die Jungen ein und beschimpften sie. Die Wagentüren hatten sie offengelassen, und es lief Musik – Salsa, Merengue, Vallenato.

Irgendwann war es dunkel geworden. Da hatten sie die Scheinwerfer der Autos angemacht. Die drei Jungen schrien vor Schmerz und riefen um Hilfe, und die Killertypen brüllten weiter auf sie ein, mit den übelsten Schimpfwörtern, so laut, dass es trotz der Musik zu hören war. »Es war das reinste Martyrium«, sagte Próspero, »das reinste Martyrium, Doña Eva, aber als Sie da waren, wollte ich Ihnen nichts davon erzählen, weil ich das Ganze bloß vergessen wollte. Am besten, ich hätte es nie gesehen. Außerdem hatte ich Angst, in Palermo sagen alle, man darf nichts von dem erzählen, was hier dauernd passiert, wir müssen das alles runterschlucken. Ich hatte Angst, und ich war wütend, wütend über meine Feigheit, weil ich nichts machen konnte.«

Immer noch hinter dem Felsen versteckt, hörte Próspero also, was sie sagten: »Na los, spuck's aus, du Hurensohn. Spuck's aus, oder ich reiß dir mit der Zange hier die Eier ab, du Dreckschwuchtel.« Und die ganze Zeit kifften sie und tranken Schnaps und verhörten die Jungen und machten die Musik mal lauter und mal leiser, aber die Jungen schrien bloß und bettelten, dass sie sie nicht umbringen sollten. Schließlich holten sie eine Motorsäge aus dem Laderaum von einem der Autos und schalteten sie ein. Bei dem Geräusch blieb Próspero fast das Herz stehen. »Sie müssen sich vorstellen, das war, wie wenn eine Zeder gefällt wird, oder wie wenn tief über Ihnen ein Flugzeug fliegt und Fotos macht.« So beschrieb er es. Dann hielten sie den Jungen die laufende und grässlich quietschende Säge an den Hals. Dabei kicherten sie wie bösartige Irre. Sehen konnte Próspero hinter seinem Stein nichts mehr, aber hören – die Musik und die Motorsäge und die Schreie und Flüche. Und er nahm die Gerüche wahr, nach Crack und Schnaps und Marihuana. Und den Rest stellte er sich vor. Manchmal schalteten sie die Motorsäge für eine Weile aus. Und immer wieder fügten sie den Jungen mit Zigaretten oder einem Feuerzeug Brandwunden zu. »Schau mal, jetzt steck ich dir die Zigarette hier ins Ohr, hihihi, du wirst schon sehen, wie schön das brennt mit deinem ganzen Ohrenschmalz, das wird richtig schön schwarz, dein Ohr, schau doch mal, wie bei einem Spanferkel auf dem Grill.« Und die Jungen schrien und weinten und bettelten: »Wir haben nichts getan, wirklich nicht, nichts haben wir getan, höchstens mal einen Sack

Orangen geklaut.« Die anderen beschimpften sie als Räuber und Guerrilleros und Spitzel. Und dann hörte er etwas, was Machetenhiebe oder Messerstiche sein mussten, denn die Kerle riefen dazu, für solche Scheißtypen, die ihr Wort nicht halten, würden sie keine Kugeln vergeuden. Nach und nach wurde das Schreien und Stöhnen und Röcheln der Jungen leiser, bis es zuletzt ganz aufhörte. Da schalteten ihre Folterer die Motorsäge wieder ein und zerlegten sie wie Schlachtvieh. Die zerstückelten Körper ließen sie einfach auf dem Boden liegen. Zuletzt trennten sie noch die Köpfe von den Rümpfen und beförderten sie mit Fußtritten ins Gebüsch. Dann fuhren sie davon. Am nächsten Tag sammelte die Polizei – Próspero hatte per Funk im Ort Bescheid gegeben – die blutigen Überreste ein und steckte alles in Plastiksäcke. Auf einem der Leichenteile hatten die Mörder einen Zettel mit der Aufschrift hinterlassen: »Wir, die Músicos, seubern diese Gegent von Guerrilleros, Drogensüchtigen und Dieben. Herr Fincabesitzer, vergessen Sie nicht, jeden Zehnt Ihren Beitrag zu zahlen.« Und auf einem weiteren Zettel, den Próspero einsteckte – er ist voller Blutflecken, und er hat ihn immer noch –, stand: »Ich musste sterben, weil ich ein Spitsel bin und den Mund nicht halten kann und weil ich ein Drecksguerrillero bin.«

Später erzählte er mir noch, wie die Nacht, in der die Músicos auf der Finca erschienen, für ihn verlaufen war. Er war durch die Schüsse auf Gaspar aufgewacht und hatte zum Fenster hinausgesehen. Dann hatte er nach seiner Machete gegriffen, genau wie damals, als die Guerrilleros gekommen waren, um Lucas zu entführen. Aber er hatte sie gleich wieder weggelegt – was hätte er damit auch erreichen können?

»Es tut mir furchtbar leid für Sie, Doña Eva, aber ich habe mich einfach nicht aus dem Haus getraut. Als ich gesehen habe, dass sie

Pistolen in der Hand haben, wusste ich, dass sie Sie umbringen würden, aber ich wusste auch, dass sie mich genauso umbringen würden, wenn ich in dem Augenblick aufgetaucht wäre. Ich habe das Licht aus gelassen und die Haustür abgeschlossen. Dann habe ich Doña Berta in die Arme genommen und wir haben beide vor Angst leise geweint. Irgendwann habe ich gemerkt, dass irgendwas passiert war, denn die Typen haben angefangen zu streiten. Dann haben wir noch mehr Schüsse gehört, und da haben wir gedacht, die hätten Sie umgebracht, aber dann habe ich gehört, dass sie gesagt haben, die alte Dreckschlampe – entschuldigen Sie den Ausdruck – ist ausgeflogen, und da habe ich zu Gott gebetet, dass Sie sich rechtzeitig im Wald verstecken konnten. Auf die Idee, dass Sie in den See gesprungen sind, bin ich nicht gekommen. Etwas später haben sie die Haustür eingetreten und uns aus dem Zimmer geholt und gesagt, ich soll das große Zimmer aufmachen, das von Ihrer Mutter und Doktor Jacobo. Da habe ich gelogen und gesagt, den Schlüssel dafür geben Sie mir nicht und dass da immer abgeschlossen ist. Da sind sie zu ihren Autos gegangen und mit einer Motorsäge wiedergekommen. Ich habe gedacht, die schneiden uns jetzt in Stücke. Das war aber nicht so, sie wollten bloß ein Loch in die Tür von dem Zimmer Ihrer Mutter machen, weil sie da rein wollten. Sie haben also die Motorsäge eingeschaltet und sich an die Arbeit gemacht, aber da geschah das erste Wunder an dem Abend: Ihnen ist das Benzin ausgegangen, der Tank von der Motorsäge war fast leer gewesen.

Da haben sie gesagt, ich soll ihnen die Schlüssel vom Jeep geben, also von Ihrem Auto. Ich bin dahin, wo Sie sie immer hinlegen, und habe sie ihnen gegeben. Dann wollten sie einen Schlauch und haben ein Stück davon mit der Machete abgehackt und in den Tank von Ihrem Auto gesteckt, von der Taube, wie ich Ihren kleinen weißen Jeep immer genannt habe, und dann haben sie mit dem Mund Benzin angesaugt und in einen Melkkübel laufen lassen. Zuerst haben sie gesagt, das ist für die Motorsäge. Sie waren wie betrunken oder voller Crack oder Marihuana und konnten nicht richtig denken, jeden Augenblick ist ihnen was anderes eingefallen und sie haben sich was Neues ausgedacht. Dass sie uns umbringen, oder doch nicht, dass sie alle Sachen aus dem großen Zimmer mitnehmen, dass sie die Besitzurkunden brauchen, alles wild durcheinander, wie verrückt. Zum Glück fanden sie das mit dem Benzin eklig und haben ausgespuckt und bald wieder damit aufgehört, hätten sie mehr rausgesaugt, hätten sie das ganze Haus niedergebrannt. Ihr neuer Plan war jetzt nämlich nicht mehr, dass sie den Tank von der Motorsäge vollmachen, sondern sie wollten das Haus anzünden. Fast alles von dem bisschen Benzin, das sie rausgesaugt hatten, höchstens einen halben Eimer, haben sie am Haus und am Pavillon ausgekippt. Dann haben sie Berta und mich an das Gitter vor dem Toilettenfenster gefesselt. Mir war klar, was sie vorhatten, und ich habe zu ihnen gesagt, dass wir verbrennen, wenn sie uns hier anbinden. Da haben sie gelacht und uns getreten und gezwickt. ›Seid doch froh, dass wir euch nicht gleich umbringen‹, haben sie gesagt, und: ›Keine Sorge, von dem Rauch werdet ihr sowieso bewusstlos, bis das Feuer bei euch ist.‹ Das fanden sie besonders lustig. Zuletzt haben sie noch eine Benzinspur bis zum Jeep gelegt. Überall hat es nach Benzin gerochen, und dann haben sie das Ganze angezündet. Es gab einen lauten Knall und eine riesige Hitzewelle. Zuerst ist der Jeep in Flammen aufgegangen und kurz danach ist er mit einem grässlichen Donnern explodiert, wie eine Bombe, und dann haben sich die Flammen ganz schnell ausgebreitet. Es war schrecklich heiß, aber der Rauch und die Flammen sind nicht bis zu uns gekommen. Der Wind hatte zum Glück gedreht, vom See her in Richtung Garten, das war ein Wunder, das der ertrunkene Seminarist bewirkt hat, so hat es vor allem die Bäume versengt, aber das Haus ist nicht so stark getroffen worden. Das Benzin selbst war schnell verbrannt, aber im Holz hat sich das Feuer festgefressen, und der Bretterboden und die Balken vom Pavillon und das Stroh darauf, das ist alles komplett weg, und auch viele Stühle und die Tische und Bänke und ein Teil vom Flurboden.

Wir blieben noch die ganze Nacht gefesselt, bis irgendwann Juan gekommen ist, der Besitzer vom Gasthaus, er hatte in der Nacht den Lärm gehört, und morgens um acht ist er raufgekommen, um nachzusehen. Er hat uns losgebunden und gefragt, was passiert ist und wo Sie sind. Er hatte auch große Angst. Später kam Pedro angeritten, der Verwalter von La Pava, auf Noche, einer schwarzen Stute, die er zurück nach Casablanca bringen sollte. Er hat erzählt, dass Sie um sieben in den Bus gestiegen sind und, wenn Gott will, jetzt schon fast in Medellín sein müssten. Sie hätten schrecklich ausgesehen und ganz zerkratzte Arme gehabt, aber sonst wäre es Ihnen gut gegangen. Da waren wir erst mal beruhigt und haben die Stellen gelöscht, wo es noch geglüht hat. Danach haben wir die angesengten Sachen auf den Hof getragen. Berta will jetzt weg von La Oculta. Aber wo sollen wir denn hin? Und das in unserem Alter? Ein eigenes Haus haben wir nicht, und unsere Kinder wären auch nicht begeistert, wenn wir jetzt auf einmal bei ihnen ankommen. Ich habe noch ungefähr zehn Jahre bis zur Rente, das wissen Sie ja. Also heißt es durchhalten, vielleicht ändern sich die Dinge ja irgendwann wieder. Doña Pilar ist schon da gewesen und hat gesagt, wir sollen uns keine Sorgen machen, das Haus wird neu aufgebaut und die Músicos werden so was nicht noch mal machen. Wie sie das mit denen hinbekommen hat, weiß ich nicht, aber ich hoffe, sie behält recht.«

Pilar

Früher haben wir hier nicht fest gewohnt, doch nach dem Überfall haben wir beschlossen, ganz herzuziehen, um die Finca nicht zu verlieren. Unser Haus in Medellín haben wir vermietet, um genug Geld zu haben, für Lebensmittel und was sonst noch alles anfällt. Aber La Oculta ist so oder so unser eigentliches Zuhause, und wir hatten schon immer davon geträumt, zurückzukehren, wenn die Gegend mal nicht mehr so gefährlich sein sollte. Jetzt leben wir also hier, und zwar sehr angenehm, mit Albertos Rente, die nicht besonders hoch ist, aber doch eine große Hilfe. Das Haus in Medellín ist heute ein Treffpunkt der Zeugen Jehovas, die haben es nämlich gemietet. Tja, wenn die nicht wären, mit ihrem Geschrei und Gezeter und dem ganzen Quatsch ... Sie glauben, dass die Welt schon ganz bald untergeht. Ich glaube auch, dass es mit der Welt eines Tages vorbei sein wird, natürlich, aber so schnell dann doch nicht. Das Haus, das vor dreißig Jahren richtig schön war, sieht inzwischen ziemlich erbärmlich aus. Wir mussten ihnen erlauben, dass sie die Wände rausreißen, sonst hätten sie es nicht genommen, und jetzt ist das wie eine offene Lagerhalle, bloß dass im Schuppen sozusagen Gläubige gelagert werden. Und da treffen sie sich also und beten und singen und tanzen. Und irgendwann sind sie so hysterisch, dass sie losheulen, dass morgen die Welt untergeht und der Herr schon im Osten mit seinem silbergrauen Haupt hinter den Bergen hervorsieht, um über die Lebenden und die Toten zu richten, vor allem natürlich über die Lebenden, die nicht so denken wie sie und das Licht der Wahrheit nicht erblickt haben. Aber bis es so weit ist, zahlen sie uns eine sehr gute Miete. Manchmal vermieten wir La Oculta auch über ein verlängertes Wochenende oder in den Osterferien an irgendwelche Ärzte- oder Pilotengruppen oder Familien mit vielen Kindern, die ein paar Tage auf einer Finca verbringen wollen, so wie sie früher selbst mal eine hatten, und dann müssen wir bei Eva in Medellín unterschlüpfen oder bei einem der Kinder. Wenn wir zurückkommen, heißt es erst einmal ordentlich die Matratzen auslüften, und jedes Mal ist auch irgendwas vom Geschirr kaputt oder einfach verschwunden, oder eine Toilette ist verstopft. Und ein Pferd hinkt und ein Sattel ist beschädigt. Die halbe Miete geht jedenfalls dafür drauf, wieder alles in Ordnung zu bringen, und ich bin damit beschäftigt, bis die nächsten Feriengäste erscheinen und ein neues Erdbeben auslösen. Eva besteht aber auf diesen Vermietungen, natürlich, ihr macht das längst nicht so viel aus, ihr liegt nicht einmal an ihrem Bett hier noch irgendwas, und der Beitrag, den jeder von uns im Monat für La Oculta beisteuern muss, verringert sich durch die Einnahmen beträchtlich. Und Toño lebt so weit weg, der sagt gar nichts dazu, er bekommt ja auch nichts von alldem mit, Männer bekommen solche Sachen sowieso nicht mit.

Der Mietvertrag in Medellín ist für fünf Jahre festgelegt, und was sie in der Zeit anstellen, schert uns wenig. Als Haus ist es sowieso verloren, und wir denken nicht groß darüber nach, dass sie dort alles auf den Kopf stellen und kaputt machen. Dieses Haus ist das Einzige, was noch aus der Zeit übrig ist, als es uns richtig gut ging – Alberto leitete damals die Plastikfabrik Gacela, eins der vielen Unternehmen, die sein Vater hinterlassen hatte. In der Fabrik wurde billiges, wirklich sehr billiges Kinderspielzeug hergestellt und vor allem in den ärmeren Gegenden Kolumbiens verkauft. Aber als immer mehr chinesische Schmuggelware ins Land kam, ging die Fabrik bankrott, gegen die chinesische Konkurrenz kam keiner an. Wie die Chinesen das so billig hinbekommen, begreift niemand. Dazu kommt, dass Alberto ein so guter Mensch ist – außerdem hat er sich früher immer so von meinem Vater beeinflussen lassen, den ja alle als Kommunist bezeichnet haben, bloß weil er sagte, man soll jedem einen gerechten Lohn bezahlen. Jedenfalls ging Alberto auf fast alle Forderungen ein, die die Arbeiter stellten, wenn alle zwei Jahre die nächste Lohnrunde abgehalten wurde. Beitrag zum Schulgeld für die Kinder – gut. Sonderzahlung im Juni und nochmal zu Weihnachten – gut. Zuschuss zum Erwerb eines eigenen Hauses – natürlich, wäre ja noch schöner, außerdem hatte Cobo immer gesagt, das sei völlig angemessen. Kantinenessen – ja. Kürzere Arbeitszeiten und freie Wochenenden, wie die Reichen – einverstanden. Mein Vater hatte auch immer gesagt, wenn die Fabrikbesitzer gerecht und anständig wären, könne man zu einem harmonischen Ausgleich mit den Arbeitern kommen. All diese gut gemeinten Ratschläge von Cobo und dazu die Gewerkschafter mit ihren Forderungen und außerdem die Chinesen sorgten jedenfalls dafür, dass die Fabrik irgendwann bankrott war. Ungefähr zehn Jahre lang war Alberto der Gewerkschaft ständig entgegengekommen, aber als nicht nur die Fabrik dichtgemacht werden musste, sondern auch das Grundstück und die ganzen Anlagen verkauft werden mussten, um den Sozialplan für die Arbeiter zu finanzieren, tauchten auf einmal Plakate auf, auf denen stand: ›Alberto Gil, Feind und Mörder der Arbeiterklasse.‹ Und das über Alberto, der ein so herzensguter Mensch ist, oh je. Der Bankrott der Gacela-Fabrik war der erste Schlag. Fast unseren gesamten restlichen Besitz verloren wir aber, als die Guerrilla später hier, in La Oculta, Lucas entführte.

Lucas war damals siebzehn. Seinen achtzehnten Geburtstag feierte er in Gefangenschaft, und wir zündeten zu Hause Kerzen an und sangen *Happy Birthday* für ihn, übers Radio. Nie habe ich so gelitten wie in den neun Monaten, in denen er entführt war, in den Bergen. Und Alberto hat sich nie ganz davon erholt. Seitdem ist er noch stiller und noch stärker enttäuscht vom Leben und den Menschen und flüchtet sich noch öfter in die Musik und zu seinen Obstbäumen. Vor allem Mandarinen- und Orangenbäume haben es ihm angetan. Er verbringt den Tag damit, sie zu beschneiden und zu düngen und die Stämme abzubürsten und Moos und Flechten zu entfernen, und wenn die Früchte heranwachsen, nimmt er sie liebevoll in die Hand und streicht über die Schale, und vielleicht gibt es deshalb auch nirgendwo so süße und saftige Orangen wie auf La Oculta. Nicht mal die aus Spanien oder Sizilien oder Ägypten können da mithalten.

Wenn man auf die Welt kommt, glaubt man, alle Menschen sind gut, aber später beweist das Leben einem das Gegenteil beziehungsweise es zeigt einem, dass es zwar wirklich gute Menschen gibt, aber neben ihnen gibt es Unmengen sehr schlechter Menschen mit nichts als bösen Absichten, lauter berechnende, falsche und undankbare Leute. Menschen mit winzigen Herzen, nicht groß wie Mangos, sondern klitzeklein wie unreife saure Miniguaven. Jeden Tag hatte ich Angst, dass diese Kriminellen ihn umbringen – und dabei waren das Idealisten, die für eine gerechtere Gesellschaft kämpften, gute Revolutionäre. Was hatten wir verbrochen, bitte? Wir besitzen eine vierzig oder vielleicht fünfzig Hektar große Finca, die uns bloß Unkosten einbringt, abgesehen davon, dass wir dort eine Handvoll Leute beschäftigen. Ist es ein Verbrechen, dass wir nicht ganz so arm sind wie die meisten Kolumbianer?

Sie haben immer wieder angerufen und gedroht, Lucas umzubringen, wenn wir nicht ganz schnell das Lösegeld bezahlen. Nach einem Monat haben sie uns zum ersten Mal ein Foto geschickt, darauf hielt er die Ausgabe der Zeitung *El Colombiano* vom Sonntag zuvor in der Hand, damit wir sehen konnten, dass er noch am Leben ist. Später kamen andere Fotos, darauf sah Lucas traurig und erschöpft aus, am rechten Fußknöchel war er angekettet und er war spindeldürr und starrte zu Boden wie ein geprügelter Hund. Eine Million Dollar wollten sie. So viel hätten wir nicht mal zusammenbekommen, wenn wir unseren gesamten Besitz verkauft hätten, also auch das Haus in Medellín und La Oculta. Die Leute von einer Stiftung – *País Libre* – haben uns geholfen, sie haben uns gesagt, wie wir vorgehen sollen – wir sollten immer höhere Summen anbieten, aber ganz langsam, hunderttausend, zweihunderttausend, dreihunderttausend. Es war schrecklich.

In der Nacht, als die Guerrilla kam, schliefen die meisten schon, bis auf die Männer und mich – ich bleibe immer mit ihnen auf und höre Musik und unterhalte mich, bis auch sie ins Bett gehen. Auf einmal war vom Bach her Lärm zu hören, und die Hunde fingen an zu bellen. Wir machten die Musik und das Licht aus, um besser erkennen zu können, was in der Dunkelheit vor sich ging. Aus der Richtung der Schlucht näherte sich der Schein mehrerer Taschenlampen. Um diese Uhrzeit gab es keine Funkverbindung, aber wen hätten wir auch um Hilfe bitten sollen? Wir weckten Próspero, doch Waffen oder etwas in der Art hat hier noch nie jemand besessen, das Einzige, was Próspero auftreiben konnte, war eine schartige Machete, die er sofort aushändigen musste, als einer der Guerrilleros seinen Gewehrlauf auf ihn richtete. Vom Stall her kamen sie schließlich einer nach dem anderen zu uns auf den Hof. Es war, als wollten sie uns nichts tun, als wären sie bloß unterwegs den

Berg hinauf, nach Támesis oder Jericó. Sie waren erstaunlich ruhig und gelassen, wie betäubt, kalt und mit so harten und ausdruckslosen Gesichtern, wie ich nie wieder welche gesehen habe. Sie waren der Hass in Person, auf zwei Füßen, Menschen – Männer und Frauen –, die getötet hatten und gesehen hatten, wie andere getötet wurden. Und gefoltert hatten und gesehen hatten, wie andere gefoltert wurden. Sie sprachen nicht, sie grunzten nur barsch und erteilten kurze Befehle, als wären wir Rekruten, die vor ihnen auf dem Kasernenhof stehen. Ich weiß noch, dass Evas damaliger Freund sich mit mehreren Frauen und den jüngsten Kindern – Benji, Florencia und Simón – vor Angst zitternd und heulend im Badezimmer einschloss. Als sie später nach Medellín zurückkehrten, machte Eva sofort mit ihm Schluss, so viel Feigheit ertrug sie nicht. Wir versuchten, mit ihnen zu verhandeln – Alberto, Lucas und ich, Eva und Próspero, Toño war in New York –, aber es war aussichtslos, sie bellten bloß und richteten die Gewehre auf uns. Sie ließen uns nicht zu Wort kommen. »Halt's Maul, Dreckschlampe! Halt's Maul, reiche Missgeburt!«, war alles, was sie von sich gaben.

Lucas hatte selbst vorgeschlagen, dass sie ihn mitnehmen sollten, weil er körperlich in guter Verfassung war. Er war Mitglied einer Handballmannschaft und jung. Als sie nach mir fragten – »Wer ist diese Pilar Ángel?« –, hat er sich an meiner Stelle angeboten. Damals glaubten nämlich alle, ich sei die Besitzerin und Chefin von La Oculta, schließlich war ich am öftesten hier und ja auch diejenige, die in Jericó oder Palermo Maurer und Zimmerleute und andere Bauhelfer anheuerte. Lucas sagte, Alberto und ich seien krank, ich würde rauchen und schon nach zehn Schritten hätte ich keine Kraft mehr, außerdem würde es für sie auf das Gleiche hinauslaufen, wenn sie ihn mitnehmen. Ich war dagegen, aber die Guerrilleros fanden die Idee gut. »Wie alt bist du?«, fragten sie, und er log und sagte: »Ich bin gerade achtzehn geworden.« Alberto sagte nein, sie sollten ihn mitnehmen, er sei stark, weil er immer Fahrrad fahren und reiten würde, aber die Guerrilleros blieben bei Lucas' Vorschlag und sagten zu Próspero, er soll die Pferde holen. Wir konnten uns nicht mal richtig verabschieden, wir sahen uns bloß mit Tränen in den Augen an, und dann zogen sie Lucas einen Sack über den Kopf. »Warum tun Sie das?«, rief ich. »Damit er sich den Weg nicht merkt«, erwiderten sie. »Aber er kennt doch alle Wege hier«, sagte ich, und da gaben sie mir einen Stoß, damit ich still war. Sie sagten auch noch, dass das keine Entführung sei, sondern eine Festnahme, die sicherstellen soll, dass wir die Revolutionssteuer bezahlen. Und je schneller wir bezahlen würden, desto schneller würden wir den Jungen zurückbekommen.

Dann machten sie sich davon, den Berg hinauf, Richtung Casablanca, ins kalte Hochland. Die Pferde kehrten irgendwann allein zurück, ohne Reiter, die Sättel hingen an der Seite. Wie Lucas später erzählte, waren er und drei Guerrilleros so lange bergauf geritten, bis die Pferde nicht mehr weiterkonnten, weil der Weg zu schmal wurde. Von da an waren sie den Rest der Nacht zu Fuß gegangen und schließlich bei einem Lager angekommen. Er hatte nicht nur den Sack über dem Kopf, sondern sie führten ihn auch an einem Strick, wie ein Kalb, damit er ihnen nicht entwischte. Jeden Tag brachten sie ihn an einen anderen Ort, immer weiter weg, immer höher in den Bergen, und nachts ketteten sie ihn an einem Baum an.

Gegen den Regen gaben sie ihm eine Plastikplane und dazu noch eine Decke, aber Lucas sagt, am meisten hätte ihm während der Entführung die große Kälte zugesetzt, die sei ihm in die Knochen gekrochen und er hätte ständig gezittert, auch bei Tag sei das nicht besser gewesen, denn bis unter die dichten Bäume sei kaum Sonne durchgedrungen. Irgendwo in den Citará-Bergen haben sie dann endgültig Halt gemacht, und dort trafen auch noch andere Entführte ein. Ein paar Wochen hatte Lucas so wenigstens jemanden, mit dem er sich unterhalten konnte, denn mit den Guerrilleros selbst durfte er das nicht, und erst recht nicht mit den Guerrilleras. Das waren die am wenigsten schlimmen Wochen, hat er erzählt, einer von den Entführten, Señor Angulo, kannte sich nämlich mit Orchideen und Vögeln aus, und er hat ihm beigebracht, wie man sie an den Stimmen oder Farben oder Blättern unterscheiden kann. Einer ihrer Bewacher lieh ihnen sogar ein Fernglas, damit konnten sie die Orchideen und Bromelien auf den Bäumen anschauen. Danach wurde Señor Angulo, der immer so ruhig war und so viel wusste, leider – das heißt für ihn natürlich zum Glück – freigelassen. Von alldem wussten wir aber nichts. Wir saßen in Medellín und bekamen bloß ab und zu einen Anruf, bei dem sie uns Angst machten und wiederholten, unter welchen Bedingungen sie Lucas freilassen würden.

Wir versuchten unterdessen jeden Tag, irgendetwas zu verkaufen, um das Lösegeld zusammenzubekommen. Mit am schwersten zu ertragen war für meinen Vater, dass er bis dahin immer so viel Sympathie für die Kommunisten gehabt hatte, und auch für Kuba und den Sozialismus und die Guerrilleros. Und jetzt fing er an, die Guerrilla zu hassen. Seit sie uns das Foto geschickt hatten, auf dem man Lucas ohne Hemd sieht, bis auf die Rippen abgemagert, mit unendlich traurigem Blick, den einen Fuß an einen Eisenklotz gekettet, trank mein Vater hemmungslos, gleich zum Frühstück goss er sich ein großes Glas Whisky oder Schnaps oder Rum ein. Seine Augen waren rot, das Gesicht aufgedunsen und seine Hände zitterten. Tag und Nacht weinte er wie ein Kind, Er wollte sogar die Wohnung verkaufen, in der er und meine Mutter lebten, und dazu das Auto und die Möbel, was auch immer, Hauptsache, sie brachten Lucas nicht um. Nachts stellten wir uns vor, welche Angst Lucas da oben in den Bergen durchstehen musste, wir fragten uns, ob er womöglich verletzt sei, und bei dem Gedanken, was er wohl zu essen bekäme, weinten wir. Wir gingen auch zu einem Radiosender, der früh am Morgen eine Sendung mit dem Titel *Die Stimme der Entführten* ausstrahlte. Darüber ließen wir Lucas Botschaften zukommen und versuchten, ihm Mut zu machen. Lucas erzählte später, dass die Guerrilleros ihm erlaubten, ein kleines Radio zu benutzen, und dass unsere Stimmen am frühen Morgen damals sein einziger Trost waren. So wusste er wenigstens, dass wir ihn nicht vergessen hatten und dass die Guerrilleros logen, wenn sie behaupteten, sein Leben sei uns völlig egal und wir würden nicht einen Peso zahlen, damit er freikam. Er solle sich lieber ihnen anschließen, jetzt, wo er keinen Vater und keine Mutter mehr hatte. Einmal teilten sie uns per Telefon mit, er habe Anfälle, eine Art Krämpfe, und dabei würde er sich hin und her wälzen und sabbern. Wir wussten nicht, ob wir das glauben sollten, die Leute von *País Libre* sagten, das sei bestimmt gelogen, aber nach seiner Rückkehr stellte sich heraus, dass es wirklich so gewesen war, er hatte da oben in den Bergen epileptische Anfälle gehabt, ob es an den Qualen lag, die er durchstehen musste, oder eine Spätfolge seiner schwierigen Geburt war, oder was auch immer, wissen wir nicht.

Es war eine sehr harte Zeit, wir lebten, ohne zu leben, schliefen, ohne zu schlafen, aßen, ohne zu essen, und hatten Nacht für Nacht schreckliche Träume. Alles war irgendwie unwirklich, das Leben ging weiter, aber in Gedanken waren wir immer woanders, in den Bergen, in dem einsamen Gefängnis unter freiem Himmel. Bis auf das Haus verkauften Alberto und ich unseren gesamten Besitz – eine sehr gute Lagerhalle in einem Gewerbegebiet, die wir vermietet hatten, ein Grundstück in La Estrella, eine Wohnung in Laureles, die Doña Helena, meine Schwägerin, uns vermacht hatte, mein neues Auto, einen Teil der Bäckerei, den meine Mutter uns geschenkt hatte, Eva kaufte ihn uns weit über Wert ab. Alles, um das Lösegeld zu bezahlen. Alles, außer dem Haus und La Oculta, allerdings gehörte die Finca damals noch nicht uns Kindern, sondern meinem Vater. La Oculta wurde nicht verkauft und wird auch nicht verkauft – dieser Satz hat sich mir unauslöschlich eingeprägt: La Oculta wird nicht verkauft.

Schließlich wurde mein Vater krank. Als sie uns am Telefon das mit den Anfällen und den Krämpfen erzählt hatten, fing er an zu schreien. Von all dem Leid und dem vielen Alkohol wurde er krank, er konnte es nicht länger ertragen. Er hatte mit sämtlichen Bekannten gesprochen, die er bei den linken Gruppen und Parteien in Medellín und Bogotá hatte, aber alles war umsonst, niemand kümmerte sich um ihn. Als Lucas bereits ein halbes Jahr in Geiselhaft war und dort seinen Geburtstag gefeiert hatte, bekam mein Vater eine schwere Bauchspeicheldrüsenentzündung. Während ich versuchte, irgendwie mit meiner Angst und der Tatsache zurechtzukommen, dass es keine Neuigkeiten von Lucas gab und keinen Beweis dafür, dass er noch lebte, musste auf einmal mein über alles geliebter Vater, der die ganze Zeit meine größte Stütze gewesen war, ins Krankenhaus. Manchmal ist das so mit dem Unglück, dann kommt nicht eins nach dem anderen, alle paar Jahre, sondern auf einmal bricht alles gleichzeitig über einen herein. Mit den schönen Dingen geht es genauso, die kommen manchmal auch alle auf einmal. Dazwischen ist oft jahrelang alles ruhig, ohne dass irgendwas Besonderes passiert – das sind eigentlich die besten Zeiten.

Mein Vater wusste, dass er todkrank war, er hat es selbst zu Eva und mir gesagt: »Der Sitz der Seele ist die Bauchspeicheldrüse, meine Töchter, wenn die krank wird, heißt es, sich aufs Sterben vorbereiten.« Viel Leben war in mir auch nicht übrig. Jeden Abend zählten wir, wie viel Bargeld wir inzwischen zusammen hatten. Am Ende begnügten sie sich mit vierhunderttausend, mehr bekamen wir einfach nicht zusammen. Und währenddessen lag mein Vater im Sterben. In diesen Monaten begriff ich so deutlich wie nie, was für ein Elend das Leben ist und die Tatsache, dass man Kinder hat und diese Kinder liebt, und dass man auch seine Eltern liebt – der doppelte Schmerz zerriss mich förmlich, auf der einen Seite mein entführter Sohn, auf der anderen mein sterbender Vater. Am allerschlimmsten war es, glaube ich, als ich Lucas über den Radiosender mitteilen musste, dass Cobo, sein geliebter Großvater, in der vorausgegangenen Nacht gestorben war, dass er davor aber noch gesagt hatte, er, Lucas, solle stark sein, sehr stark, und Mut haben und durchhalten, er würde nämlich schon bald freikommen. Was man unter solchen Umständen eben so sagt – aber wenn das Leben so schrecklich ist, kommen womöglich gerade solche Sätze der Wahrheit am nächsten. Die Seele meines Vaters würde ihm zur Seite stehen und ihm vom Himmel aus helfen, sagte ich noch, und das glaubte ich auch und glaube es bis heute, nicht an jedem Tag, aber manchmal, besonders nachts, glaube ich daran, und dann stelle ich mir vor, dass er mir von dort oben zusieht und mir nur das Beste wünscht und mich beschützt und glücklich ist, dass ich inzwischen auf seiner Finca wohne, auf seinem Land, in La Oculta.

An einem Nachmittag, der sich in nichts von all den anderen Nachmittagen dieser schrecklichen Monate unterschied, besuchte ich meinen Vater im Krankenhaus. Er lag, bis auf die Knochen abgemagert und mit kantigen Gesichtszügen, im Bett, von unstillbarem Durst gequält, und seine Haut hatte bereits die wachsgelbe Farbe der Toten. Er konnte nicht mehr aufstehen, geschweige denn auf die Toilette gehen, was er als große Erniedrigung empfand. Wenn ich mich nicht gerade mit demütigenden Verkaufsverhandlungen für eins der immer hastiger abgestoßenen Dinge aus unserem Besitz herumschlagen musste, ging ich ins Krankenhaus, jeden Tag wenigstens für einen Augenblick. Alle fünf Minuten reichte ich ihm die Urinflasche, weil er glaubte, urinieren zu müssen, aber mehr als ein paar Tropfen einer traurig trüben und zähen Flüssigkeit kamen nicht raus, obwohl er sich anstrengte, dass ihm der Schweiß auf die Stirn trat. »Wie Luchspisse«, sagte er. Wir betupften ihm die glühenden und trockenen Lippen mit einem feuchten Wattebausch. Auch Eva kam zu ihm ins Krankenhaus, sogar noch öfter als ich, und in den Nächten wechselte sie sich mit meiner Mutter ab. Toño erschien erst spät, so sind die Männer, wenn jemand krank wird, sind sie fast nie zu irgendwas zu gebrauchen. Er traf erst an einem der letzten Tage ein, als man ihm endlich im Orchester frei gegeben hatte. In jedem Fall kostete es ihn das Aufrücken unter die zweiten Geigen. Er konnte nicht viel mehr als Abschied nehmen – Doktor Correa hatte bereits gesagt, es sei nichts mehr zu machen, und er sagte immer die Wahrheit, allerdings sehr einfühlsam, und deshalb haben wir ihn auch bis heute so gern. Toño brachte damals, das vergesse ich nie, einen ganzen Koffer voll Dollarnoten mit, die Jon uns für das Lösegeld leihen wollte. Er schmuggelte das Geld ins Land – hätte man ihn erwischt, wäre er bestimmt wegen angeblicher Geldwäsche im Gefängnis gelandet. Das hätte uns gerade noch gefehlt. Die tausend Hundert-Dollar-Scheine von Jon bewahrten wir mehrere Wochen in einem Tresor in der Bäckerei meiner Mutter auf. In schwarze Plastiktüten verpackt lagen sie für den Fall der Fälle bereit. Zum Glück brauchten wir sie zuletzt doch nicht und konnten alles zurückgeben. Sie blieben aber noch mehrere Jahre in dem Tresor, weil Toño sich nicht traute, noch einmal mit so viel Bargeld durch die Welt zu reisen. Jon beschloss irgendwann, mit dem Geld mehrere Zeichnungen von Fernando Botero zu kaufen, und so verwandelten sich die hunderttausend Dollar eines Tages in drei Blatt geripptes Guarro-Papier, auf denen drei gezeichnete Interieurs zu sehen waren – eine Küche, ein Wohnzimmer, ein Schlafzimmer –, die er, aufgerollt in einer Papphröhre, nach Hause mitnahm. Angeblich wollen er und Toño diese Zeichnungen eines Tages dem Kunstmuseum von Jericó stiften.

An einem der immer gleichen Besuchsnachmittage im Krankenhaus stand ich mit dem Rücken zu ihm im Zimmer meines Vaters und sah zum Fenster hinaus. Draußen ging ein gewaltiges Gewitter nieder, es blitzte, donnerte und goss in Strömen, und während ich die gelben Bäche betrachtete, die sich auf den Straßen bildeten, dachte ich an Lucas und wie es ihm unter dieser Eisdusche wohl gehen würde. Mein Vater hatte Atemschwierigkeiten und bekam zeitweilig eine Sauerstoffmaske aufgesetzt, abgesehen davon, dass er am Tropf hing, um nicht zu verdursten, und auf demselben Weg mit Morphium sediert wurde. Auf einmal sagte Cobo – Cobo hatte Lucas ihn zuerst genannt, als er anfing zu sprechen –, ich solle bitte zu ihm ans Bett kommen. Und dann kam er mit etwas, was ich nie erwartet hätte. Mit dünner Stimme, fast flüsternd, sagte er: »Meine Liebe, ich muss dich um etwas bitten, es wird dir vielleicht seltsam vorkommen.« »Was denn, Papi?«, sagte ich. »Für dich tue ich alles, das weißt du ja, aber sag mir, worum es geht.« Da sah er mich mit seinen sanften blauen Augen ernst an und sagte ganz langsam: »Ich möchte, dass du La Oculta nie verkaufst, auch nicht, wenn deine Mutter und deine Geschwister nach meinem Tod sagen, jetzt kannst du die Finca verkaufen und damit das Lösegeld bezahlen. Darum bitte ich dich: Sorg dafür, dass La Oculta, solange du lebst, nicht verkauft wird. Und sag Lucas, wenn er zurückkehrt, er soll versprechen, dass er die Finca, wenn er sie eines Tages von dir erbt, auch nicht verkauft.« »Gut, Papi, aber warum?«, fragte ich. Und da sagte er, die Finca sei alles, was wir besitzen, diese Finca sei uns im Kampf um das Leben zugefallen, und wir dürften dieses Stück Erde um nichts in der Welt aufgeben. Seine Vorfahren seien einst mit leeren Händen nach Antioquia gekommen, ihr einziger Besitz sei ihre Hoffnung auf ein besseres Leben gewesen. Und La Oculta habe ihnen ein Leben in Würde ermöglicht. La Oculta habe ihnen erlaubt zu studieren, ihnen Arbeit, Freiheit und Unabhängigkeit gegeben und das Gefühl, einen Ort auf der Welt zu haben, den man verlassen, zu dem man aber immer wieder zurückkehren kann, einen Ort, um zu leben und zu sterben. Und einen solchen Ort dürfe man auf keinen Fall aufgeben, nicht einmal, wenn es um die Person aus der Familie geht, die alle am liebsten haben, also Lucas. Ich als Erstgeborene, fuhr er fort, müsse falls nötig meinen Erstgeborenen opfern, um dieses Stück Land zu verteidigen. Anschließend erklärte er mir, wo auf der Finca er begraben werden wollte und dass er nicht verbrannt werden wollte, ihm gefiel diese Vorstellung nicht, da war er wie Toño, der denkt genauso darüber. Er wollte aber kein Grab, nur ein Loch in der Erde, ohne irgendwelche Zeichen, höchstens einen von den runden schwarzen Steinen, die es dort in den Bächen gibt. Und wir sollten ihn einfach in ein weißes Leintuch wickeln. Da fing ich an zu weinen, meine warmen Tränen fielen auf die wachsgelbe Haut meines Vaters, aber ich sagte ja. Und mein Vater weinte auch, so wie ich, lautlos. Wir nahmen für immer Abschied voneinander, und er verlangte von mir, ich sollte einem verfluchten Stück Land den Vorzug vor einem lebendigen Menschen geben. Ich sollte für La Oculta nicht nur seinen Tod, sondern auch den Tod meines Sohns hinnehmen. Und ich wusste, ehrlich gesagt, nicht, wie ich das verstehen sollte. Jetzt, wo ich alt bin, verstehe ich es aber schon besser.

Dann fragte ich meinen Vater, ob wir La Oculta auch dann nicht verkaufen dürften, wenn wir kurz vor dem Verhungern wären, und er sagte, gerade dann nicht – dann könnten wir nach La Oculta gehen und dort das Land bebauen. Ich sollte mir einfach vorstellen, wir stünden eines Tages ohne Strom da und es gebe weder Benzin noch Lebensmittel noch Nachrichten und so weiter, für mindestens zehn Jahre – wegen eines Sonnensturms oder eines Meteoriten oder irgendetwas anderem. In den Städten würden die Menschen sich dann aus Verzweiflung und vor Wut und Hunger gegenseitig umbringen. Nur wer eine Finca besäße und Land, um etwas anzubauen, Pferde, um sich fortzubewegen, Kühe, die man melken, Schweine, die man mästen, und Hühner, deren Eier man sammeln kann, und dazu Holz zum Feuermachen und Kochen, nur der werde sich retten können. Oder ich solle mir vorstellen, ein schlimmes Virus breite sich aus – dann müsste man sich an einen abgelegenen Ort zurückziehen wie im Mittelalter, wenn die Pest ausbrach. Jeden Augenblick könne es wieder so sein, dass der Mensch auf seine bloßen Hände angewiesen ist, ohne technische Hilfsmittel, allein der Natur gegenüber. Und deshalb müssten wir die Finca jederzeit und mit allen Mitteln verteidigen, als sollten wir auf einmal wieder wie die Menschen im Amazonas-Urwald leben, wie die ersten Menschen, wie unsere Vorfahren. Ich verstand nicht alles, was er sagte, aber wie er so sprach, kam er mir wie ein Prophet aus der Bibel vor, der ein großes Unheil ankündigt und gleichzeitig erklärt, wie man sich eine Arche bauen kann. Irgendwann an diesem Abend fiel mein Vater ins Koma, und zwei oder drei Tage später war er tot.

Als wir endlich das Lösegeld übergeben konnten – es war die reinste Odyssee, wir mussten das Geld in Autoreifen verstecken und damit bis in eine wilde Waldgegend an der Grenze zwischen Antioquia und Chocó fahren –, ließen sie Lucas frei. Das Erste, wonach er fragte, als er vor uns stand – mager und ausgezehrt und mit langen Haaren und einer seit Monaten eiternden Wunde am rechten Knöchel, die für immer eine dunkle Narbe hinterlassen sollte –, seine erste Frage also war, wie es Cobo geht. Er konnte nicht begreifen, dass Cobo gestorben war, während er im Wald gefangen saß, Cobo war doch gesund und wohlauf gewesen, als man ihn verschleppt hatte. An dem Tag, als wir ihm die Nachricht von Cobos Tod über den Sender mitgeteilt hatten, hatte er nicht Radio hören können, und als Mitgefangene ihm davon berichteten, wollte er ihnen nicht glauben. Als Lucas freigelassen wurde, lag Cobos Beerdigung schon eineinhalb Monate zurück, und Lucas wusste nicht, ob er sich selbst oder seinem Großvater böse sein sollte, dass er auf diese Weise gestorben war. Wir sagten zu ihm, er ist gestorben, als du im Wald gefangen gehalten wurdest, er ist aus Kummer darüber gestorben. Da setzte Lucas sich schweigend und mit geschlossenen Augen in eine Ecke und sagte nach einer ziemlichen Weile, das sei noch schlimmer als die Entführung, schlimmer als den ganzen Tag wie ein Hund oder ein Sklave angekettet zu sein. Später gingen wir auf den Friedhof, und Lucas blieb stundenlang auf Cobos Grab sitzen. Auf dem Friedhof erzählte ich ihm auch, was Cobo über La Oculta gesagt hatte. Lucas hörte mir schweigend zu und versprach anschließend, dass er eines Tages Cobos Knochen an den Ort bringen würde, den er sich gewünscht hatte, und dass er die Knochen dort in ein weißes Leintuch gewickelt begraben würde, und auf die Grabstelle würde er einen großen, schwarzen, runden Stein aus dem Bach legen. Das ist schon lange her, damals hätten wir nicht nach La Oculta fahren und dort übernachten können, das war zu gefährlich. Bestenfalls konnten wir kurz auf La Oculta vorbeisehen und Próspero etwas Geld bringen, aber nur, wenn wir unseren Besuch nicht ankündigten. Einmal fuhren Eva und ich tatsächlich hin, allerdings nicht mit dem Auto, sondern mit dem Bus, und wie Bäuerinnen gekleidet, so als wollten wir Verwandte auf dem Dorf besuchen. Damals war die ganze Gegend voller Guerrilleros, später kamen die Paramilitärs, angeblich um das Gebiet zu »säubern«, und das taten sie auch, und wir konnten wieder auf die Finca fahren. Aber dafür war jetzt alles voller Paramilitärs und die hinterließen auch lauter Tote, und wir mussten feststellen, dass sie noch schlimmer als die Guerrilleros waren. Wir hielten trotzdem durch und warteten ab, und es gelang uns, die Finca zu halten, und hier bin ich – hier sind wir – und hier lebe ich. Auch Lucas kommt ab und zu auf die Finca, ohne Angst, mit seinen Kindern, also meinen Enkeln, und er geht mit ihnen über das Gelände und erklärt ihnen, warum die Finca für die ganze Familie so wichtig ist, und er bringt ihnen schwimmen und reiten bei, und ich habe das Gefühl, dass die Verbindung, die bei den Großeltern begonnen hat und durch Cobo und mich fortgesetzt wurde, weiter Bestand hat, durch Lucas und die Kinder von Lucas und später durch die Kindeskinder von Lucas, wie bei diesen endlos langen Aufzählungen aus der Bibel, die Toño so gut gefallen.

Antonio

Nach der Siesta läutete zur Überraschung der Neuankömmlinge erneut die Glocke. Auf die Ansprache des Priesters, den Sancocho und den Mittagsschlaf folgte eine weltliche Ansprache. Gehalten werden sollte sie von Don Santiago Santamaría, der, als es so weit war, ans Pult trat, den weißen Strohhut abnahm, sich räusperte und begann:

»Jerichoaner des neuen Bundes, verzeiht, dass ein Mann mit so wenig Verstand und so geringer Redekunst sich an euch wendet, aber es geschieht auf Wunsch Don Gabriel Echeverris, meines Gevatters und Kompagnons bei diesem Unternehmen, wie auch der Leute, die schon seit längerem an diesem abgelegenen Ort wohnen. Doña Quiteria und ich und alle übrigen Bewohner heißen euch herzlich willkommen, doch nicht an diesem Ort, den es ja noch kaum gibt, sondern in diesem Traum, bei diesem gemeinsamen Unternehmen, das sich der Zukunft verschrieben hat.

Zunächst muss ich sagen« – bei diesen Worten deutete er lächelnd auf den strahlend blauen Himmel –, »dass es jedem, dem dieses Klima nicht zusagt, selbstverständlich freisteht, wieder zu gehen – wenn er sogleich aufbricht, erreicht er noch bei Tageslicht das Gasthaus in Palo Cabildo oder sogar die Zuckermühle der Tejadas, wo man ihm für die Nacht Unterschlupf gewähren wird.«

Hier legte er eine rhetorische Pause ein und fuhr fort, als klar war, dass niemand auf dieses Angebot eingehen würde: »Nun gut, wenn ihr bleibt, heißt das, dass ihr hart werdet arbeiten müssen, von Tagesanbruch bis zum Beginn der Nacht, und das bei jedem Wetter, egal ob die Sonne vom Himmel brennt oder es stürmt, hagelt oder sogar friert. Hier in dieser Einsamkeit ist noch so gut wie nichts vorhanden, und dass sich das ändert, hängt allein von der Kraft eurer Arme ab. Nur eines gibt es in diesem neuen Dorf mehr als reichlich: Zukunft. Allerdings möchte ich klarstellen, und zwar den weltlichen Mitbürgern nicht anders als den Vertretern des Klerus« – bei diesen Worten sah er ausdrücklich Pater Naranjito an –, »dass ihr euch hier weder als Bergleute noch als Goldwäscher noch als Schatzgräber betätigen dürft, zugelassen sind nur Siedler. Wer sich den Wechselfällen des Bergbaus aussetzen möchte, der möge weiter Richtung Süden ziehen, wo es in der Tat Bergwerke gibt. Er kann heute Nacht noch hier im Dorf schlafen, wenn er will, aber spätestens morgen sollte er sich auf den Weg zu seinen ungewissen Träumen machen. In Marmato, Rio Sucio, ja selbst im Chocó, oder auch, in nördlicher Richtung, in Segovia oder Buriticá – wo es tatsächlich Berge voller Gold gibt – mag er sein Glück versuchen, nicht jedoch bei uns. Wir haben uns hier nicht eingefunden, um den Boden zu durchwühlen oder Gräber zu entweihen. Und auch nicht, um zu erobern, soll heißen: um Indios zu unterwerfen, zu töten oder zu demütigen. Die Konquistadoren sind hier schon vor langer Zeit vorbeigezogen, zweihundert Jahre ist das her, und sie haben ohnehin keine Indios übrig gelassen, die man unterwerfen könnte. Falls aber wider Erwarten doch noch welche da sein sollten, so sind sie herzlich eingeladen, sich unserem Vorhaben anzuschließen und diese unberührte Gegend zu besiedeln – alle Schwarzen oder Mulatten sollen sich bei uns ab sofort als frei betrachten. Ich habe gesehen, dass mit euch auch einige schwarze Brüder aus fernen Gegenden hier eingetroffen sind, die man gerade erst aus dem schändlichen Sklavenstand entlassen hat. Auch zu ihnen sage ich: Bearbeitet die Erde und seid willkommen in diesem neuen Dorf freier Menschen! Kartenspielen, Würfeln oder Schnapstrinken dagegen sind Dinge, die wir hier nicht wollen, anders gesagt: Wir sind nicht hergekommen, um durch den Zufall reich zu werden oder an den Lastern zu verdienen, die den Menschen erniedrigen. Und ihr seid auch nicht alleine erschienen, sondern mit Frauen, oder um Frauen zu heiraten, die es bei uns bereits gibt, denn was es hier nicht geben wird, ist Arbeit im Dienst anderer – es wird nur Arbeit mit der eigenen und für die eigene Familie geben. Junggesellen wollen wir in Jericó nicht, und so muss, wer hier mit fünfundzwanzig noch keine Frau gefunden hat, eine Ledigensteuer zahlen, ist doch in unserem vom Krieg verheerten Land an alleinstehenden Frauen kein Mangel, weshalb ich sage: Frisch auf, ihr jungen Männer, sucht euch eine Gattin, denn wir sind nicht hierhergekommen, um unsere Zeit zu vertun oder die Frau unseres Nächsten zu begehren, es gilt vielmehr, für die eigene zu sorgen und sie liebevoll zu umhegen und viele Kinder mit ihr in die Welt zu setzen. Niemand wird hier nach seiner Hautfarbe beurteilt, sehr wohl aber, wie viel und wie oft ihm der Schweiß auf der Stirn steht. Hoffen wir nun, die Sonne möge uns allen die Haut schon recht bald gegerbt haben, gibt es doch keine bessere Schule des Lebens als die Arbeit unter freiem Himmel. Ihr seid hierhergekommen, weil ihr es wolltet, aber ihr werdet bloß bleiben, wenn ihr genügend Willen und Geduld aufbringt ...

Mein Patensohn hier, der Hinkefuß, der Sohn von Don Gabriel, hat den Vorschlag gemacht, jeder solle sofort sein Land übergeben bekommen, und jede Familie ein exakt gleich großes Stück. Er ist ein guter Mensch und Idealist, aber auch ein wenig ein Träumer. Sein Vater und ich halten jedenfalls nichts von Geschenken. Wir sind der Meinung, wer es bereits geschafft hat, sich etwas zusammenzusparen, der hat es auch verdient, mehr Land zu bekommen, und wer gerade erst anfängt, der soll sich ganz besonders anstrengen. Die größeren Grundstücke, auf denen man im großen Stil Landwirtschaft betreiben kann, werden sehr billig verkauft, und wer das Geld für eine Anzahlung hat, kann den Rest über Jahre hinweg in Raten – und ohne Zinsen – abzahlen. Wann kann es losgehen? Schon bald, nach einer kurzen Weile, in der sich zeigen soll, wer von euch wirklich ein fleißiger Arbeiter ist und sich gut zu benehmen versteht. Nochmals: Wer wieder gehen möchte, der gehe, und die Heilige Jungfrau begleite ihn!

Dass wir Grundstücke vergeben oder größere Flächen geradezu verschenken, geschieht aber nicht nur, weil wir so gute oder so einfältige Menschen sind, es ist auch für uns ein auf die Dauer lohnendes Geschäft. Wir wollen nämlich nicht, dass es unseren Familien so geht wie den Aranzazus im Süden Antioquias, die vom Staat zuletzt enteignet wurden, weil sie nicht imstande waren, ihren riesigen Besitz zu bewirtschaften. Und noch schlimmer geht es den Villegas, die schon seit Jahren zusehen müssen, dass Fremde sich auf ihrem Gebiet breitmachen, woraufhin sie nun – und sicherlich noch ihr ganzes Leben – ihre Zeit damit zubringen, Prozesse zu führen und die teuersten Anwälte Bogotás dafür zu bezahlen, dass sie vor Gericht und bei der Regierung in dem Streit für sie eintreten, den sie mit Siedlern auszutragen haben, die sich bereits so sicher auf dem Land fühlen, das ihnen nicht gehört, dass sie sich wohl weder im Guten noch im Schlechten von dort werden vertreiben lassen.

Wir vertrauen auch darauf, dass der Handel manches in dieser Gegend in Bewegung bringen wird. Schon heute kommen viele Viehtreiber auf dem Weg nach Süden bei uns vorbei, und sie sorgen dafür, dass die Dinge, an denen wir uns hier versuchen, anderswo verbreitet werden. Jericó wird eines Tages ein weithin bekannter Ort sein. Und manchen von euch wird es sehr gut ergehen, anderen weniger gut, und einigen, hoffentlich möglichst wenigen, wird es gar nicht gut ergehen. Wie dem auch sei, wir hoffen, dass bei uns weniger die Gewitztheit als die Einsatzbereitschaft belohnt wird und weniger das Draufgängertum als der Fleiß. In jedem Fall soll es hier weder Vorbehalte noch Geheimniskrämerei geben – alles ist offen. Und ihr, die ihr den Mut gehabt habt, hierherzukommen, wofür man euch nun etwas geben wird, gebt im selben Augenblick ja auch etwas, und zwar eure Arbeit im Tausch für die Ungewissheit und eure Gegenwart im Tausch für die Zukunft. Legt deshalb keine falsche Bescheidenheit an den Tag, sondern betrachtet euch als Eigentümer und Schöpfer eines Werks des Fortschritts.

Und egal welche Zweifel oder Fragen euch künftig umtreiben, ihr könnt euch stets an mich wenden und mich zu Rate ziehen. Das ist alles. Ach ja, eine Sache noch: Wie ihr sicherlich gemerkt habt, gibt es in Jericó weder Gefängnis noch Polizei. Und auch keinen Bürgermeister und keinen Richter und keinen Notar. Die Regierung in Medellín hat mich einstweilen zum Friedensrichter ernannt, meine Aufgabe wird es sein, für Ausgleich zu sorgen, falls es zu Streit oder Zwistigkeiten kommt, mag es dabei um Wasserrechte oder Grenzverläufe, Trunkenheit oder Schürzenjägerei gehen. Ich hoffe jedoch, euer gutes Benehmen wird die gerade erwähnten Institutionen möglichst lange überflüssig erscheinen lassen. Eines Tages wird es hier all das geben, und auch an einem Totengräber wird es nicht fehlen, der sich um den noch zu eröffnenden Friedhof kümmern wird, was jedoch je später, je lieber geschehen möge, hoffe ich doch, keiner von euch ist mit dem Wunsch hier erschienen, möglichst bald das Zeitliche zu segnen, im Gegenteil, einem jeden wünsche ich, dass erst die Runzelkrankheit ihn ins Grab befördern wird«, beendete er schmunzelnd seine Ausführungen.

Einer der Neuankömmlinge mit Namen José Bernardo Londoño, der sieben Kinder mitgebracht hatte, fragte, ob es denn keine Schule gebe. Worauf Don Santiago erwiderte, vorläufig nicht, doch sei ihm hieran in der Tat sehr gelegen, weshalb auch bereits ein Grundstück für den Bau einer Schule vorgesehen sei, das sein Kompagnon Echeverri gestiftet habe. Sollte es unter den Neuankömmlingen jemanden geben, der gut lesen, schreiben und rechnen könne und zugleich Freude am Unterrichten habe, so könne man diesen unverzüglich zum Lehrer oder zur Lehrerin ernennen und ihm die Leitung der Schule anvertrauen, deren Bau alle zusammen in Angriff nehmen würden. Er selbst werde die Tafel und die Pulte und dazu ein Monatsgehalt, zunächst für ein Jahr, beisteuern. Anschließend werde man sehen, ob es von allen zusammen aufgebracht werden könne. Da bat Pater Naranjito ums Wort und sagte, das mit der Schule scheine ihm sehr gut, was die Knaben betreffe, und er selbst biete an, diese in Religion und heiliger Geschichte zu unterrichten. Was die Mädchen angehe, so glaube er jedoch, für diese solle man ein eigenes Gebäude errichten, in dem man sie im Nähen, Kochen und in Gartenarbeit unterweisen und ihnen darüber hinaus bestenfalls die Anfangsgründe des Addierens und Subtrahierens beibringen solle, eben so, dass sie sich an der Verwaltung der Haushaltskasse beteiligen könnten. Das Lesen hingegen sei für Dorfmädchen keine gute Sache, habe man doch schon oft sehen müssen, dass diese sich allzu sehr für die Lektüre sündiger Romane und sittenwidriger Geschichten begeisterten und darüber ihre häuslichen Pflichten vernachlässigten. Da fiel Hinkefuß Echeverri dem Priester mit vor Zorn gerötetem Gesicht ziemlich unhöflich ins Wort: »Vorläufig ist es ausgeschlossen, hier zwei Schulhäuser zu errichten, Pater, aber machen wir es doch so: Sollen die kleinen Männer und Frauen erst einmal zusammen beginnen, und sollte sich später herausstellen, dass Letztere dümmer sind und nur zum Kochen und Nähen taugen, bauen wir ihnen eine eigene Schule, wo sie nur das lernen sollen, was Sie gerade gesagt haben. Zunächst jedoch sollen alle zusammen beginnen, Knaben und Mädchen, finden Sie nicht, mein lieber Patenonkel? Bedenken Sie, was der Gouverneur Faciolince einmal, vor vielleicht zehn Jahren, gesagt hat: ›Bei den Türken, wo die Frau erniedrigt und herabgewürdigt wird, ist auch der Mann ein würdeloser Sklave. In Frankreich dagegen, wo die Frau eine Königin ist, herrscht im ganzen Land Freiheit.‹«

»Machen wir es, wie mein Patensohn vorschlägt, und dann wird man sehen«, entschied Don Santiago. Pater Naranjito gab zu erkennen, dass er sich dem fremden Unverstand beugte – zuerst richtete er den Blick gen Himmel und senkte dann mit gespielter Demut den Kopf. Teresa, die sich ja ihrer Schwester Raquel in La Ceja angeschlossen hatte, hob die Hand und bot an, das Lehreramt zu übernehmen. Ihrem Beispiel folgte ein Mann, der Jorge Orlando Melo hieß und nach Auskunft sämtlicher Leute, die ihn auf dem Weg hierher kennengelernt hatten, über ausnahmslos alles Bescheid wusste, egal, wonach man fragte. Nachdem Don Santiago den beiden ein paar Fragen gestellt hatte, ernannte er Teresa zur Lehrerin und Don Jorge zum Lehrer und Leiter der künftigen Schule. Und so begann man schon wenige Tage später in wechselnden Schichten auf einem Grundstück gleich hinter der Kirche mit dem ersten Gemeinschaftswerk des Dorfes, der Errichtung der neuen Schule, die später fast alle unsere Vorfahren, die in Jericó zur Welt kamen, besuchen sollten, angefangen bei Isaías' Sohn Elías und Elías' Sohn José Antonio über José Antonios Sohn Josué – also meinen Großvater –, bis zu Großvater Josués Sohn Jacobo, meinem Vater. Ich dann schon nicht mehr, denn ich kam in Medellín zur Welt und wuchs dort auf.

Was die Verwunderung sämtlicher Reisender erregte, die in der zweiten Hälfte des 19. Jahrhunderts im Südosten Antioquias unterwegs waren, waren der Kinderreichtum und das überaus gesunde Erscheinungsbild und die Größe, Kraft und Statur der dort lebenden Menschen. Jean-Baptiste Boussingault etwa staunte über ihre kräftige Konstitution, während Friedrich von Schenck konstatierte, in der gesamten Republik gebe es »keine den Bewohnern dieser Gebirgsgegend vergleichbar großen und athletischen Gestalten, wie auch deren Frauen an Schönheit, frischer Farbe und angenehmem Äußeren von niemandem ihres Geschlechts übertroffen werden«. Das Geheimnis dahinter war, wie mir scheint, denkbar einfach: ein gesunder Lebenswandel und gute Ernährung.

Wie mein Großvater immer sagte, hatte man ihnen in der Schule beigebracht, dass sie beim Essen an die Fahnen von Antioquia und Kolumbien denken sollten, anders gesagt: »Es sollte stets etwas Weißes dabei sein – Reis, Arepas, zarte junge Maiskolben, Milch, Käse –, etwas Grünes – Salat und Gemüse –, etwas Rotes – Bohnen, Fleisch, Obst, Schokolade – und etwas Gelbes – Eier, Bananen, reifer Mais, Yuca, Arakacha-Wurzeln, Kartoffeln und noch mehr Obst.« An dieser Stelle folgte unweigerlich die Frage nach dem blauen Anteil, und die Antwort war ebenfalls denkbar einfach: »Für den blauen Anteil steht das frische Wasser, das aus den Quellen unserer Berge sprudelt.«

Der Speiseplan der Bewohner der Berge Antioquias setzte sich in der Tat aus einfachen und bescheidenen Nahrungsmitteln zusammen, und doch war er vollständig und ausgewogen: Jeden Abend servierte die Hausfrau eine große Schüssel Bohnen. Was ebenfalls nie fehlte, war Mais zum Nachtisch, manchmal mit Würfeln aus Guavenpaste, manchmal auch nur mit einem Stück Rohrzucker. Für ein immer reichhaltigeres Angebot an Rind- und Schweinefleisch sorgten die vielen neuen Fincas, die nicht nur für den Export in die Bergbaugebiete des Südens produzierten. Ein Problem stellte allerdings das Konservieren dar, doch man behalf sich mit Salz, das auf Eseln aus El Retiro geliefert wurde. Das Fleisch wurde zunächst in Streifen geschnitten und dann eingesalzen und in der Sonne getrocknet. Für den Gebrauch zerrieb man es später zwischen zwei Steinen. Dieses gemahlene Fleisch – oder »Fleischpulver«, wie wir sagten – streute man über die Bohnen. Gab man anschließend noch ein in Schweineschmalz gebratenes Spiegelei darüber, erhielt man das leckerste Gericht der Welt, erst recht, wenn dazu noch eine gebratene reife Banane serviert wurde, die alles mit ihrer sanften Süße durchdrang. Mittags konnte man das gleiche Fleischpulver über eine Reis- und Kartoffelsuppe streuen. Dazu gab es einen Teller mit gewürfelter Tomate und geriebenem Kohl, roten Zwiebeln, Koriander und Zitronensaft sowie, wenn gerade Erntezeit war, reifen Avocados. Und immer waren weiße oder gelbe Arepas dabei – so wie in der Alten Welt das Brot –, hatte doch schon ein deutscher Reisender einst gesagt: »Wo kein Mais gedeiht, gedeihen auch keine Antiochier.«

Glaubt man den zeitgenössischen Beschreibungen, war auch die Kleidung schlicht: »Die Männer tragen Hosen und lange Baumwollhemden, dazu Strohhut – aus Aguadas oder Sopetrán –, Poncho und die unverzichtbare Ledertasche, die Frauen dagegen kurze Röcke und ebenfalls Strohhut. Das Haar binden sie zu langen Zöpfen. Manche tragen Schultertücher aus feiner schwarzer Wolle mit langen schwarzen Seidenquasten. Und alle Welt, Arm wie Reich, geht barfuß. Schuhe, die ohnehin bloß drücken und stören, zieht man nur zu ganz besonderen Anlässen an.« Mein Großvater erzählte, sein Großvater, obgleich er zu den herausragenden Persönlichkeiten des Dorfes gezählt habe, sei stets barfuß herumgelaufen, und so sieht man ihn auch auf dem einzigen Ganzkörperporträt, das wir von ihm besitzen, einer stockfleckigen Daguerreotypie: Aus den Hosenbeinen seines eleganten Anzugs ragen die derben schwieligen Füße hervor.

Urgroßvater Isaías fing an, mit der Hilfe seines Schwagers Gregorio – der noch nicht volljährig war und, bevor er heiratete, zunächst eine Zeitlang Geld zurücklegen wollte – auf dem ersten der ihm zugewiesenen Grundstücke den Wald zu roden. Zu zweit kamen sie mit dem Sägen so gut voran, dass sie schon bald nicht wussten, wohin mit all dem Eichen-, Lorbeer- und Zedernholz. Da sie es nicht einfach verbrennen wollten, lagerten sie die gefällten Stämme unter einem Gerüst, wo sie vor Regen geschützt waren. Anschließend brannten sie die verbliebenen Stoppeln nieder, pflügten die Erde um und brachten die ersten Saaten aus – Bananen, Mais, Bohnen, Arakacha-Wurzeln und Kartoffeln. Nach zweimaligem Ernten ließen sie Gras wachsen und schickten ein paar weiße Kühe mit schwarzen Ohren dort auf die Weide. Gleichzeitig machten sie sich daran, das nächste Waldstück zu roden. Den Großteil des Ertrags brauchten sie für die eigene Ernährung, und doch blieb ein Teil übrig, den sie am Markttag auf dem Dorf verkaufen oder beim Schmied und anderen Handwerkern gegen Werkzeug eintauschen oder neu eingetroffenen Siedlern gegen Arbeitsstunden anbieten konnten.

Auf dem Grundstück im Dorf, auf dem auch ihr Haus stand – das nach einigen Jahren richtige Lehmwände erhalten sollte –, bauten die Ángels einen Stall, in dem sie Schweine mästeten. Dafür verwendeten sie die Überreste ihrer Mahlzeiten wie auch den

Teil der Felderträge ihrer beiden Fincas La Judía und La Mama, den sie nicht auf dem Markt anbieten konnten, also wurmstichige Möhren oder Kartoffeln, Bohnen, die von Motten angefressen worden waren, und überschüssige Bananen. Alle sechs Monate kamen Viehtreiber, die die Tiere in ihrem Auftrag zu den Goldminen im Süden brachten, wo keine Lebensmittel, sondern bloß Geld produziert wurde, weshalb man die Schweine dort zu einem guten Preis losschlagen konnte. In die andere Richtung, also über La Cabaña und den Río Cauca nach Medellín, sollte später das gut abgelagerte Edelholz abtransportiert werden. Die Echeverris und Santamarías kassierten dabei für jede Fuhre Holz und sämtliche Tiere einen Wegezoll. Das galt auch für alle anderen Waren. Viele Jahre später wurden am Dorfausgang die ersten Kaffeesträucher angepflanzt.

Die Idee stammte von einem weitsichtigen Priester, dem Pater Cadavid, der 1875 als Nachfolger Pater Naranjitos in Jericó eintraf, wo er sich aufgrund seines unermüdlichen Einsatzes gewissermaßen um eine dritte Ortsgründung verdient machen sollte. Pater Cadavid war ein energischer und einfallsreicher Mann, der gelesen hatte, welches Fieber das neue Getränk in Europa und den Vereinigten Staaten ausgelöst hatte. Deshalb verteilte er Kaffeestauden unter den Bauern und zeigte ihnen, wie sie die daraus gewonnenen Samen für einen Anbau im großen Stil nutzen konnten. Auch in Jericó wurde wie in anderen Landesteilen die Sitte eingeführt, dass man überführten Übeltätern als Strafe auferlegte, mehrere hundert – in schweren Fällen auch mehrere tausend – Kaffeesträucher anzupflanzen. Mit dem Ergebnis, dass es einige Jahre später ausgerechnet den Bösewichtern besser ging als den Leuten, die sich nie etwas hatten zuschulden kommen lassen. Pater Cadavid beschaffte auch die erste Schälmaschine, die eine große Hilfe für den Weiterverkauf der Ernte war. Elías, Isaías' Ältester, gehörte zu den Ersten, die sich mit dem Kaffeeanbau versuchten, wofür er die höher gelegenen Teile der Finca La Oculta nutzte, die damals noch seinem Vater gehörte, ihm aber nach dessen Tod als Erbe zufallen sollte. Er pflanzte so viele Kaffeestauden, dass man im Dorf zu munkeln begann, er müsse ja wohl eine gewaltige Schuld auf sich geladen haben.

Die Jerichoaner waren konservativ und puritanisch gesinnte Leute – weder Billardsalons noch Hahnenkämpfe noch Stierrennen waren bei ihnen erlaubt. Ehebruch war an einem Ort, wo jeder jeden kannte, nur schwer möglich. Prostituierte gab es bloß drei, María Medallas, Malena und María Esther. Unter dem Regiment einer alten Puffmutter mit Namen Margot, die sich selbst nicht mehr aktiv am Geschäft beteiligte, dafür aber eine erfolgreiche Unternehmerin und Beraterin in Herzensangelegenheiten geworden war, lebten die drei am Rand des Dorfes und sorgten am Ende des 19. Jahrhunderts dafür, dass neun von zehn jungen jerichoaner Männern ihre Unschuld verloren. Ihre Anwesenheit nahm man daher mit einem gewissen Wohlwollen hin, wie man es etwa einem Muttermal am eigenen Körper entgegenbringt. Die verheirateten Jerichoanerinnen wiederum sagten sich, besser ihre Männer und Söhne verausgabten sich mit diesen öffentlichen Damen als mit den Gattinnen ihrer Nachbarn.

In jedem Fall verlief nicht alles ohne Schwierigkeiten, gab es doch auch hier – so wie immer und überall – dreiste und gewitzte Menschen, die die weniger klugen und bedürftigeren ausnutzten. Indem sie entweder bloß einen lächerlichen Preis bezahlten oder sich aller möglichen gesetzeswidrigen Kniffe bedienten, häuften sie mit der Zeit einen unverhältnismäßig großen Landbesitz an. Auch der Friedhof füllte sich allmählich, und so gab es immer öfter Witwen, die ihr Land losschlagen mussten. Ähnlich ging es alten

Paaren, die ihre Söhne im Bürgerkrieg verloren hatten und selbst nicht mehr die Kraft und den Willen aufbrachten, ihr Land zu bestellen. Andere hatten einfach Pech – so wurden eines Tages die Tabakpflanzen von einem Schädling befallen, der ihren Anbau im warmen Hochland beendete –, oder sie waren schlichtweg faul. So kam es, dass nach einiger Zeit die Kinder ehemaliger Landbesitzer sich als – sehr schlecht bezahlte – Knechte verdingen oder als Pächter fremdes Land bearbeiten mussten. In manchen Fällen arbeiteten sogar arme Vettern für ihre reichen Verwandten.

Isaías Ángel war bei seiner Ankunft ein vierundzwanzigjähriger kräftiger junger Mann voller Träume. Mit zweiundvierzig hatte er sieben Kinder – zwei Jungen und fünf Mädchen –, die beiden Fincas La Judía und La Mama liefen bestens, und das Haus der Familie in Jericó hatte die einstigen Bretterwände gegen feste Lehmmauern und die bescheidenen Hocker gegen sorgfältig gearbeitete Möbel aus Edelhölzern aus den eigenen Wäldern eingetauscht. Um das Jahr 1880 war aus dem einstigen Weiler Jericó beinahe eine Kleinstadt geworden, die mit ihren mittlerweile fast zehntausend Einwohnern zu den am schnellsten wachsenden der Republik zählte. Isaías' älterer Sohn Elías, der einst höchst bequem im warmen Bauch seiner Mutter von El Retiro hierhergereist war, war inzwischen einundzwanzig – und damit volljährig – und hatte alle notwendigen grundlegenden Kenntnisse in der Schule des bereits sehr alten Melo erworben.

Der erste in Jericó geborene Ángel war jedoch vor allem ein angenehmer, fleißiger und ehrsamer Mensch. Sein Vater Isaías hatte sich von La Mama aus, den Wald rodend, immer weiter den Berg hinab Richtung Cauca vorgearbeitet. Dabei war er, auf halbem Weg zwischen dem warmen Tiefland und dem kalten Hochland, auf ein Stück Land gestoßen, das sich durch gute Luft und eine herrliche

Aussicht und wunderbar klare Quellen auszeichnete. Davon abgesehen war es durch seine Lage nahezu vollständig vor fremden Blicken geschützt. Als er es einem der vielen Söhne Don Santiago Santamarías zu einem verhältnismäßig günstigen Preis abkaufte, nannte er es La Oculta. Die entsprechenden Urkunden, abgefasst in der genüsslich ausgreifenden und schwungvollen Schrift jener Zeit von der Hand eines Notars in Fredonia, besitzen wir bis heute.

Eva

Von einem typischen Don Juan sagt man, er hat Erfolg bei Frauen. Ich würde eher sagen, er hat bei keiner Frau Erfolg, schließlich ist es nicht nur schön, sich zu verlieben, sondern auch, verliebt zu bleiben, finde ich wenigstens. Mir haben die Don Juans jedenfalls immer leidgetan. Von mir selbst wiederum könnte ich auch sagen, dass ich Erfolg bei den Männern gehabt habe, obwohl ich eigentlich an ihnen gescheitert bin, durch meinen Erfolg gescheitert, sozusagen, beziehungsweise erfolgreich gescheitert – wie man's nimmt. Obwohl ich mich oft verliebt habe, war ich doch nie eine Doña Juana – ich habe nämlich jedes Mal gehofft, derjenige würde meine besten Seiten zum Leben erwecken, so wie ich seine besten Seiten zum Leben erwecken würde. Schon bald war es jedoch wieder vorbei mit dem Verliebtsein, denn ich musste feststellen, dass der Betreffende die Sache nicht wert war, weil er weder geben noch nehmen konnte, oder weil er mich nicht so liebte, wie ich es wollte, oder weil ihm die Art nicht gefiel, wie ich ihn liebte. In jedem Fall habe ich alle Männer gehabt, die ich wollte, zumindest eine Zeitlang, auch wenn sie später Angst vor mir bekamen, vor meiner Freiheit, meiner Art, und sich erschrocken davongemacht haben. Wir Frauen können viele Männer haben, so viele wie wir wollen, oder fast. Nur sagen wir das besser niemandem.

Pilar nicht, Pilar ist aus anderem, älterem, härterem Holz geschnitzt, aus dem gleichen Holz wie meine Großmütter und Tanten, aus dem Ebenholz oder Johannisbrotholz meiner Urgroßmütter. Und wie meine Tanten und meine Mutter und alle meine Großmütter macht Pilar nichts anderes, als ihren Garten pflegen, beten, sich um die Kinder oder Enkel kümmern, aufräumen, kochen oder putzen. An einem Studium hat sie nie Interesse gehabt. Und erst recht nicht am Lesen – sie liest wenig und langsam. Über Politik zu sprechen geht ihr auf die Nerven, das findet sie ein Zeichen von schlechter Erziehung. Religion ist auch kein gutes Gesprächsthema, sie streitet nicht gern. Zur Messe gehen und das Abendmahl nehmen ist für sie so selbstverständlich wie sich anziehen oder ein Glas Wasser trinken. Sich scheiden zu lassen erscheint ihr eine Riesendummheit, ihrer Erfahrung nach wird es von Ehe zu Ehe nur schlimmer, bis man am Ende im Alter einsam und allein dasitzt. Ihr Rezept für eine Ehe, die hält, ist ganz einfach, angeblich hat Großmutter Miriam es ihr vor ihrer Hochzeit verraten: »Sieh mal, meine Tochter, sag zu allem ja, was dein Ehemann sagt, widersprich ihm nie, aber tu immer, was du willst.«

Mit uns und der Finca geht es ganz ähnlich. Jedes Mal wenn wir stundenlang diskutiert haben, sagt Pilar, sie wird sich an das halten, was wir drei Geschwister ausgemacht haben, nur um dann zu tun, wozu sie Lust hat. Sie verbringt ihr Leben damit, ständig irgendetwas am Haus zu reparieren, wie eine Ameise, die nicht anders kann, als unaufhörlich an ihrem Bau herumzumachen. Zu dem Haus hat sie ein mindestens so zärtliches Verhältnis wie zu ihrem Mann. Ich glaube, manchmal reißt sie Sachen bloß ab, um anschließend etwas Neues errichten zu können – sie fügt den Dingen Wunden zu, um sie anschließend pflegen zu können. Den armen Próspero macht sie fast verrückt mit ihren ständigen Sonderwünschen: Schieb das hier doch mal da hin, hilf mir mal, die Wand hier zu säubern, hol mal eine Zange, damit wir die Nägel da rausziehen können, komm, wir legen ein Basilikumbeet und eins mit Koriander an und noch eins mit Petersilie, und dann säen wir Paprika und Melonen und Auberginen, und den Baum da müssen wir auch fällen, aber zuerst noch das Fenster da abdichten, und die Scharniere von den Stalltüren müssen unbedingt mal wieder eingefettet werden ... Egal was, Hauptsache, sie hat zu tun. Und wenn sie mit allem fertig ist, springt sie in den Jeep und rast nach Medellín, weil ihre Kinder oder Enkel oder Freundinnen oder ihr Mann sie gebeten haben, ihnen zu helfen, wobei auch immer.

Wenn Pilar am Haus nichts mehr zu reparieren hat, nimmt sie sich das Grundstück vor und macht hier etwas anders, führt da eine Verbesserungsmaßnahme durch – sie versetzt einen Zaun, ebnet einen Hügel ein, fällt Bäume oder pflanzt welche an, probiert eine neue Kaffeesorte aus, die angeblich ergiebiger ist, geht gegen die Käfer vor, die die Herzen der Königspalmen anfressen, schleppt Steine hin und her, sammelt bei den Nachbarn Geld ein, damit nach dem Winter die Reparaturarbeiten an der Straße bezahlt werden können. Und wenn es auch da nichts mehr zu tun gibt, kümmert sie sich um die Kranken, bringt jemanden, der sich verletzt hat, ins Krankenhaus, fährt eine Schwangere zum Arzt oder richtet einen Toten her. Ich werde jedes Mal vom bloßen Zusehen müde. Nein, so wie sie wollte ich wirklich noch nie sein.

Als gehörte sie einer anderen Zeit an, obwohl sie nur zwei Jahre älter als ich ist. Vielleicht bin ich auch mit anderen Augen zur Welt gekommen und sehe Pilar deshalb so, oder andere Dinge, Menschen und Lektüren haben mich beeinflusst. Als ich noch sehr jung war, wurden die Pille und reißfeste Latexkondome erfunden und der Feminismus fasste Fuß, aber Pilar blieb von alldem völlig unberührt. Für mich war es anders, durch die Pille und Antibiotika verlor ich meine Ängste und durch den Feminismus wurde mir bewusst, wie sehr wir von den Männern unterdrückt worden waren – als Pilar geboren wurde, durften Frauen noch nicht mal wählen. Ich beschloss, dass ich nicht so sein würde, wie die Frauen bei uns immer gewesen waren – Sklavinnen eines Mannes und Sklavinnen ihrer selbst, die sich darauf beschränkten, für ihren Gatten und die Kinder die häusliche Welt, die sie umgab, in Ordnung zu halten, statt dazu beizutragen, die Welt insgesamt zu verbessern.

Ich habe mich mit den Traditionalisten angelegt und versucht, wenigstens das, was mich unmittelbar betraf, zu verändern. Ich habe andere verführt und mich verführen lassen und geküsst und getanzt und immer wieder auch mit jemandem geschlafen. Und ich habe den Männern niemals recht gegeben, nur damit sie sich weiter ungestört einbilden können, sie hätten die Macht und die Herrschaft. Nein, den Männern gegenüber kann ich ganz schön ungebärdig sein und ich widerspreche ihnen oft, und wenn sie anfangen, mir irgendwelche Befehle erteilen zu wollen oder herumzuquengeln, setze ich dem rasch ein Ende, allerdings liebevoll: Sie sollen sich bitte selbst ihren Kaffee kochen oder ihren Saft zubereiten und sich selbst Wasser oder Wein eingießen oder Nachtisch aufgeben. Sie haben schließlich zwei Hände.

Den Nonnen habe ich auch nie geglaubt, wenn sie uns in der Schule immer mit dem folgenden Spruch kamen – es ist, als könnte ich Schwester Fernando in diesem Augenblick hören: »Vergesst nie, Mädchen, euer Körper ist ein Heiligtum.« Ein Heiligtum, ein Heiligtum, was soll das sein? Eine Marmorsäule? Eine Grabplatte? Ein Beichtstuhl? Den Jungen sagten sie so etwas nicht, ihnen doch nicht, ihnen brachte man bei, ins Bordell zu gehen.

Ich habe so gelebt, wie es früher bloß die Männer gemacht haben, und das finde ich gut, gerechter, weniger ungleich. Wenn die Männer polygam lebten, konnten wir Frauen selbstverständlich polyandrisch leben, und wenn den Männern das nicht gefiel, sollten sie sich gefälligst ein Heiligtum suchen. Ich bin verlassen worden und habe andere verlassen. Ich habe mein Leben gewechselt wie Schlangen ihre Haut und tue das noch heute. Ein Paar, das das ganze Leben zusammenbleibt, egal, was passiert, ob sie sich nun verstehen oder nicht, miteinander schlafen oder nicht, sich lieben und respektieren oder verachten, ja hassen, aber immer zusammenbleiben – furchtbar.

Ehemänner im eigentlichen Sinn habe ich drei gehabt – den Herrn Präsidenten; den Dirigenten; den Bankier. Dabei ist keineswegs alles immer nur schlimmer geworden. Am schlimmsten war es vielmehr mit dem ersten, am besten mit dem zweiten und weder besonders gut noch besonders schlecht mit dem dritten. Als ich den Herrn Präsidenten kennenlernte, war der noch längst nicht Präsident, aber allen war klar, dass er es sehr weit bringen würde, wenn auch vielleicht nicht so weit, wie er es tatsächlich gebracht hat, schließlich ist er so intelligent auch wieder nicht. Er ist bloß dreist und arrogant, und er kann schnell denken und hat so gut wie keine Skrupel. Außerdem hatte er eine dunkle Seite, die einem Angst machen konnte und die er normalerweise verbarg, eine verborgene Fähigkeit, Gewalt auszuüben, gnadenlos, ohne Zögern und ohne Gewissensbisse, wie ein klassischer Schüler Machiavellis. Wirklich zu erkennen gab er sich erst, wenn er betrunken war, dann trat seine teuflische Seite klar und offen hervor, seine Lust an der Unterwerfung und ein dumpfer Hass auf jeden, der sich ihm widersetzte – mir machte er dann richtig Angst. Ein hartes, erbarmungsloses Alphatier, das schier nicht wusste, wohin mit seinen Hormonen. Er war fast eins neunzig groß und hatte eine dröhnende Stimme, die einen sofort einschüchterte, und war selbstsicherer und angriffslustiger als ein Hai, der Blut gewittert hat. Schon als Kind wurde er von seinen Freunden »Herr Minister« genannt, Herr Minister hier, Herr Minister da, und es gefiel ihm, sich selbst zuzuhören und große Reden zu schwingen, spätestens seit er in der Schule war. Ob linke oder rechte Inhalte, darauf kam es nicht an, Hauptsache, er hatte die Möglichkeit, mit großen Begriffen um sich zu werfen, Volk, Vaterland, Gerechtigkeit, Freiheit, Religion, Unternehmertum und so weiter.

Ungefähr ein Jahr nachdem man ihn zum Präsidenten gemacht hatte, rief er mich eines Tages an und sagte: »Evita, meine Kleine, komm, treffen wir uns mal wieder.« Und das taten wir dann auch, obwohl er der Präsident einer verabscheuenswürdigen Regierung war.

Wir verabredeten uns in La Oculta – er kam im Hubschrauber dort an. Angeblich hatte er vor, in einem Dorf in der Nähe eine Schule zu eröffnen, vielleicht auch einen Schlachthof – Schlachthof hätte besser gepasst –, und er beschloss kurzfristig – so erzählte er es jedenfalls seiner Frau –, »die Nacht auf der Finca eines ehemaligen Schulkameraden zu verbringen«. Der »ehemalige Schulkamerad« war ich, und ich war mehrere Stunden davor mit dem Jeep auf der Finca angekommen. »Kameraden« oder Freunde hatte er sowieso keine, und Freundinnen schon gar nicht – er hatte Verbündete, Untergebene, Mitstreiter, Leute, die ihn für seine Taten bewunderten oder hassten oder Angst vor seiner starken Hand hatten, wenn sie nicht in seinem Schatten an ihrem Aufstieg arbeiteten, und die Frauen, mit denen er sich umgab, waren bloß dazu da, ihn zu bedienen. In jedem Fall konnte der Herr Präsident mit einem Federstrich über das Schicksal von wem auch immer entscheiden. Wenn er sich dabei nicht auf das Gesetz stützen konnte, zog er die Finanzbehörden zu Hilfe, und wenn auch das nicht funktionierte, durchstöberte er das Privatleben seiner Opfer, zapfte ihre Computer und Telefone an. Und wenn nichts davon zum gewünschten Ziel führte, mussten es eben ein paar Pistolenkugeln richten, wozu er aber keineswegs ausdrücklich Anweisung zu geben brauchte, eine bloße Anspielung genügte. Er kam also, stieg mit mir ins Bett, war im Nullkommanix fertig, und schon schnarchte der Herr Präsident an meiner Seite, wie immer. Er schlief schlecht und unruhig, wälzte sich im Bett hin und her. Erst nach einer ziemlichen Weile beruhigte er sich schließlich. Während er neben mir lag und schlief, sagte ich mir: Jetzt könnte ich ihn umbringen, ich könnte ihm Gift ins Ohr träufeln, wie bei Shakespeare, oder ihm die Kehle durchschneiden, oder ihm eine Giftschlange unter die Decke stecken, aber ich hatte weder das passende Gift zur Hand noch genügend Mut.

Um vier Uhr morgens stand er schon wieder angezogen im Raum und erteilte seinen Ministern hysterisch schreiend Anweisungen über sein Funktelefon, um gleich darauf die Piloten wissen zu lassen, sie sollten sich umgehend fertig machen. Weshalb die armen dreifarbigen Aras und die grünen Papageien gleich beim ersten Morgenlicht von den wild kreisenden Flügeln seines Hubschraubers aufgeschreckt wurden, bevor sich dieser, eine riesige Staubwolke aufwirbelnd, in die Luft erhob und verschwand. Ich blieb unterdessen im Bett liegen und tat, als würde ich schlafen.

Viele Jahre davor hatten wir die Flitterwochen in La Oculta zugebracht, und es war genauso gewesen, der schlechteste Liebhaber, mit dem ich es in meinem Leben zu tun gehabt habe – hastig, grob, ungeduldig. Der schnellste Deckhengst braucht länger, um seine Arbeit zu erledigen. »Mit wem bist du gerade im Bett?«, war alles, was er mittendrin von mir wissen wollte. »Naja, mit Gustavo«, sagte ich, aber er verbesserte mich: »Nein, Señora, mit dem Präsidenten der Republik.« Da musste ich lachen, ich kam mir vor wie in einem Diktatorenroman. Unsere Ehe hielt nicht einmal ein Jahr, denn er war anmaßend und übergriffig wie eine Raubkatze und treulos wie ein Wolf. Er hielt Vorlesungen in Politikwissenschaft an der Universität und schwängerte eine Studentin, seine heutige Ehefrau – was sie auch für immer und ewig bleiben wird, spielt er doch seitdem den treuen Gatten. Sie erklärte sich fest entschlossen, das von ihm gezeugte Kind zur Welt zu bringen, so dass ihm nichts anderes übrig blieb, als mich zu verlassen und mit ihr zusammenzuziehen. Heiraten konnten sie nicht, denn die Zivilehe war damals in Kolumbien noch nicht eingeführt worden, und unsere Ehe – wir waren natürlich katholisch getraut – war nicht so einfach aufzulösen. Mithilfe teurer Anwälte der Kurie gelang es ihm nach Jahren – er musste erklären, dass ich, oder er selbst, zum Zeitpunkt unserer Hochzeit aus irgendeinem Grund noch nicht reif gewesen sei. Und dann heiratete er also seine ehemalige Studentin, die er selbstverständlich auch betrog, sosehr er in seinen öffentlichen Reden das Lob der Ehe und der ehelichen Treue und der Familie als höchstem aller Güter sang.

In seiner Gesellschaft habe ich mich niemals wohl gefühlt, egal, ob wir uns unterhielten oder zusammen spazieren gingen. Kinder setzten wir zum Glück nicht in die Welt. Ich war zwar während unserer Ehe einmal schwanger, aber er hat nie davon erfahren. Wie er auch nie davon erfahren hat, dass ich im zweiten Monat heimlich abtreiben ließ. Da hatte ich seine dunklen Seiten kennengelernt und war fest entschlossen, nie ein Kind von ihm zur Welt zu bringen, aus dessen Augen mich dann womöglich das gleiche Ungeheuer angeblickt hätte, das er in sich trägt. Das hatte ich zum Glück vergessen, oder vielmehr, nicht vergessen, sondern in einer weit abgelegenen Ecke meines Bewusstseins verborgen, und erst jetzt habe ich die Erinnerung daran zum ersten Mal wieder aufsteigen lassen. Genau genommen habe ich also zweimal abgetrieben, auch wenn ich mich lieber nur an das eine Mal erinnere, über das ich auch schon mehrfach gesprochen habe, aber es stimmt schon, das war nicht das einzige Mal.

Trotzdem denke ich nicht nur mit schlechten Gefühlen an meinen ersten Ehemann zurück – er war eine wichtige Erfahrung in meinem Leben. Mit ihm erging es mir wie vielen Frauen – ich fühlte mich vom Abgrund angezogen, von einem Menschen, der boshaft und gewalttätig, aber eben auch sehr mächtig war, voll dunkler Leidenschaften, hemmungslos, unerbittlich, jemand, der einem in seiner grenzenlosen Macht Schutz gewährt – aber nur, solange du seine unterwürfige Hündin bist. In dieser Hinsicht können wir Frauen eine echte Katastrophe sein.

Bei unserer letzten Begegnung fragte er mich irgendwann, ob ich Konsulin oder Kulturattaché werden wolle, in einem Land meiner Wahl. Ich sagte, ich würde darüber nachdenken. Und ein paar Tage lang bildete ich mir tatsächlich ein, es könnte mir gefallen, ein Jahr in Rom oder Paris oder Madrid zu verbringen, oder eine Zeit als Konsulin in Barcelona, am Meer, wie herrlich. Dann verlor ich irgendwie das Interesse an der Sache, beziehungsweise auf einmal war ich mir sicher, dass ich mich selbst verachten würde, wenn ich mich auf solch ein Angebot einließ. Also sagte ich nein, vielen Dank. In Kolumbien bekommen die ehemaligen Geliebten oder Gattinnen der Präsidenten immer irgendeinen kleinen diplomatischen Posten in Europa, als Dankeschön für die früheren Ficks. Da blieb ich doch lieber in Medellín und tat etwas dafür, die Bäckerei, das Geschäft meiner Mutter, weiter voranzubringen, abgesehen von gelegentlichen Abstechern nach La Oculta. Verfluchte Finca. Drei oder vier Jahr später passierte die Sache mit den Músicos. Danach rief ich einmal Gustavo an und erzählte ihm, wie es mir ergangen war, und ich glaube, er gehörte zu den Leuten, die dazu beitrugen, dass die Músicos künftig die Finger von der Finca ließen. Dafür sind wir ihm eigentlich etwas schuldig, aber ich kann ihm trotzdem nicht dankbar sein – so sind wir nur noch fester an dieses Stück Land gefesselt, das für mich ein wenig einem schlechten Ehemann gleicht, von dem ich nicht loskomme. Nachdem ich damals fast ermordet worden wäre, war ich endlich so weit, mich von der Finca zu lösen, mich freizumachen, ihr wirkliches Gesicht zu erkennen, das so dunkel wie ihr See und wie das Herz meines ersten Ehemanns ist. Ich hasse dich, La Oculta. Ich hasse dich so wie das Herz eines mächtigen Mannes, den ich tatsächlich eine kurze Zeit lang geliebt habe. Dafür verachte ich mich und misstraue meinem eigenen Herzen, das auch seine schwarzen Stellen haben muss, wie auch nicht, wir Menschen sind alle aus dem gleichen Stoff gemacht, auch wenn die Mischung sicher nicht immer dieselbe ist.

An manchen Tagen sehe ich beim Aufwachen alles ganz klar und dann verachte ich die Finca, das Leben auf dem Land. Die Kühe und die Hühner und den Geruch nach Mist, die Mücken und die Frösche, die Cobo immer so grässlich sezierte. Die Leute auf dem Land sind im besten Fall dumpf und begriffsstutzig, wenn sie nicht missgünstig, verschlagen und voller Argwohn sind. Sie kümmern sich um Schweine und Zäune, hassen ihre Nachbarn, misshandeln ihre Tiere, und weil sie sonst nichts zu tun haben, verbringen sie die Zeit damit, böswillige Gerüchte in Umlauf zu setzen und schlecht über die anderen zu reden. Auf dem Land verroht man, dort gibt es weder Kinos noch Zeitungen noch Bibliotheken noch Konzertsäle noch Theater noch Ausstellungen noch Vorträge noch Universitäten noch Leute, die ständig unterwegs sind und in Cafés sitzen und diskutieren. Es gibt keine Ausländer, die einem die

Augen für andere Dinge und Orte öffnen, auf dem Land kennen alle nur ihr Dorf, ihre Heimat, und halten sich für den Nabel der Welt. Obwohl Cobo La Oculta so liebte, sagte er manchmal: »Wer auch nur ein bisschen zur Dummheit neigt, wird auf dem Land schnell zum Vollidioten.« Heute gibt es das Internet, könnte man einwenden, und darum kann man jetzt auch auf dem Land alles haben, was man möchte – Musik, Filme, Theater, Vorträge, Chats, soziale Netzwerke. Stimmt, aber das ist trotzdem nicht dasselbe. Auf dem Land wird man mit der Zeit zum Wilden, man passt sich immer mehr der Umgebung an, und zuletzt sieht man aus wie eine Kuh oder bestenfalls wie ein Vogel. Nichts wirkt so zivilisierend wie der direkte Umgang mit anderen Menschen, »zivil« kommt von »civis«, und das bedeutet auf Latein »Städter«, auch das gehörte zu den Dingen, die Cobo ständig wiederholte, er liebte Etymologien und bezeichnete sich selbst nicht als Arzt, sondern als »Poliater«, einer seiner Kollegen, Doktor Abad, hatte ihm nämlich beigebracht, das bedeute, »einer, der die ›polis‹ heilt«, der »Heiler der Stadt«.

Ich glaube, wenn sie wählen könnten, würden fast alle Bauern sich dafür entscheiden, keine Bauern mehr zu sein. Als Arzt oder Botaniker zu arbeiten ist nun mal interessanter, als ein Experte für den Umgang mit Schaufeln, Hacken, Spaten, Pflügen und Dünger zu sein. Cobos Liebe zum Land war allerdings letztlich wohl eher ein Überdruss an der Zivilisation – auf dem Land erholte er sich, genoss die Stille. Es ist seltsam, aber vielleicht liebte er diese Gegend vor allem deshalb so sehr, weil sie der Beweis dafür war, dass man durch Arbeit – und nicht nur durch Schlauheit oder Glück oder Betrug – etwas erreichen kann. Die Wiesen und Felder, die sein Vater und seine Großväter gerodet hatten, hatten es zwei Generationen von Ángels erlaubt, in der Stadt zu studieren und zu leben. Wenn er für mehrere Wochen auf die Finca fuhr, fühlte er sich glücklich und ausgefüllt, und wenn seine Freunde ihn fragten, was er dort mache, lautete die Antwort jedes Mal: »Ich pflege meinen Garten.«

Wir lieben La Oculta, weil vieles dort anders ist: Dort haben wir Zeit zum Nachdenken und Schweigen und genießen die Unterbrechung unserer täglichen Arbeit, und der Lärm der Welt ist weit weg – trotzdem stimmt es wahrscheinlich, dass der Fortschritt gerade inmitten des Lärms der Städte stattfindet. Dafür kann man in einer abgelegenen und ruhigen Umgebung besser denken, glaube ich. Darwin lebte auf dem Land und entwickelte dort seine genialsten Ideen, Einstein zog sich zum Denken in ein Häuschen in der Nähe von Berlin zurück. Wenn man nicht ab und zu eine Weile auf dem Land lebt, fällt es einem schwer, sich nach dem Leben in der Stadt zu sehnen – und umgekehrt. Nachdem ich kaum noch aufs Land fahre, fällt es mir schwer, das Leben in der Stadt zu genießen, ich habe genug davon, bin die ganze Zeit gestresst, nervös, angespannt. Der Verkehr, die Abgase, der Lärm, die tausend Verpflichtungen, Termine, E-Mails. Es ist immer das Gleiche: Man sehnt sich nur nach dem, was man nicht hat. Und auch das ist immer gleich: Ich weiß nie, was ich denken soll, ich widerspreche mir selbst, ich bin mit A einverstanden und mit dem Gegenteil von A auch, ich liebe das Land und ich hasse es. Vielleicht ist La Oculta aber gar nicht so sehr »das Land«, sondern etwas anderes. La Oculta steht für den tiefsten, dunkelsten Teil unserer Herkunft, sie ist der schwarze übelriechende Dünger, der unsere ganze Familie hat wachsen lassen.

Trotz allem werde ich Toño und Pilar sagen, dass sie meinen Anteil an der Finca billig haben können, sie sollen mir dafür geben, was sie wollen, ich möchte auf dieses gesegnete und verfluchte Stück Land nicht zurückkehren, erst recht nicht jetzt, wo meine Mutter nicht mehr da ist, meine Mutter, die ich von allen aus der

Familie am meisten geliebt habe, die immer versucht hat, mich zu verstehen, und mich unterstützt hat, obwohl ich ganz anders war als sie. Als ich ein Kind war, wohnte uns gegenüber eine junge Ballettlehrerin, sie hieß Silvia Roltz. Ich wollte bei ihr Unterricht nehmen, nichts wünschte ich mir so sehr, wie Tänzerin zu werden. Als ich das zu meiner Mutter sagte, sah sie mich auf ihre typische Art ernst und sanft an und erwiderte, nein, damit könne man nichts anfangen. Jetzt, wo ich über fünfzig bin, habe ich angefangen, Unterricht bei Silvia zu nehmen – sie hat tatsächlich das Leben gelebt, das ihr vorschwebte, ohne sich von wem auch immer unter Druck setzen zu lassen –, und es macht mir großen Spaß. Ich bin meiner Mutter aber nicht böse, heute, wo sie tot ist, kann ich das sagen, denn sie hat mir andere Dinge beigebracht, zum Beispiel, dass man das Geld nicht verachten darf und dass die Formen wichtig sind und dass man nicht immer die reine, unverhüllte Wahrheit sagen soll. Von ihr habe ich gelernt – oder wenigstens zu lernen versucht –, dass wir auch Menschen gegenüber, deren Ansicht wir nicht teilen, die Fassung nicht verlieren dürfen, dass wir versuchen müssen, Zwistigkeiten elegant zu umschiffen. Mit zwanzig fand ich es unglaublich, dass meine Mutter immer so diplomatisch war, so *polite*, wie man auf Englisch sagt. Im Lauf der Jahre habe ich aber begriffen, dass ihre scheinbar so altmodische Höflichkeit keine Heuchelei war, dass es besser ist, etwas indirekt mitzuteilen – Pedro etwas sagen, damit Juan es begreift – als geradeheraus und unvermittelt. Ob es mir gefiel oder nicht, die Umgangsformen, die meine Mutter mir beibrachte, entsprachen einer gesellschaftlichen Notwendigkeit, damit ließ sich der Alltag besser bewältigen, zivilisierter, anders als auf die ungehemmte und direkte und sozusagen berglerische und bäuerliche und jerichoanische Art meines Vaters, der nie etwas für sich behielt und alles hinausposaunte, weshalb er auch so viele Schwierigkeiten hatte und mit so vielen Leuten so unnütze Streitigkeiten ausfocht.

Dem Wirklichkeitssinn meiner Mutter möchte ich auf keinen Fall seinen Wert absprechen. Statt meiner Begeisterung für das Ballett und später die Psychologie nachzugehen, wachte ich also über die Einnahmen und Ausgaben der Bäckerei Anita, das stimmt, aber dafür lernte ich andere Dinge. Und was mein Gefühlsleben angeht, das hat meine Mutter niemals kritisiert, und genau so hat sie in völliger Ruhe und ohne jede Spur von Unwillen all meine Ehemänner und Liebhaber und Freunde und Bekannten akzeptiert. Vielleicht erlebte sie meine Freizügigkeit ja selbst als eine Art Befreiung, wenigstens als sie alt war, mein Leben, das so anders war als das Leben der meisten Frauen ihrer Generation. Gesagt hat sie das jedoch nie.

Aber ich spreche wohl besser wieder über meine Liebesgeschichten und Liebesenttäuschungen. Alle meine Freunde, Geliebten und Ehemänner möchte ich hier nicht aufzählen. Das ist vorbei. Wenn ich manchmal versuche, eine Liste aufzustellen, fehlt am Ende der eine oder andere Name, manche habe ich vergessen, manche lasse ich aber auch bewusst weg, das ist eine Art süßer Rache. So viel Lust wie früher habe ich heute in jedem Fall nicht mehr, Sex konnte etwas Wunderbares sein, aufregend, mit diesem Radfahrer zum Beispiel, das ist Jahre her, das völlige Gegenteil von meinem Herrn Präsidenten – wie ein leichtes Lachen, ein großartiger Liebhaber, unkompliziert und geduldig. Heute ist Sex für mich dagegen fast Arbeit, oder wie eine Pflicht. Alt werden ist eine traurige Angelegenheit. Mein Körper braucht immer länger, um warm zu werden, wie ein alter Elektrogrill oder ein Bügeleisen, das nicht mehr richtig aufheizt. Normalerweise gehe ich nur noch mit Freundinnen aus, bloß Caicedo treffe ich manchmal, aber ins Bett gehe ich nicht mehr mit ihm. Er war mein letzter fester Partner und der wichtigste von allen, ab und zu rufe ich ihn an und wir gehen zusammen essen. Er sagt dann immer: »Evita, warum haben wir uns eigentlich getrennt? Was ist mit mir? Was habe ich dir getan?« Nichts, eigentlich, im Gegenteil, kein anderer Mann hat mir so viel gegeben und gezeigt. Ich habe ihn aus Feigheit verlassen – ich konnte es nicht ertragen, dass die anderen mich kritisierten, weil ich mit einem so viel älteren und unattraktiven Mann zusammen war –, aber auch wegen seiner reaktionären Freunde, lauter Militärs und Industrielle ohne jedes soziale Bewusstsein. Und wegen eines Autos, das er eines Tages kaufte. Wenn ich heute daran denke, muss ich fast lachen. An dem Tag haben wir uns endgültig getrennt. Zuerst kam er zu mir nach Hause und sagte, er habe eine Überraschung. Dann fuhren wir zu einem Autohändler. Dort zeigte er mir einen riesigen Geländewagen, eine Art Hummer, er sah aus wie ein Panzer, ein Militärfahrzeug. Ich sagte wütend, ich würde mich niemals in so ein protziges und aggressives Ding setzen, erst recht nicht in einer Stadt wie unserer, voller Hunger und Armut und Elend. Das sei doch das reinste Mafia-Auto, nur hirnlose Bonzen würden mit so was herumfahren. Der Verkäufer sagte, er solle sich den Wagen bloß nicht von mir ausreden lassen – lieber solle er sich eine andere Freundin suchen. Da sagte ich zu dem Verkäufer, er habe recht, und zu Caicedo, er solle sich entscheiden. Dann drehte ich mich um, bestellte ein Taxi und fuhr davon. Noch am selben Abend kam Caicedo in seinem blitzenden gelben neuen Riesenauto bei mir vorgefahren. »Komm, wir probieren ihn zusammen aus«, sagte er, aber ich sagte, ich wolle ihn nie wieder sehen, er habe sich ja offensichtlich entschieden.

Ich besitze also dieses Haus und ein Drittel einer Finca, auf die ich fast nie mehr fahre. Ich habe sogar schon überlegt, ob ich meinen Geschwistern mein Drittel einfach schenken soll. Nur der Gedanke an Benjamín hält mich davon ab. Kann schon sein, dass Kinder einen zum Egoisten machen, dass man wegen ihnen über seinen Besitz nachdenkt und sich Sorgen macht, als könnten sie sonst verhungern. Gäbe es Benjamín nicht, würde ich überhaupt nichts mehr besitzen. Ich würde in einem Hotel wohnen, dafür sorgen, dass ich eine winzige Rente habe, für Essen und ein Dach über dem Kopf, und sonst nichts. Ich hätte keine Möbel, keine Bücher, und schon gar kein Haus oder eine Finca. Von Besitz bekommt man nur Kopfschmerzen, abgesehen davon, dass er ungerecht verteilt ist. Besitz macht uns knausrig und unbeweglich. Besitz ist eine Fessel. Wie frei und rein würde ich mich fühlen, wenn ich nichts besäße! Keine Rechnungen mehr bezahlen müssen, keine Steuern, nicht mehr ans Gehalt denken und auch nicht an irgendwelche undichten Stellen im Dach, die repariert, oder Tiere, die versorgt werden müssen. Das wäre mein Ideal. Aber ich bin dazu nicht imstande, noch nicht, so ein Mist. Einfach nur tun, was ich will ... Das muss doch möglich sein, egal, wen es stört, selbst wenn die ganze Welt etwas daran auszusetzen hat.

Antonio

Obwohl Großvater Josué die Liberalen unterstützte, brauchte bloß jemand in seiner Gegenwart den Begriff Landreform zu erwähnen, und schon bekam er einen roten Kopf, wurde nervös und redete wirres Zeug. Offensichtlich hätte er sich in solchen Augenblicken am liebsten wieder den Konservativen angeschlossen wie seine Eltern und Großeltern. Das fing in den sechziger Jahren an, während der Regierungszeit von Carlos Lleras Restrepo. Noch komplizierter wurde es, weil mein Vater tatsächlich für eine Landreform war, weshalb es zu heftigen Auseinandersetzungen zwischen den beiden kam. »Sieh mal, mein Sohn«, sagte Don Josué, »mir ist klar, dass es viele Leute gibt, die kein Land haben, aber ist das meine Schuld? Dieses Stück Land hier haben wir fast hundert Jahre lang mit Zähnen und Klauen verteidigt, wir haben es nicht im Lotto gewonnen. Ich habe meinen Großvater Elías noch gekannt, in Jericó nannten ihn die Leute Don Ángel, und er ist immer barfuß gelaufen und hatte dickere Schwielen an seinen rauen Händen als jeder Knecht, den du heute hier sehen kannst. Er hat auf der Finca noch eigenhändig ganze Waldstücke gerodet. Ich dagegen hatte dann schon richtiges festes Schuhwerk. Aber nur weil wir es durch harte Arbeit und mit viel Mühe geschafft haben, dass wir nicht mehr als Barfüßer durch die Welt gehen müssen, sollen wir jetzt unser Land den Barfüßern von heute überlassen? Mein Vater – dein Großvater –, der so jung gestorben ist und auch schon Schuhe trug, hat mir beigebracht, wie man Pferde zähmt und Jungstiere kastriert und Kaffeesträucher beschneidet und gut mit den Kaffeebohnen umgeht. Das hatte ich alles von ihm gelernt, und als ich mein Studium abbrechen und nach Jericó zurückkehren musste, habe ich das gern getan, ohne mich zu beklagen. Ich habe den Kaffee geerntet, die Bohnen gewaschen und geschält und in der Sonne trocknen lassen. Dass ich Knechte und Bauern aus der Umgebung hatte und immer noch habe, die für mich arbeiten, das stimmt, ja, aber das sind Leute, die keine andere Arbeit finden, und ich zahle ihnen einen anständigen Lohn, und die Abgaben dazu, so wie es gesetzlich vorgeschrieben ist. Sie und ich, wir sind gleich, ich habe bloß mehr Land als sie, und mehr Glück, das ist alles. Das Land haben wir von deinem Urgroßvater, meinem Großvater, geerbt, das war unser Glück, und er hatte es von seinem Vater, und ich werde es irgendwann an dich vererben. Oder soll ich das Testament ändern und es den Armen überlassen? Falls ja, sag es besser gleich, dann höre ich auf, hier rumzuackern, und vertrinke das Geld lieber.«

Cobo betrachtete unterdessen seine Hände, und als mein Großvater fertig war, erwiderte er: »Papa, das mit der Landreform ist für die ganz großen Haciendas gedacht, an der Küste und im östlichen Tiefland, die besitzen tausende Hektar Land, zum Teil hundert- oder zweihunderttausend, und sie nutzen die Fläche so gut wie gar nicht. Sie lassen ein paar magere Rinder darauf rumlaufen und dazu zwei Knechte, die nicht mal den Mindestlohn bekommen, von Sozialabgaben gar nicht erst zu reden, und in den Dörfern verhungern die Leute und haben nicht mal ein winziges Fleckchen Erde, um ein bisschen Yuca anzupflanzen. Ringsherum sehen sie überall fruchtbare grüne Weiden, aber alles ist eingezäunt. Und dazu ist das Land dort flach und sehr ertragreich, nicht wie hier in den Bergen. Deshalb muss man diesen Großgrundbesitz auch aufteilen. Bei uns im Südwesten ist das Land nicht so schlecht verteilt, das ist ja der geheime Grund, weshalb Antioquia so erfolgreich ist, selbst da, wo die Böden nicht gut sind.« Mein Großvater besaß nicht mehr als zweihundertfünfzig Hektar Land, das er zum Großteil für Viehzucht nutzte, allerdings wuchsen im hoch gelegenen Teil um die dreißigtausend Kaffeesträucher. Trotzdem hatte Don Josúe Angst, auch sein Land könne als Großgrundbesitz eingestuft und zerstückelt und unter den Armen aus Támesis und Jericó aufgeteilt werden. Er selbst hatte sich die ursprüngliche Finca La Oculta bereits mit seinen beiden Brüdern teilen müssen, und sein Stück kam ihm, auch im Vergleich zu dem, was noch sein Vater besessen hatte, nicht übermäßig groß vor. Die dreißig Hektar, die jedes seiner acht Kinder schließlich erbte, entsprachen mehr oder weniger dem, was die Landreform in der Küstenregion für Bauernfamilien vorsah – auch wenn der Plan nie umgesetzt wurde –, so dass dieses Thema für die Generation meines Vaters keine Bedrohung mehr darstellte.

Wir waren keine Bauern mehr wie noch unser Großvater, aber das letzte Stück seines Lands behielten wir, vielleicht ihm zu Ehren, vielleicht auch, um weiterhin das Glück genießen zu können, dort zu sein und zu sehen, wie die Sonne aufgeht, und dabei das Gefühl zu haben – eins der tiefsten und ältesten Gefühle überhaupt –, dass wir uns an einem Ort befinden, der uns gehört und von dem niemand uns vertreiben kann. So geht es, glaube ich, den Menschen überall auf der Welt, und dafür bringen sie sich sogar gegenseitig um. Und doch hatte sich durch Anitas Tod etwas Grundlegendes verändert. Seit wir sie eingeäschert und ihre Reste am »Ruheplatz« verstreut hatten, hatte unser gemeinsames Weihnachtsfest viel von seinem einstigen Reiz verloren, so sehr Pilar und Alberto sich bemühten, uns in Stimmung zu bringen. Es gab lächerliche Streitereien um die Einkäufe – angeblich verschwendete Pilar unser Geld und kaufte viel zu viel ein – und um die Bezahlung der Hausangestellten, ja selbst um deren Weihnachtsgeschenke. Die älteren Neffen und Nichten mischten sich ebenfalls ein und wollten, dass manche Dinge nach ihren Vorstellungen gemacht wurden, weil auch sie mittlerweile ihren Teil zu den Kosten beitrugen. Sie setzten zum Beispiel durch, dass für einen Fernseh- und Internetanschluss gesorgt wurde, und das, wo La Oculta für uns gerade ein Ort war, an dem man sich von der Wirklichkeit beziehungsweise von der Gegenwart und der unmittelbaren Aktualität der Welt frei machte. Als ich hier auf einmal erleben musste, dass die Kinder auf dem Bett saßen und fernsahen, hatte ich das Gefühl, das verstoße gegen alle guten Regeln – statt Zeichentrickfilme anzusehen hätten die Kinder draußen sein und im Bachbett herumklettern, Vögel beobachten, mit den Kälbern spielen und auf Bäume steigen sollen. Als meine Mutter hier noch alles bezahlte und die Entscheidungen traf, herrschte Frieden, doch seit ihrem Tod war alles sehr kompliziert geworden.

In der Umgebung wurde weiterhin nach Gold gesucht. Manchmal flog den ganzen Tag ein Hubschrauber oder ein kleines Flugzeug über der Gegend herum, angeblich, um Fotos zu machen, Luftaufnahmen, mit deren Hilfe man später anhand bestimmter geologischer Formationen auf das Vorhandensein von Bodenschätzen schließen können sollte. Daneben wurden immer öfter – und immer näher an La Oculta – im Auftrag von Bauunternehmen ganze Haciendas aufgekauft und anschließend in kleine Flächen zerteilt. Wieder waren Motorsägen zu hören, auch wenn sie jetzt, anders als zur Zeit der Paramilitärs, nicht an Hälse, sondern an Bäume angesetzt wurden. Dem Wald und den Quellen machte man immer mehr den Platz streitig, Wiesen und Felder verschwanden, und an ihrer Stelle erschienen protzige Wochenendhäuser. So geschah es zum Beispiel in Túnez, einer großen Finca in der Nähe von La Pintada, die einst den Gründern Jericós gehört hatte. Immer näher rückte die Bedrohung, nur eben dieses Mal in Gestalt von Immobilienfirmen, in deren bunten Faltblättern die Rede davon war, dass diese wertvolle Gegend nun endlich entwickelt werde, und wenn eines Tages erst die Autobahn fertig sei, sei es von hier nach Medellín bloß noch ein Katzensprung.

Dem Tod und den Veränderungen hielten wir hartnäckig unseren Familiennamen und unser Land entgegen. Wegen dieses Namens hatte ich, als ich noch sehr jung war, sogar mehrere Freundinnen. Ich kämpfte gegen mein tiefstes Inneres an und schlief mit ihnen, ohne jedes Lustgefühl – heute scheint mir das unfassbar –, nur weil ich nicht »andersrum« sein wollte, wie man damals sagte. Außerdem litt ich unter der Vorstellung, sonst nie Kinder haben zu können, und dass der Name Ángel, der für meinen Vater so wichtig war, deshalb nach mir aussterben würde.

Als ich mit Jon zusammengezogen war, machte ich eines Tages den Vorschlag, wir könnten doch dem Beispiel von Andrés und Lucho folgen, einem befreundeten kolumbianischen Paar, die ein Kind aus Moravia, einem armen Stadtteil Medellíns, adoptiert haben, ein Waisenkind, das sie gewissermaßen von der Müllhalde retteten. Heute wächst der Junge hier in New York auf, ganz in unserer Nähe, es geht ihm gut und er macht sich sogar über die schwulen Eigenarten und Angewohnheiten seiner beiden Väter lustig. Außerdem hat er wechselnde Freundinnen. Er ist ein hübscher Kerl – er heißt Gregorio –, viel hübscher als seine Väter, und hat lange dichte Wimpern, die fast bis zu den Augenbrauen reichen. Davon abgesehen, dass es für zwei Männer, selbst wenn sie verheiratet sind, äußerst kompliziert ist, ein Kind zu adoptieren, bin ich jedoch bedauerlicherweise durch einen starken Glauben an die Genetik vorbelastet – ich bin überzeugt, dass sich viele Dinge unmittelbar vererben, Krankheiten und gute wie schlechte Eigenschaften. Kinder, die zur Adoption freigegeben werden, stammen vielfach von Eltern mit Drogenproblemen, Alkoholikern oder Prostituierten. Bei einer Adoption steht deshalb eine Menge auf dem Spiel – mögen die Eltern von Adoptivkindern und erst recht die von ihnen adoptierten Kinder mir verzeihen, schließlich ist niemand schuld daran, dass er so ist, wie er ist, und es gibt wunderbar sonnige Adoptivkinder, Gregorio zum Beispiel, der außerdem nicht nur nett, sondern auch sehr intelligent ist. Begeisterte Befürworter von Adoptionen sind gleichsam überzeugte Rousseau-Anhänger – sie sind der Ansicht, dass alles von der Erziehung abhängt, aber so ist es nicht, so schön es wäre. Ich zumindest erkenne gern die Gesichtszüge meines Vaters, die Zehen meiner Großmutter und die Tics meiner Onkel, Tanten oder sonstigen Verwandten an mir selbst wieder. Und es macht mir keineswegs etwas aus, dass mein Asthma offensichtlich erblich bedingt ist. Und wenn eines Tages meine Blase oder Prostata versagen sollten, soll es mir auch recht sein, wenn das schon bei einem meiner Vorfahren so gewesen ist.

Manchmal habe ich auch überlegt, ob wir es nicht so ähnlich machen sollten wie Consuelo und Margarita, zwei befreundete Lesben. Sie haben zwei hübsche und intelligente Freunde gebeten, ihnen Sperma zu schenken. Dann machten sie eine Party und injizierten sich selbst das frische Sperma ihrer Freunde. Heute haben sie einen Sohn und eine Tochter. Aber eine solche Lösung ist natürlich für Frauen viel einfacher. Jon und ich müssten dafür einen Bauch gewissermaßen mieten, was in den USA legal ist, in Kolumbien allerdings nicht, auch wenn sich dort selbstverständlich alles mit Geld regeln lässt. Na gut, letztlich habe ich so etwas nie gemacht, und jetzt bin ich zu alt dafür.

Dafür habe ich meine Neffen und Nichten, also den Sohn von Eva und dem Dirigenten und die fünf Kinder von Pilar und Alberto. Eva hat Benji spät bekommen, als schon fast entschieden schien, dass sie keine Kinder in die Welt setzen würde. Seltsamerweise entschloss sie sich erst dazu, als sie sich von ihrem dritten Ehemann getrennt hatte, einem Bankier, und zwar in den wenigen Wochen, die sie danach noch einmal mit ihrem zweiten Ehemann Bernal, dem Dirigenten, zusammen war. Was sie, wie mir scheint, nur tat, um von ihm schwanger zu werden, schließlich war sie der Ansicht, Bernal sei trotz seiner Schwächen – er ist im Lauf der Zeit furchtbar konservativ und neurotisch geworden und möchte eigentlich immer bloß allein sein –, trotz alldem also der am wenigsten schlechte Mann, den sie in ihrem Leben ausprobiert hat. Jedenfalls liebe ich meine Neffen und Nichten, manchmal sage ich mir sogar, sie sind der Hauptgrund dafür, dass ich mich anstrenge, ein gutes Leben zu führen und weiter Geige zu spielen und Geld zu sparen und die Finca zu erhalten und die Vergangenheit von Jericó und La Oculta zu durchforsten.

Am liebsten hätte ich noch mehr als diese sechs, denn von jedem von ihnen bekomme ich so viel. Lucas ist Kraft und Enthusiasmus, Lebensenergie; Manuela Schönheit und die Fähigkeit, anderen zu helfen, ohne etwas dafür zu erwarten, wie Pilar; Lorenzo besitzt die Güte und Heiligkeit Albertos, es ist ausgeschlossen, das er jemanden betrügen oder anderen Böses antun könnte; Florencia ist das leibhaftige Abbild ihrer Großmutter mit ihrer Fröhlichkeit und ihrem starken Charakter, und wenn sie träumt, lacht sie manchmal schallend, ich habe es selbst erlebt; Simón ist Wissenschaft und Klugheit, die wandelnde Intelligenz, doch das Schönste daran ist, dass diese Intelligenz sich mit Heiterkeit paart, wie bei Pilar in ihren besten Augenblicken; und zu Benji, dem Jüngsten, spüre ich die stärkste väterliche Beziehung – er hat einen wissenschaftlichen und rationalen Verstand, ist ausgesprochen scharfsinnig und legt eine praktische und gelassene Moral an den Tag, von der ich immer wieder lerne.

Manchmal frage ich mich, ob ich meine Schwestern nicht mystifiziere – genau wie meine Vorfahren aus Jericó. Vielleicht sind sie bloß zwei ganz normale, um die Mitte des 20. Jahrhunderts geborene Frauen aus Antioquia. Die beiden sind so unterschiedlich, dass man sich wundern könnte, dass ich beide gleichermaßen liebhabe. Wenn ich je eine von ihnen in die beiden Schalen einer Waage legen würde, hielte sich der Zeiger haargenau in der Mitte. Seit ich denken kann, beobachte ich sie neugierig und aufmerksam, voller Liebe und Leidenschaft, wie die Hauptdarstellerinnen in zwei gleichzeitig ablaufenden Filmen. Als wären sie ein Geheimnis, das ich jeden Tag ein weiteres Stückchen entschlüsseln müsste. Ich verurteile sie nicht, ich glaube nicht, dass eine von ihnen besser als die andere ist. Und ich glaube, sie haben mich auch nie mehr als nötig verurteilt. Ohne einen so außergewöhnlichen Mann wie Alberto an der Seite hätte Pilar es allerdings wohl kaum geschafft, eine Familie zu bilden, die den Traditionen so die Treue hält, wie sie es sich immer gewünscht hat. Hätte Alberto wie die meisten Männer Abenteuer gehabt, Geliebte, kleine Seitensprünge, und Pilar hätte davon erfahren, wäre ihr Weg vielleicht weniger geradlinig verlaufen, mehr wie der Evas, und sie hätte ihrem Mann nicht so heiter hingegeben gelebt, wie sie es immer getan hat, sondern voll Wut und Verbitterung. Und wären die ersten Männer, mit denen Eva es zu tun bekam, nicht so abstoßende Machos gewesen, hätte sie es vielleicht nicht nötig gehabt, jede neue Beziehung mit so viel Misstrauen einzugehen.

Der Versuch, die Angehörigen der eigenen Familie zu schützen und alles zu unternehmen, damit das, was man zu vererben hat, auch ja einem aus dieser Familie zufällt, hat etwas geradezu Rassistisches. Dabei ist es gut möglich, ja fast unausweichlich, dass eines Tages irgendein Taugenichts von Schwiegersohn oder ein nachlässiger Neffe oder zügelloser Enkel das ganze schöne Erbe auf den Kopf haut. Man könnte hier einwenden, all das seien bloß bürgerliche Ängste, unnötige Sorgen, wie Besitzer beweglicher und unbeweglicher Wirtschaftsgüter sie sich eben machen. Ein Freund von mir, der überzeugter Marxist ist und mit dem ich oft über solche Dinge streite, erklärt es mir immer wieder so: »Eigentum ist Diebstahl, das ist schon mal das Erste«, beginnt er stets mit einem Zitat des französischen Anarchisten Proudhon, um sodann die stets gleiche Argumentation abzuspulen: »Wenn man weder Land noch ein Haus noch sonst irgendwelche Wertgegenstände besitzt – also keine Kunstwerke, kein kostbares Geschirr, kein Silberbesteck, keine Buchsammlungen und dergleichen –, oder vielmehr, wenn das alles allen gehört, dann verschwindet auch der ganze schäbige Egoismus. Und erst recht, wenn man keine Kinder hat, denen man all das hinterlassen könnte. Ja, ich glaube, am besten man hat weder Kinder noch eine Familie im herkömmlichen Sinn, schließlich gedeiht Egoismus nirgendwo so gut wie im Schoß der Familie. Aus eben diesem Grund verbietet die Kirche, die eine alte und weise Institution ist, ihren Priestern ja auch, zu heiraten und Kinder zu bekommen. Und eben deshalb waren die russischen Leninisten der Ansicht, man solle den Familien die Kinder wegnehmen und ihre Erziehung dem Staat überlassen.« Die Sache mit den Kindern in der Hand des Staates hat sich so jedoch nicht einmal in Russland durchgesetzt, und ich bin in jedem Fall überzeugt, dass es unmöglich ist, den anderen erfolgreich Dinge vorzuschreiben, die der menschlichen Natur so sehr widersprechen.

Trotzdem machen Kinder, oder sagen wir die Tatsache, dass wir Väter oder Mütter werden, uns vielleicht wirklich schlechter, soll heißen: egoistischer. Oder, anders gesagt, berechnender, schlechter, knausriger. Oder aber – je nachdem, wie man es sieht – umsichtiger und behutsamer, bedächtiger und sparsamer. Besser werden wir dabei jedoch auch: Der Kinder wegen stehen wir früher auf, strengen uns mehr an, lernen die Liebe in ihrer reinsten Form kennen. Leute, die Kinder haben, werden jedes Mal wütend und sagen, ich hätte ja keine Ahnung – die Kinder seien ihr ein und alles, von ihnen hätten sie es gelernt, an andere zu denken und gütig zu sein, und für Enkel gelte das erst recht. Wer nie Kinder hatte oder bislang nie welche haben konnte – also zum Beispiel Mönche und Nonnen, Schwule, Eremiten, unfruchtbare Menschen, Einzelgänger, katholische Priester, die sich ernsthaft ans Zölibat halten –, besitzt dafür vielleicht einen weniger eingeengten Blick aufs Leben: Unsereins kann sich womöglich einfacher eine Zukunft vorstellen, in der es weder uns noch unsere Kinder, dafür aber sehr wohl andere Menschen gibt, denen es weniger schlecht gehen sollte, als es ihnen heute geht, weswegen Leute wie wir darüber nachdenken, wie wir unser Erbe allen zugutekommen lassen können. Wie auch immer, ich habe jedenfalls mit wahrem Bienenfleiß zusammengetragen, was ich über unsere Vorfahren in Erfahrung bringen konnte. Und wozu das Ganze? Ich weiß es nicht, vielleicht einfach nur, um zu wissen, woher ich komme, oder um es erzählen zu können, um also wenigstens ein Kind aus Papier zu haben, das Zeugnis von meinem Dasein ablegt, eine wenig nützliche, aber trotzdem schöne Form von Vater- und Hinterlassenschaft, und sei es auch nur für kurze Zeit. Dieses »Kind« liebe ich, als wäre es ein Nachkömmling aus Fleisch und Blut, der für mich sprechen kann, wenn ich eines Tages nicht mehr am Leben bin.

Eva

Immer gibt es irgendwelche unausgesprochenen Dinge, und ich bin sehr erfahren darin, das Schweigen der anderen zu deuten, Halbwahrheiten und verstohlen geflüsterte Worte zu entschlüsseln. Ich sitze still in der Ecke und tue, als würde ich lesen oder nähen, dabei spitze ich jedoch die Ohren und beobachte aus dem Augenwinkel sowie mit jenem dritten Auge, das wir, wenn man den Okkultisten glaubt, alle an einer geheimen Stelle besitzen.

Ich weiß zum Beispiel, dass Pilar den Músicos nach dem Überfall – ja vielleicht schon davor – eine monatliche Rate bezahlt hat, eine Impfung, wie sie es nannten. Toño und mir hat sie nie etwas davon verraten, aber einmal habe ich mitbekommen, wie sie sich mit einem Nachbarn darüber unterhalten hat. Sie hat ihm Geld übergeben, und er sollte es an die Músicos weiterleiten. Zuletzt kamen sie überein, dass wir ihm für seine Vermittlungsdienste ein paar Kuhweiden verpachten. Soweit ich weiß, galt diese Absprache mehrere Jahre lang. Ich fuhr in dieser Zeit überhaupt nicht mehr auf die Finca, und Toño auch nicht. Jon hatte ihn fast so weit, dass er sich auf die Idee mit der Hütte in Vermont einließ. Toño kam damals gar nicht mehr, auch nicht nach Medellín. »Was soll ich in Kolumbien, wenn ich nicht auf die Finca fahren kann?«, sagte er. »Für mich ist Kolumbien La Oculta, vielleicht noch ein paar Freunde und der Geschmack der Mangos und der Curubas, vor allem aber die Finca.« Lieber lud er Pilar, mich und unsere Mutter nach

New York ein, wo wir uns in Jons Wohnung in Harlem zusammenquetschten. Aber Pilar und Alberto langweilten sich in New York, sie interessierten sich weder für Museen noch für Ausstellungen. Die Läden an der Fifth Avenue fand Pilar zwar toll, aber dort entlangzugehen und nicht genügend Geld zum Einkaufen im Portemonnaie zu haben machte ihr dann doch keinen Spaß. »Da komme ich mir vor wie eins von den armen Kindern in Medellín, die nur in die Eisdiele gehen, um den reichen Kindern beim Eis Essen zuzusehen«, erklärte sie. Und meiner Mutter fiel es schwer, Weihnachten nicht so wie zu Hause organisieren zu können. Sie wollte Schmalzbällchen machen, aber sie zerplatzten in der Pfanne, die Cremespeise schmeckte nicht wie gewohnt, und die Schweinskeule kam erst zu roh und dann halb verkohlt aus dem Ofen.

Wenn Pilar als Einzige von uns Geschwistern noch ab und zu auf die Finca fuhr, blieb sie auch, glaube ich wenigstens, mit den Verbrechern in Kontakt. Als diese einmal aus irgendeinem Grund in der Nähe der Finca campierten, musste Pilar ihnen sogar ein Mittagessen servieren. Sie ist imstande zu so etwas – obwohl sie innerlich vor Angst stirbt, lässt sie sich äußerlich nicht das Geringste anmerken. Mich hätten sie umgebracht, denn ich hätte sie sofort beschimpft. Pilar dagegen machte einen Sancocho für sie. Bei dieser Gelegenheit – das weiß ich von Próspero – ließ sie auch einen Oberst des kolumbianischen Heers im Haus übernachten. Er traf sich dort mit mehreren von den Verbrechern. Als der Oberst General geworden war, lernte ich ihn einmal im Haus meines damaligen Lebensgefährten Caicedo kennen. Bei der Erwähnung meines Namens und als er sich meinen harten Augen gegenübersah – ich starrte ihn zornig an und sagte, ohne ihm die Hand zu geben: »Ich heiße Eva Ángel und ich bin von La Oculta« –, geschah etwas Seltsames: Ganz offensichtlich – er konnte es nicht überspielen – stieg eine Mischung aus Wut, Misstrauen und Angst in ihm auf, vor allem Angst.

Wäre Pilar nicht gewesen und hätte sie all diese scheußlichen Dinge nicht getan, wäre La Oculta heute nicht mehr im Besitz der Familie. Toño und ich wären eingeknickt und hätten La Oculta für ein Linsengericht verkauft, bloß um uns nicht die Hände schmutzig machen zu müssen durch Leute, an deren Händen in der Tat Blut klebte.

Später verschwanden die Músicos, das heißt, man ließ sie nach und nach verschwinden, brachte sie um. Mehrere Jahre hatten sie jedoch eng mit den Militärs zusammengearbeitet. Als Pilar den Sancocho für sie kochte, war jedenfalls auch dieser Oberst von der Vierten Brigade dabei. Er war, wie gesagt, gekommen, um sich mit ihnen zu treffen, und schlief anschließend auf der Finca, in welchem Zimmer weiß ich nicht, ich hoffe, es war wenigstens nicht das von Cobo und Anita, also das Zimmer, in dem ich heute immer auf der Finca übernachte. Eben dieser Oberst, der später General und sogar Kommandeur und dann in allen Ehren in den Ruhestand verabschiedet wurde, sagte damals zu Pilar: »Keine Sorge, Doña Pilar, diese Kerle sind, wenn Sie so wollen, das Schwarze unter unseren Fingernägeln.« Und genau so war es: Leute wie die Músicos waren dazu da, für die Militärs die Drecksarbeit zu erledigen.

Nachdem Lucas und noch einige Leute aus der Gegend entführt worden waren, sagten sich die Fincabesitzer, dass sie jemanden brauchten, der sie beschützte. Also wandten sie sich an die Politiker und Militärs, die die sogenannten »Selbstverteidigungsgruppen« kannten und protegierten, und nahmen sie mit ihrer Hilfe unter Vertrag, rüsteten sie aus, bezahlten sie und ließen sie auf ihren Haciendas zusammenkommen. Das Mindeste, was sie dort bekamen, war ein Sancocho, wie Pilar ihnen damals einen vorsetzte. »Tod den Entführern«, »Schluss mit den Erpressungen und der Guerrilla«, »Stoppt die Banditen«, »Weg mit den Drogensüchtigen« – lauter solche Parolen waren von da an überall auf Plakaten zu lesen, die an den Hauswänden klebten und mit dem Kürzel der Selbstverteidigungsgruppen unterzeichnet waren. Bis diese selbst anfingen, alle, die die »Impfung« nicht bezahlten – manchmal sogar die, die bezahlten –, zu ermorden oder zu entführen, wie sie auch Monat für Monat höhere Schutzgelder verlangten und Leute in die Gegend brachten, die es auf mehr oder weniger legalen Bergbau abgesehen hatten. Außerdem taten sie sich schon bald mit Drogenhändlern zusammen, die am Erwerb der Fincas interessiert waren, weshalb sie den Besitzern Kaufangebote machten, die nichts anderes als Drohungen und Erpressungen waren. Da lehnten die Fincabesitzer sich gegen die Paramilitärs auf und erklärten ihnen den Krieg. Obwohl sie selbst sie einst geholt hatten, behaupteten sie auf einmal, sie seien dazu gezwungen worden, man habe sie erpresst und es sei ihnen nichts anderes übrig geblieben, als die »Impfungen« zu bezahlen. Erneut taten sie sich mit der Regierung zusammen und zwangen die Paramilitärs, ihre Gruppen aufzulösen. Wer zu viel redete, wurde ermordet, und fast alle Anführer wurden später wegen ihrer Verwicklung in den Drogenhandel in die USA ausgeliefert, das jedoch erst, als sie anfingen, die Namen der Unternehmer, Politiker, Militärs und Fincabesitzer zu nennen, die sie einst finanziert und durch befreundete Militärs, ja sogar durch nur zu diesem Zweck ins Land geholte Spezialisten aus England und Israel hatten ausbilden lassen.

Wie durch ein Wunder tauchte Pilars Name nirgendwo in diesem Zusammenhang auf, aber andererseits: Warum auch, wir waren ja nicht mehr als ein winziges Tröpfchen in einem ganzen See voll Blut. Pilar war jedenfalls imstande, sehr scheußliche Dinge zu akzeptieren, um die Finca zu retten, während Toño und ich es vorzogen, Augen und Ohren zu verschließen und so zu tun, als bekämen wir von alldem nichts mit.

Antonio

Als ich vor ein paar Jahren anfing, mich genauer mit der Geschichte Jericós zu beschäftigen, fuhr ich irgendwann auch für ein paar Wochen dorthin. Ich wollte die Luft vor Ort atmen und hatte die Hoffnung, noch etwas aus den alten Zeiten aufspüren zu können, Überreste des 19. Jahrhunderts, wenn ich frisch eingetroffen aus New York im schon nicht mehr ganz jungen 21. Jahrhundert dort umherlief. Anita lebte damals noch, und bevor ich nach Jericó fuhr, verbrachte ich mehrere Tage bei ihr in Medellín. Bei der Gelegenheit ging ich auch in ein Konzert, das von Evas Ex-Mann Bernal dirigiert wurde. Er trat mit einem Orchester junger Leute aus den armen Stadtteilen Medellíns auf. Beethovens Fünfte und Tschaikowskis Violinkonzert spielten sie so gut, dass ich mich für eine Weile mit meiner Heimatstadt aussöhnte und mir tatsächlich eine Zukunft für sie vorstellen konnte.

Als ich schließlich nach Jericó kam, hingen überall Plakate mit der Aufschrift: »Stoppt die Bergbauvorhaben!«

Wie man mir erzählte, wurden in der Umgebung des Ortes immer mehr legale und illegale Bergbauvorhaben vorangetrieben. Die Regierung hatte fataleweise den gesamten Untergrund des Departements zu Schleuderpreisen verhökert, und trotz bestehender Schutzbestimmungen würde sich wohl kaum jemand davon abhalten lassen, die Erde zu durchwühlen und ein Heer von Maschinen und kurzfristig eingestellten Arbeitern darauf loszulassen.

Unter der Hand hatten manche Beamte außerdem offenbar bereits mit Bergbauunternehmen aus Kanada, Südafrika, China sowie aus Antioquia selbst Vereinbarungen getroffen, die es diesen erlaubten, auf der Suche nach Gold-, Silber-, Kupfer-, Uran- oder was auch immer für Vorkommen Flüsse umzuleiten, Probebohrungen im Fels vorzunehmen und Stollen in die Berge zu treiben. Im Ort tobte ein stummer Kampf zwischen den üblichen Unternehmern, Abenteurern und sonstigen Raubrittern auf der einen Seite, die nur die scheinbar mühelosen Einnahmen aus den Bergbaulizenzen im Blick hatten, und auf der anderen Seite Leuten, die das Land in seinem jetzigen Zustand und in all seiner Schönheit erhalten wollten. Ich wollte mich vorläufig nicht mehr als nötig an dieser Auseinandersetzung beteiligen, gab mir deshalb einen falschen Namen und tat, als wäre ich bloß auf der Durchreise. Sosehr ich die Ansichten der Umweltschützer teilte, galt mein Interesse im Moment doch vor allem der Vergangenheit und den Jahren von der Gründung des Ortes bis zum Beginn des 20. Jahrhunderts. Indem ich mein Augenmerk zunächst auf die Träume und Anstrengungen jener Zeit richtete, bekäme ich vielleicht umso bessere Argumente für die Gegenwart an die Hand, sagte ich mir.

Solange ich mich in den Archiven der Kirchgemeinden oder der »Historischen Gesellschaft« oder im Haus von Doktor Ojalvo aufhielt, war alles gut. Auch auf den Wegen in der Umgebung oder am Ufer der immer noch kristallklaren Flüsse entlangzuspazieren und mit den Bauern oder jungen Leuten zu sprechen, war wunderbar. Ich ermunterte sie, weiter für ihr sauberes Wasser, ihre herrlichen Bäume und die frische Luft zu kämpfen. Vor allem an den Wochenenden füllte der Ort sich aber mit donnernd lauter Musik und arroganten und grobschlächtigen Gestalten, die sich für etwas Besseres hielten, nur weil sie dicke Autos, teure Pferde und protzige Fincas besaßen. Ich würde es mir sehr gut überlegen müssen, bevor ich eines Tages tatsächlich mit Jon hierherzog.

Vorläufig beschäftigte ich mich weiter mit der Vergangenheit Jericós. Mich interessierte zum Beispiel, wie lange es gedauert hatte, bis die wichtigen Erfindungen des 19. Jahrhunderts Jericó erreicht hatten. Die guten Erfindungen, meine ich, wie fließendes Trinkwasser oder Strom, nicht die schlechten und gefährlichen wie der Bergbau mithilfe von Quecksilber oder anderen Giften. Dass es durch die Einführung des elektrischen Lichts irgendwann nachts nicht mehr stockfinster gewesen war, schien mir jedenfalls eine begrüßenswerte Neuerung, auch wenn natürlich ebenso richtig ist, dass man ohne dieses künstliche Licht nicht nur besser schläft, sondern auch besser die Sterne beobachten kann.

Schon bald hatte ich eine Menge interessanter Informationen gesammelt. Am 21. Oktober 1879 etwa hatte Thomas Alva Edison in seinem Laboratorium in Menlo Park »einen Kohlefaden im Inneren einer perfekt vakuumversiegelten Glühlampe montiert, der vierzig Stunden lang leuchtete. Und in der Silvesternacht desselben Jahres erstrahlte die Hauptstraße von Menlo Park bei einer ersten öffentlichen Vorführung seiner Erfindung.« Kurioserweise bewahrte eben diese Erfindung die Wale damals vor dem Aussterben, wurden Kerzen zu jener Zeit doch vor allem aus Walfett hergestellt. 1881 erregten die neuen Glühlampen dann während der großen Elektrizitätsausstellung in Paris die staunende Bewunderung des Publikums. Und bereits 1882 wurde in New York das erste Kraftwerk zur Elektrizitätserzeugung errichtet, Rom und Venedig folgten im Jahr 1886 und Medellín am 7. Juli 1898.

In dem Dorf Jericó wiederum gab es noch mehr als fünf Jahre einzig und allein den Mond – falls nicht gerade Neumond war oder Wolken ihn verdeckten – und Petroleumlampen, um nachts etwas sehen zu können. Dann aber wurde dank der unermüdlichen Bemühungen von Pater Cadavid auch in Jericó ein Stromgenerator installiert, so dass das Dorf am 15. April 1906, ein Vierteljahrhundert nach der Premiere in den Vereinigten Staaten von Amerika, buchstäblich das elektrische Licht der Welt erblickte. Zu diesem denkwürdigen Ereignis fand ich den Bericht eines örtlichen Chronisten. Das Erste, was in Jericó elektrisch erleuchtet wurde, waren allerdings nicht die Straßen, sondern die Kirche, woran sich klar erkennen lässt, wer vor Ort das Sagen hatte und für die Wunder Gottes wie auch der Technik zuständig war:

»Es war eine trockene, stille und dunkle Nacht. Als es vom Kirchturm sieben Uhr schlug, begab sich eine große Menge Dorfbewohner zum Gotteshaus, zu unserem großen, schönen, kunstvollen und prächtigen Gotteshaus. Als Erster ging Pater Cadavid hinein, gefolgt von der Schar der Kinder, Männer und Frauen.« Auch mein Großvater war dabei, dieses Ereignis gehörte zu seinen frühesten Kindheitserinnerungen. »Wie die ersten Pfeile, die bei einem Gefecht abgeschossen werden, hallten vereinzelte Klänge durch den Raum, die die erfahrene Hand Don Daniel Salazars der Orgel entlockte. Etwas Großes und Neuartiges sollte schon bald geschehen.

Plötzlich erhellt das Licht von achtzig Lampen die Dunkelheit. Aus dem Schoß der Dunkelheit treten vor dem azurblauen Hintergrund der Wände die schlanken Säulen, beeindruckenden Bögen, bunten Glasfenster, korinthischen Kapitelle sowie das Tabernakel, die schlichten Vorhänge und prachtvollen Blumen- und Blattornamente des Gotteshauses hervor. Und dann ergießt sich ein ganzer Strom von Orgelklängen durch den Raum, und die tiefen Stimmen, fröhlichen Rufe und bewegenden Tonfolgen des Tedeum erfüllen die Seelen der Anwesenden. Und dort vorn, den Blick zu Boden gesenkt und vom Schimmer der Demut mehr noch als vom Lichte selbst umstrahlt, steht zitternd und bescheiden der Urheber dieser neuen Schöpfung: Pater Cadavid.«

Das Ereignis war offensichtlich dermaßen beeindruckend, dass gleich mehrere Berichte davon überliefert sind. Einer davon richtet sich unmittelbar an Pater Cadavid und lobt ihn nicht nur, weil er die Nacht erhellt, sondern auch weil er durch seinen Kampf für die Abstinenz zur Erleuchtung der Seelen beigetragen habe. Mehrere Jahre war dieses Thema – der Verzicht auf Alkohol – einer der Lieblingsgegenstände der örtlichen Meinungsführer. Den Unterlagen der »Historischen Gesellschaft« von Jericó entnahm ich auch, dass unser Vorfahr José Antonio Ángel, seinerzeit eine der herausragenden Persönlichkeiten des Ortes, sich als einer der Ersten in die Mitgliederliste der Abstinenzlergesellschaft eintrug. Die Anti-Alkohol-Kampagne dauerte viele Jahre und war in einem zur Trunkenheit neigenden Land wie Kolumbien vielleicht gar keine schlechte Idee. Heute führen vor allem die evangelikalen Glaubensgemeinschaften diesen Kampf weiter, und ich bin überzeugt, dass genau das einer der Schlüssel ihres Erfolgs ist. Im Allgemeinen sind sie fanatisch und intolerant, aber in dieser Hinsicht helfen sie vielen Menschen. Ich selbst trinke Alkohol, wie ich zugeben muss, aber wenn ich an die hierzulande üblichen Exzesse denke, werde ich zum strammen Reaktionär und Prohibitionisten. Deshalb nahm ich durchaus mit Sympathie zur Kenntnis, was offenbar vor hundert Jahren überall in Jericó weithin sichtbar auf Plakaten und Spruchbändern zu lesen stand:

»Folgt dem von der Abstinenzlergesellschaft aufgezeigten Weg und ihr werdet ruhig schlafen.«

»Enthaltsamkeit ist die goldene Regel aller tugendsamen Völker.«

»Am zügellosen Alkoholkonsum erkennt ihr die Verderbten.«
»Es gibt keine größere Schande, als sich betrunken in der Öffentlichkeit zu zeigen.«
»Wer abstinent lebt, ist eine Stütze der Gesellschaft.«

Der einzige Alkohol, den es bei dem zur Feier der Ankunft des elektrischen Lichts veranstalteten Festbankett gab, war ein Becher süßer Messwein. Zum Dank für seine Bemühungen wurde Pater Cadavid ein Gemälde von Francisco Antonio Cano überreicht, dem damals besten Maler Antioquias. Er hatte in Italien studiert und war ein guter Porträtmaler – das Bild zeigte María Luisa González de Cadavid, die Mutter des Paters, und war ein Geschenk der Damen von der »Vereinigung der Töchter Mariä«. Zu dieser gehörten mehrere von Don José Antonios Töchtern wie auch dessen Frau Merceditas Mejía, genannt Mamaditas. Während der folgenden fünftägigen Festlichkeiten war in Jericó, den Chronisten zufolge, nicht ein einziger Betrunkener zu sehen.

Wenige Jahre später brachte ein Erdbeben das mit so viel Mühe errichtete Gotteshaus zum Einsturz. Anschließend wurde ein neues gebaut, das weniger schön, dafür aber stabiler als sein Vorgänger war. Der Hauptplatz des Ortes wiederum ist heute eine einzige Ansammlung von Kneipen. In jedem Fall hatte Jericó bei der Ankunft der Elektrizität vor inzwischen über hundert Jahren mehr Einwohner als heute, es gab ein Theater, ein Orchester und eine Literaturzeitschrift, und man fand sich regelmäßig – sei es auch auf die ein wenig verdruckste und frömmlerische Art jener Zeit – zu den verschiedensten gemeinsamen Vorhaben zusammen. Denn zu Beginn des neuen Jahrhunderts hatte man eine Art Schlussstrich gezogen, es gab eine große und ehrliche Bereitschaft, die vielen einander zugefügten Verletzungen zu vergessen, und alle träumten von einer besseren Zukunft und ermunterten sich gegenseitig, die neuen Ideale gemeinsam zu verwirklichen. Der sogenannte Krieg der Tausend Tage war endlich vorbei und es herrschte eine verheißungsvolle Aufbruchsstimmung. Die nächste Wirtschaftskrise, der neuerliche große Gewaltausbruch in der Mitte des zwanzigsten Jahrhunderts wie auch später die gleich dreifache Verheerung durch Drogenhändler, Guerrilla und Paramilitärs sollten uns eines Besseren belehren. Und trotzdem war auch jetzt, nachdem ein weiteres Jahrhundert – das einundzwanzigste – begonnen hatte, wieder überall die Hoffnung auf Frieden und Fortschritt zu spüren. Ob ich jedoch wirklich imstande wäre, mit Jon an diesem Ort zu leben? Ich könnte Geigenunterricht geben und mich vielleicht an der Gründung eines neuen Orchesters und eines Streichquartetts beteiligen, wie ich Jon via Skype erklärte, aber der antwortete ausweichend und ohne sich festzulegen.

Schließlich mietete ich einen Jeep mit Fahrer, um mich auf der alten Straße über La Mama und Palermo zur Finca bringen zu lassen. Es hatte geregnet und der Weg war fast unpassierbar, aber nach eineinhalb Stunden – mit kurzen Zwischenhalten für Ausblicke auf die majestätische Cauca-Schlucht – hatten wir es dennoch geschafft. Ich kam genau zur Mittagessenszeit an. Pilar und Alberto erwarteten mich mit einem Sancocho. Mit einem Sancocho – da ging es mir wie den Siedlern bei ihrer Ankunft im Dorf vor hundertfünfzig Jahren. Er war auf traditionelle Weise über einem Holzfeuer gegart, obwohl es auf La Oculta natürlich Strom gibt, und das, trotz der abgeschiedenen Lage der Finca, seit den siebziger Jahren. Ich erinnere mich noch gut an die Pelton-Turbine, die mein Großvater an einem der Wasserfälle installiert hatte. Sie wurde jeden Tag bloß ein paar Stunden lang eingeschaltet. Ihr monotones Brummen und das schwächliche Flackerlicht, das sie produzierte.

Ich hatte einen langen Weg zurück hinter mir, aber welchen Weg ich sonst hätte einschlagen sollen, wusste ich nicht. Wir Ángels hatten nie etwas Besonderes, geschweige denn Großartiges zustande gebracht. Das galt für alle Leute aus Jericó. Die Welt hatte den Bewohnern unseres schönen Dorfs keine einzige Erfindung zu verdanken, die sie besser gemacht hätte. Rühmen konnten sie sich bestenfalls der wunderschönen Ledertaschen, die hier gefertigt werden, und einer Handvoll Gedichte und Romane zweier Schriftsteller mit Nachnamen Mejía – Manuel und Dolly. Ich betrachtete meine schlichte Ledertasche, die ich mir nur über die Schulter zu hängen brauchte, um mit all meinen Büchern, Notizheften und Aufzeichnungen und dazu meiner Geldbörse und was ich sonst noch an Kleinigkeiten benötigte, bequem in der Welt umherspazieren zu können. Mein Großvater hatte außerdem, für alle Fälle, immer eine Pistole dabeigehabt. Eine Pistole brauchte ich nicht mehr, wenigstens das, sagte ich mir, und das tröstete mich.

Eva

In Medellín habe ich bis heute Kontakt zu verschiedenen Vettern und Kusinen aus der Familie Ángel. Ich sage ihnen immer wieder, dass sie recht hatten, als sie ihre Anteile an der vermaledeiten Finca verkauften. Ich habe reiche und arme Vettern und Kusinen, manche sind sehr erfolgreich, andere gescheitert, die einen anständig, andere weniger. So wie in allen Familien. Einer meiner Vettern ist Unternehmer, andere sind Viehzüchter und haben in noch weiter abgelegenen Gebieten Kolumbiens riesige Ländereien erworben. Einer ist Großgrundbesitzer an der Küste, ein anderer arm, aber ehrenhaft, was er jedoch niemals raushängen lässt. Ein entfernter Verwandter sitzt in den USA wegen Geldwäsche im Gefängnis. Mit dem Gewinn aus seinen schmutzigen Geschäften hat er mehrere Fincas bei Jericó gekauft, aber sehen, geschweige denn genießen kann er sie nicht, das bleibt seiner Frau vorbehalten, einer unkultivierten, leichtlebigen und eingebildeten Ziege, die in ihrer Jugend Model war und jetzt bestenfalls als Modell für die Exzesse von Schönheitschirurgen dienen kann – sie hat mindestens sechs Liter Botox im Leib. Ihre Kinder wiederum gehen ganz nach dem Vater. Auch solche Dinge kommen in einer Familie vor – wie es im Tango heißt: Der eine ist unter einem guten Stern geboren, der andere immer nur sternhagelvoll.

Großvater Josué erzählte oft von seinem Onkel David Ángel, der genauso viel geerbt hatte wie sein Vater und dementsprechend wohlhabend und gut situiert war. Vor allem aber muss er ein guter Mensch gewesen sein, ein großzügiger Mitbürger und treuer Freund wie auch ein liebevoller Gatte und Vater von insgesamt sieben Kindern. Und doch starb er früh, 1912 oder 1913, auf seiner in der Nähe von La Oculta gelegenen Finca La Lorena im Alter von bloß neununddreißig Jahren an einem Herzinfarkt. Seine Frau – die Kinder waren noch klein – schaffte es nicht, die Finca in Gang zu halten, und zwei Jahre nach Davids Tod war La Lorena bereits, was alle Welt hier als »Witwenfinca« bezeichnet, also ein Anwesen, auf dem sich überall, wo bis dahin offenes, sorgfältig bebautes Land war, wieder der Wald breitmacht. Früher oder später muss die Witwe das Land, das dann viel an Wert verloren hat, verkaufen. Und mit dem Geld, das sie dafür bekommt, bringt sie ihre Kinder vielleicht noch fünf oder zehn Jahre lang mehr schlecht als recht durch. Dann ist alles aufgebraucht, und sie muss das Haus im Dorf verkaufen und mit den Kindern in ein einfacheres Haus umziehen. Spätestens wenn der älteste Sohn sechzehn wird, fängt er an zu arbeiten, aber nicht mehr als Besitzer der Finca seines Vaters, sondern als Knecht. Dem zweiten Sohn geht es genauso. Der dritte heiratet früh – und schlecht –, um der immer unzureichenden Kost zu Hause zu entfliehen. Doch schon bald bekommt er selbst viel mehr Kinder, als er ernähren kann. Und so geht es mit der ganzen Familie immer weiter bergab. Genau so erging es, nach den Worten meines Großvaters, auch diesem armen Teil der Familie Ángel, weshalb er half, wie und wo er konnte.

In meiner Generation ist es gar nicht so anders: Unter den Ángels gibt es Künstler und Hungerkünstler, Linksradikale und Rechtsradikale, Konservative und Liberale, von allem etwas. Normalerweise glaubt man ja, dass alles Elend von der Schlechtigkeit der anderen kommt, die das Böse im Blut tragen oder schlecht erzogen sind. Oft beginnt das Unglück aber einfach nur durch Pech – durch einen Herzinfarkt oder einen Sturz vom Pferd. Andererseits will ich die Menschen nicht von aller Schuld freisprechen. Wenn es den Músicos gelungen wäre, mich umzubringen, hätte Benjamín wahrscheinlich nicht einen Peso von mir geerbt, und meine Geschwister hätten die Finca praktisch für nichts hergeben müssen.

Niemand sollte jedenfalls mit seinem Reichtum angeben, so wie sich auch niemand schämen sollte, wenn er nichts besitzt. Wer weiß schon, wie die Dinge miteinander verbunden sind? Die Ideologien und Religionen lehren uns Empörung und Hass, sie sind überzeugt, die Schuldigen zu kennen – das Kapital, die Sünde, die Faulheit, den Alkohol, den Neid, die Habgier. All das ist bestimmt auch wichtig, und doch entscheidet oft genug nichts anderes als das Glück, das simple Glück – oder das Unglück.

Antonio

Von Cobo weiß ich, dass sein Vater Josué – Cobo selbst war damals elf und lebte in Jericó – infolge der Krise der dreißiger Jahre bankrott ging und alles verlor. Beim Gedanken an meinen Großvater sehe ich immer einen alten Mann vor mir – nur als solchen kannte ich ihn ja –, aber damals war Josué erst dreißig, hatte allerdings schon drei Kinder, meinen Vater, Tante Ester und Onkel Bernardo, die alle in Jericó geboren waren. Großvater Josué – Don Josué, wie er in Jericó genannt wurde – musste also nach und nach sämtliche Besitztümer, die er von seinem Vater José Antonio geerbt hatte, abstoßen. Casablanca, La Inés, La Mesa ... lauter für uns legendäre Namen, von denen zuletzt nur einer die allgemeine Katastrophe überlebte, und zwar La Oculta, die Finca, die Josués Eltern die liebste war.

Von dieser Finca, der größten und ältesten, sollten seine Mutter und seine zwei Brüder, die noch studierten, leben können. Die jahrelange Anspannung rief bei Josué ein Magengeschwür hervor, an dem er den Rest seines Lebens zu leiden haben sollte. »Es ist, als würdest du gemahlenes Glas im Magen haben«, wie er sagte, wenn er wieder einmal Blut spuckte und vor Schmerzen nicht schlafen konnte. Trotz des Magengeschwürs und all dem anderen gelang es ihm tatsächlich, La Oculta schuldenfrei zu bekommen.

Als das sichergestellt war, vertraute er seinem engen Freund Don Chepe Posada die Verwaltung der Finca an und teilte seiner

Frau und den Kindern mit, dass sie nach Süden gehen würden, nämlich nach Sevilla, also in ein Dorf, wo sich der Teufel noch nicht niedergelassen hatte. Der Teufel, das war die Krise. Josué nahm, was er noch besaß – das Haus in Jericó hatte er ebenfalls verkaufen müssen, um Schulden zu bezahlen –, verteilte es auf sieben Maultiere und setzte anschließend seine Frau und die Kinder auf Pferde, die er in La Oculta ausgeliehen hatte. Früh am Morgen, noch vor Sonnenaufgang, verließen sie das Dorf und machten sich auf denselben Weg, auf dem ein halbes Jahrhundert davor hoffnungsfroh die Siedler angereist waren. Sie kamen durch Palocabildo, machten auf der Höhe bei La Mama Halt, um sich von dort aus von La Oculta zu verabschieden, und zogen dann weiter über Jardín, Caramanta, Riosucio, Anserma, La Virginia, Cartago, La Victoria, bis sie schließlich fünf Tage später Sevilla erreichten.

Jericó und Sevilla waren gerade einmal zweihundert Kilometer Luftlinie voneinander entfernt, doch ging es unaufhörlich bergauf und bergab, auf vielfach fast unpassierbaren Wegen, die sich von einem abgelegenen Ort zum nächsten schlängelten. Diesmal war die Reise in ein neues, unbekanntes Land zudem eine Flucht, kein hoffnungsvoller Aufbruch. Und Josués Frau Miriam war schwanger, so wie einst Raquel, die nach ihrer Ankunft in Jericó den ersten Ángel des Ortes zur Welt gebracht hatte. Sevilla liegt in den Ausläufern der Zentralkordillere, dort, wo es ins Cauca-Tal hinunter geht. Der Ort war erst etwa dreißig Jahre zuvor gegründet worden, genauer gesagt 1903, bei Kriegsende, und zwar von Heraclio Uribe Uribe, einem Bruder des berühmten Generals, der die Truppen der Liberalen beim tausendtägigen Krieg angeführt hatte.

Der Teufel war einstweilen in Jericó geblieben, wo er nicht nur dem Ort, sondern auch vielen Freundschaften, ja sogar Familienbeziehungen ein Ende bereitete. Damals entzweite sich ein Teil der

Familie Ángel, und seine Mitglieder sollten nie mehr miteinander sprechen. Großvater Josué war mit einem Onkel väterlicherseits, Antonio Máximo, geschäftlich verbunden. Was den Streit auslöste, wird je nachdem, welchem Zweig der Familie der Erzähler entstammt, unterschiedlich dargestellt. Für die Töchter jenes Antonio Máximo – der keine Söhne hatte und allen seinen Töchtern, die ihn Papá Toño nannten, Vornamen gab, die mit E anfangen, also Emilia, Eunice, Elisa, Eliana, Elena, Esther, Eva und Emma –, für sie also war Großvater Josué schuld am Bankrott ihres Papá Toño, weil dieser für Josués Schulden gebürgt hatte. Laut Josué dagegen hatten er und sein Onkel mehrere der ererbten Fincas gemeinsam verwaltet und bis auf zwei alle verloren, La Oculta und La Tribuna, wo die Elisas – wie die Töchter von Papá Toño der Einfachheit halber im Ort genannt wurden – aufwuchsen.

Wie auch immer, sicher ist, dass Großvater Josué mit allem, was er besaß, im Gepäck und einem blutenden Geschwür im Magen in Sevilla eintraf. Großmutter Miriam brachte kurz nach der Ankunft Javier zur Welt, ihr viertes Kind. Und Josué musste noch einmal ganz von vorn anfangen. Auf einer Finca in der Umgebung kaufte er auf Pump ein Kalb und verkaufte es etwas teurer im Ort. Anschließend kaufte er zwei Kälber, erneut auf Pump, und verkaufte sie wieder. Kurz gesagt, er betätigte sich als Viehhändler, was das Einzige war, wovon er etwas verstand, schließlich hatte er nur ein Jahr Medizin studieren können. Dann war sein Vater José Antonio an Typhus gestorben, und Josué, der damals gerade einmal neunzehn war, musste das Studium abbrechen und das Erbe und die Geschäfte übernehmen.

Zwanzig Jahre später hatte der Teufel auch Sevilla erreicht, allerdings in noch schlimmerer Gestalt: Nach der Ermordung des liberalen Hoffnungsträgers Jorge Eliécer Gaitán am 9. April 1948 brach einmal mehr im ganzen Land die Gewalt aus. Da Sevilla ein konservativ gesinntes Dorf und Großvater Josué einer der bekanntesten dortigen Liberalen war – abgesehen davon, dass er nach zwanzigjähriger erfolgreicher Betätigung im Viehhandel eine Finca besaß und das einzige Notariat vor Ort betrieb –, war klar, dass er auf der Abschussliste der Konservativen ganz oben stand. Weshalb er erneut seinen gesamten Besitz zusammenpacken, dem Erstbesten zu einem miserablen Preis sein Land verkaufen und nach Medellín gehen musste. Dort war die Gefahr, ermordet zu werden, nicht ganz so groß, zumindest ließ die Polizei in Medellín nicht zu, dass die Konservativen sämtliche Liberalen aus dem Weg räumten.

Den Rat, nach Medellín zu ziehen, hatte Cobo ihm gegeben; Großvater Josué befolgte ihn jedoch erst, nachdem nicht nur sein Schwiegersohn, sondern auch sämtliche Schulfreunde Cobos ermordet worden waren. Das Geld aus dem Verkauf seiner Besitztümer reichte immerhin für den Erwerb eines Hauses in Medellín, wo wir ihn später kennenlernten.

Josués Mutter Mamaditas starb in den sechziger Jahren, und Chepe Posada regelte die Erbschaft, indem er die Finca in drei Teile aufteilte und anschließend unter den Brüdern verloste. Jeder Teil bekam einen Namen: Der am tiefsten gelegene hieß La Coqueta, der am höchsten gelegene La Abadía und der in der Mitte – auf dem sich das alte Haus befand, weswegen er etwas kleiner ausfiel – La Oculta. Don Chepe schnitt drei Papierstreifen zurecht und schrieb auf jeden einen der drei Namen. Dann rollte er die Streifen auf, umwickelte sie mit Aluminiumfolie und formte sie zu kleinen Kugeln, die er in seinen Hut legte. Als Erstgeborener durfte Josué als Erster in den Hut greifen, nach ihm kamen Eduardo und zuletzt Elías an die Reihe. Josué, dem La Oculta zufiel, und Eduardo, dem La Abadía zufiel, erklärten sich mit der Entscheidung einverstanden, Elías jedoch, der gerne selbst La Oculta sein Eigen genannt hätte, konnte seinen Ärger nicht verbergen und behauptete seit diesem Tag, sein älterer Bruder habe getrickst, um an das alte Haus und den See zu gelangen. Oder vielmehr Don Chepe, der Josué näher stand als seinen jüngeren Brüdern, habe die Kugel mit dem Zettel, auf dem La Oculta stand, eine Weile in den Kühlschrank gelegt, und Josué habe sie beim Auswählen daran erkannt, dass sie kälter war als die anderen. Wie dem auch sei, die beiden Brüder redeten seitdem kein Wort mehr miteinander.

Pilar

Wenn das Leben nicht mehr interessant erscheint, wenn nicht mehr jeden Tag irgendwas Besonderes passiert und wenn die Zukunft immer mehr zusammenschmilzt, flüchten wir uns in die Vergangenheit. Die Erinnerung wird dann wie ein Korken, der auf einem Strudel tanzt, unaufhörlich kreist sie um dieselben Dinge. Je länger man lebt, desto mehr nimmt das Leben die Farbe der hässlichsten und dreckigsten Dinge an. Die Vergangenheit wird eine Last, die uns bedrückt und traurig stimmt. Nur wenigen glücklichen Menschen wie meiner Mutter gelingt es, bis zuletzt ihren Humor und ihre gute Laune zu bewahren und dabei auch noch die anderen aufzumuntern und ihnen Mut zu machen, offenbar unverwundbar gegen alle Beleidigungen und Kränkungen und immer voller Lebenslust. Seltsam, ausgerechnet sie, die so viel erleiden musste. Und trotzdem war sie bis zuletzt unabhängig, selbstsicher und stolz, vor allem aber voller Liebe, Verständnis und Heiterkeit. Alles betrachtete sie aus einer weisen, ironischen Distanz. Zugleich bekam sie mehr davon mit, was um uns herum geschah, als wir alle. Regelmäßig rief sie nachts um elf an und sagte aufgeregt: »Mach mal den Fernseher an und schau dir unseren Präsidenten an.« Oder: »Evas Ex-Mann dreht jetzt wirklich endgültig durch.« Oder: »Hör dir bloß an, wie der rumschreit, wenn der an die Macht kommt, geht es mit dem ganzen Land den Bach runter, dann fallen wir wieder zwanzig Jahre zurück, wie damals nach dem Mord an Gaitán.«

Ich bin da anders, ich sehe mir nicht mal mehr die Nachrichten an, ich will mich nicht ärgern oder Angst bekommen, und ich will mir auch nicht sagen, dass man eigentlich von hier verschwinden müsste. Außerdem gibt es auf dieser Welt keinen Ort mehr, an den man verschwinden könnte. Ich bin so alt und müde wie diese Welt und wie unser Haus. Aber eigentlich ist es noch schlimmer als bei unserem Haus, denn das streiche ich wenigstens regelmäßig und kümmere mich um Schäden, kurz: Ich kämpfe gegen den Verfall. Schön wär's, man könnte das auch mit dem Körper und der Seele so machen – kaputte Stellen flicken, die Falten unter Kalk verschwinden lassen. An manchen Tagen oder Nächten gelingt es mir tatsächlich und ich bin wieder glücklich und selbstvergessen.

Wenn ein Freund von mir zum Präsidenten gewählt würde, würde ich mir für La Oculta nichts von ihm wünschen. Das Einzige, worum ich bitten würde, wäre Hilfe für die Leute aus dem Dorf, aus Palermo, sie sollen die Möglichkeit bekommen, etwas zu lernen, und dazu fließendes Trinkwasser, ein Krankenhaus – mittlerweile gibt es in Palermo nicht mal mehr einen Arzt, es ist wirklich unerhört, die Leute sterben an den lächerlichsten Kleinigkeiten – und Arbeit, die Leute wollen nämlich arbeiten, um sich ein kleines Haus und ein Stückchen Land kaufen zu können. In einem Land wie diesem mit so viel Regen und Sonne und üppigem Grün ist das nicht zu viel verlangt. Land wäre jedenfalls genug da. In unserem Fall, für unsere Familie, ist dieser Traum in Erfüllung gegangen, fast alle anderen jedoch träumen immer noch von dem, was wir haben – einen eigenen Ort und ein Dach über dem Kopf. Dazu haben wir hier aber eine wunderschöne Aussicht und diese unvergleichliche Stimmung morgens beim Aufstehen und beim ersten Blick nach draußen und diese ungeheuer wohltuende Empfindung, wenn man die Luft auf der Finca einatmet, die Bäume und die blühenden Blumen ringsherum betrachtet, das Wasser rauschen hört, sich von der Sonne wärmen lässt, die Wolken und den einen oder anderen Menschen vorbeikommen sieht, die schlanke Stute auf der Weide wiehern hört.

In allen Familien in Antioquia gibt es die traurige Geschichte von der Finca, die irgendwann verlorenging. Ein großes, ertragreiches Stück Land mit viel Vieh, Pferden und Hunden, Bohnen und Mais, das jedoch eines Tages futsch war, weil Onkel Soundso es verspielt oder Großvater Soundso es vertrunken hatte, oder weil irgendeine Tante Luisa Krebs bekam und Geld gebraucht wurde, um sie in Los Angeles behandeln zu lassen, woraufhin sie trotzdem starb, oder weil irgendein Schlaufuchs von Vetter sich alles unter den Nagel riss, indem er zunächst den Heiligen spielte, bis er schließlich sein wahres Gesicht zeigte. Am häufigsten war es jedoch so, dass die Kinder sich beim Tod der Eltern in die Haare gerieten, weil sie sich nicht über das Erbe einigen konnten, so dass zuletzt alles verkauft werden musste. Oder aber das Ganze wurde in Teile aufgeteilt, die so klein waren, dass man zuletzt nicht einmal ein paar Kopf Salat darauf ziehen konnte. So ging es zum Beispiel bei Próspero, der siebzehn Geschwister hatte, die nichts erbten als die Kosten für die Nachfolgeregelung. Es gibt tausende solcher Geschichten, eine bedauerlicher als die andere. In Wirklichkeit sind sie alle bloß die einheimische Variante der Geschichte vom verlorenen Paradies oder vom verheißenen Land, das uns irgendwann zufiel, aber wegen einer Sünde oder eines Fehlers verlorenging.

Eben deshalb möchten Alberto und ich La Oculta bis zu unserem Tod erhalten, wie auch immer. Doch nicht nur uns selbst zuliebe – Antonio und Jon sollen, wann immer sie möchten, herkommen und sich wohlfühlen können, und unsere Kinder und Enkel sollen hier so glücklich sein, wie ich es als Kind und junges Mädchen war. Auch wenn sie jetzt lieber ans Meer fahren oder sonst wohin, nach Spanien oder Marokko, sollen sie wissen, dass sie jederzeit hier ihr Haus vorfinden. Cobo hat genau gewusst, warum er zu mir gesagt hat, ich soll die Finca auf keinen Fall verkaufen. Immer wenn meine Onkel und Tanten und Vettern und Kusinen, die ihre Anteile aufgegeben haben, hierherkommen, setzen sie sich irgendwann in den Flur oder legen sich in eine Hängematte und weinen leise vor sich hin. Sie wissen, dass diese Landschaft und dieser Blick früher auch ihnen gehört haben und dass sie beides verloren haben, weil sie nicht genug Liebe dafür aufgebracht oder sich nicht hartnäckig genug daran geklammert haben. Trotzdem sind alle Verwandten bei uns willkommen, und sei es auch nur für ein paar Tage, denn wir möchten ja, dass auch andere Menschen all das sehen und spüren und genießen, was es hier gibt. Dieses Haus ist wie das Buch, an dem Toño schreibt, er möchte nicht, dass es für immer in einer Schublade verschwindet, sondern er möchte es eines Tages veröffentlichen, damit andere Freude daran haben oder das Leid teilen und nachdenken, auch über ihre eigenen Häuser und ihre eigenen Eltern und Großeltern, wo auch immer die sich befinden, denn überall auf der Welt gibt es La Ocultas, wie auch immer sie heißen mögen.

Antonio

Der einzige Nachteil von La Oculta ist, dass die Finca so weit vom Meer entfernt liegt. Eigentlich ist es bis zum Pazifik gar nicht so weit – von La Oculta aus sind es gerade einmal zweihundert Kilometer Luftlinie. Doch um tatsächlich dorthin zu gelangen, muss man zunächst auf schlechten Straßen das öde Hochland des Gebirges und danach den dichtesten Urwald der Welt durchqueren, den Darién-Urwald. Mein Neffe Simón, der Wissenschaftler, sagt, dass die Chocó-Region, zu der dieser Urwald gehört, in geologischer Hinsicht der letzte Rest des ursprünglichen Amazonasgebiets ist, mündete der Amazonas doch einst in den Pazifik. Bis sich irgendwann die Anden aus dem Boden hoben, was den Amazonas zur Richtungsänderung zwang, so dass er fortan durch unendliche Ebenen in den Atlantik floss. Westlich der Anden blieb jedoch ein Stück des ursprünglichen Amazonas-Urwalds erhalten, das noch schwieriger zu durchdringen ist und noch ältere Pflanzen aufweist als der andere, gewissermaßen jüngere Amazonas-Regenwald im Osten der Anden. Nirgendwo regnet es so viel wie hier. Und eben dieser Urwald hindert die Leute aus Jericó, ans Meer zu gelangen. Nicht einmal heute, im 21. Jahrhundert, gibt es eine Straße bis dorthin, ja, der Urwald unterbricht sogar weiterhin die berühmte Panamericana-Fernstraße, die eigentlich eine durchgehende Verbindung zwischen Nord- und Südamerika sein soll. So kommt in diesem abgelegenen Winkel der Welt alles zum Stillstand.

Wenn ich Pilar damit komme und ihr vom Meer erzähle und davon, was ich fühle, wenn ich im Sommer in der Nähe von New York am Strand sitze, zuckt sie geradezu wütend die Schultern und sagt: »Wer behauptet eigentlich, man könne nur glücklich sein, wenn man das Meer gesehen hat, oder New York oder Europa oder Japan oder Afrika oder was auch immer? Du kennst fast die ganze Welt, aber ich habe dich nie glücklicher erlebt als hier. Alberto und ich sind hier auch glücklich, auf der Finca gefällt es uns einfach. Ist das so schwer zu verstehen?«

Pilar

Einmal saßen Tante Ester und ich allein im alten Esszimmer von La Oculta. Ester war damals schon sehr krank, wenige Wochen später starb sie. Fast den ganzen Morgen hatte sie von Jericó erzählt, von ihrer Kindheit im Dorf, dem Aufbruch nach Süden mit meinen Großeltern und meinem Vater, auf Pferden, Richtung Cauca-Tal. Esters Bruder, also mein Vater, der immer sehr neugierig war, stellte seinem Vater Josué auf dem Weg nach Sevilla offenbar so viele Fragen, dass dieser ihn bei der Ankunft gleich für die fünfte Schulklasse anmeldete und nicht für die vierte, die seinem Alter eigentlich entsprochen hätte – Josués Ansicht nach hatte Cobo sich unterwegs durch seine Fragerei den Stoff eines ganzen Schuljahrs angeeignet. Wie immer sprach Ester eine Weile über die Ermordung ihres Ehemanns und die Rückkehr nach Antioquia, als hätte sich die Familie auf ihrer Flucht vor Hunger und Gewalt in einer ständigen Pendelbewegung befunden. Dann wurden wir zum Mittagessen gerufen, und ich führte Ester ins neue Esszimmer hinüber. Bei der Suppe fing sie auf einmal an, ohne den Blick vom Teller zu nehmen, mit ihrer sanften Neunzigjährigenstimme etwas zu erzählen – dass es um etwas Wichtiges ging, war dem Zittern ihrer Stimme deutlich anzumerken.

»Sieh mal, meine Kleine, es gibt da etwas, worüber wir noch nie gesprochen haben – dabei sprechen wir sonst ja wirklich über alles. Also, dass Antonio über uns und den Familiennamen Ángel in Jericó diese ganzen Nachforschungen anstellt, finde ich sehr schön. Eins muss ich dir allerdings sagen, bevor ich sterbe, eine ziemlich hässliche Sünde meines Vaters, also deines Großvaters, auf den Toño und ihr anderen so stolz seid.« Hier unterbrach sich meine Tante und warf mir einen kurzen Blick aus ihren stecknadelkopfgroßen Pupillen zu, um sich zu vergewissern, dass ich zuhörte. Dann senkte sie die Augen wieder auf ihren Teller, aß sehr langsam drei Löffel von der Gemüsesuppe und sagte schließlich:

»Was ich dir jetzt erzähle, weiß außer mir, glaube ich, niemand, und ob du es weitererzählst, musst du selbst entscheiden, aber tu es nicht, bevor ich tot bin, ich möchte nicht, dass es Gerede gibt und die anderen kommen und mir lauter Fragen stellen. Ich habe die Sache mein halbes Leben mit mir herumgeschleppt. Mir wäre es lieber gewesen, deine Großmutter Miriam hätte sie mir nicht erzählt, denn von da an habe ich meinen Vater viel weniger lieb gehabt und ihn weniger geachtet. Bis dahin hatte ich ihn vergöttert, weil er uns immer wieder aus dem Elend befreit hatte. Doch danach war er für mich bloß noch ein ganz gewöhnlicher Mensch wie alle anderen auch.

Du erinnerst dich doch, dass deine Großmutter nicht aus Jericó, sondern aus El Retiro stammte, oder? Also gut, ich wusste jedenfalls schon immer, dass Miriam vor Großvater Josué dort in El Retiro bereits einen Verlobten hatte, eine wirklich ernste Sache. Er war der Sohn von Leuten von der Küste, die eines Tages nach El Retiro gezogen waren, und er hieß Fadi Achami und war der Sohn von Don Hussein Achami, einem Türken oder, genauer gesagt, einem Palästinenser – sie haben dort bloß immer Türken gesagt, weil diese Leute seinerzeit mit Pässen des Osmanischen Reichs hierhergekommen waren. Fadi betrieb in El Retiro eine Druckerei, eine der wenigen, ja vielleicht sogar die einzige, die es damals in El Retiro gab. 1919 oder 20, so genau weiß ich es nicht, wollten der hübsche Achami – er hatte ganz helle Haare und blaue Augen – und deine Großmutter heiraten, verlobt waren sie schon, aber dann wurde Fadis Bruder – Hassan hieß der, glaube ich – auf seiner Hacienda in der Nähe von Sonsón ermordet, und er hinterließ zwei noch ganz kleine Töchter, wie die hießen, weiß ich aber wirklich nicht mehr, und ich weiß auch nicht, ob sie noch leben. Fadis Mutter sagte daraufhin jedenfalls zu ihrem Sohn, er müsse die Witwe seines Bruders heiraten, die war auch aus Palästina und hieß Farah Abdallah. Fadi mochte seine Schwägerin nicht besonders und geliebt hat er sie schon gar nicht, aber bei ihnen war das so Brauch. Da gab es nicht die geringste Diskussion, das war einfach so, und fertig.

Das musst du dir mal vorstellen: Wir wären fast Achamis geworden, also Palästinenser, und keine Ángels, beziehungsweise Juden, wie dein Bruder zumindest behauptet. Deine Großmutter war jedenfalls sehr, sehr traurig, als sie von ihrem arabischen Bräutigam versetzt wurde, und sie beschloss, möglichst schnell zu heiraten, wie auch immer, den Erstbesten. Und das war dann sozusagen dein Großvater Josué. Er hatte mit Miriams Vater, Don Bernardo Mesa, geschäftlich zu tun, im Salzhandel. Außerdem war Don Bernardo ein Vetter von Mamaditas, und du weißt ja, wie wir sagen: ›Je Vetter, desto besser‹. Jedenfalls gab es in Jericó kein Salz, das wurde auf Eseln von El Retiro dorthin geschafft, und Großvater Josué verkaufte es dann vor Ort. Du weißt ja gar nicht, wie wichtig Salz damals war, das war so wie heute die Kühlschränke. Ohne Salz wären viele Lebensmittel verdorben, vor allem das Fleisch, aber mit Salz konnte man es konservieren.

Großvater Josué, der damals ein stattlicher junger Mann war, erschien also eines Tages, kurz nachdem Miriam von ihrem türkischen Bräutigam versetzt worden war, in El Retiro. Und da warf Miriam ein Auge auf den Jerichoaner, und er auf sie, und schon bald verlobten sie sich, und wenige Monate später waren sie verheiratet. Ihre Briefe aus der Zeit habe ich noch, sie sind sehr schön und romantisch. Aber jetzt kommt das Geheimnis, die Sünde, meine Kleine. Also das war so – das heißt, so etwas Besonderes war es auch wieder nicht, damals gab es eben noch keine Antibiotika und die meisten Männer verloren ihre Unschuld im Bordell. Jedenfalls hatte Großvater Josué, als er Großmutter Miriam heiratete, Syphilis, und ihr erstes Kind war nicht dein Vater, wie man immer erzählt hat, sondern ein Mädchen, das auf den Namen Ester getauft wurde, so wie ich. Es kam jedoch blind und krank zur Welt und starb schon nach wenigen Wochen. Daraufhin versprachen die beiden, dass sie, wenn sie wieder gesund würden und noch einmal eine Tochter bekämen, diese wieder Ester nennen würden, und deshalb heiße ich so. Wenn du zum Familiengrab der Ángels in Jericó gehst, kannst du da auch eine Inschrift mit meinem Namen sehen, so als wäre ich schon tot.

Wie wütend und beschämt deine Großmutter Miriam war, kannst du dir wahrscheinlich gar nicht vorstellen. Sie hatte also geheiratet, aber eben mehr, weil es nun mal sein musste, und gleich darauf wurde sie schwanger, aber nicht nur schwanger, sondern auch krank. Zum Glück studierte Elías, der jüngere Bruder von Josué, damals bereits Medizin, und man konnte Syphilis zu der Zeit auch schon behandeln, es war ziemlich aufwendig und schmerzhaft, denn dafür wurde man mit Arsen und Merkur und solchen Sachen vollgepumpt – manche sind dadurch gestorben, aber andere wurden tatsächlich gesund. Weißt du noch, was Großmutter Miriam immer zu Josué gesagt hat, wenn sie wütend auf ihn war?«

»Ja«, sagte ich, »Wismut, Sulfonamid und Quecksilberiodid.«

»Genau. Das brauchte sie bloß zu sagen, und schon wurde dein Großvater still, als wäre er wie gelähmt durch das schlechte Gewissen, das auf ihm lastete. Na gut, damit haben sie sie also in Medellín behandelt, meine Kleine, gegen die Syphilis und damit sie wieder Kinder bekommen konnten, davor mussten sie aber ein Jahr lang in getrennten Betten schlafen. Als sie schließlich geheilt waren, ist dein Großvater nach Jericó zurückgekehrt und hat wieder Salzhandel betrieben, vor allem aber hat er sich um La Oculta gekümmert, und Großmutter Miriam ist noch einmal für ein paar Monate zur Erholung nach El Retiro gegangen, zu ihrer Familie.«

Tante Ester hatte sich inzwischen von der Hauptspeise genommen, aß aber fast nichts. Sie sah jetzt ernst und stumm vor sich hin, wirkte jedoch wie von einer großen Last befreit. Ihr Blick ging nach innen, auch wenn sie scheinbar ins Leere oder an einen beliebigen Punkt an der Decke starrte. Dann überzog ein sanftes Lächeln ihr Gesicht und sie sprach weiter:

»Na ja, ich glaube, seine tiefe Reue hat dazu geführt, dass mein Vater sein Leben lang so sanft und schüchtern war, als würde er für eine unauslöschliche Schuld büßen, die deine Großmutter ihm immer wieder mal ins Gedächtnis rief. Ich weiß, dass sie, als sie zur Erholung in El Retiro war, sich wieder mit ihrem früheren Verlobten getroffen hat, mit dem hübschen Achami. Später ist sie auch nach Jericó gegangen, und da kam dann dein Vater zur Welt. Mehr sage ich jetzt nicht, das ist auch alles, was ich dir sicher dazu sagen kann, meine Kleine. Darüber hinaus kann ich mir alles Mögliche vorstellen, aber davon habe ich nie jemandem etwas erzählt.«

Eva

Das Glück und das Elend der Liebe lassen sich ganz einfach erklären. Für mich ist es jedenfalls so: Zwei lieben sich, und obwohl sich daran nichts ändert, wird ihre Liebe mit der Zeit und fast ohne dass sie es merken schwächer, bis sie sich beinahe hassen. Der Grund dafür ist ganz einfach, zugleich tierisch und menschlich und so normal wie traurig – es ist der Überdruss am Sex, am Sex mit derselben Person, meine ich. Genau die Sache also, die die beiden Liebenden so einzigartig und glücklich und unzertrennlich und treu macht, dass sie nur noch Augen für einander haben, nutzt sich trotz allem nach und nach ab. Und eines tragischen Tages, in irgendeiner alkoholisierten Nacht, bei einer zufälligen Begegnung auf einer bedeutungslosen Reise kommt es zum Sex mit einer x-beliebigen Person, einer Hure, einer Idiotin, einer hässlichen, nichtsnutzigen Frau, und dieser Sex ist trotz allem aufregender als der mit der wunderschönen und genialen und sanften und grandiosen Geliebten. Und wenn das rauskommt, dieses kurze Abenteuer – und auch, wenn es nicht rauskommt –, ist es für beide unverzeihlich.

Ich weiß, wovon ich spreche, ich habe es oft genug erlebt, ich kenne die Männer und ich kenne auch mich selbst. Als ich mit dem Bankier verheiratet war, konnte ich es nicht glauben, aber genau so war es: Er ließ sich mit anderen ein, die mir – und das sage ich nicht aus Eitelkeit – nicht im Geringsten das Wasser reichen konnten. Irgendwelche dümmlichen, spießigen, hirnlosen Mädchen.

Doch ich will hier nicht die Heilige spielen, ich empfand das Gleiche wie er, wenn auch vielleicht nicht ganz so stark. Und trotzdem konnte ich es nicht verzeihen, sosehr mein Kopf und mein Verstand es nachvollziehen konnten, konnte ich es nicht verzeihen. So sind wir Menschen – im Kopf frei, befreit, freizügig. Und wenn ein Freund oder eine Freundin uns fragen, ob wir es in Ordnung finden, dass sie ihre Partner rein aus körperlichem Drang betrügen, sagen wir, klar, natürlich, nur zu, man lebt nur einmal, und morgen fressen uns die Würmer – zu allen sagen wir genau das, nur zu unseren eigenen Partnern nicht, ihnen steht diese Sünde nicht zu, schließlich vergöttern wir uns selbst, einer wie der andere, und einen gefallenen Engel betrügen ist in Ordnung, aber Göttern wie uns tut man so was nicht an. Wie auch immer, ich glaube, dieses Problem lässt sich nicht lösen. Die Kultur und die Geschichte bieten verschiedene Möglichkeiten an, Pilars Lösung zum Beispiel, also die religiöse beziehungsweise traditionelle Lösung, besteht darin, nicht zu sündigen, und dabei bleibt es dann. Manchen Menschen, sehr wenigen, gelingt das, aber in unserer so freizügigen Zeit wirkt es ziemlich seltsam.

Ich habe Männer aller Art gehabt, manche ganz schöne Hunde, aber auch ganz schön unterhaltsame Hunde. Sie haben mich ohne mit der Wimper zu zucken bei jeder sich bietenden Gelegenheit betrogen, und ich wusste das, aber zumindest eine Zeitlang ließ ich es ihnen durchgehen, und ich rächte mich, ohne dass sie es mitbekamen. Du meinst, du kannst mir untreu sein? Bitteschön, das kann ich auch, mein Lieber. Wenn man nur aus Rache mit jemandem ins Bett geht, fühlt man sich danach allerdings nicht besser, sondern erst recht gescheitert. Es hilft einem nicht, es ist kein Trost. Da es mir also nichts half, mich immer wieder an meinem dritten Mann zu rächen, trennte ich mich schließlich von ihm.

Danach wurde mir klar, dass ich allmählich zu alt wurde, um ein Kind zu bekommen. Da bin ich in Gedanken noch einmal alle meine Männer durchgegangen, meine offiziellen Geliebten und die heimlichen, meine drei Ehemänner und auch die Männer, mit denen ich nur so zusammen gewesen war, ohne mit ihnen zu schlafen. Ich habe ein Art Übersicht erstellt, und zuletzt kam ich zu dem Ergebnis, dass mein zweiter Ehemann, der Dirigent Bernal, eigentlich der beste von allen war. Da lud ich ihn zum Essen ein, und danach gingen wir noch mehrmals zusammen aus, bis ich ihm schließlich verriet, worauf ich es abgesehen hatte: Ich wollte ein Kind von ihm, und damit wir dafür nicht etwa nach so langer Zeit noch einmal miteinander schlafen müssten, schlug ich vor, das durch künstliche Befruchtung zu erledigen. Bernal hatte keine Kinder und dachte mehrere Monate über meinen Vorschlag nach, stimmte zuletzt aber zu – er würde ihm seinen Nachnamen geben, mehr jedoch nicht. Mehr wollte ich meinerseits auch nicht. So kam also Benji zur Welt, fast wie ein Rechenexperiment, und ich erzog ihn mehr oder weniger allein. Er weiß allerdings, wer sein Vater ist, und ab und zu sehen die beiden sich. Was das angeht, habe ich meine Sache, glaube ich, nicht schlecht gemacht, ich habe es jedenfalls nie bereut.

Antonio

Bei meinem letzten Besuch in La Oculta vor der Katastrophe ertrank Prósperos Schwager im See. Vielleicht war das ja auch ein weiterer Hinweis auf den sich anbahnenden Schrecken, kann sein. Ich war aus New York gekommen, um die Osterwoche dort zu verbringen. Ich nutzte die Gelegenheit, dass Pilar und Alberto nach Medellín gefahren waren, weil er sich einer komplizierten und sehr teuren Zahnbehandlung unterziehen musste. Die meiste Zeit übte ich ein Streichquartett von Brahms, das ich einen Monat später als zweite Geige bei einem Konzert spielen sollte. In der übrigen Zeit ging ich entweder spazieren oder unternahm Ausritte in die Umgebung. Prósperos Schwager war mit seiner Frau und seinen drei Kindern – einem Jungen und zwei Zwillingsschwestern – aus Medellín gekommen, um sich ein paar Tage zu erholen. Ein netter Kerl, mit dem ich mich am Abend vor seinem Tod länger unterhielt.

Er hatte ein hartes und trotzdem schönes Leben gehabt: Als er kurz nach der Geburt seines Sohns erkannte, dass er keine Aussichten hatte, für seine Familie den Lebensunterhalt zu verdienen, war er illegal in die USA gegangen, zuerst auf Lastwagen durch ganz Mittelamerika und Mexiko, dann durch eins der Schlupflöcher an der US-Grenze. Auf der anderen Seite angekommen, war er mehr als zwölf Jahre geblieben, anfangs mit falschen Papieren, später, im Anschluss an eine Amnestie, legal. Nach und nach hatte er ein kleines Vermögen zusammengespart. Während der ersten Jahre konnte er nicht hin und her reisen und sah also auch nicht, wie sein Sohn – der mit der Mutter bei den Großeltern geblieben war, in einem einfachen Viertel Medellíns – heranwuchs und Fahrrad fahren und schreiben lernte. Jeden Monat überwies er ihnen Geld, damit sie sich über Wasser halten konnten. Seine Frau arbeitete zusätzlich als Putzfrau in einem Büro. Nach sieben Jahren erhielt er eine offizielle Aufenthaltsgenehmigung und konnte seine Familie zu sich in die USA holen. Dort blieben sie weitere fünf Jahre, in denen auch die beiden Mädchen zur Welt kamen. Irgendwann beschloss er, dass sie genug zusammengespart hätten und zurückkehren könnten. Von dem mitgebrachten Geld kauften sie in Kolumbien ein Taxi und zwei Busse; das Taxi fuhr er selbst – sie waren damit nach La Oculta gekommen – und die Busse vermietete er. Außerdem hatten sie ein kleines Haus gebaut, fast neben seinen Schwiegereltern.

An jenem Morgen war ich früh ausgeritten. Als ich zurückkam, empfing Próspero mich laut schreiend mit der schrecklichen Nachricht, sein Schwager sei im See ertrunken, seit zwei Stunden versuchten sie bereits vergeblich, die Leiche zu finden. Ich galoppierte zum See und traf dort auf die Leute von Polizei, Feuerwehr und Zivilschutz. Sie suchten vom Ufer aus, bis sie irgendwann ein Boot losmachten und die Suche mit langen Bambusstangen fortsetzten. Die Familie des Schwagers und seine Schwester – Prósperos Frau – standen unterdessen weinend da und sahen zu.

Offenbar war der Mann mit seinen beiden kleinen Töchtern im hellen Sonnenschein zu einer Ruderpartie aufgebrochen, und das mit dem alten und schon ziemlich ramponierten Kanu meines Vaters, das fast nie mehr benutzt wurde. Im Haus gab es auch Schwimmwesten, aber aus irgendeinem Grund hatten sie keine angezogen. Mitten auf dem See drang auf einmal Wasser ins Boot, das daraufhin langsam volllief und zuletzt unterging. Die Mädchen konnten nicht schwimmen, und ihr Vater, der seinerseits ein sehr schlechter Schwimmer war, versuchte, die beiden über Wasser zu halten, indem er abwechselnd die Arme unter eine von beiden schob und sie anhob. Dabei rief er laut um Hilfe. Die Mädchen schluckten Wasser und heulten vor Todesangst. Próspero, seine Schwester und deren Sohn – keiner von ihnen konnte schwimmen – liefen unterdessen verzweifelt schreiend am Ufer hin und her. Irgendwann kamen sie auf die Idee, ihnen Seile zuzuwerfen, um sie rauszuziehen, aber sie waren nicht lang genug. Schließlich kam ein benachbarter Bauer vorbei. Er zog sich Hemd und Hose aus, paddelte wie ein Hund zu den Mädchen und holte erst die eine und dann die andere heraus. Dem Vater ging unterdessen die Kraft aus, er rief weiterhin um Hilfe, schrie, dass er keine Luft bekomme, sich nicht mehr über Wasser halten könne. Der Bauer wiederum war völlig erschöpft und blieb am Ufer. Und so versank Prósperos Schwager zuletzt tatsächlich vor aller Augen im See.

Während die Leute vom Zivilschutz und von der Polizei weiterhin nur vom Boot aus mit Stangen nach der Leiche suchten, sprang ich ins Wasser. Próspero zeigte mir vom Ufer aus, an welcher Stelle ungefähr er seinen Schwager zuletzt gesehen hatte, und dort tauchte ich hinab. Unter Wasser war nichts zu sehen, und mir blieb nichts anderes übrig, als den Boden abzutasten.

Irgendwann stieß ich auf die Leiche, erfühlte das Haar und das Fleisch, aus dem alles Leben gewichen war. »Hier ist er!«, rief ich, als ich wieder an der Wasseroberfläche erschien. Die anderen kamen, um mir zu helfen. Als ich endlich ein Seil um die Leiche hatte schlingen können und wir sie nach oben gezogen hatten, sah ich das schwarz angelaufene, angstverzerrte Gesicht, das schließlich samt dem Körper in einem Plastiksack den neugierigen Blicken der Nachbarn entzogen wurde. Als handelte es sich um ein Symbol, übergab die Mutter den Ehering ihrem traurigen Sohn, während ein Polizist nüchtern notierte: »Schwarzes Hemd, grüne Hose, Alter: 47, Beruf: Taxifahrer.«

Als ich in der Finsternis auf den leblosen Körper gestoßen war, kam es mir vor, als würden sich alle, die irgendwann in diesem See ertrunken sind, um mich herum versammeln. Noch heute träume ich manchmal hier in Harlem davon. Und jedes Mal sage ich mir, dass ich ihn hätte retten können, wenn ich an dem Tag früher zurückgekehrt oder gar nicht erst ausgeritten wäre. Dann hätten drei Kinder nicht ihren Vater und eine Frau nicht ihren Mann verloren.

Eva

Seit der Zeit der Urgroßeltern gab es in unserer Familie eine seltsame Leidenschaft, die sich jedoch bei niemandem so stark zeigte wie bei Pilar. Woher sie stammte, ist schwer zu sagen, jedenfalls bestand sie in Anfällen unwiderstehlicher Großzügigkeit. Weder bei Antonio noch bei mir trat sie auf, bei Pilar dafür umso heftiger.

In merkwürdiger Regelmäßigkeit und trotzdem immer, wenn man es am wenigsten erwartete, befiel Pilar eine nicht zu unterdrückende Schenkwut. Dann verteilte sie, was auch immer in ihrer Reichweite war, selbst wenn es gar nicht ihr gehörte. Einmal zum Beispiel war ein Freund von ihr und Alberto zu Besuch auf La Oculta und verliebte sich in das Pferd, auf dem Jon normalerweise ritt – es hatte einen wunderbar sanften Schritt und war sehr fügsam. Pilar schenkte es dem Freund mit den Worten, Jon komme ohnehin so gut wie nie auf die Finca. Ein anderes Mal bewunderte jemand ein Bild von Großmutter Miriam, das in meinem Zimmer hing und das ich heiß und innig liebte, vor allem weil sie darauf ihr finsteres Wismut-Sulfonamid-und-Quecksilberiodid-Gesicht machte. Ohne mit der Wimper zu zucken, nahm Pilar es vom Haken und zwang die Frau geradezu, es mitzunehmen. Und jedes Mal wenn irgendwelche Bekannten Geburtstag hatten und Pilar einluden, erschien sie dort nicht ohne mindestens ein bombastisches Geschenk, für dessen Erwerb sie ihre Kreditkarte weit über ihre Möglichkeiten belastete. Anschließend musste sie die Ausgaben monatelang abtragen, was sie jedoch nicht daran hinderte, es bei der nächsten Gelegenheit genauso zu machen.

So war sie auch imstande, für alle möglichen Stauden, exotischen Palmen und einheimischen Bäume, die sie auf der Finca pflanzte, in der Gärtnerei viele Millionen Pesos auszugeben. Und wenn nach ihren Renovier-Attacken die Rechnungen eintrafen, hatte sie regelmäßig nicht genug Geld und wandte sich an uns Geschwister wie auch an unsere Mutter, solange die noch am Leben war. Fast neue Matratzen ersetzte sie durch nagelneue, völlig intakte Bettwäsche verschenkte sie und schaffte für teures Geld neue an und so weiter – alles drückte sie irgendjemandem in die Hand.

Wenn sie zum Essen einlud, kaufte sie Fleisch, als müsste sie ein ganzes Bataillon durchfüttern, und von Gegrilltem und Bohneneintopf blieben regelmäßig Reste für mindestens zwei Tage übrig, die sie zu den umliegenden Bauernhöfen, in die Häuser der Dienstmädchen oder in die Schule von Palermo bringen ließ, als Mittagessen für die Kinder. Sie ging sogar so weit, anderen kleinere Stücke Land, die zur Finca gehörten, zur Bewirtschaftung zu überlassen, etwa einem jungen Bauernpaar, das eines Tages erschien und ihr leidtat, weil es von Banditen von seinem Hof in den Bergen im Chocó oder in einer der Bergarbeitersiedlungen weiter südlich vertrieben worden war. Sie erlaubte diesen Leuten nicht nur, umsonst ein kleines Häuschen zu bewohnen, das zur Zeit meines Großvaters von einem Pächter benutzt worden war, sondern richtete es auch auf eigene Kosten her – nur damit sich später herausstellte, dass es sich bei den beiden um nichtsnutzige Tagediebe handelte, die keinen Finger rührten und sich volllaufen ließen, bis sie schließlich gegen Geld beziehungsweise auf mehr oder weniger sanften Druck hin das Weite suchten.

In ähnlicher Weise verschenkte sie Kälber, Schweine, Kampfhähne, Teakholz, Säcke voll Kohle oder Kaffee. Und ständig lud sie alle möglichen Leute ein, auf die Finca zu kommen, und lieh sich dann, falls nötig, nicht nur Geld, um die Besucher zu bewirten, sondern stellte auch Köchinnen, Waschfrauen und andere Haushaltshilfen an, damit sich die Gäste wie Könige fühlten, und all diesen Frauen bezahlte sie das Doppelte des in der Gegend üblichen Lohns, »weil die armen Mädchen so viel arbeiten müssen«. Kleidung verschenkte sie ebenso hemmungslos, egal, ob sie ihren Kindern, ihrem Mann oder ihren Geschwistern gehörte.

Weihnachten kaufte sie Geschenke für alle, die auch nur im Entferntesten mit der Finca zu tun hatten. Meine Mutter brachte zwar ihrerseits Unmengen Weihnachtsgeschenke mit, Pilar fand aber jedes Mal, dass die bei weitem nicht ausreichten, und kaufte ohne zu fragen nochmal so viel dazu. Bezahlen mussten am Ende allerdings immer wir alle – »oder hätte etwa jemand ohne Geschenk dastehen sollen, und das an Weihnachten? Das geht doch nicht, Eva, Toño, ihr habt vielleicht Vorstellungen!«

Wenn die reich Beschenkten dann weg waren, fragte Pilar regelmäßig, warum ich mich bloß so darauf versteifte, die Finca zu verkaufen, wo es hier doch so schön war und es uns hier so gut ging, was auch alle Freunde, die uns in La Oculta besuchten, bestätigen würden. Ich erwiderte dann jedes Mal lediglich: »Ach Pilar, das verstehst du nicht.«

Antonio

Ich hätte nie gedacht, dass ich das jemals tun würde – warum habe ich es dann getan? Als wäre ich lange auf gefährlich abschüssigem Gelände unterwegs gewesen, vorsichtig am Rand einer steilen Klippe entlang balancierend, und plötzlich hätte ich mich – aus schierer Erschöpfung, weil ich keine Kraft mehr hatte, um mich im Gleichgewicht zu halten – in den Abgrund fallen lassen. Das Allerwichtigste ereignet sich mitunter urplötzlich und wie ohne jeden erkennbaren Grund, als hätte der Himmel es so verfügt – wie wenn auf einmal ein ganzer Abhang ins Rutschen gerät und alles mit sich reißt. Wenn etwas aufgebaut, neu errichtet wird, zieht sich das fast immer lange und unter Überwindung aller möglichen Schwierigkeiten hin, während Zerstörung und Verlust meist in Sekundenschnelle abgeschlossen sind. Für einen voll entwickelten Menschen braucht es mindestens fünf Minuten Geschlechtsverkehr, neun Monate Schwangerschaft, zwei Jahre intensiver Betreuung und nochmals zwanzig Jahre Ausbildung. Der Tod dagegen trifft uns nur zu oft wie ein Blitz oder eine Gewehrkugel oder ein Hurrikan oder ein Herzschlag. Man kann natürlich nach und nach, sozusagen in kleinen Schüben sterben, aber eben auch wie ein zweihundert Jahre alter Baum, der in zwei Minuten von einer Motorsäge gefällt wird.

Manchmal ist so ein plötzliches und scheinbar nur einem einzigen Grund geschuldetes Geschehen in Wirklichkeit die Folge einer ganzen Ansammlung geheimer oder unsichtbarer Tatsachen, die in einem bestimmten Augenblick aufeinander treffen, was ihnen eine Kraft verleiht, der sich nichts und niemand auf der Welt widersetzen kann. Der Zufall funktioniert auf diese Weise, vielleicht auch das Schicksal. Und so trifft man irgendwann, einfach nur weil fast gleichzeitig alle möglichen Dinge geschehen, die völlig falsche Entscheidung – genau die, vor der man sich am meisten gefürchtet hatte.

Im vorliegenden Fall ließen die Umstände mir jedoch keine andere Wahl, und das obwohl ich ganz genau wusste, dass ich dabei war, einen Irrtum zu begehen beziehungsweise eine Entscheidung zu treffen, die sich niemals würde rückgängig machen lassen. Über hundert Jahre war La Oculta immer wieder im letzten Augenblick, kurz bevor es sicher schien, dass wir die Finca aufgeben oder verlieren würden, gerettet worden. Diesmal wäre ebenfalls eine Rettung möglich gewesen, denn auch ohne meine Mutter war ja immer noch Pilar da, wie stets fest entschlossen, nicht nachzugeben, aber ich, der ich in allen anderen Krisen fest an ihrer Seite gestanden hatte, war schwach geworden.

An manchen Tagen finde ich mich damit ab, an anderen jedoch kann ich mir nicht verzeihen oder, noch schlimmer, kann ich Jon nicht verzeihen, weil ich ihm in gewisser Weise die Schuld an dem gebe, was geschehen ist. Jon oder meinem Neffen Lucas oder Eva oder allen zusammen. Der arme Jon war aber nicht schuld, oder wenigstens nicht allein. Jon war nur ehrlich. So wie mein Großvater nicht schuld an der Wirtschaftskrise der dreißiger Jahre gewesen war, traf Jon keine Schuld daran, dass er in den USA geboren war und deshalb einem Land gegenüber so gut wie nichts empfand, das für mich und meine Familie so gut wie alles bedeutete.

Und trotzdem bin ich böse auf Jon, denn jetzt, wo klar ist, dass der Plan, eines Tages in Kolumbien zu leben, sich endgültig erledigt hat, zieht er sich noch mehr als ohnehin schon in seine Welt, sein Atelier, zu seinen hiesigen Freunden, seiner Familie zurück und stürzt sich wie mit verjüngter Kraft wieder ins New Yorker Leben. Soeben habe ich ihm so trocken wie möglich bekannt gegeben, dass ich Weihnachten nicht hier, zusammen mit ihm, verbringen, sondern auf die Finca fahren werde, um Pilar zu besuchen, die sich dort wie im letzten noch nicht von den Barbaren eingenommenen Bollwerk des Ortes verschanzt hält. Ich habe Angst davor, aber ich muss hin. Jon hat mit den Achseln gezuckt, als wollte er sagen: »Mach, was du willst.« Er weiß, dass in La Oculta kein Platz mehr für mich ist – schließlich ist von der Finca so gut wie nichts übrig. Seine Gleichgültigkeit ist noch schlimmer, als wenn er mit mir streiten würde. Früher haben wir alles dafür getan, nie länger als ein paar Tage getrennt zu sein, aber jetzt wirkt er ruhig, wie befreit, ja geradezu zufrieden, wobei ich nicht weiß, ob es ihm um das Alleinsein geht oder womöglich darum, mit jemand anderem zusammen sein zu können. Er schafft es jedenfalls, mich eifersüchtig zu machen. Trotzdem werde ich auf die Finca fahren, ich muss mir die Folgen meines Handelns, meiner Unterschrift, vor Augen führen, vor allem aber muss ich mich von La Oculta verabschieden.

Eva

Pilar hat mich gebeten, vor Beginn der Bauarbeiten auf die Finca zu kommen. Es war die reinste Qual, ich hätte nicht hinfahren sollen. Mich empfing grauenvoller Motorenlärm, der den ganzen Tag nicht aufhörte. »Was ist denn hier los?«, habe ich Pilar gefragt. »Das sind die Motorsägen. Sie fällen die Teakbäume und die Kaffeesträucher und die Schattenbäume«, hat sie gesagt. Ich bin mir sicher, dass sie mich absichtlich hergebeten hat, es sollte mir genauso wehtun wie den Bäumen. Und so war es auch, ich kam mir vor wie ein Stamm, an den man die Säge ansetzt. Die Teakbäume waren gerade einmal zehn Jahre alt und schon ziemlich hoch, aber noch lange nicht dick und hart genug, um gute Bretter daraus zu machen. »Sie wollen sie für die neuen Häuser benutzen, als Dachbalken oder Pfähle oder Zaunlatten«, hat Pilar erklärt, »in jedem Fall benötigen sie Platz zum Bauen.« Alberto versuchte, sich nichts anmerken zu lassen, und verkündete, das alles sei doch genau wie früher, »als unsere Vorfahren hier den Wald gerodet haben, da haben sie auch die Bäume umgesägt. Was willst du – die Geschichte wiederholt sich eben.« Mir gefiel sein schwarzer Humor kein bisschen.

Um das Thema zu wechseln, verkündete ich eine gute Nachricht – ich hielt es wenigstens für eine gute Nachricht. Ich erzählte, dass es Jon gelungen war, die vier Zeichnungen von Botero in New York zu verkaufen, und zwar fast für dieselbe Summe, die sie seinerzeit bezahlt hatten, als Lucas entführt war, und das, wo der Kunstmarkt gerade eine ziemlich schlechte Zeit durchmachte. Und mit diesem Geld würden die beiden sich jetzt vielleicht ein Blockhaus in Vermont kaufen. Darauf erwiderte Pilar bloß: »Ach ja? Wirklich? Wie schön für die beiden.« Und Alberto sagte, er gehe in den Garten, er müsse die Orangenbäume beschneiden und düngen. Um die Motorsägen und auch sonst nichts hören zu müssen, setzte er sich Kopfhörer auf, so konnte er den Lärm mit seiner Musik übertönen. Próspero wanderte unterdessen kopfschüttelnd und mit weit aufgerissenen Augen auf dem kleinen Restgrundstück hin und her, das rings um das Haus noch übrig ist. Ich hielt es nicht länger aus. Ich konnte ihren Blicken ansehen, dass ich für sie die Schuld an alldem trug, ich, die durch ihren Egoismus bewirkt hatte, dass La Oculta nie mehr so sein würde wie früher.

Da beschloss ich, im See zu baden, das war schon immer meine Rettung. Diesmal kam ich beim Schwimmen allerdings weder zur Ruhe noch fand ich zu einem gleichmäßigen Rhythmus. Vielleicht schwimme ich inzwischen tatsächlich lieber im Schwimmbad von Medellín, das nie mein Eigentum gewesen ist. Außerdem ist noch nie jemand darin ertrunken. Ständig musste ich an all die Leute denken, die hier ihr Leben gelassen hatten, es war, als sähen sich mich vom schlammigen Grund des Sees vorwurfsvoll mit ihren weißen Augen an. Ich habe viel Geld für meinen Anteil an der Finca bekommen und es an Benji weitergeleitet, damit er es in Deutschland anlegt. Deutschland ist ein solides und viel sichereres Land, wo es außerdem öffentlich zugängige Seen gibt, in denen ich beim Schwimmen nie an irgendwelche Ertrunkenen denken musste. Allmählich erreiche ich, was ich mir vorgenommen habe – ich besitze kaum noch Dinge. Eine kleine Summe habe ich hier für mich behalten, um in meiner winzigen neuen Wohnung überleben zu können, wo ich mich fühle wie im Hotel, leicht und unbeschwert, mit wenig Gepäck. Als wir den Verkauf besiegelt hatten, hat Pilar gesagt, jeder soll mitnehmen, was er möchte, und da habe ich die Bücher meines Vaters eingepackt, sonst nichts, kein Bild, keine Möbel, kein einziges Erinnerungsstück. Nur Bücher, nichts als Bücher. Wenn ich jetzt in meiner Wohnung die Tür der Speisekammer aufmache, stoße ich auf Bücher. Im Ofen – Zeitschriften. In den Küchenschränken – Bücher, genau wie im Bad, im Toilettenschrank, in der Garderobe, hinter dem Sofa, sogar in der Küche und im Esszimmer, wo ich nie esse. Überall Bücher und noch mehr Bücher. Und auch die werde ich eines Tages an eine Bibliothek weitergeben.

Ich hatte auch eine Überraschung für Pilar, habe ihr dann aber doch nicht davon erzählt – ich bin wieder verliebt, es ist sehr schön, allerdings anders als sonst, ganz anders: Sie heißt Posadita. Eigentlich wollte ich sie auf die Finca mitnehmen, habe es zuletzt aber gelassen, es wäre unfair gewesen, Alberto und Pilar in diesem Augenblick auch noch mit so etwas zu belasten. Außerdem hätten wir im Bett von Cobo und Anita schlafen müssen, und das hätte für Pilar die endgültige Entweihung dargestellt. Die Geschichte ist sowieso noch ziemlich neu, ich selbst hätte am wenigsten erwartet, dass mir so was mal passieren würde. Mit einer Frau zusammen zu sein ist eine völlig andere Erfahrung, sehr sanft, etwas, was ich mir noch nie erlaubt hatte. Eigentlich ist es ganz einfach und natürlich, und anders als ich früher gedacht habe, fühlt es sich nicht so an, als sei da irgendwas durcheinander geraten. Dazu kommt, dass Posadita noch sehr jung ist, fast so jung wie Benjamín – sie hat die Sanftheit und den Charme der Jugend. Zum ersten Mal bin nicht ich diejenige, die etwas lernt, sondern diejenige, die der anderen etwas beibringt. In jedem Fall hätte ich keine Lust gehabt, all das vor Pilar haarklein auszubreiten.

Toño dagegen habe ich schon eingeweiht, in seinem Fall war ich davon ausgegangen, dass er nicht das Geringste dabei finden würde. Als ich es ihm am Telefon erzählte, reagierte er jedoch zunächst mit einem einzigen, ziemlich lauten: »Wie?« Gleich darauf versuchte er das ein wenig halbherzig zu relativieren, indem er sagte, das sei doch sehr gut, ich solle mir keine Sorgen machen, großartig sei das. Kurz danach war das Gespräch beendet. Wie Pilar reagiert hätte, kann ich mir genau vorstellen – sie hätte weit die Augen aufgerissen wie ein erschrockenes Kalb, und allein der Blick hätte ausgedrückt, was sie anschließend trotzdem ausgesprochen hätte: »Das hat uns gerade noch gefehlt.« Benjamín wiederum werde ich vorläufig nichts sagen – er soll von allein darauf kommen, und wenn er irgendwann mehr wissen möchte, soll er fragen, dann erkläre ich es ihm. Am liebsten wäre es mir aber, ihm würden die passenden Antworten noch vor den Fragen von selbst kommen. Innerlich empfinde ich jedenfalls etwas Sanftes und Beruhigendes, und das ist inmitten dieser Tragödie ungeheuer tröstlich. Außerdem habe ich endlich einmal die, wie mir scheint, berechtigte Hoffnung, dass eine dauerhafte Beziehung daraus werden könnte – eigentlich bin ich ja der Typ für so etwas. All das ist jedenfalls noch vollkommen neu für mich – ich fühle es am ganzen Leib, als würde ich unter Wasser schwimmen, ohne Luft holen zu müssen.

Posadita, die eigentlich Susana heißt, hat mir zu dem Geschäft geraten. Sie ist Architektin, und als sie sich den Entwurf und den Kostenvoranschlag und das Angebot von Déboras Freunden angesehen hatte – eines der größten und angesehensten Bauunternehmen von Medellín –, hat sie gesagt, ich soll es machen. »Wenn ihr nicht zustimmt, suchen sie sich eine andere Finca in der Gegend, und das war's dann, so eine Gelegenheit bietet sich euch nicht noch einmal«, hat sie erklärt. »Sie haben schon die Baugenehmi-

gung aus Jericó, sowas dauert normalerweise sehr lange und ist nur schwer zu bekommen, da muss man viele Hände schmieren und alle möglichen Hebel in Bewegung setzen. Also jetzt oder nie.«
Jetzt oder nie – Susana kennt La Oculta nicht, vielleicht hat sie sich deshalb so entschieden ausgedrückt.

Ich spürte, dass ich zum letzten Mal in La Oculta war, jedenfalls so, wie ich sie mein Leben lang gekannt hatte. Da wollte ich bloß noch im See versinken, so als könnte ich mir auf diese Weise selbst entkommen. Ich tauchte ab, ließ mich sinken, zählte bis sechsundzwanzig und kam völlig außer Atem wieder an die Oberfläche. Auf einmal kamen mir die Tränen. Aber was bedeuten schon ein paar salzige Tränen in einem Meer voller süßem Wasser? Als ich aus dem See kam, stand bereits das Obst auf dem Tisch. Danach gab es Sancocho, wie immer am ersten Tag bei Pilar in La Oculta. Neben dem Esstisch standen die Fotos meines Vaters und meiner Mutter auf der Anrichte wie auf einem Altar für unsere Vorfahren. Neben beiden eine kleine Vase mit einer frischen Rose. Es fehlten bloß noch brennende Kerzen. Auch meine Eltern sahen mich vorwurfsvoll an. Der Sancocho schmeckte gut, so lecker wie die Sancochos meiner Mutter. Aber die Stimmung beim Mittagessen war angespannt, kaum jemand sagte ein Wort. Anschließend steckte ich mir Stöpsel in die Ohren und legte mich zur Siesta in die Hängematte. Ich versuchte mir einzureden, was da trotz allem in meinen Ohren brummte und summte, seien die Bienen in den Kaffeeblüten. Zur Ruhe kam ich jedenfalls nicht, und gleich nach dem Aufwachen verabschiedete ich mich. Ich wollte Pilars Gejammer nicht hören und bloß noch zurück nach Medellín, in die Arme von Posadita. Vor allem aber musste ich dem schrecklichen Kreischen der Motorsägen entkommen. Pilar und Alberto sagten, ich solle doch bis morgen bleiben, die Nächte seien immer noch so leise wie früher.

Aber ich konnte nicht. Wenn man so will, floh ich vor ihnen und all dem anderen und der ganzen Vergangenheit. Vor allem vor der Vergangenheit, der Last unserer Familie. Soll Pilar sich die aufladen, wenn sie möchte, ich habe lange genug daran getragen.

Hartnäckig und stur, wie sie ist, wird sie in dem alten Haus bleiben. Eines Tages wird sie sterben, und dann wird mir die Aufgabe zufallen, sie zurechtzumachen, auch wenn ich gar nicht weiß, wie das geht. Wer von den beiden wohl als Erster sterben wird, Pilar oder Alberto? Ich könnte nicht sagen, was schlimmer wäre. Pilar raucht mehr als Alberto, es ist also wahrscheinlicher, dass sie die Erste sein wird. Ich verabschiedete mich von ihnen wie von zwei Todkranken. Als ich ins Auto stieg, rollten Tränen über mein Gesicht, was mich wütend machte, ich wollte überhaupt nicht weinen. Ich zumindest würde mich nie in eine Witwe verwandeln und ich würde auch niemanden zum Witwer machen. Zurück in Medellín verbrachte ich die Nacht dann tatsächlich mit Posadita. Als ich sie und ihre Jugend umarmte, hörte ich auf zu weinen. Und bevor ich einschlief, schwor ich mir, dass ich nie wieder um La Oculta weinen würde.

Pilar

Eines Nachts kam es zwischen Toño und Jon zu einem sehr wichtigen Gespräch. Wie Toño mir erzählt hat, konnte Jon lange nicht einschlafen, bis er irgendwann sagte, er müsse ihm etwas sehr Wichtiges gestehen, bis jetzt sei er dazu nicht imstande gewesen. Toño machte das Licht an, er glaubte, Jon habe einen Geliebten oder führe ein Doppelleben oder etwas Derartiges. Aber das war es nicht, Jon lag etwas anderes am Herzen, ob es schlimmer oder weniger schlimm war, kann ich nicht sagen, jedenfalls veränderte es ihre Lebensplanung grundsätzlich. Jon sagte nämlich, es tue ihm sehr leid, aber in Kolumbien leben, das könne er nicht, weder sechs noch drei Monate im Jahr, und erst recht nicht in einem Dorf wie Jericó. Und genauso wenig in Medellín oder Bogotá. Er sei nicht bereit, immer Angst haben zu müssen, wenn er auf die Straße hinausgehe. Und dass die Leute in Antioquia immer so freundlich und liebenswürdig seien, finde er auch nicht normal, im Gegenteil, dahinter verberge sich seiner Meinung nach nur die Angst vor der Gewalt. La Oculta liebe und schätze er, das ja, und die Üppigkeit der Tropen finde er wirklich beeindruckend – doch immer nur auf begrenzte Zeit, einen Tag lang oder ein paar Stunden, leben könne er in einer solchen Gegend aber keinesfalls, das sei zu viel für ihn, ja es tue ihm nicht gut, bei dieser Feuchtigkeit und Vegetation könne er nicht atmen und in den alten Häusern dort bekomme er Asthma.

Außerdem müsse er sagen, dass unsere Familie und überhaupt die Leute in Antioquia seiner Ansicht nach viel zu viel Aufwand mit ihren Fincas betrieben, das grenze geradezu an Wahnsinn. Er könne jedenfalls nicht verstehen, dass man dermaßen an einem Stück Land hänge und an den Vorfahren, die es vor ewigen Zeiten besiedelt haben. In den USA sei das Land viel fruchtbarer und billiger, abgesehen davon, dass es den Bauern gehöre, die es bearbeiten, und nicht irgendwelchen Leuten, die in der Stadt leben, aber in Gedanken immer draußen bei ihrem Stück Natur seien. Er verstehe nicht, wie man seine ländliche Vergangenheit dermaßen verklären könne. Die Ángels lebten schon in der zweiten oder dritten Generation in der Stadt und hätten studiert und wüssten genau, was für ein Segen es ist, nicht mehr eigenhändig die Erde bearbeiten zu müssen, und trotzdem könnten sie von ihren Wurzeln und ihren Bäumen und Pferdeäpfeln und Kuhfladen und Pflügen und ihrem Mais und ihren gackernden Hühnern und grunzenden Schweinen einfach nicht lassen. Die Landschaft sei zwar wirklich schön, aber doch auch ein bisschen eintönig, und das gelte auch für die Vögel und ihr ständiges Gezwitscher. Wenn man Vögel sehen wolle, gehe man letztlich besser ins Naturkundemuseum. Und so weiter und so fort, er hörte gar nicht mehr auf mit seinen verletzenden Sticheleien.

Toño schilderte mir das wie ein Katholik, der die Blasphemien eines Ketzers, eines Protestanten oder überzeugten und aggressiven Atheisten wiedergibt. Aber auch voll Trauer und Wut darüber, dass Jon ihm so lange etwas vorgemacht habe, von wegen sie würden zusammen nach Jericó ziehen und er werde seine Kunstsammlung dem örtlichen Museum überlassen und sie würden jedes Jahr ein paar Wochen oder Monate bei uns auf der Finca verbringen. Andererseits war Toño klar, dass Jon alles, was mit La Oculta zu tun hatte, nicht richtig verstehen konnte. Er sagte, vielleicht sei das mit der Finca ja wirklich eine Art Wahn von uns oder überhaupt der Leute aus Antioquia. Jon hatte ihn jedenfalls zuletzt vor die Wahl gestellt: Entweder er schlug sich diese Ideen von einer Rückkehr ins Land seiner Vorfahren und einem Leben in einem elenden Kaff wie Jericó aus dem Kopf, oder ihre Wege müssten sich trennen. Toño war auf diese plötzliche Meinungsänderung nicht vorbereitet und fragte Jon umso hartnäckiger nach den Gründen – und erhielt Antworten, die er lieber nie zu hören bekommen hätte: Er solle doch bitte aufhören, sich etwas vorzumachen, Antioquia und die USA ließen sich nun wirklich nicht vergleichen. Und dieses ständige Beieinanderhocken, wie wir es betrieben, habe etwas Obsessives, er habe ja auch Familie, aber die sehe er bestenfalls einmal im Jahr zu Thanksgiving – und das auch nur, weil er sich dazu zwinge. Ein bisschen Familie sei ja schön und gut, aber bloß nicht zu viel, am besten sei es jedenfalls, statt sich krampfhaft an irgendwelche gemeinsamen Besitztümer zu klammern, alles aufzuteilen oder zu verkaufen, damit jeder mit seinem Anteil machen könne, was er will.

Zu guter Letzt erhöhte Jon den Druck noch und verlangte auf einmal, dass auch Toño einen Teil zu ihren Lebenshaltungskosten beisteuerte, die Jon bis dahin komplett übernommen hatte. Weshalb das Geld, das Toño – immer lustloser – durch Musikunterricht verdiente, nun zu einem großen Teil für Lebensmittel, Fahrt-, Heiz- und Stromkosten und dergleichen draufging, so dass es ihm immer schwerer fiel, regelmäßig seinen Beitrag zu den Kosten der Finca nach Kolumbien zu überweisen. Immer wieder rief er mich an, entschuldigte sich und bat um Aufschub, bis er die Gage für dieses oder jenes Konzert erhalten habe.

Toño überlegte sogar, ob er sich von Jon trennen und nach Kolumbien zurückkehren sollte, aber obwohl er sehr enttäuscht und verbittert war, war er dazu nicht imstande. Er liebte ihn nun einmal, liebte ihn immer noch, war viel zu gewöhnt daran, ihn bei sich zu haben, schließlich hatte er mit ihm die schönsten und erfülltesten Jahre seines Lebens verbracht. Davon abgesehen sagte er sich, dass er in Kolumbien bloß auf der Finca würde leben können – aber die Vorstellung, auf einmal wieder so eng mit mir und Alberto zusammen zu wohnen, war abwegig. »Wenn wir das machen«, erklärte er am Telefon, »fangen wir bloß an zu streiten, und das möchte ich am allerwenigsten, weder mit Jon noch mit euch.«

Als damit auch Toño immer öfter ausfiel – nach unserer Mutter, deren Tod inzwischen zwei Jahre zurücklag –, war niemand mehr da, der die finanziellen Lücken hätte ausfüllen können. Auch die Festlichkeiten an Weihnachten und Ostern gab es ohne die Unterstützung meiner Mutter nicht mehr. Irgendwann stellte Toño seine Überweisungen vollständig ein, und so konnten Alberto und ich nicht mal mehr Próspero sein Gehalt auszahlen, und erst recht nicht die laufenden Kosten der Finca und die anfallenden Steuern begleichen, weshalb sich ein immer höherer Schuldenberg auftürmte. Eva wiederum steuerte ja ohnehin nur ein Minimum bei, und das bloß widerstrebend und mit Verspätung.

Dazu kam, dass eines Tages die Zeugen Jehovas den Mietvertrag kündigten und aus unserem Haus in Medellín auszogen, wodurch nun auch unsere wichtigste monatliche Einnahme fehlte. Wir beauftragten einen Makler, neue Mieter zu suchen, was aber nicht einfach war, schließlich hatten die Zeugen Jehovas das Haus in eine Art offener Halle ohne Außen- und Trennwände umgewandelt. Darum boten wir das Ganze schließlich zum Verkauf an, doch auch so vergingen Monate, ohne dass sich ein ernsthafter Interessent an dem Grundstück auftreiben ließ. Und Eva, die sowieso schon seit langem von der Idee besessen war, La Oculta zu verkaufen, drängte jetzt noch stärker darauf. Wenn so viele Dinge zusammenkommen, trifft man irgendwann drastische Entscheidungen, die traurig und falsch sind, aber offensichtlich unvermeidbar.

An einem Wochenende kam Lucas' Frau Débora mit den Enkeln zu uns auf die Finca. Sie hatte einen Plan dabei, auf dem La Oculta in fünfzehn jeweils knapp drei Hektar große Parzellen aufgeteilt war. Freunde von ihr hatten sich etwas Wunderhübsches ausgedacht, Wochenendhäuser mit asphaltierter Zufahrtstraße, eine geschlossene Siedlung mit Wachschutz, Gärtnern, einem künstlichen Wasserlauf und Spazierwegen. Richtig luxuriös, mit Tennisplätzen, Fitnessstudio, Minigolf, kleinen Wäldchen aus einheimischen Bäumen und einer Reithalle, wo man bei jedem Wetter trainieren konnte. Sie zeigte mir auch den Entwurf des Landschaftsarchitekten, der offenbar sehr bekannt war. »Da lebt ihr wie in einem exklusiven Club«, erklärte Débora.

Insgeheim sagte ich mir, wie schrecklich, aber aussprechen konnte ich das natürlich nicht. »Sehr schön, Débora, tja ja«, sagte ich stattdessen, und am liebsten wäre es mir gewesen, sie wäre auf Nimmerwiedersehen verschwunden. Ihre Freunde waren schon mehrmals hier gewesen, und alles hatte ihnen so gut gefallen, dass sie irgendwann – offensichtlich schon vor Monaten, wenn nicht Jahren – auf die Idee mit der Siedlung gekommen waren. Alberto betrachtete den Plan, sagte aber kein Wort, er atmete bloß angestrengt und war ganz in Schweiß gebadet, das Hemd klebte ihm am Leib. »Das ist eine Angelegenheit von euch Ángels, ich habe da nichts reinzureden«, erklärte er schließlich und verschwand. Er zog es vor, seine Orangenbäume zu düngen, eine Weile zu reiten oder Siesta zu halten, obwohl gar nicht die Uhrzeit dafür war. Als er weg war, flüsterte Débora mir eine riesige Summe ins Ohr. So viel würde jeder von uns erhalten, wenn wir alles verkauften. Wenn ich es dagegen vorzog, in dem alten Haus zu bleiben, bekäme ich zwar auch etwas, allerdings sehr viel weniger. Am besten wäre es deshalb, das alte Haus ebenfalls zu verkaufen, es abzureißen und an seiner Stelle ein neues zu bauen, das sich dem Stil der Siedlung anpasste. ›Was müssen die erst selbst verdienen‹, sagte ich mir, ›wenn die imstande sind, uns so ein Angebot zu machen...‹ Zu Débora sagte ich natürlich auch davon nichts. Stattdessen erklärte ich, ich würde nicht verkaufen, selbst wenn ich wollte, könne ich nicht, weil ich das meinem Vater so versprochen hätte. Ich würde also mit Alberto in dem alten Haus bleiben, selbst ohne Land drumherum, aber wenn Toño und Eva es unbedingt wollten, würde ich mich nicht widersetzen, wie auch? Meinen Teil und das Haus könnten sie ja dann verkaufen, wenn ich tot wäre. Débora erwiderte, Eva kenne das Projekt und stehe hundertprozentig dahinter. Alles hinge jetzt also von Toño ab. Das Unternehmen verfüge in jedem Fall über Konten im Ausland, sie könnten folglich auch in Dollar oder Euro bezahlen. Ich zuckte die Achseln und sagte mir: ›Wenn alle ihr Geld aus dem Land schaffen, sieht es für Kolumbien am Ende ziemlich finster aus.‹

Eva rief Toño in New York an und brauchte nur eine Minute, um ihn zu überzeugen. Die anderen spürten, dass er im Augenblick nur wenig Widerstandskraft aufbringen würde, und schickten ihm rasch den Kaufvertrag zu, den er auf dem Konsulat für gültig erklärte und unterschrieb. Er brachte es nicht einmal über sich, mich anzurufen, um mir mitzuteilen, wie er sich entscheiden würde. Bald darauf erhielten Toño und Eva ihr Geld – Toño Dollar und Eva Euro. Alberto und ich dagegen bekamen Pesos, außerdem eine viel geringere Summe, weil wir ja das alte Haus und etwas Land rings herum behielten. Der See fiel uns ebenfalls zu, Kaffeesträucher gab es aber keine mehr, und ebenso wenig Ställe für die Kühe – die verkauften wir – oder Pferde – die verschenkten wir, bis auf zwei. Die Abfindung für Próspero und Berta bezahlten wir drei gemeinsam, Alberto und ich stellten die beiden jedoch anschließend – allerdings nur noch auf unsere Rechnung – wieder an. Und das Haus in Medellín konnten wir zuletzt an einen Bauunternehmer verkaufen. Das Geld legten wir in Aktien an, und mit dem, was sie abwerfen, sollten wir bis ans Ende unserer Tage halbwegs durchkommen.

Wir werden also hier eingeschlossen und begraben ausharren, inmitten von Lärm und Leuten, bei Tag und bei Nacht. Die Finca betritt man jetzt nicht mehr durch das große Tor und über die alten Eisenbahnschienen, die die Huftiere am Durchgang hinderten. Nein, heute muss man sich an einer Pförtnerloge ausweisen, in der Männer mit Schirmmütze und Uniform sitzen, die einen misstrauisch mustern, bevor sie die Schranke hochgehen lassen, die sich gleich danach wieder senkt. Unser klappriger alter Jeep ist das hässlichste Auto der ganzen Siedlung, die Nachbarn, an denen wir vorbeifahren, tun jedes Mal, als hätten sie ein Tier aus urferner Zeit vor sich, einen längst ausgestorbenen Dickhäuter.

Nichts ist mehr wie früher. Ein paar Wochen nach Unterzeichnung des Kaufvertrags ging es los. Auf einmal füllte sich das Gelände mit Baumaschinen, Bulldozern, Baggern, Walzen und riesigen Lastwagen, die Schutt ab- und Baumaterial anfuhren. Die Erde wurde aufgewühlt, um ebene Flächen für die neuen Häuser zu schaffen. Zwei Wochen lang machten die Motorsägen sich über die Teakbäume her, die fast geräuschlos ergeben umstürzten. Das gleiche Schicksal ereilte die Kaffeesträucher und die Schattenbäume, die alten Bäume entlang des Einfahrtswegs, der angeblich unbedingt begradigt werden musste, die thailändischen Mangobäume, die Mandelbäume und die hundert Jahre alten Regenbäume, die tatsächlich wie riesige Schirme aussahen. Da ich manchmal ziemlich böse sein kann, lud ich Eva ein, herzukommen, als die Baumfällerei losging, sie sollte miterleben, wie all das, was wir zehn oder zwanzig oder dreißig Jahre zuvor liebevoll angepflanzt hatten, gewaltsam aus dem Weg geräumt wurde. Wenigstens ein bisschen von meinem Schmerz sollte sie mit mir teilen. Und das tat sie auch, glaube ich, obwohl sie sich nichts anmerken ließ und sogar im See badete und sich zur Siesta in die Hängematte legte. Als sie wieder abfuhr, sah sie jedenfalls sehr schlecht aus, und die Einladung, doch bei uns zu übernachten, schlug sie hartnäckig aus.

Auf all den neu angelegten Parzellen sieht man jetzt hässliche Flecken gelber oder rötlicher Erde. Und rings um das Gelände hat man eine Absperrung aus grünen Plastikbahnen aufgespannt. Débora hat gesagt, wir sollen uns keine Sorgen machen, solange gebaut werde, sehe es immer so aus, später, in ein, zwei Jahren, werde hier alles wieder schön grün und friedlich sein, bei so viel Sonne und Regen, wie wir hier haben, sei das gar nichts anders möglich. Bis jetzt ist das einst so üppige Grün aber nicht wieder zurückgekehrt.

Dann wurden die neuen Häuser errichtet. Riesige Villen in allen möglichen Stilen – kalifornisch, Bauhaus, Kolonialzeit, narcomafiös. Fast alle haben einen eigenen Pool samt Whirlpool und einen Pferdestall und Koppeln und von Landschaftsarchitekten gestaltete Gärten. Wenn ich jetzt hinter dem Haus stehe, habe ich nicht mehr die offene Landschaft vor mir, an die ich mich sehnsüchtig von früher erinnere und die auch auf Fotos zu sehen ist. Stattdessen blicke ich auf die Ziegeldächer riesiger Häuser und das künstliche Blau ihrer Pools, alles umgeben von hohen Hecken aus stachligen exotischen Sträuchern und nachts erleuchtet von grellen Scheinwerfern, in deren Licht umso deutlicher wird, wie langweilig und steril die dazugehörigen Gärten angelegt sind. La

Oculta endet jetzt bei der Zeder, zu deren Füßen die Asche meiner Mutter und die Knochen meines Vaters begraben sind, also beim »Ruheplatz«. Wenigstens darauf wurde beim Entwurf des Bebauungsplans Rücksicht genommen, aber gleich jenseits der Zeder, nur einen Meter entfernt, erhebt sich der Maschendrahtzaun des Nachbarhauses. Und statt der früheren Stille ist nun von überall her grässliche Musik zu hören. Wege oder frei herumlaufende Tiere gibt es auch nicht mehr, bloß noch asphaltierte Straßen, auf denen Quads und Motorräder und Jeeps mit Allradantrieb und getönten Scheiben entlanggrasen, wenn nicht gerade irgendwer auf einem protzigen Luxuspferd angaloppiert kommt. Gleichzeitig patrouillieren bewaffnete Wachleute mit lauten japanischen Motorrädern auf dem Gelände, denn viele der Hauseigentümer sind Unternehmer oder Geschäftsleute aus Medellín, die Angst vor Überfällen oder Entführungen oder Attentaten haben.

Im Dezember kamen dann meine Kinder und Enkel und Eva und Benjamín zu Besuch und versuchten so zu tun, als könnten wir ganz normal Weihnachten feiern. An Heiligabend traf sogar Toño ein – allein, Jon war in New York geblieben. Toño betrachtete eine Weile den See und ließ den Blick anschließend bergab, Richtung Fluss, wandern. Dann kniff er die Augen zu, schlug die Hände vors Gesicht und sagte: »Nicht zu fassen – was der Bürgerkrieg und die Guerrilla und die Paramilitärs nicht geschafft haben, erledigen die Geschäftemacher im Handumdrehen.«

An den drei Tagen, die er hier verbrachte, schloss er sich fast die ganze Zeit in seinem Zimmer ein und kam nur heraus, um zu essen oder eine Tasse Kaffee zu trinken. Es habe keinen Sinn, an seinem Text weiterzuschreiben, sagte er, er werde die ganzen »Scheißpapiere« verbrennen. »Ich gewöhne mich allmählich daran«, sagte ich, um ihn zu trösten, aber es gab keinen Trost, abgesehen davon, dass es nicht stimmte – ich werde mich nämlich nie daran gewöhnen. Eva ging ständig schwimmen, und Benjamín ruderte neben ihr her – wie damals unser Vater neben uns –, für alle Fälle, wie er sagte, sogar einen weißen Rettungsring an einem Seil hatte er dabei. Eva ärgerte sich über Benjis in ihren Augen übertriebene Fürsorglichkeit und hob manchmal den Kopf aus dem Wasser und schimpfte, er solle sie in Ruhe lassen und nicht wie eine alte Frau behandeln, das möge sie überhaupt nicht, er solle lieber lesen oder spazieren gehen, aber Benjamín kümmerte sich nicht darum und ruderte weiter lächelnd neben ihr her, so wie früher Evas Hund Gaspar, man hätte glauben können, der sei wieder auferstanden. Wenn Eva nicht schwamm, legte sie sich in die Hängematte und las, offensichtlich nicht nur um sich abzulenken, sondern auch um sich uns anderen zu entziehen. Débora wiederum behauptete, sie würde richtig gut schlafen, was bestimmt daran liege, dass sie sich hier so sicher fühle. Lucas und meine anderen Kinder verbrachten die Zeit mit Kartenspielen, Domino oder Scrabble und tranken Bier dazu. Für sie waren solche Siedlungen nichts Besonderes, im Gegenteil, den wohlhabenden jungen Leuten von heute gefällt es offensichtlich, in solchen geschützten Ghettos und luxuriös ausgestatteten Blasen zu leben.

Zwei Monate nach unserem weihnachtlichen Familientreffen verlangten die Besitzer von zwei unterhalb des Sees gelegenen Häusern aus Furcht vor einem möglichen Dammbruch eine Untersuchung durch das Bauamt der Gemeinde. Die Behörde schickte mehrere Ingenieure und sogar Leute vom Gesundheitsamt vorbei, die anschließend erklärten, der See und der Damm stellten tatsächlich eine Gefahr für die betreffenden Gebäude dar, weshalb das Wasser abgelassen und das Gelände trockengelegt werden müsse. Ich gab meinen Geschwistern Bescheid, und Eva kam am darauf folgenden Wochenende, um zum letzten Mal im See zu baden. Sie hatte eine sehr junge und sehr hübsche Freundin dabei, Susanita Posada, die ihr vom Ufer aus beim Schwimmen zusah. Sie könnte geradezu Evas Tochter sein. Toño dagegen konnte oder wollte nicht kommen. Als ich ihn anrief, brummte er nur etwas kaum Verständliches in den Hörer und legte auf. Eigentlich wollte ich mir das Schauspiel ersparen, aber dann sah ich doch zu, als man das Seewasser mithilfe von zwei zwölf Zoll weiten Rohren langsam in das alte Bachbett abfließen ließ. Zwei Wochen später war bloß noch der schlammige und stinkende Grund zu sehen, über dem zahllose Insekten umherschwirrten. Alles war voll toter Fische, während die Schlangen, Schildkröten und Leguane auf der Suche nach Wasser verwirrt umherkrochen, bis sie ebenfalls verendeten. Auch ein fast vollständiges kalkweißes Skelett – offenbar von einer jungen Frau – tauchte auf. Die Polizei packte die Knochen in einen Sack und nahm alles mit. Am nächsten Tag kamen mehrere Polizisten und stellten uns lauter Fragen – um wen es sich bei der Aufgefundenen handeln könne, ob wir beim Gericht in Jericó eine Aussage machen würden, und so weiter. Dabei sahen sie uns an, als hätten wir etwas zu verbergen. Über der Stelle, wo einst der See war, flogen jetzt Dutzende Geier, sie hatten es auf die toten Karpfen und die verfaulenden Buntbarsche und die in den letzten noch verbliebenen Pfützen um ihr Leben springenden Forellen abgesehen. Bis sich der Gestank verzogen hatte, wohnten Alberto und ich ein paar Wochen bei Florencia in Medellín. In jedem Fall wird es eine Weile dauern, bis auf dem alten Seegrund wieder die ersten Pflanzen wachsen. Wegen der Mücken wird hier jetzt alle drei Monate ein widerlicher Stoff versprüht, der den Hals und die Augen reizt und Schwindelanfälle hervorruft. Und in Richtung Fluss hat man die Dächer und Umfriedungen der Häuser vor Augen sowie den mit Stacheldraht bekrönten und unter Strom stehenden Siedlungszaun – fast wie bei einem Konzentrationslager.

Eigentlich hat sich also alles verschlechtert, und trotzdem ist unser Haus jetzt angeblich viel mehr wert, da es sich ja innerhalb einer geschützten Siedlung befindet. Was zumindest als Begründung ausgereicht hat, um ordentlich die Grundsteuer anzuheben. Abgesehen von den zusätzlichen Kosten für Pförtner, Wachleute und deren Fuhrpark. Dafür haben wir nun wenigstens immer sauberes Wasser, sagt Débora. Ja, natürlich, aber auch dafür müssen wir jeden Monat bezahlen, obwohl dieses Wasser aus unseren eigenen Quellen stammt. Alberto zieht sich unterdessen immer mehr in sich zurück und kümmert sich um die wenigen Orangen- und Mandarinenbäume, die uns geblieben sind. Manchmal reitet er auch aus, es gefällt ihm aber nicht mehr so gut wie früher. Próspero wiederum ist sichtlich älter geworden und weiß nicht mehr so recht, was er tun soll. Manchmal sagt er, es sei allmählich Zeit für uns, ans Sterben zu denken. In Wirklichkeit ist hier längst alles tot, bis auf uns.

Toño kommt gar nicht mehr, und Eva erst recht nicht. Sie ist viel auf Reisen, und wenn nicht, zieht sie sich in ihre kleine Wohnung in Medellín zurück, zu ihren Büchern. Die Reisen unternimmt sie mit dieser jungen Frau, Posadita, als wären sie ein Paar, sie leben allerdings nicht zusammen, glaube ich. Neulich rief sie an und erzählte, sie hätten eine Reise durch Frankreich und Deutschland gemacht und Benjamín besucht. Dort würden sie die Natur schätzen und rücksichtsvoll damit umgehen, nicht so wie hier, dort dürfe man auf dem Land nicht einfach so bauen; selbst wenn man sich einen Hundezwinger oder einen Taubenschlag zulegen wolle, müsse man die Nachbarn um Erlaubnis fragen. Dort gebe es »Landschaftsschutzgesetze«, an denen niemand vorbeikomme.

Ich konnte ihr nicht glauben, das heißt, ich musste bei ihren Worten lachen. Toño ruft ein oder zwei Mal im Monat an, aber richtig ins Gespräch kommen wir nie, wir stellen bloß immer die gleichen Fragen, er erkundigt sich, wie es mir und Alberto und den Kindern geht, und ich frage nach Jon. Die einzige wirkliche Neuigkeit ist, dass offenbar seine linke Hand in der letzten Zeit etwas zittrig geworden ist, da fällt ihm das Geigen natürlich schwer. Über Eva und La Oculta sprechen wir möglichst nicht.

So verstreichen die Monate, aber das Leben geht weiter. Ich weiß, dass ich eines Tages wieder Lust bekommen werde, etwas zu tun und die Dinge in Ordnung zu bringen. Wenn ich Tote herrichten kann, sollte ich auch in der Lage sein, ein lebloses Haus herzurichten. Ich habe Verschiedenes vor, bis jetzt habe ich aber noch nicht die Kraft aufgebracht, es anzugehen. Ich will den Grund des Sees mit Bauschutt und Erde auffüllen lassen und dann einen Garten anlegen. Und gegenüber dem Haus werde ich einen künstlichen Hügel aufschütten lassen, der die Nachbarhäuser verdecken soll, so dass man von der Veranda aus bloß noch die Berge in der Ferne sieht und keins von diesen Ziegeldächern mehr. Den Hügel werde ich mit Bougainvilleen in lauter verschiedenen Farben bepflanzen, weil das Cobos Lieblingsblumen waren, und ich selbst werde auch meine Freude an der Blütenpracht haben. Der Hügel wird außerdem als Lärm- und Sichtschutz dienen, so dass La Oculta ihren Namen wieder verdient.

Manchmal wache ich ganz früh am Morgen auf und wandere durchs Haus. Da die meisten neuen Anwohner nur am Wochenende hier sind, ist es draußen wenigstens unter der Woche still und dunkel, so dass ich das vertraute Konzert der Grillen hören kann, die die Katastrophe überlebt haben. Frösche und Glühwürmchen gibt es nicht mehr, seitdem sie das ganze Gift verspritzt haben, und auch die Fledermäuse und Papageien und Aras sind verschwunden. Irgendwann lege ich mich in die Hängematte auf der Veranda und lasse mir die kühle Morgenluft übers Gesicht streichen. Und dann bilde ich mir eine Zeitlang ein, alles wäre wie früher – dann würde es in ein paar Stunden hinter den Bergen hell und der Blick dorthin wäre frei und unverstellt. Manchmal schlafe ich ein und träume vom See, und auf einmal kann ich wie durch ein Wunder auf dem Wasser laufen. Alberto wacht auf und kommt langsam und leise zu mir, aber da die Dielen immer noch an denselben Stellen knarren, wache ich auf. Er fragt, ob es mir gut geht, und ich sage ja. Dann fragt er, ob ich Kaffee möchte, und ich sage ja. Der Kaffee duftet noch so wunderbar wie immer. Alberto setzt sich zu mir in die Hängematte, und wir verschränken die Beine, und während der Tag anbricht, trinken wir langsam unseren Kaffee. Obwohl ich husten muss und heiser bin, rauche ich in aller Ruhe eine Zigarette, vor Alberto, der zu rauchen aufgehört hat.

Draußen wird es hell, aber dichter weißer Nebel liegt über allem. Es nieselt. Allmählich erfüllt die Stille sich mit Vogelgezwitscher. Früher verdeckte der Nebelschleier die schönsten Sachen, und das größte Glück bestand darin, mitzuerleben, wie er sich auflöste. Jetzt wäre es uns am liebsten, er hielte für immer an.

»Stell dir einfach vor, hinter dem Nebel ist alles noch wie früher«, sagt Alberto.

»Das kann ich nicht«, sage ich.

Er streichelt mein Bein, und wir lehnen uns in der Hängematte zurück und blicken in den Nebel.

Danksagung

Beim Verfassen dieses Buches habe ich mehr denn je begriffen, dass das Schreiben eines Romans eine Gemeinschaftsarbeit ist. Dass dieser am Ende nur den Namen des Autors trägt, wird den Tatsachen nicht gerecht. Manche Leute wissen nicht einmal, wie viele Sätze und Ideen sie zu diesem Buch beigesteuert haben. Für die meisten von ihnen gilt, dass ich sie mithilfe meiner Augen und Ohren nach Kräften ausgenutzt habe. Andere habe ich zu konkreten Sachverhalten befragt und sie haben meine Zweifel geklärt. Manche haben mir Zeit, Ruhe, materielle Unterstützung oder Gesellschaft verschafft. Der Verlag Alfaguara hat unendliche Geduld mit mir gehabt und jahrelang hingenommen, dass ich nichts lieferte und sämtliche Fristen verstreichen ließ. Die Zeitung *El Espectador* und die Bibliothek der Universidad Eafit haben mir ebenfalls viel Raum und Zeit gewährt. Raum, Frieden und liebevolle Zuwendung erfuhr ich durch Beatrice Monti von Rezzori und ihre idyllische Zufluchtsstätte für Schriftsteller in der Toskana. Zeit und Stille gewährten mir der DAAD und die Freie Universität Berlin während meiner Samuel-Fischer-Gastprofessur mit Unterstützung des Veranstaltungsforums der Verlagsgruppe Georg von Holtzbrinck.

Im Folgenden die Namen einiger Personen, denen ich viel verdanke – ohne sie hätte ich *La Oculta* nicht zu Ende schreiben können: Die Historiker Roberto Luis Jaramillo und Nelson Restrepo verschafften mir Informationen und Einsichten über Jericó und die Kolonisierung des Südwestens von Antioquia. Was an der Geschichte der Kolonisierung von Jericó gelungen ist, stammt von ihnen, alle Fantasiespiele und Irrtümer in diesem Zusammenhang stammen von mir. Meine Freunde Ricardo Bada, Eva Zimerman, Ana Vélez, Elena Serrano, Laura García, Ángela Aranzazu, Jaime Abello, Ana Cadavid, Jaime García, Sonia Cárdenas und Carlos Gaviria haben nicht zugelassen, dass ich den Mut verlor, oder sie haben mir geholfen, das Manuskript zu verbessern. Das gilt auch für meine geliebte Lektorin Pilar Reyes, meine kolumbianischen Lektoren Gabriel Iriarte und Ana Roda (stets knapp und präzise) und meine deutsche Agentin, die sanfte und effiziente Nicole Witt. Mein Freund Próspero aus La Ceja hat mir für dieses Buch nichts Geringeres als seinen Namen überlassen. Elkin Rivera, mein Notfall-Korrektor, hat mich vor mindestens 126 Anakoluthen bewahrt. Den Schriftstellern Mario Vargas Llosa, Javier Cercas, Leila Guerriero und Rosa Montero verdanke ich etwas sehr Wichtiges: Sie haben mit mir geschimpft, wenn ich nicht geschrieben habe, und sie haben mich angespornt, nicht aufzugeben. Meine Lebensgefährtin Alexandra Pareja hat meine wiederholte Abwesenheit und sogar etwas noch Schlimmeres ertragen, meine Geistesabwesenheit in ihrer Gegenwart. Außerdem hat sie das Manuskript durchgesehen und grundlegende Vorschläge zu seiner Verbesserung gemacht.

Und Amalia und Mario Ceballos (meine Verwandten aus der Gemeinde La Oculta), meine Schwestern, meine Mutter und meine Kinder wissen, dass es dieses Buch ohne sie nicht geben würde, schließlich sind sie der Stoff, aus dem es ursprünglich gemacht ist, und seine wichtigsten Adressaten.

Die Originalausgabe erschien 2014 unter dem Titel
»La Oculta« bei Alfaguara, Bogota.

Die Übersetzung aus dem Spanischen wurde mit Mitteln
des Auswärtigen Amtes unterstützt durch
Litprom – Gesellschaft zur Förderung der Literatur in Afrika,
Asien und Lateinamerika e.V.

Sollte diese Publikation Links auf Webseiten Dritter enthalten,
so übernehmen wir für deren Inhalte keine Haftung,
da wir uns diese nicht zu eigen machen, sondern lediglich auf
deren Stand zum Zeitpunkt der Erstveröffentlichung verweisen.

Verlagsgruppe Random House FSC® N001967

1. Auflage
Genehmigte Taschenbuchausgabe Mai 2018 btb Verlag
in der Verlagsgruppe Random House GmbH,
Neumarkter Straße 28, 81673 München
Copyright © 2014 by Héctor Abad Faciolince
Copyright © der deutschsprachigen Ausgabe 2016
by Berenberg Verlag, Sophienstraße 28/29, 10178 Berlin
Umschlaggestaltung: semper smile, München
Umschlagmotiv: plainpicture / Claudia Below
Druck und Einband: GGP Media GmbH, Pößneck
MK · Herstellung: sc
Printed in Germany
ISBN 978-3-442-71630-2

www.btb-verlag.de
www.facebook.com/btbverlag